ベイカー街の女たち

ミセス・ハドスンとメアリー・ワトスンの事件簿１

ミシェル・

駒月雅子＝訳

角川文庫
22100

THE HOUSE AT BAKER STREET
By Michelle Birkby

First published 2016 by Pan Books,
an imprint of Pan Macmillan
Japanese translation rights arranged with
MACMILLAN PUBLISHERS LTD.
through Japan UNI Agency, Inc., Tokyo

クレアへ
いつまでも変わらぬ感謝をこめて

Contents

登場人物

ミセス・ハドスン　本書の語り手。ベイカー街二二一Bの家主
メアリー・ワトスン　ジョンの妻
シャーロック・ホームズ　諮問探偵
ジョン・H・ワトスン　医師。ホームズの友人
ウィギンズ　BSI（ベイカー・ストリート・イレギュラーズ）のリーダー
ビリー　ホームズの雑用もこなす給仕
アイリーン・アドラー・ノートン　アメリカ出身のオペラ歌手
ローラ・シャーリー　依頼人
ホワイトチャペル・レディ　貧民街に住む貴婦人
リチャード・ハリファックス　ホワイトチャペル・レディの事務弁護士
アダム・バラント　政府機関で働く男
サー・ジョージ・バーンウェル　女たらしの貴族
〝特徴のない男〟　街路をうろつく謎の人物
ラングデール・パイク　社交界の情報通
パトリック・ウエスト　ゴシップ記者
リリアン・ローズ　娼婦

プロローグ

事の発端は、ある晴れた日の午後にシャンパンを飲みながら交わした約束だった。

有意義な時間を過ごしたい、自分たちもあの二人の紳士に負けないくらい有能であることを証明したい。そんな思いから生まれたわたしたちのちょっとした冒険は、笑いと希望と充実感とともに始まり、今こうして暗闇のなか、流血と苦痛の炎にのまれて幕を閉じようとしている。

怖い。恐ろしくてたまらない。すぐにここから逃げだして、大声で助けを呼びたい衝動に駆られる。でも、そんなことはできっこない。目の前に相棒がいるから。血を流し、ぐったりとした状態で椅子に縛りつけられ、そのうえ銃を突きつけられている。それでも彼女は、わたしよりもうんと苦しいはずなのに、泣きもわめきもしない——我が家の現下宿人と元下宿人には頼らず、最後までわたしたちだけでやり抜くという約束を守ろうとしている。あのときは軽い気持ちから、半ば勢いまかせでそう誓い合ったが、現実は甘くないどころの話ではなかった。このとおり死と隣り合わせの危機をもたらした。

「誰だ、そこにいるのは？」卑劣な化け物の声に、わたしは暗がりへ後ずさった。暗がり――そう、陽の当たらない舞台裏がいつもわたしの居場所だった。優秀な人たちや立派な人たちの陰で黙っておとなしく控え、ごくたまに端役を与えられることはあっても、それ以外はほとんど物語の傍観者や聞き役に徹してきた。こういう絶体絶命の窮地に陥る役回りは以前のわたしには似つかわしくない。

でも、今回はこれまでとはちがう。わたしの役柄は変わったのだ。

「ホームズだな？　わかってるんだぞ！」男が勝ち誇った声で叫ぶ。その名前はわたしが舞台へ登場する合図となった。

「ホームズさんはあなたのことなんか知らないわ」手は震えていたものの、声はしっかりしていた。声で誰が来たのか気づいたのだろう、男の後方で椅子に縛られた相棒がぴくりと身動きするのが見えた。

ええ、来たわよ、相棒。二人で始めたことなんだから、最後まで一緒でなくては。

「誰だ、おまえは？」男が面食らった様子で訊く。髪を振り乱して服もよれよれ、顔は血で汚れている。

わたしは明かりのなかへ進みでた。

「ミセス・ハドスン、シャーロック・ホームズの家政婦よ」

別れと出会い

一八八九年四月、ロンドン

ジョン・H・ワトスン博士が記した血沸き肉躍る物語をお読みになっているなら、わたしのことはよくご存じでしょう。偉大な名探偵シャーロック・ホームズの下宿先のおかみとして、食事など身の回りの世話をする中年女性という印象をお持ちかと思う。

ほんの短い一文であっても、内容は目をみはるほど豊富なもの。ジョンの著作では数々の冒険と事件の顚末（てんまつ）が語られ、さまざまな人たちに光が当てられる。わたしに関してはどうかと言うと、部屋を出たり入ったりして、せっせとお茶を運んでいる姿ばかりが描かれてきた。それもむべなるかな。確かにせわしなく立ち働いていた。訪ねてきた大勢の方々をしょっちゅうもてなしたので、本当に何度お茶を運んだかわからない。とはいえ、ジョンの話に多少の誤りがあることはこの場を借りてお伝えしておかなければ。ご本人は創作上の脚色と呼ぶかもしれないが、実際には記憶違い。なにを隠そう、このわたしも事件に挑み、冒険に繰りだしていたのだから。ワトスン夫人のメアリーと組んで、ときにはホームズさんの知り合いや好敵手に協力をお願いして。いい機会なので、そのときの体験を少しばかり披露させてほしい。では、わたしの物語を始めましょう……

想像がつきにくいとは思うが、かつてはこのわたしもうら若き乙女だった。十九歳まではミス・マーサ・グレイの名で暮らしていた。おっとりした飾らない性格の、退屈な気分をもてあましていた娘。そんなときに出会ったのがヘクター・ハドスンだった。あのどんより曇った夕方を境に、わたしは退屈とさよならした。彼を一目で好きになったのだ。軍服に身を包んだ背の高いハンサムな兵士で、金茶色の髪と灰色がかった青い瞳の持ち主だった。わたしに向けてくれたとっておきの笑顔は、目尻に優しげなしわができて、なんともいえず奥深い魅力をたたえていた。嬉しいことに、彼のほうもわたしに一目惚れだった。わずか一週間後に結婚の申し込みをしてくれて、わたしは彼が最後まで言い終わらないうちに「はい」と答えた。

まるで絵に描いたようなラブ・ストーリー。普通のラブ・ストーリーと異なっていたのは、〝二人は結婚して、いつまでも幸せに暮らしました〟というハッピーエンドにはならなかったこと。

幕切れは彼の死だった。

彼は軍隊に入っていたし、当時の大英帝国は戦時下にあった。結婚して半年後に、夫はわたしが見たことも聞いたこともない土地の血まみれの戦場で、一人死んでいった。おなかに赤ちゃんのいる妻を残して。

ただ、不幸中の幸いというべきか、わたしはほかの大勢の戦争未亡人とはちがって、食べていくのに困ることはなかった。ヘクターがロンドンに家を数軒所有していたおかげで、それらの家賃が所有権ごとわたしの手元に入ってきたからだ。もちろんベイカー街二二一Bの家もそこに含まれていた。

わたし自身はロンドンへ出るつもりはなく、息子と一緒に田舎での暮らしを続けた。我が子はすくすくと育って、丈夫で賢い、冒険心あふれる男の子になった。朝から元気よく外へ飛びだしていき、お茶の時間にやっと戻ってくると、自分がどんなことをして、どんなものを見たか、はちきれんばかりの笑顔で話してくれた。拾い集めた宝物をポケットから出して、得意そうにわたしの膝に並べたこともあった。もう少し厳しく言って、家でおとなしく過ごすことを覚えさせるべきだったかもしれない。でも、あの子を閉じこめておくのは無理だったろう。広い世界へ行きたがっている息子を、無理やり引き留める気にもなれなかった。父親そっくりの喜びと好奇心に満ちた瞳を見るたび、この子はきっと将来、ひとかどの探検家とか作家とか、刺激や興奮を追い求める職業に就くだろうと期待したものだった。

けれども、息子に将来は訪れなかった。ある日、くたびれたと言って家にこもり、家事をしているわたしを一日中静かに眺めていた。息子がそばにいてくれるのが嬉しくて異変に気づかなかったとは、なんという愚かな母親。一週間後、息子は亡くなった――死への旅立ちが最後の偉大なる冒険だった――地獄さながらの戦場で逝った父親と同じように、わたしを残して。

我が子の死がどれほど大きな打撃だったかは話したくない。辛すぎて話せない、今はまだ。なので、息子の思い出が詰まった土地にはいられなくなった、とだけ書いておく。なにを見ても、どんな音を聞いても、息子を思い出してしまった。木漏れ日にすら底なしの喪失感へ突き落とされるほどだった。わたしはロンドンへ移り住み、下宿屋のおかみとして自分が所有する家すべてを管理し、下宿人たちの世話に精を出した。ところが、その生活のなかで目の当たりにしたのは、前途有望だった快活な青年や可憐なお嬢さんたちが、病気になり、疲れ果て、心が屈折していく姿だった。ロンドンという都会は孤独で貧しい人々から希望を残らずはぎ取ってしまう。誰にも優しくない、それどころか牙をむいて襲いかかってくる残酷な街なのだ。わたしには頼れる友もなく、愛を見出せずにいた。安らぎの場はどこにもなかった。

それでも、帳簿のつけ方や商店主との契約、値引き交渉など、下宿屋の経営に必要な物事は習得した。メイドや下宿人の人柄を一目で見抜く能力や、彼らに出ていってもらう手段も身につけた。損失を利益で穴埋めする方法を学び、健全な投資と危うい投資を見分けられるようになったことも大いに役立った。議会で、女は自分が着ている服を所有する能力さえ持たないだのなんだのと論じられているのを後目に、わたしは黙々と自分の城を築きあげていった——誰にも気づかれずに。

　料理にも目覚めた。ヘクターの妻だった頃は使用人たちがいたので、わたしは指示を出すだけだったが、複数の家を切り盛りする家主はどんなときも必要な作業を自分でこなさなくてはならない。自然と使用人の仕事はなんでもできるようになった。掃除は退屈だし、洗濯は大嫌いだったが、料理だけは好きになった。食材のひとつひとつは単純でも、それらを組み合わせて秘伝のコツをありったけ注いで調理すると、とてもおいしいものができあがる。まるで魔法のよう。そんなふうに自分のささやかな能力を開花させたおかげでわたしは変わり、成長した。夫に先立たれて悲しみに暮れるマーサ・ハドスンではなく、腕のいい家政婦でやり手の下宿のおかみ、ミセス・ハドスンになった。

　年齢を重ねるにつれて不動産を少しずつ処分し、やがて最後に一軒だけ残った、終の棲家にしようと決めていたベイカー街二二一Bの家へ引っ越した。真新しい優雅な趣のある建物で、にぎやかな通りに高々とそびえ、白い木部と赤レンガの外壁に小さな洒落た黒いドアがついている。部屋はわたし用と、紳士二人が暮らすのに適した続き部屋。老年期へと続く避けようのない長い下り坂にそなえて、わたしはそこに居を定めた。

　上階の続き部屋を最初に借りたのは、真面目で折り目正しい男性たちだった。常識的な時間に寝起きして、わたしに頼むのは朝食と、たまにお茶くらいで、ほとんど人づきあいもなく自分たちだけの生活を守っていた。理想的な下宿人だと、家主仲間からはうらやましがられたものだ。

　でも、退屈だった。

　わたしはまるで必要とされていなかった。彼らは代わりに用事をしてくれる自動人形が欲しかっただけで、わたしにとっても彼らはいてもいなくても大差ない存在。ひとつ屋根の下で暮らしながら、互いに見知らぬ他人も同然だった。

　そんなときに現われたのが〝彼〟だった。ある九月の雨の夜、うちの呼び鈴を鳴らし、空いている部屋はないかと尋ねた。

　背が高く、ひょろりとしていたので、初めは年配の人かと思ったが、明かりのなかへ進みでてきた瞬間、そうではないとわかった。知性的な黒っぽい瞳の、引き締まった細身の青年だった。彼はあたりをさっと見回してから笑みを浮かべ、握手の手を差しだした。とってつけたようなしぐさというか、礼儀正しくしようと急に思いついたような感じだった。両手は石膏でべたつき、ジャケットには得体の知れない染みがあちこちについていた。

　わたしは雨でずぶ濡れの彼をなかへ通し、今お茶をいれるので、待っているあいだ階段を上がって部屋を一通り見てきてはどうかと言った。

　きっと気に入るはずよ、いい部屋だから、と内心でつけ加えた。居間は快適で見栄えがするし、家具調度も申し分なく、蔵書などの持ち物をたっぷり運びこむだけの広さもある。ほかに二つの大きな寝室がついているうえ、ロンドンの中心部に近いという好立地。残る問題は、わたしが彼を気に入るかどうかだった。

　お茶のトレイを持って二階へ上がると、青年は部屋の絨毯(じゅうたん)の真ん中に――測ったようにちょうど真ん中に――立って、室内を鋭い視線でしげしげと眺めているところだった。なんとなく彼のことがかわいそうになった。雨の降る肌寒い晩に独りぼっちで行くあてもなく、濡れねずみで住みかを探しているなんて。彼はわたしに気づいて振り向き、お茶を受け取ってありがたそうに飲んだ。彼のほうもわたしを観察しているのだとわかった。しばらくじっと見つめたあと、結論が出たらしく口を開いた。

「部屋の手入れが隅々まで行き届いていますね、ミセス・ハドスン」低いけれど表現力豊かな力強い声。わたしはたちまち彼が気に入った。

「清潔で、心からくつろげる場所であるよう努めていますので」プライバシーを重んずる青年だと感じたので、そう強調した。「まかないつきで、洗濯や掃除もお引き受けしますけれど、押しつけがましくするつもりはありませんし、邪魔もしません」

　彼はうなずいた。

「仕事柄、来客が多いかもしれません、ミセス・ハドスン。さしつかえありますか？」

「いいえ、ちっとも」そう答えたことを、のちのち後悔するはめになった。とんでもなく変わった人たちが昼も夜もひっきりなしに訪ねてきて、階段を頻繁に上がり下りさせられるとは、このときは思ってもみなかった。「あの、どういう……？」

「諮問探偵(コンサルティング・ディテクティブ)です。世界でただ一人の諮問探偵なんです」やや誇らしげに彼が答える。

「ご立派ですこと」落ち着いてそう返したものの、わたしは密(ひそ)かに胸を躍らせた。まあ、探偵さん！　この部屋でなにが起こるんだろう、自分はどんなものを見聞きすることになるんだろう、どういう人たちが訪ねてくるんだろう――途方に暮れた人、孤独な人、変わり者、それから危険な人も……

心のなかで興奮が沸き起こった。他人を介した間接的な冒険とはいえ、わくわくするではありませんか！

「警察に協力しても、警察のために働くわけではないので、事件捜査にあたっては僕の裁量に任されています」と彼は説明した。

「それはけっこうですこと」

「実は、特殊な習慣を持っていまして」よく考えたほうがいいですよ、と念を押すように彼は続けた。「生活時間はでたらめで、部屋をひどく散らかすと思います。化学実験でしょっちゅう異臭を放つでしょうし、騒音も……」気遣わしげな口調になる。

わたしは手を上げて制した。

「どれひとつとして問題ではありません」きっぱりと言った。生活感のないこのまっさらな家に、騒々しさや乱雑さが加わるのをどれほど待ち望んでいたことか！

「ほかの下宿ではずっと厄介者扱いされてきました。現にこれまで三回、下宿を追いだされて――三回目はつい二時間前です」

「あらまあ、どうして？」

正直に白状しようと決めたらしく、彼は大きく息を吸ってから答えた。

「大家さんの猫を毒殺したからです。あれは不慮の事故で……」

わたしは思わず失笑した。これが笑わずにいられましょうか。彼の後ろめたそうな表情、風変わりな告白――なにもかもが滑稽に思えた。わたしをじっと見つめていた彼が、にこりと笑った。住む家を求めて通りをあちこち歩きまわっていたこの青年には、どうやらいざという時に頼れる家族や友人はいないようだ。行くあてもなく、身の置きどころをなかなか見つけられずにいる孤独な彼に、わたしは同情をおぼえた。彼もわたしと同類で、むなしさを抱えた迷える魂なのだった。

「うちでは猫は飼っていませんよ」と彼に言った。「部屋をお好きなように使っていただいてかまいません。ただし、壊したり汚したりしたら弁償してもらいますから、ご自分でそれを負担できる範囲でという条件付きですけれどね」わたしは簡単に人を信用する性分ではないので、きちんとそう言い添えた。青年は真剣な顔に戻ってうなずいた。

「家賃は……」彼は訊きにくそうに言いかけた。コートには継ぎが当たって、鞄もだいぶ擦りきれていた。諮問探偵というのは成功報酬なのかもしれない。これまで解決に至った事件はどれくらいあったんだろう。わたしは心の内でそんなことを思った。

「寝室は二つあります。気心の知れたご友人と同居して、下宿代を分担なさってもかまいませんよ」

「気心の知れた友人などいません」彼はわたしから顔をそむけて窓のほうを向いた。「そういう性格ではないので」

「それじゃ、ひと月だけ家賃を半額にしますから、そのあいだに同居人をお探しになってはいかが？」彼を雨の降る暗い街路へ独りぼっちで追い返す気にはどうしてもなれなかった。「ロンドンには安住場所を求めている人が大勢いるでしょう？　たとえば、戦場から戻ってきた兵隊さんとか。ああいう人たちは住む家を必要としていますし、思いやりがあって同居人にぴったりなんじゃないかしら。あなたの変わった習慣のことは最初に打ち明けておいたほうがいいでしょうけれどね」

彼が同居人を紹介してくれたのはそれから三週間後だった。わたしの助言に従って同居人を見つけ、退役軍人の医師を連れてきた。朗らかな笑顔の青年で、握手にも心がこもっていたが、目に深い苦悩がにじんでいた。この人には安らぎの場所と人生の目標と、誰かそばで面倒を見てくれる人が今すぐ必要だと感じた。本人はそのうちのひとつだけあれば充分と考えていたかもしれないけれど。

彼らの同居が始まって間もなく、お医者さんはうちの台所のドアを修理してくれ、探偵さんのほうは値段をごまかそうとした（わたしもいくらなんでも高すぎると思った）精肉店の主（あるじ）を毒舌でやりこめてくれた。お礼にわたしは腕によりをかけて、とびきりおいしい夕食をふるまった。

食後は二人とも居間へ上がって、煙草をふかしながら夜遅くまで語り合い、わたしのほうは階下の台所で椅子に腰かけ、通気口から聞こえてくる彼らの声に耳を傾けるのが習慣だった。ひとつ屋根の下に暮らす三人。シャーロック・ホームズ、ジョン・H・ワトスン、そしてマーサ・ハドスン。三つの迷える魂はこうして出会い、互いを見出したのだった。

事の発端

わたしがホームズさんとジョンに出会ったきっかけはこれでおわかりいただけたと思うので、話を先に進めたい。次はメアリーとのことだ。ある日、わたしはワトスン夫人のメアリーと、ベイカー街二二一Bの明るい地下の台所で大きなオーク材のテーブルを前に静かに座っていた。

台所はわたしの聖域であり、仕事場であり、避難所でもある。そこがどんなに大切な空間かということを少しお話しさせてほしい。この家の玄関の黒く塗られたドアを開けると、羽目板張りの薄暗いホールに迎えられる。右手にはよく磨きこまれたテーブルがあり、その上に真鍮（しんちゅう）の鉢が置かれている。左手には上階へ続く絨毯を敷いた階段が見えるはずだ。視線を右へ戻すと、短い廊下があって、その先の四段の階段を下りたところが台所。我が家について考えるときはいつも、この台所が真っ先に頭に浮かぶ。

台所には黒いドアがついているが、閉じられていることはめったにない。玄関ホール脇の廊下からそこを通り抜ければ、すぐに台所。一番奥には上半分にガラスがはまったドアがついていて、ささやかな裏庭に出られるようになっている。この裏口のドアの隣にあるのがわたしの自慢の、そして喜びのもとでもある大型の料理用ガスレンジ。どんなに寒い日でも、これに火を入れれば台所はぽかぽかだ。ガスレンジの前に使い古した座り心地のいい椅子が一脚置かれている。夕方になると、部屋の隅に丸めて立てかけてあるぼろぼろの敷物を広げて使う。ガスレンジの左側の小さなドアは食器洗い場や食料貯蔵室など、家事に必要な部屋に通じている。この小さなドアの横の壁際に松材でできた大きな抽斗付きの食器棚がしつらえられ、ぴかぴかの銅鍋や、ピンクと白のお皿がしまってある。もちろんこのお皿はホームズさんの前には出さない。彼がわたしの大切にしているお皿を化学実験や射撃練習に使うようになったと知ってからは、ありふれた白いもの以外は出せなくなった。床は赤いタイル模様のリノリウム（なんといっても掃除が楽！）で、その上に松材の食器棚と向かい合って並んでいるのは、いくつかの収納家具ときれいな大理石板がついた調理台。焼き菓子やスコーンを作るときはこの調理台で生地をこねる。台所からは家の表側のドアと窓が全部見通せ、誰かが通ればすぐに気づく。そして、台所の中央にでんと置かれているのが最初に触れた大きなオーク材のテーブルで、天板は使いこまれて白っぽくなり、ひっかき傷や焦げ跡だらけ。わたしがどこよりも落ち着ける自分にふさわしい場所で、生涯最良の幸福な時間を過ごしてきた証だ。

さあ、これでうちの台所のことは手に取るようにおわかりいただけただろう。わたしにとって心のよりどころである台所こそがすべての出発点だった。ジョンの物語は階上で始まり、わたしの物語は階下で始まる。この日はわたし一人ではなかった。メアリー・ワトスンが来ていて、オーク材のテーブルの端に座っていた。メアリーはジョンが『四つの署名』と名付けた冒険譚で彼と出会い、彼の心を射止めた。ホームズさんも一目置くほど聡明で素敵な女性だ。わたしは彼女が大好きだった。豊満な身体つきにブルネットの髪と頰のえくぼ、という当世風の美女像にはあてはまらないが、ジョンとほとんど並ぶくらい背が高く、すらりとしている。顎の線はくっきりとして、鼻筋がまっすぐ通り、瞳は濃いブルー。豊かな金色の巻き毛は元気すぎてまとまらず、ピンで留めてもすぐに落ちてくるほど。アリックス王女（一一五〇―九五、フランス王女）のようなシンプルな服装を好み、いつも清楚なブラウスとスカートを着て、飾り気のない麦わら帽子を窮屈そうに後ろへずらしてかぶっている。表情豊かな顔立ちなので、気持ちや考えがはっきりと表われるし、よく笑う朗らかな人だ。頭の回転も速い。そして、ジョンに首ったけだった。彼と出会ったときはおしとやかで礼儀正しい住み込みの家庭教師だったが、結婚後はのびのびした生気あふれる女性に変わり、はじけるような幸福感で光り輝いていた。

何年経っても、彼女の姿は脳裏にくっきりとよみがえる。まるで今もわたしの向かいに座って、いたずらっぽくほほえんでいるかのように。

わたしのほうは小柄な中年女性で、茶色の髪にはちらほら白いものが交じり、瞳は茶色、メアリーとはちがってぽっちゃりした体型。表情からはわたしがなにを考えているか読み取れないだろう。昔は血色が良くて桃のようにふっくらしていた顔は、ロンドンの煤で灰色味を帯びてしまった。髪はいつもきちんと後ろで丸く結い、服装も質素で控えめ。おとなしくてきれい好きな家政婦の見本といった具合。注目されるのは苦手なので、こういう誰にも気づかれない地味な存在でよかったと思っている。手は料理人の手そのもの——オーブンで火傷した跡やナイフでこしらえた小さな切り傷にいつも覆われているが、名誉の負傷だから満足している。これ以上なにも望むつもりはない。

そんなわけで、舞台の幕が上がったこの日、メアリーとわたしは台所でお茶を飲み、わたしの手作りのダンディーケーキをつまみながら、通気口から聞こえてくる名探偵シャーロック・ホームズの新しい依頼人の話に耳を澄ましていたのだった。

そうそう、通気口のことを説明しておかなくては。

イギリスの建築業者というのは換気のことがよくわかっていない。そのせいで通気口をおかしな場所に取り付ける癖があって、部屋の隅の目立たない位置にある通気口の配管は外のどこにも通じていないというお粗末さ。本来なら、台所の通気口が二階の居間とつながるなどということはありえない。煮炊きした匂いが家中に漂ってしまうから。設計ミスなのか施工ミスなのか、それとも運命の気まぐれなのか、我が家ではホームズさんの居間（彼にとって依頼人を迎える応接間でありダイニングルームであり射撃場であり、さらには化学実験室でもある）の高いところに設置された通気口は、なぜか台所の収納家具にはさまれた、わたしがパイ作りをする調理台の上部の通気口とつながっていた。

わたしがそのことに気がついたのは、ホームズさんが引っ越してくるよりだいぶ前の、ある夕方のことだった。スコーンを焼くため調理台で生地をこねていると、気味悪いことにどこからか歌声が聞こえてきた。自分は頭がおかしくなりかけていて、幻聴が始まったのだろうかと心配になったが、しばらくして上階の若い下宿人の声だと気づいた。彼が鼻歌のつもりで口ずさんでいた大衆演芸場（ミュージック・ホール）の俗っぽい曲が、通気口を伝わって台所まで届いたのだ。

それまでは通気口の蓋（ふた）を閉じたままにしていたが、ホームズさんが上に住むようになると、たびたび開けては台所の椅子に座って聞き耳を立てるようになった。もちろん、これはいけないこと。盗み聞きと変わらないので、善き家政婦であるための掟（おきて）に完全に背いている。わたし自身、分別を失って他人のプライバシーを侵害している自分にショックを受けたし、通気口の蓋を開けるたびにこんなことはいけないと自らを叱った。

それでも、通気口の蓋を開けさえすれば名探偵の話し声を聞けるという誘惑には、どうしても打ち勝てなかった。

この物語を手に取るくらいホームズさんの活躍に興味がおありの皆さんも、ひょっとしたらこの誘惑に屈してしまうのではないでしょうか。

言い訳はこれくらいにするとして、あの日、ホームズさんのところへ新しい依頼人が訪ねてきた。給仕のビリーはちょうど用事を言いつけられて外へ出ていたので、代わりにわたしが客を二階へ案内した。そのときに相手の様子をとくと観察したところ、小柄で内気そうな若い女性だった。青ざめて緊張のあまり小刻みに震え、榛色の生気のない目は、誰かに監視されていないか確かめるかのように後ろをちらちらとうかがっていた。彼女をホームズさんの部屋へ通すと、わたしは急いで台所へ引き返した。通気口の蓋はメアリーがもう開けていたので、二人して椅子に腰を下ろし、耳をそばだてた。子ネズミのようにおびえきったあの女性が、名探偵にいったいどんな相談を？

あいにくホームズさんは親切に応対できる気分ではなかった。しかも、ジョンは急な呼び出しで往診に行っていた。当人が口で言うほどではないものの、もともとホームズさんは女性を軽んじがちだ。弱くて感情に走りやすく、すぐに興奮して思慮分別を忘れ、男の注意を冷静な論理からそらさせてしまう厄介な存在だと考えているふしがある。

とはいえ、何人かの女性のことはホームズさんも高く買っている。彼女たちの共通点は強くて聡明で、独立心旺盛なこと。だから、しおれた菫の花は彼にとって気にさわるだけかもしれない――今回の依頼人はまさに今にも枯れそうなほどしおれきっていた。

開口一番、ホームズさんはお困りの理由はなんですかと尋ねた。彼女は消え入りそうな声で、『強請、でしょうか？』と曖昧な返事をしただけで、なにを種に誰に強請られているのか、どんな要求をされているのかは、なかなか話そうとしない。ホームズさんが何度訊いても、『お話しできません』と蚊の鳴くような声で答えるばかり。自分の名前さえ明かさない。

ホームズさんはつねづね依頼人に隠し事を許さない性分で、ご機嫌斜めの今日はなおさら寛大な気分にはなれなかった。すぐさま彼女をぞんざいに追い出しにかかる。『事情を話していただけないなら、力にはなれません。お引き取りください』

わたしは玄関ホールへ走りでて、のろのろと階段を下りてくる依頼人を待ち受けた。すっかりしょげかえって、身体をわななかせている。

「お茶を一杯いかが?」わたしがそう声をかけたとたん、彼女はわっと泣き崩れた。

メアリーと一緒に台所の椅子に座らせ、温かいお茶とケーキを勧めると、泣きじゃくっていた彼女はようやく落ち着いてきた。

「どうしてここへ来てしまったんでしょう。きちんとお話しすることもできないのに」そばにいてもやっと聞き取れるくらいのか細い声。「どうしても話せなかったんです。ホームズさんから夫の耳に入るのではないかと不安で。あの人に知られるわけにはいきません……もしも知られたら……」そう言って、また泣きだした。

「ねえ、奥さん」わたしは静かに話しかけた。「なにをなさったのか、お話しになってはいかがです?」

「まさにそこなんです!」彼女は声を張りあげた。ありったけの力で叫ぼうとするときの、しゃくりあげるような引きつった声だった。「わたしはなにもやましいことはしていません!」

「それなのに、なぜこんなことに？」わたしは訊いた。

「あの男は嘘をついているんです！」ホームズさんに聞こえやしないかとはらはらするほど大きな声だった。彼女を二階へ送り返すつもりはなかった。ホームズさんは良くても冷淡、最悪の場合はひどく邪険な態度を取るだろうから。正直言って、彼に腹が立っていた。あれでは依頼人を失うのも当然。次に女性が泣きながら相談に来たときは、もっと行儀よくふるまうよう心がけていただかないと。「あの男が言っていることは真っ赤な嘘です。ひどい嘘つきなんです！」なおも叫ぶ彼女をわたしは懸命になだめた。

「真っ赤な嘘なら、ご主人は強請屋の言うことなんて真に受けないのではなくて？」メアリーが口を開く。

「夫は、火のないところに煙は立たないと信じきっていますから」彼女は手袋を握る手に力をこめたりゆるめたりしながら言った。「それに、女性の身持ちはルビー以上の価値がある、女性にとって一番大切な財産だと考えている人なんです。一点の汚れもない無垢(むく)なものであるべきで、噂になることすら許されないと」

メアリーとわたしはすばやく視線を交わした。しょせん、この女性の夫も世間にごろごろいる自分勝手なわからずやらしい。そういう御仁に限って、清廉潔白とは言いがたい生き方をしているものだ。

「昨年、わたしたち夫婦は知り合いの女性二人についてとんでもない噂を耳にはさみました。証拠はひとつもありませんでしたし、人前では誰もそれを口にしなかったのですが、噂だけがまことしやかにささやかれていたのです。わたしは夫から、彼女たちとはもう会わないようにと言われました。妻が夫に口答えするのはいけないことだとわかっていますが、わたしの返事は〝聞き入れられない〟でした。彼女たちのことが好きでしたから。だいいち、証拠もないのにそんな話を鵜呑みにするわけにはいきません。そうしたら夫は、噂が立っているのがなによりの証拠だと言ったのです。本当に貞節を守っていれば、そのような悪い噂が広まる隙などないはずだ、と。嘘の裏には真実が潜んでいるものだから、きっとその二人の女性たちも……」彼女は語尾を濁した。

「不貞を働いたはずだ、でなければ噂になるわけがない、というのがご主人の唱える論理なのね」メアリーが続きを引き取る。「そういう心ない作り話で身を滅ぼされた不幸な女性が、どれほど多いことか」メアリーはかっかしていたが、相手に最後まで話してもらうため口をつぐんだ。

「初めのうちなら夫もわたしを信じてくれるでしょう」と客人。「そんな話は嘘っぱちに決まっていると言って。でも、噂が広まるにつれ、きっと疑いの目で見るようになって……」

「とうとう嘘を信じ始める」メアリーが文を結ぶ。「たとえご主人は信じなかったとしても、まわりの人たちは信じるでしょうから、あなたの評判に傷がつくのは避けられない。そうなれば、ご夫婦とも皆からつまはじきにされ、社会的に葬り去られてしまう。世間は残酷だものね。とりわけ女性に対しては」

「そんなことになったら、夫は耐えられないでしょう。それが狙いなのは強請屋の手紙から明らかです。文面の最初に、わたしが……」その言葉を口にする決心がまだつかないらしく、声が途切れた。

「その手紙をお持ちですか？」メアリーが片手を差しだすと、女性は言われるままにレティキュール（婦人用の小さな巾着袋）から折りたたんだ便箋を取りだし、メアリーに渡した。メアリーはそれを広げ、声に出して読み始めた。

「『親愛なるローラ』」メアリーはそこでいったん顔を上げると、女性をまっすぐ見つめた。「ローラというのがあなたのお名前？」

「はい、ローラ・シャーリーと申します」とても落ち着いた声で、ようやく名前を明かしてくれた。わたしたちはホームズさんよりも先へ進めたのだ。メアリーは続きを読みあげた。

「『あなたに関して耳寄りな話を聞いた。選択肢を与えよう。当方の要求をのむか、当方に秘密を世間にばらまかせるか、二つにひとつ。これほど面白い話はめったにないから、大騒ぎになるだろうな。こういう話だ』」

　メアリーはそこから先を黙読し、しばらくしてから言った。「このあとは汚らわしい胸の悪くなるような表現が続くので、繰り返すのはやめておくわ」それから便箋をためつすがめつ眺め、注意深く調べた。

「なにも要求していないようね」わたしは言った。

「はい、今のところは」シャーリー夫人が静かに答える。「これまで三通の手紙を受け取っていて、三通目に次の手紙で要求を伝えると書いてありました」

「それを拝見できないかしら？」とメアリー。

「燃やしました。二通目も一緒に。そうするしかなかったんです。夫はわたしに来た手紙にも目を通しますから。三通とも夫が仕事で出かけている日中に届いたのはせめてもの幸運でした」

「幸運なのか、相手がそう仕組んだのか」メアリーがつぶやく。「封筒ごと全部燃やしたんですか？」

「ええ」ローラは悲しげに答えた。「あんなものを家に置いておくのは耐えられなかったんです」

メアリーは椅子から立って、窓から射しこむ光に手紙をかざした。

「紙質は厚手でまあまあ上等。ありふれた銘柄の透かし模様が入っているわ。筆跡に目立った特徴はなし。どこかちゃんとした学校で教育を受けたらしく、癖のない文字ね。インクは水で薄めてある。粗雑なカットの安物のペン先を使っているせいで、見てちょうだい、このとおり紙の表面に引っかき傷ができているでしょう？　便箋は私物ではないわね。もしそうなら、こんなペン先では書きにくいとわかっていたはずだもの。たぶん紳士方が過ごすクラブで書いたのよ。ただし、あまり高級なところではなさそう。高級クラブの備え付けの便箋なら、上部にクラブ名が印刷されていなくてはおかしいから」言い終えて振り返ったメアリーは、わたしが目を丸くしているのに気づくとにっこり笑った。「だって、ジョンからしょっちゅうシャーロックの手法を聞かされているんだもの。これくらいは覚えるわよ！」

メアリーは再びテーブルの前に座り、ローラの腕に手を置いた。

「次に手紙が来たら、わたしたちのところへ持ってきていただきたいの」

「開封はしないでちょうだいね」わたしは急いでつけ加えた。おびえているこの哀れな女性に卑劣な男の薄汚い要求など読ませたくなかったし、封蠟（ふうろう）の方法や癖がひょっとしたら手がかりになるかもしれないと思ったからだ。「そのままここへ持ってくるだけでいいのよ」

「力を貸していただけるんですね？」ローラ・シャーリーは嬉（うれ）しそうに言って、わたしたちの顔を順に見つめた。「お二人でわたしを助けてくださるんですね？」

メアリーとわたしは顔を見合わせた。それぞれで決断し、同じ結論に至ったのがわかった。

「もちろんよ。わたしたちであなたを助けるわ」メアリーはためらわずに答えた。「助けないわけがないでしょう？」

シャーリー夫人はほどなく帰っていった。だいぶ元気を取り戻した様子で――晴れ晴れした気分とまではいかないにせよ、もう泣いてはいなかった。わたしがお茶の後片付けをしているあいだ、メアリーは励ましの言葉をかけながらシャーリー夫人を玄関まで見送りに行き、それが済むと台所へ戻ってきた。

「メアリー……」シャーリー夫人に約束したことを本当にやり遂げられるのか自信がなくて、ためらいがちに切りだしたが、言葉にしなくてもメアリーはわたしの不安を察してくれた。

「わたしたちならできるはずよ」洗い終わったカップを拭いて食器棚にしまいながら、メアリーはきっぱりと答えた。「ここに座って、ジョンとシャーロックの話に耳を傾けながら、いろいろなことを学んできたんだもの。二人で力を合わせれば、きっと助けてあげられるわ」

毎回どきりとさせられるのだが、ホームズさんはメアリーをミセス・ワトスンと呼ぶのに、メアリーのほうはホームズさんを面と向かってもシャーロックと呼ぶ。「でも、メアリー……」

「それに、わたしたちは女だからシャーリー夫人に信頼してもらえる。シャーロックではそうはいかないでしょう？　調査を進めるときも、女であることは大きな強みになるわ。相手に警戒されなくて済むもの。大半の殿方は女を無害で無能な取るに足らない存在だと思っているから、ローラ・シャーリーに新しい女友達が二人できたところで、誰も気に留めないでしょう。反対にシャーロックが彼女のそばに突然現われたら、これはただごとではないと周囲に怪しまれてしまう。もちろん、彼女の聖人ぶった旦那様にも」

「そうね。でも、メアリー……」

「彼女を独りぼっちで悩ませたくないの。そんなことできない！」メアリーは食器棚の扉を勢いよく閉めたあと、申し訳なさそうな顔になった。

「同感よ！」わたしは今度こそはとすかさず言葉をはさんだ。「二人で彼女を救うことに賛成。ただし、ひとつ確認しておきたいんだけれど――ホームズさんには黙っているんでしょう？」

「そうよ。絶対に内緒！」メアリーは通気口のほうを見やって蓋が閉まっていることを確かめてから、声をひそめて続けた。「彼はシャーリー夫人を追い返したんだもの。あれはあんまりだわ。彼女はそれで途方に暮れて、わたしたちに助けを求めた。だから今はわたしたちの事件よ」

「そうですとも」わたしはテーブルを拭きながら言った。「実を言うとね、ただここに座って気の毒な依頼人の話を聞いているだけじゃなくて、人助けのために行動したいと思っていたのよ。お茶の支度をする代わりに、ホームズさんのように依頼人を救ってあげたいと考えるようになったの。でも、ジョンには話すんでしょう、メアリー？」

「ジョンに？」メアリーはテーブルの前に腰を下ろしながら訊き返した。その口調からすると、夫のことは念頭になかったようだ。彼女は視線を一瞬テーブルに落としてから答えた。「ジョンにも内緒にするわ。もしなにか訊かれたら、友人の手助けをしているだけと答えるつもり。打ち明けるとしても事件が片付いてからでしょうね。ジョンだって、シャーロックと一緒に手がけた事件をすべてわたしに話してくれるわけじゃないもの、おあいこよ。友人の手助けということで押し通すわ」わたしを見上げてつけ加えた。「実際にそんなようなものでしょう？」

わたしは洗ったふきんをしぼって、乾かすためオーブンの扉にかけながら、同意のしるしにうなずいた。今度の件はわたしたちだけで、二階の殿方からの口出しや〝手伝い〟なしでやり遂げなくては。これはわたしたちに持ちこまれた依頼。腕試しをして、やりがいのある仕事に取り組んでいると実感できる絶好の機会じゃないの。気持ちが高揚した勢いで、気がつけば食器棚からグラスを二個取りだしてテーブルに置き、奥の食料貯蔵室からボトルを一本持ってきていた。

「上等なワインの味がわかるのはホームズさんだけじゃないですからね」そう言って、ボトルをメアリーの前に置いた。

「ワインどころか、シャンパンじゃないの！　それも高級な」メアリーは恐縮すると同時に歓声を上げた。

「お祝い事で飲むなら、やっぱりシャンパンでしょう？」わたしはコルク栓を慎重にはずした。

「あなたには驚かされることばかりだわ。念のため言っておくと、まだ午後の四時よ」

「お酒で乾杯したいと思って。お茶では気分が出そうにないから」わたしはシャンパンを静かにグラスに注いでから、泡がパチパチとはじけている金色の液体のグラスをメアリーに掲げて見せた。

「それじゃ、乾杯しましょう。メアリー・ワトスンとミセス・ハドスン――二人の探偵に！」わたしがはしゃいだ気分で威勢よく言うと、メアリーも笑いながら立ちあがって、自分のグラスを掲げた。

「ミセス・ハドスンとメアリー・ワトスン――二人の探偵に！」

だいぶ経ったあとワトスン夫妻が帰っていき、わたしもいくぶん酔いがさめてから――飲む前は忘れていたが、わたしはシャンパンで頭がふわふわしてしまうのだ――ホームズさんの部屋へ夕方に配達された郵便物と一緒にお茶を持って上がった。郵便物のなかにはウファ島から届いた葉書が一通交じっていた（『オレンジの種五つ』で言及される「ウファ島でのグライス・パタースン一家の奇怪な冒険」を指す。いわゆる〝語られざる事件〟のひとつ）。一八八七年以降、毎年届くのだが、今回も『万事順調』のメッセージと、グライス・パタースンという署名が添えてあるだけだった。ホームズさんがもうその島へ行かずに済むよう願うばかりだ。当人にとって快適でも安全でもない場所のはずだから。

ちょうど日没を迎えようとする時刻で、ロンドンは真っ赤な夕陽が放つ薔薇色（ばらいろ）の輝きに染められ、古びた街が真新しく清潔に見えた。ホームズさんは腰の後ろで手を組んで窓辺に立っていた。彼が眺めているのは夕焼けではなく、街路の雑踏だった。ジョンを探しているのかと思ったので、もうお帰りになりましたよとホームズさんに伝えた。

「僕が探しているのはワトスンじゃないよ」とホームズさんは答えた。「彼女が戻ってくると思ったんでね」

「どなたのことですか？」白いテーブルクロスを広げて、そこにお茶のセットをホームズさんの好みどおり決まった位置にきちんと並べながら、わたしは訊いた。

「ハドスンさん、さっき訪ねてきた女性は……」

「あの方なら泣きながら帰られましたよ」思いのほか、とげとげしい口調になってしまった。ホームズさんもそれに気づいたのか、振り向いて不思議そうにわたしを見た。

「本当のことを話してほしかっただけだ。包み隠さず打ち明けてもらわないことには始まらないからね。きっと戻ってきて、今度は聞き分けよく質問にはなんでも答えるだろう。彼女を助けてあげたいのはやまやまだが、材料(データ)がないことには手の打ちようがない。必要なのは材料なんだ！」彼はぶっきらぼうに言って、ティーカップを手に取った。少しむきになっているようにも見受けられた。「彼女は必ず戻ってくる」

「助けてくれる人がほかに見つかったのかもしれませんよ」わたしはさりげなく言って、トレイを胸に抱えた。

　ホームズさんがむっとした顔になる。「そんなことがあるはずはない。ほかに彼女を助けられる者がロンドンのいったいどこにいるんです？」ホームズさんは再び窓辺へ行き、通りを食い入るように見つめ続けた。

「そうですよね。ロンドン中くまなく探したって、それだけの人物はいやしませんせん」わたしはそう答えると、ホームズさんを一人残して部屋をあとにした。

四つの輪

長きにわたって、わたしたち三人はうまく折り合いながら同居していた。探偵のホームズさんは日増しに名声が高まっていき、医師のジョンは包容力のある相棒として親友を支えるとともに、伝記作者としての才能を発揮した。そのかたわらで家主であり家政婦であるわたしはお茶を運んだり下げたり忙しく動きまわるうちに、二人の下宿人が不規則な生活を送っていることや、彼らのもとに奇妙な客ばかりが訪ねてくることに自然と慣れていった。おまけに、ホームズさんから昼夜を問わず変わった用事を頼まれた。これこれの化学薬品を調達してきてくれだの、匂いを追跡してくれる優秀な犬はロンドン中心部ならどこへ行けば借りられるか教えてほしいだのと。テーブルに朝食を並べていたら、この皿には料理の代わりにこれを載せておくようにと、丸めて紐（ひも）で縛った書類を渡されたこともある（『海軍条約文書』）。夫のヘクターが生きていた頃以来の、わくわくする毎日だった。それでもたまに、二人が冒険へと繰りだすのを見送りながら一緒に行けたらいいのにと願っては、その気持ちを無理やり押しこめたものだ。わたしの出る幕ではないと自分に言い聞かせて。悪党や手がかりを追ったり、被害者を救ったりするのは彼らの役目。おとなしく留守番をして、下宿人たちが戻ってきたら世話をしてあげるのがわたしの役目。そうわきまえて、ここが自分にふさわしい場所だと信じて疑わなかった。今のまま三人で暮らしていれば幸せなのだと思い、そうであってほしいと望んでいた。

そこへ現われたのがメアリー・モースタンだった。背筋がまっすぐ伸びた美しい目の女性で、大切な人を守るためなら火の海へでも突き進んでいくにちがいない不屈の精神を宿していた。わたしたち三人をこよなく愛してくれたメアリー。のちにわたしたちの心を悲しみでずたずたに引き裂いたメアリー。でもその話はまたいずれ、わたしがそれを語れるほど強くなったときに。

メアリーとシャンパンで乾杯して、探偵になるんだと気炎を上げた翌朝、わたしは寝室で自分は浅はかだったと後悔していた。

わたしの寝室はホームズさんの居間の真上にあり、夜ベッドで横になっていると、ロンドン警視庁（スコットランド・ヤード）がお手上げになった難事件に挑むホームズさんが、ぶつぶつ独り言を口にしながら室内を行ったり来たりしている音がしょっちゅう聞こえてくる。なぜああいうことが自分にもできると思いこんでしまったのか、不思議でならない。

シーツを整え終えた鉄製の大きなベッドに腰かけたまま、壁際の鏡をのぞいた。そこに映っているのは、背が低い、実際の年齢よりも老けて見える中年女性——といっても、ときどき自分が何歳だったか忘れてしまうのだけれど。器量は十人並みで、おっとりした顔立ち。小太りなのはいつもおいしいケーキを焼いて味見しているせいかもしれない。白いものが交じった茶色いふさふさの髪は後ろできつく束ね、丸く結っている。身に着けているものは黒いボンバジーン地（絹と梳毛の綾織物で、ヴィクトリア朝時代は婦人用喪服によく使われた）の質素なドレスに長い金鎖のネックレス、あとは腰のベルトの内側にたくしこんだ懐中時計。

思わずため息が出た。頭のなかで描く自分はヘクターに見つめられてはにかみながらくすくす笑う可憐（かれん）な細身の娘なのに、鏡のなかにいるのは目立たなくてぱっとしない、年取った平凡な女。どうしてこんなに変わってしまったんだろう。なんだか自分が目に見えない存在になった気がした。いつも地味な服装をしていて控えめで、曲がったことをせずきちんと暮らしている若くない女性。そういう人はロンドンに数えきれないほどいるはずだ。

ふと、たんすに目が行った。そこには衝動買いした二着のドレスが入っている。一方は日陰のマロニエの葉を思わせる深緑色。もう一方はやや派手めの濃い赤褐色。

ヘクターは深緑色のほうを好んだだろう。わたしの目の色は茶だが、ところどころ緑と青が細かく散っていて、それらの同系色の服にとても映える。目に謎めいた魅力がともるから、緑色を着ているときが一番きれいだとヘクターが言ってくれたのを思い出す。でも、今のわたしは夫に先立たれた白髪交じりの下宿のおかみ。緑色のドレスを着た魅力的なまなざしの娘とは別人のようだ。ましてや赤褐色のドレスなど似合うわけがない。

顔色が悪く見えてしまうに決まっている。

　鏡に視線を戻した。少しのあいだだけ、メアリーのやりたいことにつきあおう。頭を忙しくさせて、ときどき襲ってくる悲観的な考えを追い払うためにも。決心が固まると、台所へ下りていった。寝室は眠るためだけの場所だけれど、台所はわたしがのびのびと活動できる領地であり、ほっと息をつける避難所でもある。いつだって安らぎを与えてくれる大好きな空間だ。

　メアリーがもう来ていて――午前中ちょくちょく訪ねてくる――シャーリー夫人から預かった手紙を何度もひっくり返していた。わたしがいなくても台所に入っていいのはメアリーだけ。メアリーならわたしのティーポットを使ったり、たまに軽食を作ったりしてもかまわないことになっている。パン作りやお菓子作りはさすがにご遠慮願っているけれど。わたしの台所でそうしたものを焼けるのはわたしだけだ。

「メアリー、それを読ませてもらえない？」

「胸の悪くなる内容よ」そう言いながらも、メアリーは手紙をすぐに差しだした。

「でしょうね」わたしは手紙を受け取った。

　確かに胸の悪くなる内容だった。途方もなくひどかった。ローラが相手かまわず何人もの男性と不道徳な行為に及んでいるさまを、どぎつい卑猥な言葉で綴ってあったのだ。読んでいるだけで目が汚れてしまいそうだった。あの小柄で物静かな女性がこんな変態じみたことをするなんて、考えるのもばかげている。書いてある行為の半分だって、彼女にはどういうものか想像すらできないだろう。にもかかわらず——巧妙なことに、ちょっとしたもっともらしい表現をそこかしこに埋めこんであるせいで、妙に真実味を帯びているのだ。感情に走った箇所はどこにもなく、本当に貞淑な女性なら悪い噂など立つわけがないと考える男性が読めば、簡単に疑念を植えつけられてしまうだろう。ここまで露骨でない噂話でさえ、立派な女性たちの人生をめちゃめちゃにしてきたのだから。

　メアリーはとうに冷めたお茶のカップをもてあそびながら、遠くを見つめている。

「どこから手をつける？　問題はそこよね」彼女は静かに言った。

「この手紙からでしょうね」わたしはメアリーの向かいに腰を下ろした。「ホームズさんはいつも証拠品から始めるわ」

「残念ながら、手紙からはこれ以上なにもわかりそうにないのよ。彼ならインクの濃淡や便箋の陽の当たり具合をもとに手がかりを引きだすんでしょうけど、わたしの技量では無理」とメアリー。

　短い沈黙のあと、わたしは口を開いた。「じゃあ、被害者から。まずは被害者について調べましょう」

　メアリーに目で促されたので、根拠を説明することにした。

「手紙の主にすれば、誰でもよかったわけじゃないはずよ」考えながらゆっくりと話し始めた。その瞬間、急に湧きあがってきたものは——そう、まぎれもない興奮だった。

自分は知性など求められていないただの中年女性だと長年思ってきたわたしが、懸命に考えて、難しい問題に挑んでいる。頭を使って推理を組み立て、関連性を整理し、ひらめきを加えて答えにたどり着こうとしている。なんだか不思議な気分だった。すっかり錆びついていた脳をひやひやしながら動かしてみたら、久しぶりに勢いよく回転しだしたような感覚だ。

全身が言い知れぬ快感に包まれた。

ホームズさんが味わっているのもきっとこれと同じなのだろう。考えることがなにもないと別の刺激に溺れるのも、無理はないのかもしれない。「意図的に選んだ標的なのよ」頭のなかの思考という名の汽車を走らせ続けた。「臆病で、心を許し合える友人のいない、嫉妬深い夫を持った女性。シャーリー夫人は条件にぴったり当てはまる」

「狙いはなんなの？」メアリーが訊く。「まだ要求を出してこないわ」

「それは後回しよ」きっぱりと答えた。「まず、犯人は標的を社交界の人名録から無作為に選んだわけじゃないという点に目を向けましょう。あらかじめ集めておいた充分な情報のもとに品定めしたのよ。ということは……」

「犯人はローラ・シャーリーの知り合い！」メアリーはすぐにぴんと来た。いい調子。なんだか嬉しくなった。「それも、ただの顔見知り程度ではない」

「そのとおり。たぶん、シャーリー夫人と同じ社交の輪に入っているんだと思うわ。彼女の交際範囲を調べる必要があるわね」

「彼女が全然疑っていない相手だとすれば、本人に訊いても名前は出てこないかもしれない——わたしたちに話してくれる気があるとしても」メアリーは言った。

「じゃあ、シャーリー夫人の社交仲間と会う方法を見つけたほうがよさそうね。新しい知り合いのふりをして、彼女から旦那さんや友人たちに紹介してもらうのはどう？」

「ローラが夫に嘘をつき通せるとは思えない」メアリーが反論する。「嘘どころか、本当のことを漏らさないでおくのも無理よ。顔が赤くなったり、話すときにつっかえたりして。たまたま知り合った新しい友人だと言って、わたしたちを平然と夫に紹介するなんていう芸当は、彼女にははなからできっこないわ。それに、もし手紙の男——けだものも同然だけど、とりあえず人間扱いしておくわね」憎々しげな言い方。「その男がシャーリー夫妻の知り合いだとすれば、引っ込み思案のローラが突然新しい友達を二人も作ったと聞かされたら、怪しむんじゃない？　たとえ夫は気に留めなくても」

一理ある。わたしもうまく芝居ができるか自信がない。そうかといって、ローラをこのまま放っておくわけにはいかないので、さらに頭をひねった。

「見方を変えましょう。手紙の男は社交仲間ではなくて、ローラと別の接点を持つ知り合いかもしれないわ。たとえば、婦人服の仕立屋とか、弁護士とか、精肉店の主人とか。うちで利用している食料雑貨店も、わたしが一週間にいくら買い物をするか正確に知っているわ。来客があるかどうか、請求書の金額に文句を言う度胸がわたしにあるかどうかも。午後のお茶会に招くことはありえない、個人的なつながりの薄い相手なのに」

「言われてみればそうね。気がつかなかったわ。ローラの行動を探って、彼女がどんな用事で誰と会うか調べなくては。ただし本人はもちろん、彼女の夫や夫妻の友人たちにも悟られないように」

「夫のほうも見張ったほうがいいわ」わたしはつけ加えた。「犯人は夫の知人のなかにいるかもしれないもの。仕事上のつきあいもあるでしょうから、夫のほうが交際範囲は広いはずよ」

メアリーは大きなため息をついた。

「こっちは二人なのに、監視の対象は大勢いるわけね」

「ええ、二人だけではとうてい歯が立たない。そもそも監視のコツなんて全然わからないわ」わたしも考えあぐねた。「それに、二人ともローラに顔を知られている。わたしたちを見かけたら、彼女はきっと声に出したり顔に出したりしてしまう。こういうずる賢い男は、わたしたちの身元なんてわけなく調べあげるはずよ。強請屋に絶対怪しまれない協力者が必要だわ」

メアリーとわたしが同じ答えを思いつくのにそう時間はかからなかった。もちろん、彼らしかいない。わたしたちは顔を見合わせ、にっこり笑って同時に言った。

「ベイカー・ストリート・イレギュラーズ！」

ベイカー街の少年たち

ジョンの物語の愛読者はベイカー・ストリート・イレギュラーズをすでにご存じかと思うが、未読の方のために説明しておきたい。

十九世紀末、ロンドンの路上には少年たち——ときには少女たちも交じっていた——があふれ、騒がしく駆けまわっていた。彼らの多くは住む家も身寄りもなく、身寄りがいたとしても面倒は見てもらえなかった。そこで、食べていくために街路をうろついて、メッセージを届けるなどの細々した使い走りを引き受けては、一シリングの駄賃を稼いでいた。よって、ホームズさんがどこかの店からなにか取り寄せたいと思えば、その用事を頼める少年が街頭にいくらでもいたのだ。彼らはたまにリンゴ一個や丸パン一個を盗んだ。なかにはもっと深刻な犯罪に手を染めたり、凶悪な犯罪者の手下になったりする子もいて、お決まりの哀れな末路をたどった。一生刑務所から出られないか、絞首刑に処せられるかして。ほかには……消息がわからなくなる子もいた。

ウィギンズも路上にいる少年たちの一人だった。要領がよくて機転が利き、ベイカー・ストリート・イレギュラーズのリーダーとして仲間を束ねていた。

彼の特別なところは、しっかり考えて計画し、成り行きを見ながら臨機応変に行動できることだろう。通りを駆けまわっている少年たちのなかには、生き残れる子もいれば、そうでない子もいる。ウィギンズはその状況に心を痛め、路上で暮らす少年たちには助けが必要だと気づき、なんとかしようと決心した。彼らを集めて寝る場所を用意し、食べ物を分け与え、仕事を見つけてやった。安全に暮らせるよう、家族のように全員を見守ってあげた。やがてウィギンズたちはホームズさんと知り合い、互いに助け合う持ちつ持たれつの関係を築いた。そんなわけで、少年たちはホームズさんの仕事をちょくちょく手伝うようになったのだった。

わたしがウィギンズたちの存在を知るきっかけとなったのは次のような出来事だった。ある日、呼び鈴に応（こた）えてベイカー街二二一Bのドアを開けると、汚らしいぼろを着た少年たちが一塊になって立っていた。一番前にいる十二歳くらいの用心深い目つきをした少年が、かしこまった口調で言った。「ウィギンズとベイカー・ストリート・イレギュラーズです」そのあと急いでつけ加えた。「ホームズさんに呼ばれたんです」

わたしは少年たちを順繰りに見た。不安そうな子、期待の表情を浮かべている子。ふてくされた顔つきの子も一人か二人いた。裏口へ回れと言われるか、帰れと言われるかして、玄関から追い払われると思っているのだろう。

でも、ホームズさんの部屋にはもっと人相の悪い、無礼で粗暴な来訪者も通したことがある。ドアから下がって、少年たちをなかへ通した。彼らはウィギンズを先頭に階段を駆けあがっていった。

用が済んで少年たちが下りてきたとき、わたしは台所へ続く階段の上で待っていた。

「ケーキがあるの。よかったらどうぞ。お茶とミルクも人数分用意してあるわ」

おなかを空かせた子供たちは目をぱっと輝かせたが、真っ先にリーダーの顔色をうかがった。続いてウィギンズがわたしの顔を疑わしげに見つめた。

「手を洗えとは言わないし、うるさく訊いたりもしないわ」わたしはそう約束した。男の子がどういうものかは知っている。昔の記憶がぼんやりとよみがえった。

ウィギンズがわたしの言葉にうなずくと、ほかの少年たち（十人くらいだったと思うが、すばしっこく動きまわるので正確に数えられなかった）は一斉にわたしの横を通り抜けて、台所へなだれこんだ。残った年かさのウィギンズはわたしに歩み寄ると、「ご親切にありがとうございます、ミセス・ハドスン」と礼を言った。

「どういたしまして。わたしの名前を知っているのね。わたしもあなたの名前を知っているわ。ウィギンズでしょう？」

「はい、そうです」ウィギンズは帽子に軽く手をやって挨拶したあと、紳士顔負けの悠然とした足取りで台所へ向かった。がっつかないで行儀よく食べろよ、と彼がほかの子供たちに注意する声が聞こえてきた。わたしもあとから台所へ入ると、ウィギンズは年下の少年たちにミルクを注いでやりながら、全員にケーキが行き渡っているか目を配り、譲り合って仲良く食べるよう言い聞かせた。それからようやく自分の分を食べ始めたが、仲間たちから目を離さず、口喧嘩が起こるとすぐにいさめた。

なんて立派な子でしょう。わたしは感銘を受けた。ウィギンズより悪い大人は大勢いても、彼よりましな大人はめったにいないかもしれない。ほかの子たちも見ていて気持ちがいいほど食欲旺盛で、嬉しいことにケーキを残らずたいらげてくれた。

「また来てちょうだいね」わたしは全員に言った。「いつもたくさん作りすぎてしまうから、食べてもらったほうがありがたいわ」

ウィギンズが慈善行為を胡散臭く思っているのは表情から明らかだった。たぶん救貧院を連想したのだと思う。祈禱や説教で罪を自覚させられ、粗末な食事をわずかしか与えられず、折檻されたり独房じみた場所に閉じこめられたりすることもある劣悪な環境の救貧院を。

「ホームズさんは夕食を抜くことが多くて」わたしは誤解を解こうとした。「無駄になるたび、がっかりするの。せっかくコンロの前で手間暇かけて作ったのにって」

ウィギンズはうなずいたが、黙ったまま仲間を見やった。彼には彼のプライドがあるのだろうが、そのせいでほかの子たちが我慢させられたらかわいそうだ。ウィギンズに本当のことを話すしかないと決心した。

「わたしにも息子が一人いたの」ウィギンズの隣の、テーブルの一番奥の椅子に腰を下ろして、ほかの子たちには聞こえないよう小さな声で話した。ウィギンズだけに打ち明ける内緒の話。「でも、亡くなったわ。夫ももうこの世にいない。だから正直に言うと、こんなふうに相手をしてもらえて嬉しいの。ホームズさんはしょっちゅう出かけているから、いつもこの家で独りぼっちなのよ」

するとウィギンズはようやく笑顔になって、仲間たちにうなずいて見せた。わたしの誘いを受け入れることにした、という合図だ。この時を境にイレギュラーズはうちへ出入りするようになった。一カ月に二、三回の頻度で、多くても二、三人ずつ。わたしは料理やお菓子をふるまって、言葉はかけても質問は一切せず、彼らの話には丁寧に耳を傾けた。ときどき、擦り傷や切り傷や打ち身の手当をしてやった。ウィギンズに守られているとはいえ、路上は楽に暮らせる場所ではない。そのウィギンズもたまに顔を出してくれた。飢え死にしかけた子を連れてくることもあれば、一人きりのこともあった。彼の意図に気づいたのはしばらく経ってからだった。わたしは少年たちの面倒を見ているつもりだったが、ウィギンズのほうもわたしの面倒を見ているつもりだったのだ。彼が訪ねてくるのは空腹を満たすためだけではなく、わたしの様子を見るためでもあった。元気にしているか、寂しい思いをしていないか、怪我をしたり面倒事に巻きこまれたりしてはいないかと。彼の思いやりは言葉では言い表わせないほど心に深く染みた。

そうそう、我が家の住み込みの給仕になったビリーを連れてきたのも、思い返せばウィギンズだった。そのいきさつはまたのちほど。

「どうやってイレギュラーズを見つければいいの？」メアリーが訊いた。「ジョンの話だと、いつもロンドン中を走りまわっていて神出鬼没らしいけれど」

「角にある新聞雑誌店の窓に伝言を貼っておくわね」わたしは答えた。「ホームズさんがいつも連絡を取るのに使っている方法よ。彼らは毎日、一時間ごとにそこを確認しているの」

さっそく実行に移し、〝BSIからミセス・Hに連絡を。仕事あり〟というメッセージを出しておいた。

翌日、ウィギンズが商談にふさわしく玄関先に現われた。普段はケーキを食べに来るほかの子たちと同様に裏の勝手口から入ってくるが、今日の自分はただの少年ではなく働き手なのだと心得て、表玄関を選んだのだろう。わたしは彼を地下にある探偵事務所代わりの台所へ通した。

「調子はどうですか？」わたしを気遣いながら階段を下りていったウィギンズは、メアリーの姿を見たとたん動揺をあらわにした。この台所でわたし以外の人間と顔を合わせること自体慣れていないし、メアリーがおせっかい焼きの社会改良家かなにかで、祈禱と命令でがんじがらめにされる牢屋も同然の場所へ連れていかれると思ったのかもしれない。「こちらはわたしの友人のメアリー・ワトスンよ」わたしは慌てて少年に言った。

「ワトスン先生の奥さん」

コンロの前でお茶の用意をしているあいだ、わたしはメアリーとウィギンズが互いに探り合っている気配を背中で感じていた。メアリーの目に映るウィギンズは、十二歳とも十五歳ともつかない、痩せてはいるが動きに貪欲な力強さのにじむ引き締まった身体つきの少年だろう。彼のほうは石像のように身じろぎひとつせず立っているはずだ。目だけは油断なく動かして、相手を品定めしながら。黙っているときも頭はつねに働かせ、たいていは不快で否定的なことを考えているらしい。仲間のなかでひときわ背が高く、皮膚は汚れて黒ずみ、血色の悪い青ざめた顔も垢にべっとり覆われているというありさま。ぼさぼさに伸びた濃いブロンドの髪もひどく汚れ、黒っぽい目は光を通さず、暗く陰っている。服装は茶色いぼろきれをちぐはぐに組み合わせたような感じだが、これは街の雑踏にまぎれるための変装で、本当はもっとましな服を持っている。わたしが前にあげた服があるはずだから。メアリーはこういった事柄をおおかた、目の前に立っている少年から見て取ったようだった。

「よろしく、ウィギンズ君」メアリーが会釈すると、ウィギンズは慇懃にそっけなく会釈を返した。

「呼び捨てでかまいません」彼はメアリーに言った。

「苗字は？」

「そんなもの必要ないですから」

「そう。じゃあ、ウィギンズって呼ぶわね」メアリーはほほえんで言った。一瞬ためらってから、ウィギンズもほほえみ返した。探り合いが終わって、二人とも相手に合格点をつけたということだろう。ウィギンズはテーブルの前に座り、わたしは二人のカップに紅茶を注いだ。

「助けがいるんですか？」ウィギンズが心配そうにわたしに訊く。「張り紙の名前はハドスンさんだった。ホームズさんじゃなくて」

「そうなんだけれど、困っているのはわたしの知り合いで、その人になんとかすると約束したの。だから、あなたに手伝ってもらえないかと思って」そう言いながら、わたしは彼の前に分厚く切ったシードケーキを置いた。彼の大好物だ。賄賂のつもりだと察したのか、ウィギンズはわたしをいぶかしげに見つめた。「それでね、ホームズさんにはこのことを知られたくないの」

ウィギンズは怪訝そうにわたしたちの顔を交互に見比べた。

「ホームズさんに黙ってるつもりなんですか？」納得しかねる顔つきだった。ホームズさんに対するウィギンズの忠誠心は並大抵のものではない、当然ながら、心から尊敬している。自分にとって一番大事な雇い主に隠し事をするのは不本意なはずだ。

「これはわたしたちの事件よ」メアリーは強調した。「ホームズさんではなくて」

「えっ？　二人ともホームズさんみたいな探偵になる気ですか？」驚きと好奇心がないまぜになった口調でウィギンズが訊く。

「そのとおりよ」わたしは静かに言って、彼の正面に腰を下ろした。「おかしい？」

わたしが真顔で訊くと、ウィギンズはにやにや笑いを引っこめた。

「ミセス・ハドスンとミセス・ワトスンの事件」彼がこちらを見てつぶやく。

「そう、ミセス・ハドスンとミセス・ワトスンの事件」メアリーはきっぱりと繰り返した。「依頼人の身を守って、責任をまっとうしなければならないの」

メアリーの熱意あふれる表情に、ウィギンズは彼女が事件をどれほど真剣に受け止めているか悟ったのだろう。うなずいてから、シードケーキにかぶりついた。

「了解。だけど、ひとつだけ条件があります」とウィギンズ。

「どんな条件？」わたしは訊き返した。

「もし、二人のどっちかが怪我をするとか厄介なことになったら、おれはすぐにホームズさんのところへ報告に行きます」

「条件をのむわ」メアリーが即答した。当然のことだ。わたしたちは熱意満々であっても、向こう見ずではないのだから。

「じゃ、話を聞きます。どんな仕事ですか？」ウィギンズは相変わらず事務的な口調で促した。

「二人の人物を尾行してほしいの」メアリーはそう言って、紙切れを渡した。路上暮らしの少年にしては珍しく、ウィギンズは読み書きができる。どこで習ったのかはわからないが、かなり苦労がいったはずだ。読み書きの技能を身につけて、食べていくために活用したいという強い意志のもとに学んだのだろう。

「相手はローラ・シャーリーさんと彼女の夫よ。ここに住所や勤務先などの詳しいことを書いておいたわ。わたしたちが知りたいのは、この夫妻の家に出入りする人たちの氏名と人相風体。夫妻が連絡を取った人や会った人のこともね。たいした用事ではなさそうに思えても、全員について調べてもらいたいの」

「へえ、たったそれっぽっち？」ウィギンズは面白がるように言って、紙切れに目を通した。

「なんとかなりそう？」わたしは彼の表情をうかがいながら訊いた。

「これくらいの仕事はホームズさんの頼みで何度もやってるから」ウィギンズはふんと鼻を鳴らし、紙切れを折りたたんでポケットにしまった。「使用人たちも調べるんですか？」彼に訊かれて、そこまでは考えていなかったことに気づいた。

「いいえ、今のところは」わたしは返答したあとに迷い、この調査は最初に思ったよりも大がかりなものになりそうだと感じた。毎日毎日、ローラ・シャーリーは大勢の人と接点を持って暮らしているだろうし、その人たちにも接点を持つ相手が大勢いる。そこへさらにシャーリー氏の友人や仕事関係の知人も加わるわけで……関係者すべてを調べることなど、どだい無理なのでは？

「使用人同士の関係で、重要な点があれば別だけれど」わたしはそうつけ加えた。

「重要かどうか、彼にわかるの？」メアリーが訊く。

「ウィギンズならわかるわ」わたしは自信たっぷりに答えた。「彼の能力にはホームズさんも絶大な信頼を寄せているもの」それは事実だった。将来、ウィギンズはスコットランド・ヤードを背負って立つか、彼らをあっと驚かせて完全に裏をかくか、どちらかの存在になるだろう、とホームズさんは口癖のように言っている。

ウィギンズは誇らしげに背筋をぴんと伸ばした。「ビリーを一日に二回、結果報告を聞きによこしてください。あいつならおれたちの居場所がわかります」

ビリーはこの家で働く給仕だ。さっきもお断りしたとおり、詳しい紹介はのちほどゆっくりと。彼にもいろいろ過去がある。

ところで、イレギュラーズがどこを寝床にしているのかはホームズさんも知らない。隠れ家をひた隠しにしているのは、警官、教区吏員、犯罪者など、誰に寝込みを襲われるかわからないからだ。「なにかあったときは、おれが自分で知らせに来ます」

ウィギンズはメアリーとわたしに軽く頭を下げ、台所をあとにした。

「見上げたものね、あの子」ウィギンズが出ていったドアを見つめ、メアリーがさも感心した様子でつぶやいた。

「全員そうよ。イレギュラーズは粒ぞろいなの」わたしはテーブルの上を片付けながら言った。彼らの賢さや優しさが報われない現実になんだか無性に腹が立ってきた。「ウィギンズやビリーのような子たちが路上でかつかつの生活を送っている一方で、素行が悪くても立派な学校に入れてもらえる、家にも親にも恵まれた子がいる。いったいどういう世の中なの？」

「あなたがビリーを住み込みで雇い、シャーロックがウィギンズに仕事を与え、そのウィギンズはほかの身寄りのない子たちの面倒を見ている。そういう世の中でもあるわ」

メアリーはカップを置いて穏やかに言い、わたしの肩をぽんと叩いた。わたしはため息をついた。彼女の言うとおりだ。たとえ世間の人たち全員があの子たちを見捨てても、わたしたちだけは決して見捨てない。それで良しとしなければ。「さあ、次はどうしましょう？」メアリーが話題を変えた。

「あとは待つだけ」わたしはため息交じりに腰を下ろした。「ホームズさんが毎回じりじりする段階よ」

「シャーロックを責められないわね」

間もなくメアリーは家庭と夫の世話をするため帰っていき、わたしは午後の時間をケーキ作りに費やした――自分にとって一番安らぐ作業だから。そのあいだも夜になるまでずっと、ホームズさんが部屋を行ったり来たりしている音が頭上から聞こえていた。なにをあんなに思案しているのかはわからないけれど、彼もわたしと同じ落ち着かない気分なのだということは伝わってきた。

それから二日間、正直言ってわたしの心は浮き立っていた。ジョンはホームズさんと過ごす時間が長かったので、メアリーも心置きなくわたしを訪ねることができた。窓から光が降り注ぐ台所のテーブルでお茶を飲みながら、意見を交わし、計画を立てた。ローラ・シャーリーとの約束はもちろん大切だが、本音を明かせば、それ以上にわたしたちを強く突き動かしたのは狩りの興奮だった。手がかりを求めて預かった手紙を念入りに調べ、インクの色や便箋の隅の小さな汚れから、想像をたくましくしてこじつけの推論をあれこれ導きだした。強請屋の正体を暴く筋書きは十通り以上考えついたものの、順を追うごとに現実離れしたものになっていった。それでも、意見を出し合って策を練るうちに重大なことに気づかされた。わたしたちにとって一番必要なわくわくする要素は、考える行為それ自体なのだと。

　わたしは家政婦の仕事を気に入っていて、ただの家主でいるよりもはるかに楽しかったし、メアリーもジョンの妻であることに大きな幸せを感じていた。でも、どちらの役目も、ホームズさんとジョンが犯人を追ってロンドンの街を疾走するときに感じているような知的興奮は与えてくれない。そんなわたしたちにようやく舞いこんだ真剣勝負。刺繍やクッキー作りのようなのんびりした時間の使い方とは異なる、緊張感のなかでパズルの断片を巧みにつなぎ合わせ、謎を解明するという使命を与えられた。わたしの頭は何年かぶりに勢いよく回転し、想像力があとからあとから湧きでてきた。自分は生きているんだという新鮮で晴れやかな気分に包まれた。

　この二日間、台所の通気口の蓋は閉じてあった。ホームズさんとジョンは上の部屋でさかんに動きまわっていて、ドアを開け閉めする音や、興奮した叫び声も時折聞こえてきた。また、ホームズさんが事件に取り組んでいるときの例に漏れず、運んでいった食事は手つかずのままだった。部屋には一晩中明かりがともっていて、昼と言わず夜と言わず謎めいた電報がホームズさんのさまざまな変名宛に届いた。そんな状況にもかかわらず、今回は彼の事件にはまったく興味が湧かなかった。それくらい自分の事件に没頭していた。

ウィギンズ率いるイレギュラーズからの報告は、一日二回、ビリーを通して届いた。メアリーとわたしはそれを一字一句つぶさに読んで、不審な人間や動きを探した。ローラが訪ねた先は行きつけの仕立屋と父親が雇っている事務弁護士。支払いのため帽子屋にも立ち寄っている。夫のシャーリー氏は職場と自宅の往復で、昼食は同じ階級の紳士三人と近くの肉料理店へ通っていた。使用人たちもおおむね問題なく、強いて挙げるならメイドの一人が色男に言い寄られ、新米の給仕は前の勤め先を逃げだしてきたことが判明したくらいだった。シャーリー家の完璧な生活にちょっぴりしわが寄った程度にすぎない。それでも、わたしたちが推測を展開していく出発点としては充分だった。

しばらく経つとようやく、二階のドアが騒々しく開いたあとに、「来い、ワトスン。一刻の猶予もならないぞ！」と大声で言いながらホームズさんが階段を駆け下りてくる瞬間が到来した。

メアリーとわたしはたまたま階下の玄関ホールにいた。わたしたちの前を走り過ぎる瞬間、ジョンはすまなそうにメアリーをちらりと見た。

「行ってらっしゃい、頑張って！」玄関を出ていく夫の背中に向かって、メアリーは嬉しそうに声をかけた。「成功あるのみ、解決あるのみ！　あとで詳しく聞かせてちょうだいね！」夫がホームズさんと四六時中行動をともにしていても、メアリーは決して嫌な顔をしない。事件解決後に夫が全容を語ってくれるならば、という条件つきだが。

ホームズさんは出ていく間際、「ミセス・ワトスン、いよいよ獲物が飛びだした！」と言い残していった。

紳士たちが去ったあと、メアリーは玄関のドアを閉めてわたしを振り返り、にっこり笑った。「というわけで、ミセス・ハドスン、こっちの獲物も飛びだすわよ！」

わたしたちは愉快な気分で他愛なく笑い合った。二人とも夢見心地で、ゲームでも楽しむようにいっぱしの探偵を気取っていた。そのつけは同じ日の夕方に払わされた。目をそらすことのできない現実に強烈なしっぺ返しを食らうことになったのだった。

陽がとっぷり暮れた頃、ジョンとホームズさんは上機嫌で帰還した。ホームズさんの突然の食欲旺盛ぶりからすると、事件は無事に解決したらしい。夜の帳が下りてからは、冬の最後のひとあがきか、だいぶ冷えこんできた。勝手口のドアがいきなり乱暴に開いたとき、台所にはメアリーとわたしがいた。暗闇を背に戸口の薄暗がりに立っていたのは給仕のビリーだった。ぐったりとした人物を抱えている。誰だろう、少年のようだけれど——まあ、ウィギンズじゃないの！　ビリーがウィギンズを台所のなかへ引きずるようにして運びこむと、ぶらんと力なく垂れた血まみれの片腕が明かりに照らされた。なんてこと！　ウィギンズの頭から、腕から、全身から、血がぽたぽたと滴り落ちている。この寒空の下、どれほどの距離かはわからないが夜の街路を歩いてウィギンズを運んできたビリーもくたくたの様子だ。わたしはすぐにウィギンズを抱き止めて、椅子に座らせた。まぶたは閉じられ、呼吸は浅くて荒い。血を吸った服は湿っているのにごわごわしている。

「メアリー」かろうじて声が出た。ああ、かわいそうに。いったいこの子になにがあったの？「ジョンを呼んできて、メアリー」自分の声がやけに静かに響いた。「急いで！」

ビリーとウィギンズの友情物語

その一年ほど前のことだが、ビリーをわたしのところへ連れてきたのはウィギンズだった。ある寒い雨の晩、ウィギンズはびしょ濡れの汚い服を着た子と一緒にひょっこり現われた。連れのほうはまだ十歳にもなっていないくらいの、痩せっぽちで焦げ茶色の髪の少年だった。わたしを見ると帽子を脱ぎ、しゃべるときは洗練された発音で、「どうぞ」や「ありがとう」をきちんとつけた。わたしは彼をテーブルへ招き、分厚く切った冷肉とチーズに大きなパンを添えて出してやった。青白い肌とこけた頬が不憫だった。長いあいだどこかの施設に入れられ、ろくに食べ物を与えてもらえなかった子供によく見られる特徴だ。その子がむしゃむしゃ食べているあいだ、わたしは奥の食料貯蔵室の入口でウィギンズから事情を聞いた。

「あいつ、孤児院にいたんです」ウィギンズは彼のほうをちらちら見ながら説明した。「親は両方とも腸チフスにやられて死んじまった。ほかに身寄りがなかったんで、教会の孤児院へ送られたんです。あんなひどい場所はないよ。あったかい家庭で食べ物にも愛情にも恵まれてた子にすりゃあ、地獄だ。あいつは育ちがいいし、頭もいい。孤児院はそういう子が一番気に食わないんだ」

「ほかの子たちにいじめられたの？」

「いや、別のやつらです。あのクソども――言葉遣いが悪くてすみません。でも実際にあいつらはクソだから。孤児院を運営してる連中ですよ。あのろくでなしどもが好きなのは、弱くて無口で従順で、身の程をわきまえてるみじめな子なんだ。逆に、自分の頭でちゃんと判断して、堂々と意見を言える子には容赦しない」ウィギンズの声は低く抑えられていたが、怒りに震えていた。

「あの子はそういうしっかり者なのね」わたしはテーブルの前の少年を見た。もう食事が済んで、あたりを利発そうな目で興味津々に眺めている。「そのせいでさんざんお仕置きされるはめに？　ぶたれたり、閉じこめられたり」

「そうです」ウィギンズは悔しそうに言った。「だからおれが連れだしてきた。間違ってないですよね？」少し不安げな口調だった。

「ちっとも間違ってないわ」きっぱりと答えた。こういう問題は当局に任せて、ウィギンズにあの子を孤児院へ戻すよう説得すべきだとわかっていたが、わたしはその種の施設を実際に見たことがあった。あんな場所には大嫌いな野良犬さえ送りこむ気になれない。「あの子はあなたたちと一緒に暮らすの？」

「それでもいいんだけど」ウィギンズはもってまわった言い方をした。「慣れれば、きっとおれたちの仲間になれる。でも、それじゃもったいないと思うんだ。あいつは独り立ちできるはずだから」

「それはあなたも同じよ、ウィギンズ」

「うん、まあね。だけど、あいつなら立派な人間になれる。医者とか弁護士みたいな。おれのほうはこのまま行くとどんな終わり方をするやら。どういう意味か、わかるでしょ?」わたしを見つめるウィギンズの目に、激しい感情がかっと燃えあがった。もちろん言っていることの意味はわかる。これまでウィギンズは誰にも頼らず、指導してくれる人もなく、正規の教育とは無縁のまま路上でどうにかこうにか生き延びてきた。そんな彼には将来、絞首台にぶら下がる運命が待ち受けていないとも限らない。大逆転が起きて、ロンドンでも指折りの大金持ちになったとしても、階級社会の世の中では社交界の一員として敬意を払われる存在にはなれないだろう。これまでもこれからもずっと、世間からはみ出したのけ者であり続ける。ウィギンズ本人もそれはわかっていると思う。弱音を吐いたことは一度もないけれど、やるせない気持ちになることもきっとあるはずだ。

ビリーの様子をうかがうと、テーブルから離れて台所のなかを歩きまわっていた。

「よく気がつくやつなんです」ウィギンズは言った。「おれが見落としちまうようなこともちゃんと見てる。そこから正しい答えを引きだす能力があるんだ」

「まるで探偵みたい」

「そう、探偵みたいなんだ。だから、きっとホームズさんならいろんなことを教えてあげられる。親方と弟子みたいな感じで」

「それはどうかしら……」ホームズさんに少年の面倒を頼めるかどうか自信がなかった。でもウィギンズはわたしを懐柔する術を心得ていた。

「どうかお願いします、ハドスンさん。路上ではおれが始終くっついて回って、目を光らせてるわけにはいかないから、あいつはあっという間に道を踏みはずしちまうかもしれない。そんなのは絶対に避けたいんだ。あいつをここに置いてもらえれば、すごく安心なんだけどな。ちゃんとした家で、ちゃんとした仕事を覚えさせてもらえるんだから」

「あのね、ウィギンズ——」自分が丸めこまれそうになっていると感じて、抵抗を試みかけた。

「それに、おれ、あなたのことが心配なんだ」彼はわたしの言葉をさえぎった。

「心配？　わたしのことが？」意外な言葉を聞かされて、少し嬉しかった。

「ホームズさんのところには朝から晩まで大勢訪ねてくるから。泥棒、人殺し、悪い政治家、乱暴な荒くれ者、とにかくいろんな人が。ハドスンさんはそんなやつらをたった一人でホームズさんの部屋まで案内しなけりゃいけない。そういうの、すごく心配なんだ。代わりに誰か、ホームズさんが信頼できる給仕の子にやらせるべきだと思うけどな」

「そうかしら」わたしはそっけなく答えた。

「絶対にそうだよ」ウィギンズは勢いづいて続けた。「給仕がいると、すごく便利なんだ」

とうとうウィギンズは説得に成功した。もっとも、本当のことを言えば、最初から結果は決まっていたようなものだった。わたしに断りきれるはずがない。息子を亡くした女と母親を亡くした少年――まるでお芝居のような、出会うべくして出会った二人。

結局、わたしはビリーを給仕として雇い入れた。それに先立ってホームズさんとジョンに相談した。ビリーがホームズさんのために来客の取り次ぎやなにかの雑用を任されるとなれば、賃金の一部をホームズさんたちにも負担してもらいたいと思ったからだ。

初めのうち、ホームズさんは難色を示した。彼は変化を好まない。自分の流儀を持っていて、そのなかに安住している。でも、ありがたいことにジョンが助け船を出してくれた。ハドスンさんの年齢で、頻繁に慌ただしく階段を上がり下りするのはかなりきついだろう。それに、きみのところにはどういう人間が訪ねてくるかわからないから、なおさらハドスンさんが気の毒だ。前にも午前二時に酔っ払いの船乗りをきみの部屋へ通さなければならなかったろう？　このままだと心臓発作を起こしてもおかしくない。そうなったら、きみのせいだぞ。おまけに、ハドスンさんは地図店や電信局や辻馬車だまりへしょっちゅう使い走りをさせられている。そういう用事を手伝う者が必要だ――ジョンがここまで言ったとき、ホームズさんがとうとう音を上げた。そうやって感情に訴えるのは卑怯だと文句をつけながらも、最後は折れた。

そんなわけで、ビリーは金ボタンが前に二列並んだお仕着せの制服と住む家と、さらには教育の機会を手に入れたのだった。

ビリーがめっぽう賢い少年だとわかると、ホームズさんは彼を弟子のように扱って、自分の持っている知識を教えるようになった。ジョンも太陽系の成り立ちなど、ホームズさんが頭から締めだしている重要な知識をありったけ授けようとした。もっとも、ジョンの講義は面白いけれど現実離れした話へたびたび脱線した。ビリーを相手に、ジョンが物語を作る才能にせっせと磨きをかけているという印象のほうが強かった。わたしは教科ごとの個人教師を見つけて、毎週火曜日の午後はビリーを彼らのもとへ通わせた。本人が自習で積極的に本を読み漁ったこともあり、二、三週間もすると我が家の必要不可欠な一員になった。一カ月後にはホームズさんから〝有能〟のお墨付きをもらえた。

ビリーの偉いところは、自分を窮地から救ってくれた恩人への感謝を忘れなかったことだ。自由時間――通常は水曜の午後と日曜――は決まって外へ飛びだしていき、ウィギンズと一緒に過ごした。彼らはすっかり仲良くなって、ホームズさんとジョンに似てきたかなと感じさせるほどだった。二人が互いを気遣い、おどけた態度の奥に固い友情の絆をのぞかせる様子は、見ていて本当にほほえましかった。

その二人が今、うちの台所にいる。ビリーはわたしを手伝って怪我人を慎重に椅子に座らせた。ウィギンズは顔面蒼白でぶるぶる震えていた。ありがたいことに、メアリーが呼びに行くとジョンがすぐに下りてきてくれた。彼はウィギンズの前で静かにひざまずき、血まみれの身体を調べ始めた。

「どこを怪我したんだい?」ジョンが尋ねたが、ウィギンズは首を振るばかりだった。話す気力すらないようだ。わたしは血を見て気分が悪くなり、ふらついたところをメアリーに支えられた。

「血は頭から出てます」ウィギンズに代わってビリーが答える。「ここの大きな傷です。ほかにも切ったり打ったりしたところがあります。男に階段から突き落とされたとき、腕が身体の下でねじれてしまったので、骨も折れてるかもしれません」

「傷を見てみよう」ジョンはテーブルの上からわたしのはさみを取り、ウィギンズのシャツを切り裂いた。「ハドスンさん、お茶の用意をお願いします。濃いめで、うんと甘くしたのをたっぷり。ビリー、ウィギンズをしっかり支えるんだ。痛みで失神するかもしれないから。メアリー、湯を沸かしてくれ。傷口を洗わなければいけない」

ジョンの本業の仕事ぶりを目にするのは初めてで、彼の新しい一面を知った気がした——穏やかで揺るぎない態度の、見識をそなえた腕の確かな医師。昼だろうと夜だろうと方々から往診を頼まれるのも当然だ。ワトスン先生に診てもらえば安心だと感じる人が大勢いるにちがいない。ジョンが身体に触れると、じきにウィギンズは落ち着いて、おとなしく手当を受けた。ホームズさんも医療がらみの問題はすべてジョンにゆだねているくらいだから、ジョンは知識や経験だけではなく、医師としての天分に恵まれているのだと思う。

「出血がひどいわね」メアリーがお湯の入ったボウルと布をテーブルに置いてから、かたわらにいるジョンの耳元でささやいた。そのあとわたしのほうをちらりと見上げた。彼女の顔が罪悪感でこわばっているのがわかった。わたしも内心で自分を責めていた。どうして子供をこんな危険な目に遭わせたの？

「頭皮部分の傷だな」ジョンは布を一枚手に取って、ウィギンズの頭の傷口に押しあてた。額から毛髪にかけてまっすぐのびた裂傷だ。どこかの角にぶつけたらしい。「ここは切れると出血が多いところなんだ」ジョンは続けた。「ウィギンズ、たぶん傷跡は残るだろうから、女の子たちにちやほやされるぞ。決闘でできた傷だと自慢するといい」そう言ってジョンがウインクすると、ほっとしたことに、ウィギンズは喉を詰まらせたような声で少しだけ笑った。

わたしがお茶をテーブルへ運んでいったとき、ジョンはちょうどウィギンズのシャツをすっかり脱がせたところだった。痣だらけの上半身を見て、わたしは思わずあっと息をのんだ。わたしだけではなく、ジョンとメアリーも目に動揺の色を浮かべていた。ビリーでさえたじろいだ。ウィギンズは皆の表情に気づいて言った。

「階段から自分で落ちたんだ。石の階段だった」ウィギンズの声はかすれていた。

「自分で落ちた？」ジョンが疑わしげに訊き返す。「ビリーは突き落とされたと言ったよ。私の所見も同じだ。怪我の状態から、乱暴に突き落とされたにちがいない」

「自分で落ちたんだ」ウィギンズは頑なに繰り返した。

その時点で、わたしが代わりに説明することもできた。いえ、そうすべきだった。シャーリー夫人や脅迫状のことをなにもかもジョンに打ち明けていれば、ジョンからホームズさんに事情が伝わり、この件は完全にわたしたちの手を離れただろう。わたしを押しとどめたのは、こちらにすばやく向けられたウィギンズのまなざしだった。なにを伝えたいのかは疑いようがなかった。わたしたちの秘密に巻きこまれたばかりに大怪我をしたウィギンズが、それでもまだ秘密を守ろうとしている。わたしはあきらめ、口をつぐんだまま座っていた。ウィギンズがそう望んでいるなら、そのとおりにするしかない。彼にはすでに借りがある。

言い訳がましいかもしれないが、その理由さえなければ、わたしはあそこですべて打ち明けていただろう。

「いくつか古い打撲傷もあるね」ジョンが言った。ウィギンズの上半身は、黄色がかったもの、紫色のもの、黒ずんだものと、色の異なる痣でまだらになっていた。

「通りでしょっちゅう喧嘩してるから」歯を食いしばってウィギンズが答える。ほんの軽く触れられただけでも激痛が走っているはずだが、ウィギンズは懸命に耐えて、声を立てまい、身体を動かすまいとしている。見ているわたしのほうが息をのんだり、身をすくませたり、涙をにじませたりした。

「勝つのはいつもウィギンズなんです」ビリーが半ば得意げに、半ば心配げに言った。ウィギンズのほうをうかがうビリーの表情からすると、きっと何度もウィギンズが喧嘩を止めようとして、彼自身も身体に痣を作っているにちがいない。いつかウィギンズが喧嘩に負ける日が来るのではないかと、不安に思っているのだろう。彼らの世界で起こっていることは、そうした表情や目配せ、ふと耳にした会話からだけでもけっこうたくさんのことがわかるものだ。わたしには本当のことを教えてと尋ねる権限はなくても、目と耳を使って、彼らが口には出さないことをくみ取る術は身につけていた。

ジョンは頭部の傷に包帯を巻き、上半身の痣に丁寧に軟膏を塗ってから、腕の診察に取りかかった。腫れあがった片腕がねじ曲がってぶらんとしている。

「ふむ、骨折ではなく捻挫だな。だが、しばらくはひどい痛みが続くだろう」ジョンはウィギンズにそう告げてから、腕を包帯でしっかりと固定した。「すぐにでも外へ飛びだしていきたいようだが、少なくとも二日間は安静にしていないといけないよ」

ウィギンズが不服そうにジョンを見ると、メアリーはウィギンズの肩に手を置いた。

「お願いだから、そうしてちょうだい、ウィギンズ」彼女は優しく言った。「たまにはわたしたちにたっぷり世話を焼かせてほしいの」

ウィギンズは内心で感謝したのだろう、態度を和らげて椅子の背にもたれた。ジョンは立ちあがって診察鞄の蓋をかちりと閉じ、わたしのほうを振り向いた。

「ハドスンさん……」と彼が言いかけたところで、わたしが口をはさんだ。

「ホームズさんには黙っていてほしいの」

「これだけの大怪我ですよ。全身を強く打って、頭から出血もしている。ホームズがなにも気づかずにいると本気で思っているんですか？」怒りだす寸前の口調でジョンが言う。

「ジョン」メアリーが静かに声をかけると、ジョンは彼女のほうを向いた。たちまち愛情のこもった穏やかなまなざしに変わる。メアリーは夫を見つめ返して言った。「ウィギンズが怪我をしたいきさつは、あなたにもシャーロックにも話せないけれど、どうかわたしたちを信じて」

「まいったな。この家は秘密だらけじゃないか！」ジョンはいらだたしげに言った。

「自分たちの秘密じゃないから言えないのよ。あなたにだってわたしに言えない秘密がたんとあるでしょう？」メアリーは優しく諭すように話しかけた。

「ホームズの秘密だからね」言い合いを避けようと、ジョンは口調を和らげた。

「ええ、そう。他人の秘密だからこそ守らなくては」メアリーがささやき声で言う。二人はじっと見つめ合った。若い頃のヘクターとわたしのようだ。愛し合っていたわたしたちに言葉はいらなかった。目を見るだけで、相手の考えていることがわかったから。ワトスン夫妻の姿に、亡き夫と息子への感情があふれ出し、胸がちくりと痛んだ。わたしは思わず目をそらした。

「そんなに心配そうな顔をしないでください」ジョンの優しい声に視線を戻すと、彼がわたしを見つめていた。「ホームズには言いませんよ。あなた方からなにも聞かされていないんですから、伝えようがない」

「まるきり想像もつかないの?」メアリーが甘い声でからかう。

「ぼくは名探偵じゃないからね、メアリー。ただの医者だ」ジョンは身をかがめてメアリーの頰にキスした。そのあとメアリーはビリーと一緒に食料貯蔵室の奥の部屋へ行った。そこにはベッドが置いてあるので、ウィギンズを寝かせるためにシーツや上掛けを用意してくれるのだろう。ジョンは去り際に声をひそめてわたしに言った。「ウィギンズはあなたの指示で動いたんでしょう?」

「わたしが頼んだばっかりに」自責の念に胸が張り裂けそうになって、両手をきつく握り締めた。「簡単な用事だったの。危険な目に遭うとは思いもしなくて」

「事の起こりはたいていそうです」ジョンが険しい顔になる。「ちょっとしたきっかけで銃撃だの格闘だのといった物騒な展開につながり、犠牲者が出る。いったいなにをやろうとしているんですか?」

わたしは唇を噛んだ。板ばさみの状態だった。どちらの約束を選べばいいのかわからず返事に窮した。

「秘密というわけですか」ジョンは静かにうなずいた。「秘密に包囲された気分だ。もっとも――」いそいそとウィギンズの世話をしているメアリーのほうをちらりと見た。

「ぼくにも守るべき秘密があるから、人のことをとやかく言えた義理じゃないですが。ともかく、くれぐれも怪我のないように。いいですね？」

「メアリーを危険にさらすようなことはしないと約束するわ」

ジョンは鼻を鳴らした。「彼女が少しでも危ないことをやり始めたら、すぐに止めてください！」奥にいるメアリーにまで聞こえそうな声だった。彼はわたしの腕をつかんで玄関ホールへ引っ張っていき、再び声を落として言った。「いいですか、もしもメアリーが傷つけば、ぼくも傷つきます。それは彼女もわかっている。妻の身の安全を守るのはぼくの務めですから。ただ、彼女は自分の面倒は自分で見られる」さらに小さな声で続ける。「心配なのはあなたですよ、ハドスンさん。どうか怪我をしないように。あなたにもしものことがあったら、ぼくたちは耐えられない」

「ぼくたちって、あなたとメアリー……」

「ちがいます！　ホームズとぼくですよ！」わたしが半信半疑の表情だったせいか、ジョンはこうつけ加えた。「ホームズにだって情はある。普段は奥にしまいこんでいるだけで、ちゃんと持っている。あなたはホームズにとってかけがえのない存在なんです」息子が母親にするように、ジョンはわたしの頰にそっとキスした。「ぼくにとっても同じです。それをどうか忘れないでください」

波止場の死

メアリー・モースタンと初めて顔を合わせたときのことは、今でも鮮明に覚えている。ある朝、呼び鈴が鳴って玄関のドアを開けると、目の前に彼女が立っていた。地味でわずかに色褪（いろあ）せているが品のある薄茶色のドレスを着て、身長はわたしよりも高く、ほっそりしていた。顎（あご）をすっと上げた姿は、高慢ではなく揺るぎない自信を漂わせていた。青い目と豊かな金色の巻き毛の愛らしい女性で、ぱっと目を引く洗練された表情豊かな顔立ちだった。紐（ひも）で縛ってある小さな紙包みを持ち、きゅっと引き結んだ口元に決意がともっていた。彼女はわたしを見て、えも言われぬ甘やかなほほえみを浮かべた。

「おはようございます。シャーロック・ホームズさんのお宅はこちらでしょうか？」彼女はやや低い声で、折り目正しく言った。スコットランド訛（なまり）がかすかに交じっていた。わたしの母と夫はスコットランド出身で、栄光あるスコットランドには愛着を持っていたので、我知らずほほえみ返していた。ドアを大きく開けて訪問者を迎え入れ、ホームズさんの部屋に通じる階段へ案内した。

一瞬、彼女はためらいを見せた。紙包みを持つ手が小刻みに震えたあと、再びぎゅっと力がこもった。傍目には落ち着き払っていたが、階段を見上げたとき、内心で迷いが生じたかのような、いくぶん緊張した面持ちに変わった。

「お二人とも親切な方々ですよ」気がつくとわたしはそう口にしていて、自分で驚いた。それまでホームズさんの依頼人に対しては、〃お入りください〃と〃二階へどうぞ〃くらいしか言ったことがなかったからだ。でも彼女の姿はなぜかわたしの心の琴線に触れ、もっと助けになってあげたいという気持ちにさせられた。

来訪者はこちらを向いて青い目を見開き、それから笑みを浮かべた。

「ありがとうございます」彼女は静かに答えると、普通の人とはどことなくちがう特徴的なしぐさで背中をそらし、胸を張った。続いて大きく息を吸いこみ、意を決した様子で階段をのぼっていった。

しばらくして彼女が階段を下りてきたとき、わたしは気まぐれな好奇心から用もないのに玄関ホールに立っていた。彼女はわたしに気づくと階段の下で立ち止まった。

「ありがとうございました、ミセス……」

「ハドスンです」わたしは答えた。彼女は階段を上がっていく前より気持ちが軽くなったようで、晴れ晴れした明るい表情だった。「うまく行ったんですね、ミス……」

「モースタンです。お会いできて嬉しく存じます」彼女はそう言って片手を差しだした。わたしにとってはめったにないことなので、どうすればいいかわからず、反射的にその手を握った。そうしてわたしたちは、出会ってすぐ意気投合した殿方同士のように握手を交わしたのだった。「おかげさまで、なにもかもうまく行きそうです。先ほどは励ましの言葉を本当にありがとうございました。おっしゃったとおり、お二人ともとても親切でしたわ」

その後、下宿人が一人、ベイカー街二二一Bを去ることになって、わたしのささやかながら完璧な世界に変化が生じた。けれども、そのことでわたしがメアリーに反感や恨みを抱くようなことはなかった。それどころか大の仲良しになって、四人の結びつきはそれまで以上に強くなった。そうして、思いがけずわたしたちの人生を変えたメアリー・モースタン――現在はメアリー・ワトスン――は、新たに二二一Bの家族に加わったのだった。

治療を終えたジョンが部屋を出ていったあと、ウィギンズはなにか言いたそうに口を開いた。すると、ビリーが自分の唇に人差し指を当てて「しっ」と言い、ドアへ向かった。

ホームズさんには黙っていると約束したジョンの言葉を疑っていたわけではないし、そもそもジョンが知っていることや推測できることはあまりないはずだ。でも、これ以上なにか聞かれるのはまずい。並み外れて察しのいいホームズさんは、わずかな断片で話の全体を組み立ててしまう。ドアから様子をうかがって、ジョンが上へ戻ったことを確かめてから、わたしはビリーに頼んでウィギンズを食料貯蔵室の奥の寝室へ連れていってもらった。ウィギンズの性格を考えると、メアリーやわたしに弱った姿を見られたくないだろうし、着替えるときにわたしたちの視線が気になるかもしれない。ビリーとウィギンズが台所からいなくなると、メアリーは通気口の蓋を開けた。

階上の居間からジョンが診察器具を洗っている音が聞こえてきた。ホームズさんがどうしたんだと尋ねたらしく、ジョンはウィギンズのことを説明している。喧嘩で怪我をしたので手当してやったが、たいしたことはない、じきにすっかりよくなるだろう、と。

そこまでは問題なかった。けれどもそのあと、ホームズさんがメアリーはどこにいるのかと訊き、ジョンはこう答えた。「台所でウィギンズにケーキを食べさせてやっていたよ。そこのポットにコーヒーはまだ入っているかい？」

やや間があってから、ホームズさんの低い声。「こういう言い方はしたくないんだが、彼女はなにやら妙なことに首を突っこんでいるぞ。きみの奥方のことだ。おそらくハドスンさんも」

「ああ、だろうね」ジョンはのんきな調子で言った。「ぼく自身がいつも妙なことに首を突っこんでいるんだから、メアリーがそうしても不思議はない。クリームはどこかな？」メアリーがくすりと笑う。夫婦のあいだだけで通じる冗談のように。

「彼女は隠し事をしている。それは間違いない」とホームズさん。ジョンにクリームの入った容器を渡してあげたらしく、磁器が軽くぶつかり合う音がした。「きみは気にならないのか?」

「気になるとも。だがすべて終われば、メアリーのほうから打ち明けてくれるだろう。ぼくもきみと一日中かかりきりになっていたことをいずれ彼女に話す。お互い様だよ」

ジョンはこれまでも妻と親友とのあいだで釣り合いをとるためずいぶん苦労してきたはずだが、それをみじんも感じさせず飄々としている。以前、ホームズさんはジョンを鋼の精神力を持つ男と評したけれど、まさにそのとおりだ。「うむ、やっぱり紅茶にしよう」相変わらずのんびりした声だった。

「ジョン」ホームズさんが再び口を開く。彼がそう呼ぶことはあまりないので、わたしは息を詰めた。重大な話にちがいない。ところが、ジョンは続きを言わせなかった。

「ほら、ぼくの帽子を見てごらん、ホームズ。ちゃんと埃を払ってある。靴もぴかぴかだし、シャツのカラーにもアイロンがかかっていて、このとおりぼくの体重はだいぶ増えた。妻に愛されている証拠だろう?」ジョンは笑いながら言った。「いいかい、ホームズ、ぼくは妻を心の底から愛している。妻のほうも同じくらいぼくを愛してくれているんだ」

わたしと向き合って一緒に壁のほうへ身体を傾け、通気口からの声に聞き耳を立てているメアリーが、ジョンの言葉にほほえんだ。

「ぼくときたら」ジョンの話が続く。「空いた時間はほとんど、きみと事件を追ってあちこち駆けまわっている。むろん楽しいからやっていることで、大いに充実感を味わえる。妻を放って、好きなことをさせてもらっているわけだ。それでも彼女はぼくがきみと過ごすことに不平を口にしたことは一度もない。むしろ励ましてくれる。ぼくのやっていることは社会のためになるし、ぼくと結婚したことできみに対して少なからず負い目を感じているせいだろう。ぼくも理解ある妻の気持ちに報いたい。彼女が自由な時間をハドスンさんと一緒に裁縫やケーキ作りよりもずっと楽しいことで過ごしたいなら、反対するつもりはさらさらないよ」

「そうは言うが」ホームズさんは納得しない。「あの二人がやろうとしていることは安全なのかい？　きみが使った包帯の量から察するところ、ウィギンズの怪我はかなりひどいようだが」

「安全だと思うよ」ジョンの声が突然大きくなったので、通気口に近づいたのだとわかった。「危険なことはしないと彼女たちは約束してくれた」

次の瞬間、バタンと大きな音がした。ジョンが通気口の蓋を閉めたのだ。

メアリーはびっくりして壁から飛びのいた。

「あの人、閉めたわ！」怒っているのかうろたえているのか、メアリーの頬が赤い。「さっきの約束のことを持ちだしてから閉めた。わざとじゃない？」

「あそこの通気口はわりと高いところにあるし、蓋も固くて開け閉めしにくいの。わざとじゃなかったら閉めないわ」

わたしたちは呆然とした。まさに青天の霹靂！　ジョンは話を聞かれていることに気づいていた。いつから？　もしかして、初めからずっと？　わたしは台所が静かなときにこちらの通気口を開けて、耳を澄ますことしか考えていなかった。向こうにもこちらの声が聞こえていたとは夢にも思わなかった。ホームズさんはそんな素振りをちらとも見せなかったから。

こうなった以上はじたばたしても始まらない。メアリーもわたしも声を立てて笑った。夜間にベッドでこっそりお菓子を食べているところを見つかった、無邪気で生意気な女学生になった気分で。

一息ついてから、奥の小さな寝室へウィギンズの様子を見に行った。ウィギンズはビリーに付き添われてベッドに横たわり、両腕だけ毛布の外に出していた。見るからに看病の必要な怪我で弱った少年だったが、目はいつも以上にらんらんとしていた。わたしはベッドの裾に腰を下ろした。わたしの後ろに立っているメアリーが最初に口を開いた。

「起こったことを全部話して」

ウィギンズは深呼吸して気持ちを落ち着けてから、捻挫した腕に手を置いた。話を聞くのは後回しにして、もう少し静かに休ませてあげたかったが、ウィギンズのほうもさっき言いかけたことを全部吐きだしてしまうまでは眠れないだろう。律儀な性格ゆえに、報告を済ませなければと気になっているはずだ。

「あの紳士のあとをつけた。シャーリーって夫婦の夫のほう。ビリーも連れてった。尾行のコツを教えてやってるところだから。午前中は普通に過ごしてた。朝、勤め先に行って、昼時になると近くにある行きつけの肉料理店に入った。だけど、食事が済んだあとは職場にまっすぐ戻らないで、紳士が足を踏み入れるはずのない川岸の土手を歩き始めた。しかも、波止場へどんどん近づいてく。胸ポケットにハンカチ一枚しか入ってなくても強盗や人殺しに襲われるほど物騒な場所だってのに。もちろん、そういう目に遭っても助けてくれる人なんかいやしない。真っ昼間でもね。本人もそれはわかってたはずだ。ええと……ビリー、あのときのやつを見て、なんて言ったっけ？」

「びくびくしてる」ビリーが横から答えた。「顔は青いし、手も震えてた。ああいうところへ行きたくて行ったふうには見えなかった」

「そうさ、あれは行きたくて行ったんじゃない。おれだって行きたくなかった」ウィギンズが再び語る。「波止場には近づくのも嫌だ。あそこでは子供が何人もさらわれてるから」

「まあ、誰がなんのために？」とメアリーが訊くと、ウィギンズは言うんじゃなかったと後悔するような顔でメアリーを見た。出血のせいで頭がふらふらしていなかったら、口を滑らせはしなかったかもしれない。

「それは言いたくない」ウィギンズは答えた。

「そう……わかったわ」メアリーはちらりとわたしを見た。わたしたちは時折ウィギンズを通して、それまで存在さえ知らなかった暗黒の世界を垣間見る。

「シャーリー氏が波止場へ行ったのは海運会社に用事があったからじゃなくて？」わたしはふと思いついて言った。

「あのへんに海運会社なんかないよ」とウィギンズ。「紳士には用のないもぐりの業者以外は。どっちにしろ、あの人はどこの会社にも行かなかった。そのうちに立ち止まって、つけてくる者がいないか確かめるみたいにあたりをうかがった。おれにもビリーにも気がつかなかったけどね。尾行は得意なんだ。ああいう人たちに見つかるようなへまをするもんか。で、あの人はあたりの様子をうかがったあと、突然川に向かって土手の石段を駆け下りた。開けた場所で、まわりに隠れるところはなかったけど、なにか起こるとすればそこ以外にないと思った。だからビリーを上で待たせておいて、おれも石段を下りてった。半端仕事やがらくた集めを目当てに、川べりでうろちょろしてるガキのふりして。

石段の下には別の男が立ってた。水面に反射した光がそいつの顔にまともに当たってたから、まぶしくて人相はよくわからなかった。シャーリーはその男に近づくと、彼女には言わないでくれ、頼む、彼女を苦しめたくないんだってなことをなんべんも繰り返した」

「言わないでほしい？　なにを？」わたしは訊いた。

ウィギンズは肩をすくめた。「さあ、わからない」

「どんな男だったか、外見について覚えていることを教えて」メアリーの言葉にウィギンズは顔をしかめた。

「何度も思い出そうとしてるけど、目をつぶっても全然浮かんでこないんだ。川に反射した光がとにかくまぶしかった。光で目がくらむ前に一瞬だけそいつの顔がはっきり見えた気がするのに、だめだ、どうしても思い出せない！」

「頭の怪我のせいだわ」メアリーは混乱しているウィギンズを慰めた。「ジョンが言ってたけれど、頭を打つと記憶障害が起こることがあるらしいの。焦らないで、記憶が自然に戻るのを待ちましょう」

「もし戻らなかったら？」ウィギンズが自分の不甲斐(ふがい)なさにいらだっている。

「そのときは……」わたしは言った。「別の方法でその男を見つけるわ。服装は思い出せる？」

ウィギンズは首を振ったが、ビリーがはきはきと答えた。「船乗りが着るピーコート（厚手紡毛地で作られた六つボタン両前仕立ての腰丈コート）にくたびれたズボン、ひさしのついた黒い帽子でした。全然似合ってなかったし、動作もなんだか変だったな。歩き方の練習をしてるみたいに、ぎくしゃくしてたんです」

「変装だよ」ウィギンズは言った。「正体を知られないようにごまかしてたんだ。そいつの顔を見てないか？」

「帽子のひさしに隠れて見えなかった」ビリーがしゅんとなる。「ごめん」

「気にするな、よくやったよ。服装を覚えてたし、歩き方の特徴もつかんでた。たいしたもんだ」ウィギンズがねぎらうと、ビリーは得意そうに顔を輝かせた。

「そうだ、あいつの声！」ウィギンズが急に思い出した。「ひどいことをやる前にシャーリーに向かって言ったんだ。おまえたち二人にはうんざりした、ゲームは終わりだって。上流階級っぽい落ち着いたしゃべり方で、身なりやしぐさには不釣り合いだった。そのあとそいつは……シャーリーを川へ突き落とした。怒ったりすごんだりしないで、いきなり。どうでもよさそうにただ押したって感じだった」

「シャーリーさんは水上警察に助けられました」ビリーがつけ足す。「ぼくが呼んだんです。波止場をパトロールしてる警察の汽艇が見えたから、人が落ちたって大声で知らせて。シャーリーさんは気を失ってたけど生きてました。すみません、もっと早く言わなきゃいけなかったのに、気が動転して」

「わかっているわ」メアリーの優しい声。

「おれ、あいつに顔を見られた」ウィギンズがにわかにおびえた声になる。「はっきりとは覚えてないけど、顔を見られたのがわかったから、急いで階段を上がったんじゃなかったかな……」

「そのとおりだよ」とビリー。「そうしたら、あいつが追いかけてきたんだ。階段の一番上できみをつかまえて、乱暴に揺さぶったあと下へ投げ落とした。助けてやれなくてごめんよ」ビリーは泣きべそをかきそうになっている。「必死に走ったんだけど、間に合わなかったんだ」

「おまえが駆けつけたとしても、おれを助けるのは無理だったよ。あいつはきっとおまえのことも突き落としてた。もしそうなったら、二人とも血を流して倒れたまま死んでただろう。なにがあったかなんて誰も気にかけやしない」

「わたしたちがいるじゃないの」メアリーが言った。「心配して、あなたたちを捜しに行っていたわ」

「あそこはあなた方が行くような場所じゃないから、捜してくれたとしても見つけられなかったと思う。だからビリーのおかげなんだ。ビリーがあの場にいたから二人とも命拾いした」ウィギンズは落ちこんでいるビリーを懸命に励まそうとしていた。

「ウィギンズをここへ連れてきたのは、警察や医者にいろいろ訊かれたら困ると思ったからです」ビリーはそうつけ加えて、ウィギンズのほうをさっと見た。

「ええ、適切な判断だったわ」わたしは立ちあがった。「それじゃ、ホームズさんに説明してこないと」

「だめだよ!」ウィギンズとビリーが声をそろえて反対する。

「でもウィギンズ、今回の仕事を引き受けるとき、あなたも言ってたじゃないの。誰かが怪我をしたらすぐにホームズさんに報告するって」とメアリー。

「誰かじゃなくて、あなたとハドスンさんのどっちかってことです」ウィギンズは譲らない。「おれのことはどうでもいいんだ」

「どうでもいいわけないでしょう。あなたは大切な人よ」わたしは言った。

「べつに投げやりな気持ちで言ったんじゃないんだ。ハドスンさんがおれを気に入ってくれてるのはわかってるし、おれもハドスンさんのことが好きだ。これまでいろんなことを話してきたから」ウィギンズは顔を真っ赤にした。「おれが言いたかったのは、怪我をしたのはおれで、おれは怪我に慣れてるってこと。それに、あなた方が追ってるやつはおれをこんなひどい目に遭わせた。だから、これはもうおれの事件でもある。おれもこの事件を解決してもらいたい。ハドスンさんたちの力で。ホームズさんに頼むつもりはないよ。あの人は頭が良くて凄腕（すごうで）だけど、おれはハドスンさんたちがいいんだ。最初に始めたのはあなた方だし、おれはその手伝いを引き受けた。だから最後までやってほしい。断ったりはしないよね？　おれに借りがあるんだから」

「名誉に関わる問題なのね」メアリーが静かに言う。

「そうです」ウィギンズはメアリー。「わたしも元軍人の妻、そして軍人の娘。名誉がどれほど大切かはよくわかっているつもりよ。まわりからどんなに愚かだと思われようと、このままわたしたちで続けるわ。名探偵ホームズの助けは借りずに。ハドスンさん、賛成してくれる？」

わたしは皆を順に見た。負傷してもなお闘志満々の少年、そのかたわらにいる彼の忠実な相棒、わたしの隣に立つ気骨のある友人。わたしにとってかけがえのない人たちばかりだ。

「もちろん賛成よ」わたしは答えた。

ウィギンズの怪我に責任を感じていたこともあるのだろう、ビリーは持ち前の粘り強さを発揮して、シャーリー氏が運びこまれた病院を探しあてた。かろうじて一命はとりとめたものの、いまだ意識不明で、予断を許さない深刻な容体だった。意識が戻るかどうか以前に、急変する恐れもあるとのこと。知らせを受けて駆けつけた夫人のローラがずっと枕元に付き添い、自宅へ移して看病を続けられるよう手配をしている最中らしい。強請（ゆすり）や脅迫状のことは今後誰にも話すことはないだろう。ビリーはメアリーとわたしの伝言を携えて、シャーリー夫人と短い時間だったが面会した。賢くて大人びたビリーは、あなただけでなくご主人にも隠し事があって、二人とも同じ人物に強請られていた可能性がある、と報告したうえで、最大の復讐（ふくしゅう）はなにがあっても夫婦仲良く暮らしていくことではないかと話した。シャーリー夫人はそのとおりだとうなずいたそうだ。その時点でわたしたちは強請屋について、波止場での出来事を目撃したウィギンズとビリーの証言を手に入れていたわけだが、数日後、別の犠牲者たちからも証言を得ることになる。

事件はもはやシャーリー夫人に対する脅迫にとどまらず、シャーリー氏とウィギンズが命を奪われかけた殺人未遂事件にまで発展した。犯人はほかにもどれほど悪事を働いているかわからない。ああいう卑しむべき脅迫状を送りつけ、無防備な少年と紳士にためらいもなく襲いかかった非道な男だ、これまでも罪をさんざん重ねてきたにちがいない。

波止場での一件からしばらくのち、メアリーとわたしは台所のテーブルで向かい合って、それぞれ考え事にふけっていた——気の滅入る不愉快な考え事に。通気口の蓋は開けてあった。耳を澄まさなくてもジョンの声がぼんやりと聞こえてきた。彼はまた二階の通気口を開けておいたらしい。きみの新しい煙草は匂いがきつくて、まるでトルコの市場にいるみたいだ、とジョンがホームズさんに文句を言っている。トルコの市場がどんな匂いかわたしは知らないけれど、通気口を伝わってくるむせかえるような濃厚な匂いからある程度想像がついた。ジョンの苦情に対してホームズさんは、種類の異なる煙草を識別する能力を養うには実際に吸ってみるのが一番だと言い返した。今日の二人は互いに神経を逆なでし合っている。この家全体が険悪な方向へ傾いている気がした。間もなくジョンが、また明日来るとホームズさんに告げて階段を下りてきた。

「また明日」わたしはメアリーに言った。

「ええ、また明日」メアリーは静かに答えた。

ジョンとメアリーが帰ると、わたしはサンドイッチを作ってホームズさんのところへ持っていった。喫煙量が増える、親友に対しても気難しい態度を取る、黙りこんだまま落ち着きなく動きまわっている——これらはすべて、ホームズさんの事件捜査がいよいよ佳境に入ったしるしだ。わたし自身、厄介な問題を抱えていたので詳しいことはわからないが、ホームズさんが事件を追っていたのは知っている。今夜あたり解決に漕ぎ着けそうだ。ホームズさんはそういう空気をまとわりつかせていた。

二階の居間では暖炉の火があかあかと燃えていた。ホームズさんはソファや肘掛け椅子から集めたクッションを暖炉の前に積みあげ、そこに座っていた。室内は暗く、明かりは暖炉の火と、夕暮れ迫る窓の外の急速に弱まっていく残光だけ。名状しがたい不吉な雰囲気が漂っていて、今ここで怪談でも語られれば、実話と信じてしまいそうなほど真に迫って聞こえるだろう。暖炉の火が部屋の四隅にうずくまる黒い影にちらちらと光を投げかけ、本棚や壁の絵画が荘厳で謎めいた生き物のように見えた。不安定に積み重ねられた手書き原稿や書きつけといった書類は、光に浮かびあがるたび身もだえするようにくねり、今にもそこから躍りでてきそうだった。室内は煙と霧が充満していた。ホームズさんのパイプから、暖炉から、窓の隙間からどんどん送りこまれてくるそれらで目がかすみ、家具の輪郭がぼやけて見える。なんだか地獄めいた場所に思えた。部屋というより洞窟だ。濁った仄明かりのなかのホームズさんは、石でできているようないかめしい顔で身じろぎひとつしない。崇拝され、畏怖され、鎮められる異教徒の神の彫像さながらだった。

そのようなありさまだったので、部屋に入ったとたん暖かいにもかかわらず背中がぞくりとした。けれども、母から受け継いだスコットランド人気質が恐怖をかき消した。つかつかと部屋を横切って、テーブルにサンドイッチを置くと、煙を追いだして空気を入れ換えるため窓を開け放った。それから暖炉を火かき棒でつついて、炎の勢いをさらに増した。わたしがそうしているあいだもホームズさんはじっとしていた。彼が口を開いたのは、わたしが部屋を出ていこうとしたときだった。

「腹は減っていないよ、ハドスンさん」

「今はそうでも、午前三時に事件が解明したときは空腹かもしれないでしょう？　そんな時間に呼び鈴で起こされてはかないませんので」

「午前三時？」ホームズさんは不思議そうにわたしのほうを見た。「なぜその時刻に事件が解明されるとわかるんです？」

「いつもだいたいそれくらいですから」わたしはそっけなく答えた。「毎回目が覚めます。この部屋から聞こえるすさまじい雄叫(おたけ)びやら、バタバタ歩きまわる音やら、わけのわからないことを言いながら物を投げ散らかす音やらで。挙句の果てに、決まってワトスン先生かビリーを呼びつけますしね」

ホームズさんが顔をしかめる。自分の行動を他人に把握されているのが面白くないのか、それとも逆に、認めるのは癪(しゃく)だがまんざらでもないと思っているのか。たぶん、自分が深夜にしょっちゅう家の者たちを叩(たた)き起こしているという自覚がないのだろう。それでも事件捜査で悪戦苦闘しているときや退屈しきっているときはわたしに丁寧に接してくれる。今もそうだった。「それは申し訳ない。では今夜の勝鬨は静かにあげるよう努めます」ホームズさんはそう言って暖炉のほうへ向き直り、再び顔を半分影に浸した。

「いいんですよ、そんなこと気になさらなくても」わたしは反射的にそう言って、ホームズさんに歩み寄った。「あなたの勝鬨を聞くのが好きなんですから。また事件が解決したとわかって、嬉しくなるんです。ときどき、世の中が真っ暗闇の非情な場所に感じられます。午前三時くらいは特に。寝つかれずに横になったまま、これまで見たこと、読んだことをいろいろ思い返して、この世に善人などいないのではないかと考えてしまいます。いるのなら、なぜ悪事が行われ、不幸な恐ろしい出来事が起こるのでしょう。そう憂えているところへホームズさんの歓声が聞こえると、ああ、人生を闇から解き放つ人がここに確かにいるんだと気づかされ、心強く思うんです。あなたの勇ましい声はまたひとつ事件が解決したしるし。どなたかの命が救われ、危険が振り払われたのだとわかって、いくぶん気持ちが楽になります。もう一度希望を抱けます」

そんなことをホームズさんに話したのは初めてだった。そこまで心情を長々と吐露したことはなかった。以前ジョンに、ホームズはロンドンで最悪の下宿人ですねと言って同情されたときは、家賃をいただいているので我慢しているだけですと答えた。ホームズさんが部屋のどこかを壊すたび忍耐力を試された。でも、家賃をきちんと、しかもかなり気前よく支払ってくれるし、なんといってもホームズさんは数々の奇跡を起こしてきた人。わたしたちの苦痛を取り除いて、安らぎを与えてくれる。そういう人がこの家にいてくれるのは本当にありがたいことだ。

ホームズさんは珍しいものを見るような顔でこちらを振り返った。まるでわたしが翼の生えた猫かなにかになって、室内を飛びまわっているかのように。

「僕はあなたとワトスンにそこまで信頼されていたんですね」ホームズさんはしみじみと言った。

「あなたは信頼に値する人ですよ」わたしは黒いボンバジーン地のドレスの前で両手をぎゅっと握り合わせ、こみあげる感情を巧みに押し隠し、良き家政婦の見本のような姿で答えた。

「もし僕がしくじったらどうします？」声に抑揚がなく、暖炉の明かりだけでは表情も読み取れない。「過去にしくじったことがある。この先もそういうことが起こるかもしれませんよ、ハドスンさん」

「あなたは失敗を恐れず立ち向かってきました」ホームズさんの存在と彼がこれまで為してきたことがわたしをどれほど勇気づけてくれたか伝えたかったけれど、ぶしつけではないかとの迷いもあった。心が揺れ、神経が張りつめる。ここはわたしの居場所ではない。早く出ていって階下へ戻り、呼び鈴が鳴るまで来るべきではないのだろう。でも言いかけたことを途中で引っこめるわけにはいかなかった。「これからも立ち向かっていくでしょう。知らん顔で通り過ぎる人の多い世の中で、大事なのはあなたのような決して逃げない人です」

「大事なのは勝利することですよ」ホームズさんはつぶやいた。炉床で薪が火に落ち、ぱっと大きく燃えあがる。ホームズさんの顔が一瞬だけくっきりと照らしだされた。冷たく険しいまなざしに、内面でつねに繰り広げられている決死の格闘をのぞき見た気がした。この世の暗部と闘うシャーロック・ホームズ。彼一人で、ロンドンにはびこる悪と堕落と憎悪に対峙(たいじ)している。暖炉で勢いよく躍った炎が静まると、彼の顔も元の闇にのみこまれた。わたしは室内をぐるりと見て、テーブルに小さな灰色の紙片が載っているのに気づいた。わたしと同じハドスンという名前と、猟鳥の供給、蝿取り紙といった文字が目に留まった。

「そこにはわたしのことが書いてあるんですか?」とホームズさんに尋ねた。

「グロリア・スコット号で航海した覚えがなければ、あなたのことではありませんよ」そっけない返事。「それは記念品です。あの事件が原点だった。僕にとって初めて手がけた事件です(『グロリア・スコット号事件』)」そのあと少しのあいだ黙りこんだ。

「ウィギンズは治りますか?」ホームズさんにはこんなふうに突然話題を変えることがよくある。

「ええ、治りますとも。わたしがしばらく面倒を見ます」

「ウィギンズはウィギンズで、自分があなたの面倒を見ているつもりのようですが」ホームズさんの言葉に、思わず通気口へ目が行った。もしや、双方の声が相手に筒抜けになっていた……?

った。

「おやすみ、ハドスンさん。サンドイッチをありがとう」ホームズさんは丁寧に礼を言

「おやすみなさいませ、ホームズさん」わたしは部屋を出てドアをそっと閉めた。

あのときにローラ・シャーリーの件をホームズさんに相談すればよかったのだ。それまでに起きたことを包み隠さず打ち明けていれば、きっとホームズさんは調査を引き受けただろう。わたしは肩の荷を下ろして、そっくりホームズさんに託してしまえただろう。でも、どうしてもできなかった。彼はすでに重荷を抱えていた。暖炉の炎に浮かびあがった、切羽詰まったような厳しい表情を目にして、彼にはもうこれ以上、小麦一粒すら、背負わせるわけにはいかないと思った。ホームズさんにはホームズさんの果たすべき責任と義務がある。彼なりの信条を持って生きている。わたしだってそう。これはメアリーとわたしが始めたことだから、メアリーとわたしが重荷を背負わなければいけない。ホームズさんのように、ある日の午前三時に事件が解決するまでは。

ホワイトチャペルの貴婦人

それよりも七カ月ほど前の昼間、ジョンが台所に下りてきて、一番暖かいコンロの脇の席に座った。そのとき彼の口から出たのが、メアリー・モースタン嬢を愛しているが求婚はできない、という言葉だった。彼は上の空でお茶を口へ運び、スコーンを相手に食べるというよりぼろぼろに砕く作業にいそしみながら、絢爛たるアグラの財宝や不気味な〝四つのしるし〟にまつわるインドを舞台にした謎と裏切りの物語を聞かせてくれたが、話の中心は気丈で麗しいメアリー・モースタン嬢その人だった。

「聡明な女性でね」窓の景色を見つめるジョンの目は、愛しい女性を思い浮かべているのかきらきら輝いていた。「あのホームズも彼女の知性には一目置いている。それにね、気立ても良くて、誰に対しても親切で、とても物静かな人なんだ。凶悪な人殺しどもに立ち向かう危険きわまりない場面でも、まったくひるまなかった。内心では怖かったろうに、それをおくびにも出さず、背筋を伸ばして堂々としていた。将校だった父親を手本にしていたのかもしれないね。彼女がほほえむと、ぼくは……」ジョンは手元のティーカップをじっと見つめた。

「どきどきして、心臓が停まりそうになるんでしょう?」わたしが続きを補った。ジョンは驚いた顔でわたしを見た。気持ちを悟られているとは思わなかったらしい。「わかりますよ。夫のヘクターがほほえみかけてくれると、わたしもいつもそうでしたから。ヘクターはめったに笑わない人でしたけれど、わたしといるときだけは別でした。彼の笑顔を見るたび、わたしはくすぐったいような不思議な気分になって、これが恋なんだと気づかされたんです」

ジョンは赤くなって照れ笑いした。戦場にまで行った元軍人が思春期の男の子のようなうぶな一面を持っているとは、なんていじらしい。

「そのとおりです」ジョンは言った。「ぼくは彼女を愛している。あんな素敵な女性を好きにならないほうがおかしい。ハドスンさんも彼女を深く知れば……」

「その機会はいくらでもありそうね」わたしは食器を片付けながら言った。「彼女がワトスン夫人になったら」

ジョンが黙っているので、わたしはおやと思って振り返った。さっき赤らんだ頬が急に青ざめ、思いつめた表情で一点を見つめている。

「結婚を申しこむんでしょう?」わたしは訊いた。

「事件に決着がつけば、あの人は大金持ちになる」ジョンは悲しそうな目で言った。「父親が遺してくれたアグラの財宝が懐に入ってくるからね。彼女が夢見ていた以上の莫大な富を手にする。それにひきかえ、ぼくは陸軍の年金頼みで暮らす甲斐性なしだ」

「彼女がどんなことを夢見ているかはわからないでしょう？」わたしは腹立たしさをおぼえた。彼女の思い描く幸せの形はわたしにもわからない。財宝とジョンのような男性の愛情のどちらかを選べと言われたら、わたしは後者を選ぶけれど、モースタン嬢ならどうするだろう？　答えは知らなくても、彼女をかばうことに決めた。ジョンが愛する女性なら、素晴らしい人に決まっている。「逆の場合を考えてごらんなさいな。あなたがお金持ちで、彼女が貧しかったとしたら？　べつになんの支障もないでしょう？」

「男は女性を養うものなんだ」ジョンはきっぱりと言った。「女性の面倒を見て、守ってあげるのが男の役目。その逆はありえない。だから貧しい男が金持ちの女性と結婚するのは――恥ずべきことに感じられる」

「向こうはそんなこと気にしませんよ！　あなたを愛しているなら、お金なんて関係ないでしょう」

「彼女がぼくを好きかどうかはわからない」ジョンは椅子から立って、わたしに歩み寄ってきた。不安に打ちひしがれた様子だった。

「あなたがどんな人か知れば、きっと好きになりますよ」と励ました。「好きにならないはずがありません」

わたしは表情を読み取られないよう、前へ向き直った。わたしらしくもなく、ジョンにどれほど好感を持っているか、どれほど敬意の念を抱いているか、あからさまに伝えてしまった。ヘクターが亡くなってからずっと、感情はすべて胸の内にしまっていたというのに、ジョンの沈痛な面持ちを見たら気の毒になって、つい……。

「彼女はぼくにはもったいない女性ですよ、ハドスンさん」ジョンは言った。「そのうえ財宝の所有者になったら、いっそう手の届かない存在になってしまう」

結果は皆さんもご存じのとおり、ジョンの予想に反してメアリーは手の届かない存在にはならなかった。

負傷して二二一Bへ運びこまれてきたあと、ウィギンズは台所の奥の小部屋で寝起きしていた。本人は路上に戻って仲間たちと過ごしながら怪我を治すと言い張ったが、そんなことをしたらハドスンさんがどんなに傷つくか考えてごらんよ、そういうのを恩知らずっていうんだよ、とビリーに懇々と諭され、当面うちに身を寄せることにしたのだった。

そのウィギンズから次の作戦を授かったのは、彼が来て二日目のことだった。スープを作って小部屋へ持っていくと、ビリーがベッドに座ってウィギンズとひそひそ話をしていた。議論が白熱しているようだったが、わたしに気づくなり二人とも口をつぐんだ。

わたしはウィギンズの膝にトレイを載せて、こぼさないようにゆっくり、でも冷めないうちに残らずたいらげるのよ、と声をかけた。ジョンの話では、ウィギンズの傷は順調に回復しているそうだ。痛みがとれれば、すぐに路上へ戻っていくのはわかっていたから、それまでのあいだにできるだけ栄養をつけさせてあげたかった。ジョンが怪我の治療のためシャツを脱がせたときに見た、がりがりに痩せた身体が、どうしても脳裏から離れなかった。

ウィギンズがスープを飲んでいるあいだ、わたしは室内をぐるりと眺めた。積みあげられた本とメアリーがお見舞いに持ってきた新鮮な花が目に留まった。ウィギンズはこんなにきれいなものは見たことがないという顔で——実際にそうだと思う——鮮やかな色彩の花へ時折視線を送っている。前にも書いたとおり、ウィギンズがどこで字を習ったのかは知らない。知っているのは、ホームズさんと出会う前から字が読めたことだけ。きっと手に入る本を片っ端からむさぼるように読んだのだろう。先日からビリーは空いた時間には必ずここでウィギンズと過ごし、ホームズさんが現在手がけている事件や過去に解決した事件について熱心に話し合っていた。床に落ちている煙草の灰から察するに、ホームズさん本人も何度かここへ足を運んだようだ。わたしが灰を見つめていると、ビリーがそれに気づいた。

「あの事件のこと、ウィギンズはホームズさんにしゃべってません」ビリーが心配げに言う。するとウィギンズが顔を上げてビリーを見た。ビリーは床に落ちている灰を顎で示し、声を出さずに唇の動きで伝えた。ハドスンさんに知られた、と。

「一言もしゃべってないよ」ウィギンズがきっぱりと言う。「約束は守ります」

「そう、誰がなんと言おうと」ビリーが言い添えて、ウィギンズのほうを反抗的な目で見た。それでわたしはぴんと来た。さっき二人が熱い議論を交わしていたのは、わたしの身を守るためにホームズさんに打ち明けるべきか、それとも、わたしとの約束を守り通すべきかをめぐってだったのだろう。どうやら勝ったのはウィギンズらしい。わたしが励ましをこめてビリーにほほえみかけると、彼は力強くうなずき返してきた。この少年はもう大人になりかけている。

「ほかにはなにか？」わたしは二人を見て訊いた。「わたしに話すべきかどうか迷っていることはない？」

「べつにありませんけど」ビリーが答える。

「よく言うぜ！」ウィギンズが不満もあらわに口をはさむ。

「ハドスンさんがホワイトチャペルへ行くって言いだしたらどうするんだよ！」ビリーもむきになって言い返した。

「おれは嘘はつきたくない。黙ってるのは嘘をつくとの同じくらい悪い！」

わたしはベッドに腰を下ろして、シーツのしわを伸ばしながら言った。「話してちょうだい」

「イーストエンドのホワイトチャペルにご婦人がいるんだ」ウィギンズが言った。

「身を落として場末に流れ着くご婦人は大勢いるわ」わたしは淡々と言った。わたしのような中年の家政婦でも、ホームズさんの《イラストレイテッド・ポリス・ニュース》（犯罪等のセンセーショナルな記事を中心とした週刊の絵入り新聞）を借りて、記事や広告に毎週目を通しているから、世間の裏側のことも多少は知っている。

「ちがうよ」とウィギンズ。「上流階級の奥方なんだ。それも立派な。ホワイトチャペルではほかにも慈善活動に来る上流階級の女の人たちを見かけるけど、いつも形だけのお祈りをするか、ああだこうだ説教するかのどっちか。哀れな魂を救いたいだのなんだのきれいごとを並べて、貧乏人を生まれつきのできそこない扱いする。ああいう人たちが来たところで、こっちはちっとも救われないってのに」

「切り裂きジャックが現われてから……」ビリーがおずおずと説明する。「わたしの前で残虐な殺人鬼の名前を出すのはためらわれたのだろう。「大勢のご婦人たち——上流階級のご婦人たちが、ホワイトチャペルで伝道活動をしてるんです。教会を作って、娼……えっと、堕落した女の人たちを救うっていう旗印のもとに」

「それをどうやって知ったの?」ビリーが休みの日になにをしているのか俄然興味が湧いた。

「新聞で読みました」とビリーは答えたが、たぶん半分は嘘。ウィギンズはもともとホワイトチャペルを縄張りにしていて、ビリーも以前からウィギンズにくっついて時折あの界隈を駆けまわっていた。二人を引き離さないほうがいいのはわかっていたし、ウィギンズと一緒ならビリーも安全なはず。だから、二人を離れ離れにしてビリーだけうちに閉じこめておくつもりはさらさらない。彼の嘘も今は聞き流すことにした。

「で、そのご婦人のことだけど」ウィギンズが話題を戻す。「ホワイトチャペルで人助けをしてるんだ。誰でも診てもらえる無料の診療所を開いて、薬や食べ物を渡してる。神を信じろとかお祈りをしろとか、そういう押しつけがましいことは全然言わないで。だけどその人、すごく悲しそうなんだ。慈善活動の人たちはみんな神様に奉仕してるってことに自己満足して、鼻持ちならない感じなのに、そのご婦人は——おれたちはホワイトチャペル・レディって呼んでるけど——いつも悲しそうな顔をしてる」

「彼女についてほかに知っていることは？」わたしはウィギンズの顔を注意深く見守った。彼とビリーの新しい側面が浮上した。ベイカー街以外の場所で二人がどんなふうに行動しているのか、少しだけ見えてくるかもしれない。

「彼女はホワイトチャペルから出ない。夜だろうと日曜日だろうと一歩も。たまに、ホワイトチャペルの外へ出かけてく人たちをじっと見送って、自分も行きたそうにしてることがあるけど、絶対にそうしない。といっても、どんな気持ちかはよくわからないんだ。顔を覆ってるから」

「えっ？」

「ホワイトチャペル・レディは黒いベールで顔を覆ってて、表情が見えない。名前も誰にも明かさない。顔も名前もない人なんです」

「じゃあ、どうして悲しそうだと思ったの？」

「悲しそうかどうかは顔でわかるわけじゃないよ。笑ってても悲しそうな人っているでしょ？　ハドスンさんもたまにそうなる。たとえば、姿勢とかしぐさが普通とちがう。

のろのろと重たそうに身体を動かすし、声もそんなふうなんだ。相手の顔が見えなくたって、声を聞けば笑ってるか怒ってるかくらいは区別できるよ。ホワイトチャペル・レディの声が楽しそうに聞こえたことは一度もない」ウィギンズは前に身を乗りだして、熱心に持論を披露した。彼が人間観察にこれほど長けているとは思いもしなかった。わたしを細かく観察していたことも初めて知った。

「言葉を交わしたことはあるの？　そのホワイトチャペル・レディと」

「一度だけ。彼女の頼みで、歩けなくて診療所へ来られない人たちのところへ日用品や食料品を配り歩いたときに。おこぼれを仲間たちに持ち帰るために、ときどきそういう手伝いをしてるんだ。で、すごく気前がいいから、金には不自由してないとわかった。不自由どころか、金持ちだと思う。それなのに、どうしてホワイトチャペルに住んでるのか不思議に思って、本人に理由を訊いてみた。ほかの金持ちのご婦人方みたいに通ってくるんじゃなくて、ここに住んでるのはなぜかって。そうしたら、あの人はこう答えたんだ。『卑劣な男のせいよ。あれほど無慈悲な極悪人はほかにいないわ』って」

「今までずっと、それは恋人か夫のことだろうと思ってたんです」ビリーが横から続きを話した。「でもローラ・シャーリーを見たとき、ホワイトチャペル・レディの姿が思い浮かびました。なにかを警戒して、おびえてるような素振りがそっくりなんです。後ろを気にしてしょっちゅう振り返る、知らない人たちを見ると尻込みする、ちょっとした物音にびくっとする。共通点はまだあります。手紙です。ホワイトチャペル・レディは手紙を受け取るのが大嫌いなんです。手紙を憎んでると言ってもいいくらい。極悪人の男を避けるために、ああいう場所で暮らしてるんじゃないかと思います。ホワイトチャペル・レディもきっと脅迫されてるんですよ」

ホワイトチャペル・レディを見つけるのは難しくなかった。貧困にあえぐ人々のあいだでは、神の救いうんぬんを説かずに助けてくれる、顔をベールで覆った親切な女性としてよく知られていた。メアリーとわたしはビリーの案内でホワイトチャペルへおもむいた。饐えた臭いの不衛生な場所で、柄が悪い男たちや身持ちの悪い女たちの吹きだまりだった。悲しげな絶望の目でうずくまっている者がいるかと思えば、おびえた顔で通りをうろつく者もいる。笑い声を上げているのはぐでんぐでんに酔って騒ぐ者だけ。彼らを非難するのは簡単だが、わたしだってこういう場所で生きる運命に定められていたら、酒浸りになって現実を忘れるしかなかったかもしれない。中心の通りからはずれた狭い路地はネズミとゴミであふれ、一段と不衛生だった。その腐ったゴミの山を、飢えをしのぐためにあさらなければならない者もいた。むっとする強烈な悪臭で息が詰まりそうになり、路上で老婆が売っているスミレの花から漂うかすかな甘い香りにかろうじて助けられた。真っ昼間だというのに春をひさぐ女が男にまとわりついてしつこく誘い、路地裏や中庭へ、懐具合によっては貸間へ連れこむ姿を見かけた。くすくす笑いながらしゃべる可愛い娘もちらほらいたが、ほとんどは疲れきってやつれていた。憂さ晴らしの金や酒代を稼ぐために客を取り、その行為をなるべく早く済ますことしか頭にない。彼女たちもかつては夢と希望を抱いていただろうに。きっと誰もがそうだ。ホワイトチャペルを覆いつくす瘴気のせいで、彼女たちの夢と希望はとうの昔に窒息し、葬り去られてしまった。

切り裂きジャックの事件によって、ホワイトチャペルの生々しい恐怖は富裕層のあいだでも注目の的となり、地区の環境を改善するための措置がいくつか講じられてきた。ただし、焼け石に水だった。そのような貧民街を訪れて食料や衣料を施す活動は、社交界のご婦人方のあいだで一種の流行になった。といっても、彼女たちがホワイトチャペルの住人に与えるのはもっぱら、罪深い行為を改めて神の教えに目覚めなさいという腹の足しにもならない説教と、罪深い人生を続けるよりも貧しく飢え死にするほうが神の祝福を得られるなどと書かれた小冊子だった。もちろん、その小冊子には餓死がどれほど苦しいものかは一行も書かれていない。こういう恩着せがましくてうぬぼれた有閑階級の人々は、当然ながらホワイトチャペルで毛嫌いされている。ホワイトチャペルの住人は耐えがたい空腹を抱え、血を流し、苦しみもがきながら息も絶え絶えで生にすがり、それでもやがては力尽きて死んでいく。彼らにとって祈りがなんの役に立つだろう。朽ちていく肉体に無垢な魂がなんの役に立つだろう。彼らは生きるためにやれることをやっているだけ。それをとがめる気にはなれなかった。

ホワイトチャペルの臭気は今でも覚えている。むせかえるような濃厚な腐敗臭が喉の奥にへばりついて、吐き気を催した。冷たい水と新鮮な空気が欲しくてたまらなくなった。けれども、ホワイトチャペルにある水は路上の水道ポンプから出る黒褐色の濁った水だけ。波止場や病院、墓地、食肉加工場、靴の修繕屋、染色工場などから集まってきた空気は、わたしのところへ流れ着く頃にはひどく汚染されていた。空を仰げば、太陽までもが垢じみていた。青空は家並みのずっと向こうに切れ端程度に見えるだけで、街路に覆いかぶさる影が陽光のぬくもりを奪い去ってしまっていた。わたしは厚手の毛織のコートを着ていても身体の震えが止まらないというのに、まわりにいる住人たちはぺらぺらの薄いぼろを着て、暖かい陽射しが肌に当たる感覚を一度も味わったことがないかのように日陰でじっとしている。彼らを見て、衝撃を受けた。どの顔もうつろな目をしていた。魂はとっくに死んでしまい、肉体だけが息をしようとあがき続けているのだろうか。

どういった形であれ、わたしたちが嫌がらせや妨害を受けることはなかった。予想外だったので腑に落ちなかったが、後ろから体格のいい少年がついて来ていることをメアリーに教えられ、合点がいった。

「彼もウィギンズの仲間です」ビリーが説明した。「ハドスンさんたちの用心棒を務めてくれてます。ウィギンズがお二人を無防備な状態でここへ来させるはずないでしょう？」

ウィギンズはこれまでもこれからもずっと、わたしの心優しい勇敢な騎士だ。自慢の甲冑は少々汚れてしまっているけれど。

ビリーに先導されて、ホワイトチャペルの端に近い広場のような一角まで来た。三方にひしめく家々は、かつては活気があったのだろうが、今はぼろぼろで朽ち果てるのを待つばかりという状態。広場の真ん中には水汲み場があり、井戸は丸石で固めた土台に設置されている。残る一方に大きくて地味な茶色い建物が見え、漆喰で白く塗られたドアの上部に〝診療所〟と無造作に書いてある。ビリーのあとについて建物の裏手へ回り、上階へ続く階段の前で止まった。ビリーがさっきの大柄な少年にうなずいて合図すると、少年は立ち去った。

「ホワイトチャペル・レディは知らない男が一緒にいるとドアを開けませんから」ビリーは理由をそう明かした。「ここで待っててください。お二人に会ってくれるかどうか訊いてきます。ぼくは前に彼女の使い走りをやったことがあるんで、顔見知りなんです。ウィギンズやほかの仲間だったら放りだされそうな地区へ行く用事でした」ビリーは勝手知ったる様子で階段を上がっていった。その後ろ姿を見て、二二一B以外のこういう場所でのビリーはどう過ごしているんだろうと興味をそそられた。彼はここで生まれたわけではないのに、自分の居場所を手に入れている。二二一Bと同じように。

ビリーが階段を駆け下りてきた。

「会うそうです」息をはずませて言う。「ぜひ会いたいって言ってます！」

ビリーは先に立って再び階段を駆けのぼり、ひび割れのできた薄いドアを開けてくれた。メアリーとわたしは室内がどうなっているのかわからないまま足を踏み入れた。鎧戸が閉じられていて部屋は暗かった。鎧戸の割れ目から漏れる日光が唯一の明かりだったが、その薄明かりでも必要最小限の家具しかないことはわかった。一人用のベッド、椅子一脚、脚のゆがんだテーブル。質素だけれど、とても清潔な部屋だった。石鹸と灰汁の洗剤の匂いが充満している。

「こちらがホワイトチャペル・レディです」高級住宅街のメイフェアの家にでもいるかのようにビリーがかしこまって言った。「ミセス・ハドスンとミセス・ワトスンを紹介します」

ビリーはドアを閉めてから、ホワイトチャペル・レディとわたしたちのあいだに立った。

「お二人はきっと助けになってくれます」とビリー。「安心してあいつのことを相談してください」

その婦人は、部屋の隅の一番暗いところにある、背もたれのまっすぐな質素な木の椅子に座っていた。顔は完全に闇にのまれ、見えるのはドレスだけだった。ドレスも質素なもので、十年くらい前に流行したデザインではないかと思う。今はつぎはぎだらけでみすぼらしく、何度も洗っているせいで生地がよれよれになっている。

「本名はお教えできません」話し方を習ったばかりのように、彼女はつっかえつっかえ言った。声は低くて品があり、喉を傷めているのかかすれ気味だ。どこのものかはわからないが、聞き慣れない不思議な訛がかすかに交じる。「この界隈ではホワイトチャペル・レディの名で通っておりますので、よろしければそうお呼びください。本当の名はずっと昔に捨てました」

「お名前をお聞かせいただく必要はありません」メアリーは部屋の中央へ歩を進めながら言った。「お手間を取らせて申し訳ないのですが、人の名誉を傷つけようとする男がいまして……わたしたちはただ知りたい……知らなければならないのです……」口ごもったのは、こちらの求めるものをどう伝えればいいか迷ったせいだろう。

「あなたをひどい目に遭わせた男は、まだ悪事を重ねている恐れがあります。今も人々を破滅に追いやろうとしているかもしれません」助け舟を出すつもりでわたしは口を開いた。厳然とした大胆な物言いに自分で驚いた。「その男についてご存じのことを話していただけませんか？　正体を暴いて、強請をやめさせたいのです」

「そんなことが本当にできますの？」穏やかだが、希望はかけらも感じられない口調だった。

「やってみることはできます」メアリーが勢いこんで答える。「ほかに誰かそうした人はいまして？」

「ほかの人たちは皆、その男の存在すら信じないでしょう」婦人の声はかろうじて聞き取れるというくらい小さかった。窓の外から喧騒が上がってくる。人の叫び声や笑い声、ののしり声、石畳の道をガラガラと通り過ぎていく馬車の音、犬の吠え声。かまびすしい街路とは対照的に、室内は静寂に満ちて、塵ひとつ舞いあがらないほどだ。

「わたくしがこうなったのは、その男のせいです」レディは言った。「陽の輝きが好きな、よく笑う、愛情に包まれた幸福な女が、今はこのような暮らしを」

彼女が暗く質素な部屋を見回すのがわかった。

「お話しになるのがおつらいなら……」メアリーが言いかけると、ホワイトチャペル・レディは声を立てて笑った。楽しげではなく、無理やり絞りだすような苦々しい笑いだ。

「つらいなどという言葉では言い表わせませんわ。身を引き裂かれる思いです。それでも、どなたかに知っておいていただかなくては。これまで長いあいだ沈黙を守ってきました。ずっとおびえていました。打ち明けられる相手もなく一人で耐え続け、今も恐怖にとらわれています。でも、わたくしの身に起きたことをお話ししてどなたかが助かるなら、勇気を持つべきでしょう。あなた方は心根の優しそうなお顔をなさっていますのね。優しい心がどんなものか、とうの昔に忘れてしまいましたけれど」彼女は深いため息をついて、窓のほうを向いた。鎧戸の割れ目はわずかばかりの光が射しこむだけの細い隙間だったが、その向こうに青空の断片を透かし見ようとしているのかもしれない。昔、顔に降り注いだ陽の輝きを思い起こすために。

「わたくしを地獄に突き落とした男は、ジャック・リポンと呼ばれていました」

「リポン？」メアリーがおうむ返しに尋ねる。ホワイトチャペル・レディはうなずいた。

「この地区で起きたむごたらしい事件を連想されたのでしょう？　切り裂きジャック――ジャック・ザ・リッパー。でも、これは切り裂きジャックが現われるよりもはるか前の出来事です。ジャック・リポンは本名ではないと思います。そもそも、あの男に名前があるのかどうかさえ定かではありません。嘘ばかりついているうちに、本物の部分などひとつもなくなってしまったのではないでしょうか」

「どのような外見ですか？」メアリーが尋ねた。

「ごく普通です……どこにでもいそうな、特徴のないありふれた男。昔のことですので、わたくしの記憶も薄れかかっていますし、髪の色や話し方、服装など、当時と今ではだいぶ変わっているはずです。彼は夫の知人の一人でした――わたくしは最初そう思っていました。同じパーティーに出席していた人だろうという程度にしか知らず、顔はよく覚えていませんでした。名前すら知りませんでした。きっと名前だけでなく顔も自在に変えられたのでしょう。あの男が卑劣なまねをしたあとも、わたくしは彼の存在に気づかず、すぐそばですれちがっていたかもしれません。なんて汚らわしい。ロンドンで最も邪悪な人間でありながら、誰にも本当の姿が見えないのです」そこで口をつぐみ、少しのあいだ両手をきつく握り合わせた。

「わたくしがリチャードと結婚して間もなく、あの男はわたくしに接近してきました」

ホワイトチャペル・レディは再び口を開いた。「わたくしはリチャードを愛していました。嘘偽りのない真剣な気持ちで、彼を心から大切に思っていました。それなのに、あの男は……おぞましい毒蛙のような男は、わたくしの手紙を手に入れていたのです。結婚する前の、まだリチャードに出会っていない頃の手紙を」

「どなたか別の男性に宛てた手紙なんですね？」とメアリー。

「初恋の相手に宛てたものです」レディはそう答えた。「よくある他愛のない、つかの間の浅はかな恋ですわ。相手からは甘い言葉を連ねた手紙が何通も届きましたが、その人にとって恋愛は言葉遊びに過ぎず、少しも心がこもっていないとすぐに気づきましたので、わたくしもうわべだけの返信を出しました。リチャードと出会って、真実の恋を知ってからは、その相手には一切手紙を書いていません」

「初恋の相手に送った手紙は——不道徳のそしりを受けるような内容だったのでしょうか？」メアリーが遠慮がちに訊く。質問する役はいつもメアリーで、わたしは観察役だった。薄暗さにだいぶ目が慣れてきたせいか、ホワイトチャペル・レディの両手にいっそう力がこもるのが見えた。

「いいえ！」彼女はきっぱりと否定した。「見込み違いの相手に愚かな恋文を書いたことは事実です。でも、内容はいたって無邪気なものでした。リチャードはその男性のことも、わたくしが手紙を書き送ったことも知っていましたが、まったく気にかけていませんでしたわ！」

ホワイトチャペル・レディは膝の上で握り締めた両手をしきりとひねっていた——嘘

を言っているからではなく、つらいことを思い出して苦悶しているのだろうとわたしは感じた。

「それならば、なぜリポンという人物に強請られなければならなかったのでしょう?」とメアリー。

「あれをはっきり強請と呼べるかどうか」ホワイトチャペル・レディはため息交じりに言った。「強請というのは金品や権利といった明確な利益を手に入れるのが目的でしょう? ジャック・リポンはそれらを要求してきていません。相手を破滅させることだけが目的なのです。輝かしい貴重なものを見つけだして、叩きつぶすのを楽しんでいるのです。わたくしの人生はあの男によって、まさに叩きつぶされました」

わたしは手を差し伸べ、彼女に触れて慰めたかった。けれども、どうしても勇気が湧かなかった。自分は初対面の相手を元気づけられるほどの人間ではないとわかっていたから。でもメアリーはちがった。考える前に行動に出て、ホワイトチャペル・レディの足もとにひざまずくと、彼女の膝にそっと手を置いた。レディはさっと身をこわばらせた。長いこと誰にも触れられなかったせいで、どう反応すべきか忘れてしまったかのようだったが、少しすると細くて青白い手を膝の上のメアリーの手におずおずと重ねた。それは一瞬のことで、すぐに恥ずかしそうに手を引っこめた。メアリーもレディから離れた。

「ジャック・リポンは手紙を偽造しました。何通も」レディは相変わらずしゃがれ気味の声で続けた。「いかにも本物らしく見えましたわ。わたくしの字や文章をそっくりまねたうえ、便箋まで同じだったのです――内容だけが、わたくしにとってまったく身に覚えのないものでした。偽造された手紙には、わたくしと初恋の相手とのあいだで起こった出来事が――ここホワイトチャペルの路上で目にする行為よりももっと下品でみだらな行為が赤裸々に綴られていたのです」

「それらの手紙を婚約者に見せると脅してきたんですね？」メアリーは訊いた。

「いいえ、夫です！　脅迫状が来たのは結婚したあとなのです！」急に息を吹き返したかのように、レディは椅子のなかで苦しげに身をよじった。「偽の手紙の存在をわたくしが結婚するまで隠しておいた理由がおわかりですか？」

「壊すため」わたしは思わずつぶやいた。「あなたの幸せをめちゃめちゃに壊すためです」

「そのとおりですわ」レディは再び身動きを止めた。

「でも……」メアリーが首をかしげる。「ご主人はあなたのことを理解していらっしゃるんですから、偽造した手紙など信じるはずないと思いますが」

「そうでしょうか」レディは苦々しく言った。「巧妙に作られた、いかにも本物らしい手紙なのです。わたくしでさえ一瞬信じそうになったくらいに。わたくしが実際にしたためた内容をところどころに埋めこんだ、虚実取り混ぜた文面でした。それに……」

　濁ったような灰色の薄闇のなか、レディが恥じ入るようにうなだれるのが見えた。今も自責の念を抱えているなんて、おかわいそうに。

「夫とわたくしは……」レディは途中でためらったが、気を取り直して続けた。「結婚の誓いを立てる前に結ばれました。いけないことだとわかっていましたが……」

「いけないことじゃありません」メアリーはきっぱりと言った。「形式的な誓いを交わしていなくても、真剣に愛し合っていて、心が通じていたんでしょうから。実を言うと、わたしたち夫婦もそうでした」

渋い顔をされると思ったのか、メアリーはわたしのほうを横目で見た。わたしがそんなことをとがめるわけないのに。驚きさえしなかった。ジョンとメアリーが互いに一目惚れだったことは明らか。メアリーがジョンの求婚を受け入れた時点で二人は身も心も結ばれた。結婚の誓約は両者が夫婦であることを確認する付け足しの儀式にすぎない。

ふと、まぶたの裏に夫のヘクターの姿が浮かんだ。背が高くてりりしいハンサムな青年。あの頃のわたしは若くて恋に夢中だったから、結婚式までの六週間が永遠のように長く感じられた。わたしよりもヘクターのほうがうんと我慢強かったけれど、結婚式当日は二人とも夜まで待ちきれなくて……とにかく、なんでも白黒つけようとする社会の規則よりも情熱のほうが、当時のわたしにとってははるかに威力があった。ジャック・リポンはその社会の規則をずる賢く利用して、女性の人生を壊したのだ。

メアリーとわたしがさっと視線を交わしたのを見て、ホワイトチャペル・レディは言った。「お二人は理解してくださっているのね。では、わたくしが初恋の相手とも同じことがあったと夫に吹きこまれたらどうなるかも、ご想像がおつきでしょう。実際にはそのような過ちは犯していません。わたくしはそういう行為を望みもしませんでした。でも、夫はたやすくだまされてしまいました。わたくしにどれほど深く愛されているか、わかっていなかったのでしょう。わたくしにとって夫は空気や水と同じくらいなくてはならない存在だったというのに。リポンが偽造した汚らわしい手紙は、わたくしがほかの男と野獣のごとくみだらな行為にふけっていたと思いこませようとするものでした」

「なんてずる賢い男」メアリーは不快げな暗い目になった。「無邪気な手紙を書いたのなら、不純な手紙も書いただろう。婚約者と婚前交渉があったのなら、元恋人とも寝所をともにしただろう。そう考えるように仕向けるため、事実の上に作り話を盛る手口ですね。小さな真実と巨大な嘘の組み合わせ。それでも疑惑をかきたてるには充分なんだわ」

「疑惑はあの男を肥え太らせます」ホワイトチャペル・レディは苦々しげに言った。「あの男にとって、疑惑は肉とパンなのです。リポンに手紙を渡されたとき、逃げ道はどこにもないと悟ったわたくしは、いくら欲しいのか訊きました。でも彼は数字を挙げず、〝この手紙の値段はおいおいわかるだろう〟と言っただけでした。それからは夜会や園遊会、歌劇場、どこへ行ってもリポンが現われ、わたくしに近寄ってきて耳元で脅し文句をささやくのです。自分がなにをしたか、わたくしになにをさせたいか、いずれわたくしがどうなるかを。さらに残酷なことに、わたくしの夫にも耳打ちするのです。

愛するリチャードにあの忌むべき男がひそひそと話しかけるのを見るたび、虫唾が走りました。なにを吹きこんでいるのかわからないので、不安も増す一方です。話の内容を夫から聞きだそうと、さりげなく尋ねたり、逆に強い口調で迫ったり、果ては懇願までしましたが、たいしたことは話していないと答えるばかり。わたくしは夫が信じられなくなりました。嘘つきとなじってしまい、口論になったことも。夫は混乱し、わたくしはおびえました。つのる不満から互いに相手につらくあたって、結婚生活はとげとげしい非難のぶつけ合いになりました」

ホワイトチャペル・レディが身体の位置を少しずらしたので、鎧戸から漏れる光が彼女の顔に斜めに当たった。それでも表情は読み取れなかった。ベールは分厚く、その下に隠された顔を透かし見ることはできなかった。冷ややかなほど落ち着いた声で、彼女は話を続けた。

「あの男は、とうとう最後まで手紙の値段を言いませんでした。金銭を要求してくる代わりに、夫婦喧嘩が激しくなった頃を見計らって、夫のもとへ偽造した手紙を送りつけてきたのです。うまく仕組んだものですわ。わたくしたち夫婦を互いに疑心暗鬼にさせ、信頼関係を壊しておく。そうして外堀を埋めておいてから、満を持して夫に偽の手紙を見せる。最愛の夫は――わたくしに精一杯の愛と情熱を注ぎ、妻は自分以外の男に身体を許したことはないと固く信じていたリチャードは、手紙を読んだショックでピストル自殺しました。発見したのはわたくしです。リチャードは書斎の机でピストルを握り締めたままですでに息絶え、そばに憎き手紙が散らばっていました」

レディはそこで言葉を切った。それ以上続けられなかったのだろう。

「その先はだいたい想像がつきます」メアリーが言った。「手紙はあなたが暖炉の火に投じた。検死審問の評決は、偶発事故による死亡。手入れの最中に起きた銃の暴発ということで落着したのではないですか？」

「そのとおりですわ」暗澹たる声でレディが答える。「醜聞を未然に防ぐための筋書きがあなたにはよく見えていらっしゃるのね」

「ジョンが類似の事件に何度か関わったことがあるわ」メアリーがわたしに向かって言った。「手入れの最中に起こる銃の暴発事故は、信じられないくらい多いの。新聞にもしょっちゅう載っているでしょう？　経験も知識も豊富にある、完全に正気で理性的な男性が、なぜか急に思い立って弾が装塡された銃の手入れを始めるのよ」

「本当は自殺だったということ？」今まで新聞で読んだ、まさにそれと同じ評決が出た検死審問を思い返した。

「間違いないでしょうね」

「わたくしの場合はそれで終わりではありませんでした」レディは再び話しだした。「リポンがまたしても現われたのです。夫の葬儀に。雨が降りしきるなか、リチャードの遺体を墓穴へ下ろすあいだ、わたくしの隣にずっと立っていました。傍目には、悲しみに暮れる遺族を支えているように見えたでしょう。でも実際にはわたくしの耳元で繰り返しこうささやき続けていたのです。〝おまえも死んではどうだ？〟と」

部屋の隅に座っていたビリーが小さく悪態をついた。

「リボンはどこにでも現われました。わたくしの行く先々に。そして例の残酷な呪文(じゅもん)を耳打ちするのです。あの男がそんなことをしているとは誰一人信じないでしょう。どういうわけか、わたくしが不道徳な行いをしたという噂が友人たちのあいだに流れました。わたくしは夫を死に追いやったふしだらな妻と皆から後ろ指をさされ、友人は一人、また一人と去っていき、とうとう独りぼっちに——しかも、あの男につきまとわれたままでした。街角、路上、商店、どこにでも現われて、わたくしの耳にささやきかけます。〝死ね、死ね、おまえが生きていることを誰も望んじゃいない〟、〝死ね、死ね、おまえがいったいなんの役に立つ？〟、〝死ね、死ね、それがおまえにふさわしい末路だ〟——。最後はわたくしもそうするしかないと思いました。ただ楽になりたかった。静かに眠りたかった。いいえ、死にたかった！」

室内は水を打ったような静けさに包まれていた。呼吸の音さえ聞こえない。そのなかでホワイトチャペル・レディの絶望とともに歩む人生が淡々と緩慢かつ規則的なリズムで語られていく。

「選んだ方法はアヘンチンキでした。でも、しょせん素人ですわね。知識が不充分なせいで量を誤ったのです。結局、意識を失いましたが、死にきれませんでした。誰にも知られないうちに意識を取り戻し、死の床になるはずだった寝台から起きあがると、ぼんやりしたまま家のなかをさまよい歩きました。気がつけば夫が命を絶った書斎に来ていました。暖炉ではまだ火が燃えています。わたくしはつまずいて――自分ではそう思っていますが――暖炉のなかへ倒れこみました。まだ頭がはっきりしていなかったので、すぐに起きあがれませんでした。発見されたときには大火傷を負っていました」

そこまで話すと、ホワイトチャペル・レディは身を乗りだして光にさらされ、顔のベールを持ちあげた。そのとき初めて、彼女の顔が――本人が長いこと隠し続けてきた顔が、はっきりと見えた。ビリーは悲鳴を上げた。メアリーはあっと息をのんだ。わたしは吐き気を催し、急いで口を手で押さえた。

レディの顔は全体がてらてら光る真っ赤なケロイドに覆われていた。膿疱（のうほう）の痕（あと）とひどく焼けただれた痕が折り重なり、その下から腐った肉が臭気を放っている。室内に石鹸（せっけん）と洗剤の匂いが充満していたのは、こういうわけだったのだ。彼女は生きている限りずっと、自分の身体から腐臭を洗い流し続けなければならないだろう。まぶたは左右ともなく、眼球が動かないのか、見開いたままの目がわたしをじっと見つめていた。唇も半分は焼けてなくなり、そこから黒ずんだ歯がむきだしになっている。悪夢だった。逃げるわたしたちを追いかけてくる地獄の悪鬼そのものだった。

「それ以降、あの男の姿は一度も見ていません」レディは言った。話し方に聞き慣れない特徴がある理由も、これでわかった。唇が損傷しているためうまく発音できないのだ。

「わたくしが手紙の代価を支払ったからでしょう」

醜聞と秘密

わたしたちは挨拶もそこそこに辞去すると、木の階段を一目散に駆け下り、よろめきながら通りへ出た。さっきの広場まで戻って、ようやく息ができるようになった。その瞬間はホワイトチャペルの汚れた空気さえかぐわしく感じられた。わたしは自分の不甲斐なさに呆然とあたりを見回した。さっきは、ただただ逃げたかった。彼女の顔から、彼女の部屋から、彼女の言葉から。ひどいことをしてしまった。ホワイトチャペル・レディは親身になってもらえると期待していただろうに、あからさまな嫌悪感を向けられるはめになったのだ。申し訳が立たない。たとえ彼女がそういう反応に慣れっこだとしても、わたしの罪悪感は少しも軽くならなかった。

出口を探そうと顔を上げたとき、壁に寄りかかっている女性の姿が目に入った。明らかに娼婦だ。太腿に革紐でナイフを吊るしている。彼女はわたしの視線に気づいて、大声で話しかけてきた。「万一のための用心よ。ジャックに襲われるかもしれないから」

「ジャック?」わたしはぎくりとした。一瞬、ホワイトチャペル・レディの話に出てきたジャック・リボンのことかと思ったのだ。邪悪なささやきで彼女を生ける屍に変え、卑劣な手紙で彼女の夫を死に追いやった男だと。

「切り裂きジャックのことに決まってんでしょ！」彼女は馬鹿にした口調で答えた。確かにそのときのわたしはぼうっとしていた。「ここんところ姿をくらましてるけど、明日にも舞い戻ってくるかもね。あれだけ人を殺しても、まだ血に飢えてるはずだって、みんな言ってる」

　娼婦はひと稼ぎするため去っていった。メアリーのほうを見ると、まだおびえきった顔をしていた。

「わたしたち、とんでもないことに首を突っこんでるわね」メアリーは息をあえがせながら言った。「大変な事件を引き受けてしまったわ」

　帰り道でも先頭は案内役のビリー、最後尾は護衛役のイレギュラーズの少年という隊列を組んで、ホワイトチャペルを速やかに離れた。もっとも、護衛はもういらなかったかもしれない。この地区を訪ねているあいだに気づかされたことがあって、わたしたちの意識が少し変わった気がした。ホワイトチャペルではいざこざやだまし合い、盗み、刃傷沙汰、身体の売り買いは日常茶飯事なのだろうが、そうした現実にわたしたちはもう驚いてはいなかった。ホワイトチャペル・レディが富裕層のための高級住宅街ではなく、ここを住む場所に選んだことも、あらためて考えれば意外ではない。傷ついた怒れる者たちがひしめき合う場所なら、彼女は誰にも見えない存在になれる。

「犠牲者はホワイトチャペル・レディだけではないわね」歩きながらメアリーが言った。わたしとちがって、もう落ち着きを取り戻していた。「彼女の言うとおりだとすれば——間違っているとは思えないけれど——その強請屋はお金ではなく他人の人生を踏みにじることで満足感を得ている。いえ、ちょっと待って……」メアリーは道の真ん中で突然立ち止まった。「そうじゃないわ。人生を踏みにじるのが狙いなら、今も彼女にしつこくつきまとっているはずだもの。リボンという男は、相手の人生に絶大な影響力を及ぼすことで快感を味わっているんだわ」

「それじゃ、同じ男が強請屋だとすれば、シャーリー夫妻はもうつきまとわれずに済みそうね」わたしはメアリーの肘を取って、歩きだすよう促した。「夫妻の今の状態を考えると、これ以上は大きな影響力を及ぼしようがないでしょうから」

「犯人が用いた責め苦の方法はその巧妙ぶりからすると、年季が入っている感じね。きっと同じ手口で大勢の人たちを餌食にしてきたんだわ。そこは重要な点よ」メアリーはまわりの通行人が目に入らない様子なので、人相の悪い大男にぶつかったり赤い顔をした酔っ払いの女にからまれたりしないよう、わたしが彼女を時折引っ張ってやらなければならなかった。

ビリーの誘導で脇道に折れ、突きあたりまで行くと、それまでとはちがってわりあい健全な場所に出た。道幅が広くなり、ゴミは散らばっておらず清潔で、道を歩いているのも見苦しくない服装のまともな人たちだった。にもかかわらず、ホワイトチャペルと同じように残忍さや怒りが潜んでいるように感じられた。こちらのほうがうまく隠されているだけの話ではないだろうか。商店の建ち並ぶ通りを歩きながら、メアリーは相変わらず独り言のようにしゃべり続けている。

「ほかの犠牲者はどこにいるの？　同じ責め苦を与えられたのは誰？　新聞には載らないでしょうから、その気の毒な人たちを見つけだすにはどうしたらいい？」

わたしたちは一休みしようと立ち止まった。ようやく呼吸を整えることができた。ホワイトチャペルから一刻も早く離れたくて、動揺がおさまらないうちに急ぎ足で歩いてきたので、すっかり息が切れていた。あえぎながらふと顔を上げると、ちょうど目の前は写真館で、ショーウィンドウに社交界の有名なご婦人方の肖像写真が飾ってあった。二人してその場に立ったまま、それらの写真を見るともなく眺めていた。揺るぎない地位に恵まれた、上等のシルクときらびやかな宝石をまとう誇り高く美しい女性たち。ついさっき聞かされた話を思い返すと、このような人々も例の男の餌食になってはいないかと不安を抱かずにはいられなかった。メアリーは突然はっと息をひきつらせ、そのあと短く笑った。なにかを発見したときのホームズさんにそっくりだ。

「ほかの犠牲者を見つける方法がわかったわ！」とメアリー。

「どうするの？」わたしが訊くと、メアリーは店頭の肖像写真を身振りで示した。

「社交界の表舞台から突然消えた女性を探すのよ。舞踏会や観劇に必ず出かけ、宮廷での催しや狩猟会にも決まって参加していたのに、なぜか急にぱったり姿を見せなくなった女性を」

「そうね。でも、わたしたちは社交界と縁がないし、そういう知り合いもいない。どうやって調べればいいのかしら」

メアリーは眉根を寄せて考えこんだが、すぐに妙案がひらめいたようだった。

「シャーロックにその種のことに詳しい情報屋がいるはずよ。前にそんなようなことを言わなかった？　ほら、社交界の秘密を知りつくしている男の話。セント・ジェームズ公園に面した家に住んでいて、日がな一日窓辺に座ってゴシップ集めをしているとかなんとか」

「シャーロック？」わたしは毎度のことながら面食らった。メアリーがホームズさんをそう呼ぶのはややぶしつけなように思えたが、呼ばれた本人はたぶん気にかけないだろう。「ああ、ラングデール・パイク（『三破風館』の登場人物）ね」

「その人のことなら、知ってます」ビリーが横から言った。「ホームズさんのお使いで何度か家を訪ねたことがあるんです。社交界の人たちを大勢観察して、新聞のゴシップ欄に記事を書いてますが、そこに書かない秘密もたくさん知ってるらしいですよ。ホームズさんが言うには、その人は花から花へ飛びまわる蜂みたいで、蜜の代わりに秘密を集めてるんだそうです」

「なんだか、わたしたちに協力してくれるどころか、強請屋のほうに近い人物に思えるわたしはラングデール・パイクをますます胡散臭く感じた。以前からホームズさんがパイクと会っているのを見るとあまりいい気持ちはしなかった。たとえ重大な秘密と引き換えであろうと、ホームズさんが依頼人の事情をパイクに話すのは好ましくないと感じたからだ。

「いいえ、そんな人じゃないんです」ビリーが言った。「秘密をどうこうしようってつもりはなくて、ただ人を観察するのが好きなんだと思います。でなかったら、ホームズさんが手を組むはずありません」

「それもそうね」わたしはまだ半信半疑だった。

「シャーロックが彼を信用しているなら、わたしも信じるわ」メアリーが意を決したふうに言った。

「ぼく、どこへ行けばラングデール・パイクに会えるか知ってますよ」ビリーが新たな案内役を買って出た。

わたしは疲れきっていた。ああいう体験のあとだけに、これ以上はなにもできそうにない。一人きりになって考える時間が必要だった。それに、あるものを見たせいで、さっきから気になっていることがある。

「メアリー、行ってきて。わたしは一足先に帰るわ」そう言って、わたしはもう一度写真館のショーウィンドウをのぞきこんだ。やっぱりそうだ。見間違いではない。

「一人でだいじょうぶですか？」ビリーが心配そうに訊く。

「ええ、もちろんよ」力強く答えた。

ビリーが通りへ出て辻馬車を呼び止めているあいだ、わたしはメアリーに言った。

「怪しい人物がいるの」

「えっ?」当然ながらメアリーはびっくりして声を上げたので、わたしは自分の唇に人差し指を当て、無言で写真館のショーウィンドウのほうを顎でしゃくった。メアリーもわたしと同じものに気づいた。「やめたほうがいいわ」彼女は反対した。

「できるわ。やるつもり」わたしは断言した。誓いを立てるつもりで。「悲惨な話をただ聞いたり見たりしているだけなんて、もううんざり。行動に出たいのよ。あなたにはあなたの役目、わたしにはわたしの役目がある。それを果たすだけ」

メアリーはわたしの顔を見て、悟ったようだった。彼女はわたしの友人だ。わたしを手助けするべきか一人にしておくべきか、賢くわきまえている。彼女はしかたなさそうにひとつうなずくと、ビリーと一緒に辻馬車に乗りこんで去っていった。

わたしはショーウィンドウへ向き直り、そこに飾られている写真を眺めるふりをして、ガラスに映った通りの風景に目の焦点を合わせた。

わたしの背後に男が一人立っている。平凡の見本のような姿だ。ジャケットの片方の袖口に白い漆喰がべったりとついていなければ、彼の存在には気づかなかったかもしれない。どこか塗りたての壁にこすったのだろう。これほど目立たない風貌は初めて見た。人込みのなかにいたら絶対に気づかない。今も街路の風景に溶けこんでいる——ホワイトチャペルの少なくとも三カ所の交差点と、ホワイトチャペル・レディの診療所に近い広場でもそうだった。そういえば、わたしたちがホワイトチャペルへ来るときの乗合馬車でも見かけたような気がする。このまったく特徴のない完全に平凡な男は、午後のあいだずっとわたしたちをつけ回していたのだ。

　わたしはまっすぐ家へ戻った。例の特徴のない男は帰り道もついてきたが、無視することにした。追っ手をまきたくても方法がひとつも思い浮かばなかったし、こちらの住所はもう知られているだろう。もし知られていなかったのなら、これを機にわたしが名探偵シャーロック・ホームズと一緒に住んでいることを頭に刻みつけていただこう。

　実を言うと、尾行をあえて振りきらなかった理由はもうひとつある。次回会ったときに見分けられるよう、男の人相をしっかり覚えておきたかったのだ。残念ながら、目鼻立ちも輪郭もあまりに平凡で記憶の器にすくい取れず、すぐに水のごとく流れ落ちてしまった。結局、袖(そで)に付着した漆喰しか手がかりがないが、あんなにはっきりした汚れを本人が見落とすはずはないから、あのジャケットは早晩処分されるだろう。服装もいたって平凡だった。労働者が着る普通の地味なジャケットとズボンなので、似たような恰好(かっこう)の男はロンドンにいくらでもいる。あの男がジャック・リポンと名乗っていた強請(ゆすり)屋と同一人物なら、たとえ今度また見かけても彼だとわからないだろう。

　なんだかぞっとして、震えながら家に入った。わたしは法に触れることや道徳に反することをした覚えはない。強請屋に目をつけられる理由がどこにあるんだろう。わたしやわたしの大切な人をあの男はどうやって苦しめようというんだろう。

我が家はがらんとしていた。予想していたとおり、ウィギンズはわたしたちが出かけている隙に路上へ戻ってしまっていた。しょせん、ここは彼の家ではないから、暖かい寝床や栄養たっぷりの食事にも未練はなかったのだろう。こちらとしても、イレギュラーズのみんなが必要としているウィギンズをいつまでも引き止めておくわけにはいかない。考えてみれば、彼は意外なほど長く滞在してくれた。わずか数日とはいえ、それまででせいぜい数時間だったことを思えばけっこう長い。ホームズさんとジョンはといえば、事件の手がかりを追ってどこかへ飛びだしていったようだ。〝十一時に戻る見込み〟という走り書きのメモが台所のテーブルに置いてあった。

わたしへの知らせはそれだけではなかった。ドアの内側の玄関マットに、シャーリー夫人の代理人である事務弁護士から書簡が届いていた。それによると、シャーリー夫人は夫をヨークシャー地方のハロゲートへ連れていき、快復を願って温泉療養を受けさせることにしたそうだ。よって、これまでのご協力に感謝するとともに、これ以上の調査は不要である旨をお伝えしたい、とあった。弁護士が書いた味もそっけもない法律用語を要約すれば、わたしたちはシャーリー夫人の依頼事項に関してお役御免になったわけだ。

急に気が抜けて、虚脱感すらおぼえた。しかも誰もいない家のなかで一人きり。見知らぬ男に追跡されていた恐怖がよみがえり、誰でもいいからそばにいてほしいと思った。できればホームズさんが望ましい。彼の存在は普段どれほど安心感を与えてくれていたことか。わたしは二階へ上がって彼の居間へ入ると、薄いレースのカーテン越しに窓から通りを見下ろした。あの男がいた。特徴のない男がこの家を見上げている。しかも、わたしが今立っているこの窓に視線をまっすぐ注いでいる。カーテンでこちらの姿が見えないのはわかっていても、背筋が寒くなった。間もなく男は立ち去った。

誰の差し金で来たんだろう。ホームズさんに関係しているの？　それともわたしの事件？　彼は例の強請屋本人なのか、それとも強請屋に送りこまれたのか。そもそも、わたしのあとをつけた理由は？　用があるなら単に呼び止めれば済む話でしょうに。頭のなかは疑問符でいっぱいになった。

そんなふうにホームズさんの部屋の窓辺に長いことたたずんで、街路の人々を眺めていた。わたしのように黒いドレスを着た女たち、急ぎ足で通り過ぎていく若者たち、ぶらついているメイドや下働きの少年を相手に油を売っているサンドイッチ売り。ふと、二二一Bの正面に立つ、三十代半ばくらいの長身でブロンドの男が目に留まった。口ひげも髪と同じ色、スーツは黒。ぱりっとした隙のない服装で、身だしなみに細かく気を配っているのがわかる。手にしているステッキは純粋におしゃれのためだろう。背筋がすっと伸びて、品のいい感じだ。片手で口ひげを撫でながらホームズさんの部屋の窓を見上げ、歩道の縁石から踏みだしたり、また後ろへ戻ったりを繰り返している。道を渡ろうかどうしようか迷っているらしい。ジョンはそういう人を〝煮えきらない依頼人〟と呼ぶ。ホームズさんにどうしても相談したいことがあるのに、家の前まで来ていながらふんぎりがつかない人たちがいるのだ。自尊心が許さないのか、恥ずかしいのか、助けを求めることに二の足を踏む。たまにホームズさんは窓を開け放って、「いいかげんお入りになってはいかがです?」と大声で呼びかける。今回のブロンドの男は道路を渡るのを二度ためらい、手に持った紙片を見て二度住所を確認した。非の打ち所がない紳士で、困ったことがあればまっすぐ警察へ相談に行きそうに見える。ホームズさんのような探偵を訪ねてくるということは、よほど厄介で繊細な問題を抱えているにちがいない。ああ、やっとどちらを選択するか決まったらしい——立ち去った。

秘密を持っている人なのだろう。この通りを歩いている人々のなかで、秘密を持っているのは彼だけではない。実際にはどれくらいか。ホームズさんによれば、全員だそうだ。では、どれくらいの人たちが秘密のせいでおびえ、苦しみ、助けを必要としているの? どれくらいの人たちが、静かな表情の裏に激しい動揺と底知れぬ悲しみを押し隠しているの? きっとわたしがこれまで想像していたよりもはるかに多いだろう。そのうちの一人を救うため、ホームズさんは今もどこかへ出かけている。わたしも——そうよ、わたしも誰かを救えるかもしれない。勇気を奮い起こせば、困っている人に力を貸せるはずよ。薄暮に包まれていく街を眺め、わたしはメアリーと二人で重大なこの役目をまっとうしようと心に誓った。

尾行されたことでわたしはまだおびえ、混乱していたが、久しぶりに生きているという実感が湧いてきた。誰かの人生に間借りするのではなく、やっと自分自身の人生を見つけられた気がした。この手でなにかを成し遂げようとするなんて、長らくなかったことだ。自分の頭で考えて結論を導きだす作業は、胸を躍らせ、血を熱くたぎらせる。狭いパドックから突然コースへ移動して、猛然と駆けだす競走馬の気分だった。止まるつもりはさらさらない。もう止まれっこないのだから。

そんなわけで、メアリーとビリーが戻ってきたとき、わたしは台所のテーブルに向かって、これまでの経緯を紙に書いてまとめていた。

ビリーはホームズさんかウィギンズに会いたかったようで、彼らを捜しに外へ飛び出していった。メアリーのほうは素敵なライラック色の帽子を脱ぐと、台所へ入ってきた。わたしと同じように、メアリーにとってもこの台所はほっとできる空間なのだ。

テーブルに近寄ってきて、彼女は言った。「わたしと別れたあと、なにかあったの？いつものあなたらしくない気がする」

「なにも――」と言いかけて考え直した。「なかったわけじゃないけれど、あとで話すわ。先にラングデール・パイクについて聞かせて」

「でも……」

「後回しよ。〝特徴のない男〟の件はまだ話したくないの。全部わたしの気のせいかもしれないから。あの男のことで無駄に大騒ぎしたくない。ただの勘違いだったら、わたしの立つ瀬がないでしょう？」

「そう、わかったわ」メアリーは納得しきれないものの、自分の報告を早く聞かせたくてうずうずしている様子だった。「ラングデール・パイクはかなり変わった人物よ。痩せぎすで、身振りといい身なりといい、几帳面を通り越して堅苦しいわ。髪は真っ黒――たぶん染めていると思う。肌の色もかなり濃いわ。顔は妙につるっとしていたから、化粧かもしれない。着ているのは最新流行の服だけど、けばけばしいのをあえて選んでいる感じ。たとえば、フロックコートは黒じゃなくて緑色なの。一日中――午前中は寝ているから午後いっぱい――セント・ジェームズ・スクエアにあるクラブの窓辺の席で過ごしているそうよ。もちろん、わたしは女だからクラブへは入れない。でも幸いにして彼は週に一度、午後にハイドパークを散歩するらしいから、ビリーと一緒にそっちへ回ってみたの。そうしたら、運良く彼が見つかったわ。パイクの目当てはきっと、茂みのなかでこっそりいちゃついている男女なんでしょうね。ビリーはホームズさんを介してパイクと顔見知りだったから、きちんと挨拶して、わたしを紹介してくれた。そうしたらね、パイクはわたしを射貫くようにじろじろ見たのよ。あれほど暗くて鋭い目はちょっと珍しいんじゃないかしら。心の奥底まで見透かされているみたいで、どぎまぎしたわ。自分にはたいした秘密はなかったと気づいて、まっすぐ見つめ返したけれど。おかげで合格点をもらえたみたい。パイクはビリーを向こうへ行かせると、わたしだけベンチに促したの」

メアリーの報告はなおも続く。

「ベンチに座ってからパイクはまず、〝ワトスン博士の伴侶(はんりょ)にふさわしい立派な奥方だ〟と言ったわ。ジョンが気難しい態度を取ったときは、この話を聞かせるといいわね。

そのあとパイクに、〝ところで、ホームズさんはどうしておられるかな？〟と訊(き)かれたので、元気だけど忙しくて、今わたしがあなたと一緒にいることはまったく知らない、と答えておいた。嘘はつかないほうがいいと思ったの。シャーロックが葉巻の煙を嗅(か)ぎ分けるように、パイクもきっと嘘の匂いを嗅ぎつけるでしょうから。

『秘密主義というわけですか』と言って、パイクはわたしをじっと見た。

『いいえ、ちっとも。わたしは自分が気になったことを調べているだけです』

『素晴らしい熱意をお持ちだ。で、私がどうお役に立てるのかな？』

パイクは金のシガレット・ケースから紫色の紙巻き煙草を取りだして、ライターで火をつけたわ。彫られていた頭文字からすると、シガレット・ケースは明らかに彼のものではないし、ライターのほうも恋人からの贈り物と一目でわかる凝った飾り文字の銘が入っていた。贈り主が男性なのか女性なのかはわからない。パイクは煙草に火をつけるときにさりげなく公園を見渡して、視界に入った人たちを一瞬で脳裏に収めたようだった。そぞろ歩きの兵士たち、子守りの女性たち、乗馬路(ロットン・ロウ)で馬の背に揺られている人たち、湖でボート遊びをしている人たち全員を。

『ちょっと失礼』

パイクはわたしにそう断って、そばを通りかかった馬車のなかの、日傘で顔を隠そうとしている女性に目を凝らした。それから小さな金色のケースに入った手帳を取りだして、遠ざかる馬車を見送りながら何事か書きつけると、手帳をしまいながら話を続けた。

『さて、では私があなたのためにどうお役に立てるか聞かせてください。そのあとで、お返しにあなたになにをしていただくか決めるとしましょう』

『情報が欲しいんです。理由がはっきりしないまま突然社交界から姿を消した女性たちの名前を。配偶者はたぶん直前に自殺しています。事情を伏せるため、表向きの原因は銃の手入れをしている最中に起きた暴発事故にでもなっているでしょう』

遠回しに説明している場合じゃないと思ったのよ。ぼやかしたり、ほのめかしたりしているうちに、収穫を全然得られないまま午後が終わってしまったら困るもの。

『これはまた単刀直入ですね』

パイクが意外そうな顔をしたのは、すぐに用件を切りだす人間に慣れていないせいでしょうね。

『ごまかしは通用しないと思いましたので』

『いかにも』

彼の言葉には不思議な響きがこもっていた。シルクのような繊細さとなめらかさで、何時間でも聞いていられそうなほど心地よかった。その心地よさに浸れるなら、なんでも差しだしてしまいたい気持ちになる。慎重に言葉を選んでいるのがわかったわ。最も的確な語を、それにぴったり合う抑揚をつけてつないでいくの。名演奏家と同じで、絶対に弾き間違えない。

『私の持っている秘密を譲ってくれということですか。で、代わりになにをちょうだいできるのかな？』

『お金はあまり払えま……』

『金などいらん』

ぴしゃりと言われたので、彼の心証を害してしまったかと思ったわ。

『これは金銭ではなく話の取り引きだ。話の代金は話で払っていただこう。ただし、真実の話で』

なにを話せばいいのか考えこんだけれど、幸いすぐに思いあたった。パイクにぴったりの話を知っていることに。迷ったけれど、背に腹はかえられない。

『承知しましたわ。では、社交界から姿を消したある婦人の話をお聞きかせします。わたしは彼女の本名を知りませんが、あなたならご存じかもしれません。この話は別の謎を解く鍵（かぎ）に……』

『興味をそそられますな』

案の定、パイクは食指を動かした。ビリーによると、パイクは仕入れたゴシップのうち半分くらいしか記事にしないそうよ。仕事のためというより、好奇心を満たしたいという願望が土台になっているんでしょうね。いろいろな人の秘密を握って、そのほとんどを自分の頭のなかの金庫にしまっておきたいらしいわ。

そういうわけで、パイクにホワイトチャペル・レディの知られざる身の上を話して差しあげたの。

心を動かされる内容だし、わたしの話し方も悪くなかったと思う。パイクはうっとりした顔で聞き入っていた。話し終えると、彼はショックを隠しきれない様子でベンチの背にもたれた。ホワイトチャペル・レディのことを知っていたようね。もちろん暖炉での大火傷や、彼女の夫の自殺も。誰だって容易には忘れられない事件だもの。だけど、強請屋の存在は知らなかったと答えた。ホワイトチャペル・レディがたった一人の男に、それも他人を虐げて喜ぶ男にそこまで追いつめられ、とうとうすべて失うはめになったとは、思いもしなかったそうよ。パイクは決然と言ったわ。

『そんなまねを続けさせるわけにはいかん。そいつのねじ曲がったよこしまな欲望のせいで、社交界の輝きが失せるようなことがあってはならん』

パイクはホワイトチャペル・レディの本名と以前の身分を教えてくれた。驚いたわ。社交界でも頂点に近い存在だったの。王室行事日報で誰もが名前を目にしたことのある貴婦人よ。パイクはなんの要求も質問もしないで、社交界から急に消えた婦人たちの名簿を渡してくれたわ。ホワイトチャペル・レディのような不幸な女性がこれ以上生まれないようにしてほしい、と言い添えて。そのときふと感じたんだけれど、パイクは昔、ホワイトチャペル・レディに思いを寄せていたんじゃないかしら」

話し終えたメアリーは、パイクに渡されたものとおぼしき名簿をテーブルに置いた。三十人もの名が記されている。

「これが、理由もわからず社交界からいなくなったとパイクが考える女性たちよ。急に海外へ移り住んだ人もいれば、行方知れずの人もいる」

「亡くなった人は？」

わたしの問いに、メアリーは目を見開いた。「それは考えなかったわ。でも、そうね、亡くなった人もいるかもしれない」

「知りたいのは自殺のことなの。自ら命を絶った人もいるんじゃないかと気になって」

「少なくとも七人は夫と別れているわ。仲睦まじい夫婦として知られていたのに突然そんなことになって、周囲は驚いたそうよ。そのうち五人は……その……」

「夫が不可解な事故に遭っているのね？」と訊くと、メアリーはうなずいた。

次にやるべきことがはっきり見えた。「図書館へ行きましょう、メアリー。この名簿の全員について調べるのよ。デブレット貴族年鑑とか古い新聞とか、利用できる資料を片っ端から当たって。この人たちのあいだにはきっとつながりがある。友人、弁護士、使用人といった共通の知り合いが誰かいるはずよ！」

「それにあてはまりそうな人物の名前をパイクから聞いたわ。女癖が悪くて、いろいろとよろしくない噂の絶えない男だそうよ。見た目はとても魅力的で、それを武器に社交界の女性たちをだまして利用したあげく、ぽいと捨てる。それなのに、もてあそばれたほうは彼を憎めないんですって。自分なら彼を救えると勘違いするんでしょうね。女の気持ちって、ときどき女のわたしでも理解できないことがあるわ。その女たらしは執拗（しつよう）な脅迫や暴力に訴えるタイプではなくて、根は臆病（おくびょう）なんだとか。でも、女性をやすやすと引きつけて自分の都合のいいように操っているのは事実よ」

「要注意人物ね。その男とつながりがある女性は名簿に何人いるの？」

「パイクが知っている限りで五人」

「三十人中五人なら、たいした割合ではないわね」

「きっとほかにもいると思う。とにかく、次の一手は決まったわ」メアリーはそう言って立ちあがった。

「ええ。その男についても調べましょう。名前はなんていうの？」

「サー・ジョージ・バーンウェルよ（『エメラルドの宝冠』の登場人物）」

「いざ、図書館へ！」という掛け声は、ホームズさんの〝獲物は飛びだした〟ほど劇的ではなくとも現実的ではあった。ホームズさんは、新聞雑誌や膨大な各種記録から情報を拾い集めるという果てしなく難儀な仕事のため、マーサー氏を雇っていた（『這（は）う男』の登場人物）（このことをジョンはまだ知らなかった。ホームズさんはジョンに完全無欠な人間と見られたかったからだろう。太陽系の知識が欠如しているとジョンに書かれたのをけっこう気にしていたようだ）。メアリーとわたしはその作業を自分たちでやらなければならなかったが、たまにビリーの手を借りられたのはありがたかった。メアリーは図書館の定期刊行物の所蔵室へ足しげく通った。ビリーはホームズさんの部屋から新聞の切り抜きを集めたスクラップブックを持ってきて――かなり複雑な事件にかかりきりだった名探偵は捜査のためしょっちゅう外出していた――中身に目を通した。わたしは地下室へ行って、積みあげられた新聞の山を少しずつ崩していった。ホームズさんは将来役に立つかもしれないものは決して捨てない主義だが、彼の〝役に立つかもしれない〟の定義は範囲が広すぎて、わたしにとってはかなり骨の折れる作業だった。

一週間が経過する頃には、二つの人名をあぶりだすことができた。片方はすでに聞いていた名前だが、もう一方は初めて知る名前だった。そこへ行き着くまでにわたしが重点的に調べたのは、離婚記事と、売主が慌ただしく国外へ移住したことを示す、事務弁護士を窓口とした家財道具の処分に関する広告だった。メアリーのほうは然るべき理由なく社交界名簿から消えた名前を数人分と、突然取り下げられた訴訟の記録を二件、さらに土壇場で書き変えられた遺言書をいくつか見つけだした。

あぶりだした二人のうち一人は、そうしたゴシップ欄、裁判記録、離婚記事、加えて王室行事日報にも顔を出していた。また、同じ舞踏会に出席していた程度のつながりも含めれば、パイクの名簿の女性たち全員と関わりがあることもわかった。少なくとも顔見知りではあることは確かだろう。

それが例の女たらし、サー・ジョージ・バーンウェルだった。

もう一人はそうした社交界の事情に詳しい穿鑿好きな情報通で、ゴシップ欄の端にやっと載るような無記名記事を書いているが、真に迫った刺激的な内容のものばかりだった。上流階級の女性をこき下ろすことに密かな喜びを感じているらしく、彼女たちが落ちぶれていくのを期待しているふしがある。記事に書いたこと以外にもいろいろ知っているんだと匂わせてもいた。細いとはいえ一応つながりと呼べるだろう。彼の名はパトリック・ウエスト。このゴシップ記者についてどう調査しようか考えあぐねていたところ、ビリーから自分に任せてほしいと言われた。ホームズさんに教わった技能をぜひ試してみたいそうなので、思いきってその役目を彼にゆだねることにした。あくまで慎重に分別ある行動を心がけるよう言い含めて。

わたしは出かける前に外の様子を確認するため、ホームズさんの部屋へ上がった。彼が不在のときだけだが、このところ必ずと言っていいほどそうしていた。窓から通りを見下ろして、左右にさっと視線を走らせる。ベイカー街は今日も往来が激しくにぎやかで、不吉なことや奇妙なことは特に見当たらなかった。ただ、前回見かけた〝煮えきらない依頼人〟らしきブロンドの男がまた来ていて、通りをはさんだ向かい側の歩道に立ち、この部屋の窓をじっと見上げていた。彼だけ動かないので、歩道の流れを妨げているのが一目でわかる。ちょうどそこへビリーが戻ってきた。

「あそこを見て。〝煮えきらない依頼人〟がいるわ」とビリーに教えた。「そろそろ決心を固めてもらって、なかへ入っていただいたほうがよさそうね」

ビリーが窓に近づいて、前かがみの姿勢で通りをのぞいた。

「あの人、知ってます！」ビリーはカーテンの陰に隠れて言った。「シャーリーさんのあとをつけたとき、見かけたんです。シャーリー夫妻の友人です」

「うちへお招きしましょう」

ビリーはすぐさま階段を下りていったが、間に合わなかった。例の男は急に歩きだし、きびきびとした足取りでその場から立ち去った。

わたしも階段を下りていくと、ビリーが外から戻ってきた。「見失いました。あの人、歩くのがすごく速くて」

「シャーリー夫妻と一緒にいるところを確かに見たのね？」

わたしの問いにビリーはうなずいた。「偶然じゃないんでしょう？」

「ええ、偶然とは思えない。誰かにここを訪ねるよう勧められたのよ。住所を書いた紙を持っていたわ。きっと彼も被害者なのね。今度見かけたら、お連れしてちょうだい」

二時間後、わたしはメアリーとの待ち合わせ場所へ行った。霧雨のなか、わたしは街角に立って、紳士用品店のショーウィンドウに飾られた生地の柄を眺めるふりをしていたが、本当は〝特徴のない男〟が背後に現われた場合にそなえて、ガラスに映った自分の姿に注意を向けていた。袖口(そでぐち)の白い汚れという目印なしでも見分けられるかどうか、あまり自信はないものの、彼はあれから一度も出没していない。なにもかもが想像の産物だったのではないかと思い始めていた。きっとあの男もベイカー街に住んでいて、たまたまあの日、用事でホワイトチャペルへ行ったのだろう。自分はホワイトチャペル・レディの話で気持ちが高ぶっていたから、偶然の出来事を神経質にとらえてしまったんだろう。でも……でも……ちがう、そうじゃない。あらためて冷静に振り返ってみると、やはりあの男につけられていたのは確かだ。目的は彼自身のもの、それとも自分の餌食を監視したいバーンウェルという男の差し金？　メアリーとわたしが取り組んでいる調査にはまったく関係がなくて、ホームズさんの関係者だから目をつけられたとも考えられる。だとしたら、ホームズさんに報告したほうがいいだろうか？　疑問だらけで頭が破裂しそうだ。それでも、正解に少しずつ近づいているような気がした。

　メアリーが角を曲がって現われた。淡い黄色のドレスを着て、しゃれた日傘を手にほほえみかけてきた。明るく愛らしく、はつらつとして、悩み事などひとつもないように見えるが、それは表向きの装いに過ぎない。今回の調査で知った絶望の淵へ突き落とされた人々の身の上に、メアリーは心底打ちのめされていた。彼女たちのことが夢に出てくると言っていた。幸せいっぱいで人生を謳歌している家族の前に突然あの男が現われ、耳元でささやく。とたんにすべてががらがらと崩れ去ってしまう。けれどもそんな悪夢にも、メアリーはおびえたり尻込みしたりはしなかった。逆に鋼のようなまなざしで、必ず強請屋をつかまえると断言した。優しい性格の彼女があえて不倶戴天の敵を作ろうというのだから、決意のほどがうかがえる。

「証拠！　まず必要なのはそれね」メアリーはそばへ来るなり意気込んで言った。わたしたちは並んで歩きだした。淡い黄色のドレスを着たすらりと背の高い可憐な女性と、黒いドレスを着た背の低い地味な中年女性の組み合わせは、親友同士というより母と娘に見えるかもしれない。「なにを気にしているの？」ちらりと後ろを振り返ったわたしにメアリーが訊く。

「誰かにあとをつけられているんじゃないかと思って。たぶん気のせいでしょうけれど」

「そうとは言いきれないわ。あなたはわたしよりも直感が鋭いもの。シャーロックがいつも言っているわ。ハドスンさんには観察力があるって。誰につけられているの？」

「わからない。ごく普通の男よ。ホワイトチャペルで見かけたあと、ベイカー街にもいたわ」

「つけられていたのは確か？」メアリーが目を丸くする。

「さあ。こういうことには不慣れで、絶対だと言いきる自信はないのよ。ジャケットの袖口の白っぽい汚れがなかったら、人込みのなかで顔を見分けられるとは思えないし。たぶん見間違いだわ。ホワイトチャペルへ行ったことで動揺していたのね。どっちみち、今はその男はいないから、このことは忘れましょう。さて、証拠をどうすれば手に入れられるかだったわね」

メアリーはちょっかいを出そうとする通りすがりの男を軽くあしらいながら、わたしが水たまりを踏みそうになったのに目ざとく気づいて腕を引っ張ってくれた。

「わたしたちが追っている男は強請に関係する手紙や品物はすべて手元に保管していると思うの。銀行や弁護士は信用しないから」

「どうして信用しないの？」四つ角を曲がると、街路樹のある人通りの少ない道へ入った。

「銀行や弁護士のところに穿鑿好きな事務員がいるかもしれないし、どちらも泥棒に狙われやすい場所よ。安心して預けられないでしょう？　それに、犯人は人を支配するのが好きで、自分の影響力に惚れ惚れしている。夜になると戦利品の手紙を眺めては悦に入っている姿が目に浮かぶようだわ。銀行に預けたら、そういう楽しみがなくなってしまう。だから、やっぱり手元に置いているはずよ。わたしたちに必要な証拠品はサー・ジョージの自宅のどこかにある。賭けてもいいわ」

「そうね、確かに目に浮かぶようだわ」わたしも想像してみた。「賭けといえば、ジョンがまた競馬に連れていってくれたの？」

「ええ、先週。五ポンド勝ったわよ」満足げな口調で言う。「対するジョンは十シリングの負け」

「メアリー」わたしは彼女の腕を引いて立ち止まらせた。「サー・ジョージは本当に本命なの？　お金持ちの有閑階級で、もともと権力を握っている人よ」

「だからと言って強請屋でないとは限らないわ」顎に力を入れ、断固とした口調で言うメアリー。

「でも、顔見知りの多い有名人でしょう？　ホワイトチャペル・レディの話だと、強請屋は偽名を使っている目立たない平凡な見かけの男なのよ」

「サー・ジョージが雇った手下なんだわ！　普通の外見の男を選んで、特定の女性の耳元で指示どおりの言葉をささやかせる。少しも難しいことじゃないでしょう？　きっと謝礼金をたっぷりはずんだか、その男の重大な秘密を握っていて、断れないようにしたかのどちらかよ！」メアリーが早口でまくしたてていたとき、通りかかった口ひげのある大男が邪魔だと言うように舌打ちしたので、わたしたちは道の端に寄って本屋のショーウィンドウの前に立った。さっきまで霧雨を降らせていた灰色の空はきれいに晴れ渡り、濡れた路面が陽光をきらきらと反射していた。普段は静かなこの通りも人であふれている。真面目そうな黒いスーツ姿の男たち、派手なドレスでめかしこんだ笑いさざめく娘たち、人込みのあいだをすばしこく通り抜けていく使い走りの少年たち、色鮮やかな菫を手にした花売り娘たち。春の陽射しに包まれた、完璧なまでに美しい胸に染みるロンドンの街頭風景だ。

「だって、サー・ジョージの存在は至るところで取り沙汰されていたでしょう？　離婚裁判の記録に何度も名前が出てきたわ。刑事裁判のほうにまで。告訴されたことはなくても、清廉潔白なら巻きこまれるはずのない裏の事情に関わっている。悪党の垢みたいなものがうっすらこびりついている気がするのよ。彼の名前を繰り返し目にするうちに、この男だと思ったわ。サー・ジョージ・バーンウェルがわたしたちの追っている男よ」

メアリーは自信たっぷりに言いきったが、直感以上の根拠がなければわたしは納得できなかった。

「それを立証する手紙や書類が当人の自宅にあることと、わたしたちがそこへ招待される見込みがないことについては、さっきお互いの意見が一致したわね」

「こっそり忍びこむというのはどう？」メアリーは声をひそめて言った。犯罪をそそのかすことに後ろめたさをまるで感じていないような屈託のない笑顔だが、わたしの腕に置いた手はかすかに震えていた。

「どうやってそんなことができるの？」前々からメアリーは大胆不敵な名案を思いつくものの、それを実行に移すための方法を忘れがちだ。「窓を割ったりドアをこじ開けたりすれば、彼は誰かが侵入したと気づいて、焦りから犠牲者たちに容赦ない攻撃に出るかもしれないし、侵入者を躍起になって探すはずよ。強請られている者たちはいっそう苦しめられ、わたしたちも危険にさらされる」

「錠前をうまく開ければいいのよ」メアリーが思いついたままを言う。

「あなたにもわたしにも錠前破りの技術はないのよ」わたしは自分の両手を見下ろした。たしなみよく黒い手袋に覆われた、レティキュールを提げているしわだらけの小さな手。曲がりなりにも堅気の善良な市民でありながら、サー・ジョージの家へ忍びこむ算段をしているにもかかわらず、手は少しも震えていない。わたしは冷血な人間になってしまったのだろうか。

「そろそろ協力者が必要ね」わたしは言った。

「ホームズさんはだめよ」メアリーがきっぱり言う。「あの人は……」

わたしは手を小さく上げてメアリーに口をつぐませた。頭のなかである考えが——とびきり面白い極上の計画が出来上がりつつあったのだ。

「もちろんホームズさん以外よ、メアリー」空を見上げると、残っていた雲もどこかへ流れ去り、顔に当たる陽のぬくもりが心地よかった。気分を変えようと思いきって手袋を脱ぎ、肌を太陽にさらした。

「イレギュラーズのメンバー？」メアリーが訊く。

「子供を法に反する行いへ誘いこむつもりはないわ」わたしは手袋をレティキュールにしまい、自由になった指を広げた。「違法すれすれで生きている子たちだけれど、わたしからそういう行為に理由付けを与えるわけにはいかないでしょう？　ほかにもっといい人がいるのよ。本人の手を借りるのは無理でも、誰か適任者を教えてくれるでしょう。しかも、その人ならホームズさんに告げ口する心配はまったくないわ」

自分の発想にわくわくしてきた。なんて胸躍る思いつきだろう。素晴らしい名案につい笑いがこみあげる。

「それは誰なの？　どうしてにやにや笑っているの？」とメアリー。

「新聞に出ていたのよ、彼女がちょうど帰国中だと。アメリカに移り住んだけれど、短期間の予定で今ロンドンに滞在しているらしいの」そこでいったん切って、にっこり笑う。メアリーをじらすのが愉快になってきた。

「ねえ、誰？　早く言って！　もう待ちきれない！」

「当ててみて。ホームズさんはいつも彼女のことを〝あの女性(ひと)〟と呼ぶわ」

〝あの女性〟と奇妙な頼み事

アイリーン・アドラーがホームズさんの追跡を逃れ、結婚したばかりの夫とともにアメリカへ向けて出航したとわかったあと、稀代の名探偵シャーロック・ホームズは何時間も室内を荒々しく歩きまわりながら、ののしり声と笑い声を交互に上げていた。彼女と出会ったことでホームズさんは変わった。それまでは女性のほうが男性よりも知性の面で劣ると考えていたはずだ。わたしたち女性は人類の存続と特定の雑用の担い手としては必要だが、考えが浅くて視野も狭いと決めつけていたように思われる。初対面のときに聡明で気が利くと評したメアリーのことさえも、特別に敬意を払うほどではない〝ただの女性〟として見ていた。そのホームズさんが一人の女性にまんまと裏をかかれ、めったにない敗北を喫したのだ。

それ以来、ホームズさんは女性を見下すような発言を決してしなくなった。時折メアリーやわたしに理解不能な珍獣を見るような目を向けはするけれど。たまにジョンがホームズさんの前でからかい気味にアイリーン・アドラーの話題を持ちだすことがあり、それが通気口を伝って台所にいるわたしの耳に届く。ホームズさんとは対照的に、どんな女性だろうと一度も見くびったことのないジョンは、親友が一人の女性に鼻を明かされたのが痛快だったらしい。ホームズさんはアイリーン・アドラーのあざむきをくだくだしく非難するかと思えば、頭脳明晰ぶりをさかんに称賛し、たまに彼女の近況を示す出来事だと言ってジョンに新聞の切り抜きを見せたりもしていたが、そうした長広舌は決まって、「一介の事務弁護士と結婚するなんて、才能の無駄遣い以外の何物でもない！」という言葉でしめくくられた。

その意見に対して以前ジョンが一度、わざとぞんざいな口調で、「きみは彼女に自分と結婚してほしかったのかい？」と尋ねたことがあった。

「くだらない！」とホームズさんは言い放った。「恋愛なんてものは知性の足りない人間がふける道楽だ。僕は結婚などしない。ましてやあの女性とは絶対に。もし夫婦になったら、一カ月もしないうちに互いの殺人計画を練り始めるのがおちだよ。ところが最悪なことに……」そこでヴァイオリンの音が聞こえてきた。「二人とも相手の目論見を看破する能力があるがゆえに、結局どちらの計画も頓挫する」

そんなふうにホームズさんが彼女の名前を呼ぶことはなかった。いつも〝あの女性〟だった。名前を口に出すのがつらかったのだろうか。彼女はホームズさんを面食らわせ、だしぬき、本気で怒らせた。にもかかわらず、ホームズさんは彼女に負けたことを誇りに思っているようだった。

その女性がロンドンへ戻ってきた。

彼女が帰国しているのなら、以前住んでいたサーペンタイン通りの目立たないブライオニー荘にいるのではないかとわたしは踏んだ。暖炉のマントルピースのそばに便利な秘密の隠し場所がある家に。所在地を知っていたので、わたしは模範的な家政婦になりきった恰好でそこへ出かけていった。なりきった恰好といっても変装と呼ぶほどのものではなく、いつもの黒いドレスの代わりに、しまいこんであった深緑色のドレスを着ただけ。それでも胸がちくりとしたのは、日増しに自分が模範的でなくなっていると感じていたせいだろう。同行したメアリーは質素な灰色のメリノウールのドレスを着て、髪を後ろへ撫でつけ、どこから見ても元の職業の家庭教師らしかった。セント・ジョンズ・ウッドで乗合馬車を降りると、サーペンタイン通りは簡単に見つかった。わたしたちは晴れた日の散歩を楽しむ昔なじみの友人同士のように、腕を組んで通りを静かに歩いた。パトロール中の警官にさりげなく尋ねると、メアリーの活発さと慎み深さが同居するきらきらした瞳に魅せられた彼は、アイリーン・アドラーについていろいろと教えてくれた。おかげで、彼女はやはりブライオニー荘に戻ってきていること、今は外出中だが、一時間もすれば帰宅することがわかった。

それまでのあいだ、メアリーとわたしはおしゃべりしながら通りを行ったり来たりした。事件についてではなく、ホームズさんとジョンの様子や、最新流行のファッション、ミュージック・ホールで一緒に観た演し物、季節の花、海辺の行楽地など、強請と殺人以外はなんでも話題にした。二人でいるといつも会話がはずむのは、同意し合うだけではなく、異なる意見を出し合って議論を楽しむからだろう。メアリーと一緒に過ごしたひとときは、わたしの人生で一番幸福なひとときとほぼ重なる。

天気といい場所といい、散歩とおしゃべりにはうってつけだった。通りは刃物研ぎに果物売り、食料雑貨店の配達人などでほどよくにぎわって、気になるような混雑ではない。白く塗られた家々は真新しく手入れが行き届き、道はきれいに掃き清められて輝くばかり。片側に広がる大きな公園から、樹木の芳香がそよ風に乗って漂ってくる。たった数マイルしか離れていないのに、ホワイトチャペルとこうもちがうとは。まさに雲泥の差だ。

陽が沈みかける頃、メアリーに突然ぎゅっと腕をつかまれた。

「あれがそうじゃない？」交差点のほうを見つめてメアリーはささやいた。

一人の女性がちょうど通りの角を曲がってこちらへ歩いてくるところだった。紫色のビロードで細く縁取りしてある、かちっとした灰色のドレス姿。思っていたよりも小柄だ。髪と目は黒に近く、肌は抜けるような白さ。腰のくびれた美しい体形で流行の服を見事に着こなし、身体を揺らしながら挑発的な感じの歩き方をしている。日傘は持たず、上向き加減の顔に陽射しを受け、日焼けはまったく気にしていないようだ。背筋をぴんと伸ばした姿勢で行き交う人々に視線を注いでいるのは、もちろん不安からではなく興味からだろう。恋人たちを見て優しくほほえみ、辻音楽師が手回しオルガンを弾き始めると朗らかに笑い、さっきの顔見知りの警官には親しげに会釈した。世間一般の基準で言えば美人ではないが、小粋で色気のある、つい見とれてしまうほど魅力的な女性だった。

彼女とわたしたちの中間あたりの歩道に、一人の退役軍人がしゃがんでいた。年老いてみすぼらしく、片脚がない。空っぽのズボンを丁寧に折り曲げてピンで留め、使いこんだ松葉杖がそばに置いてある。着ているのはもはやぼろきれ同然の軍服。人が通りかかるたび帽子のつばに軽く手を触れ、金を恵んでくれた相手に小さく頭を下げる。でも言葉は発しない。彼が見つめているのは通りの反対側ではなくロンドンの向こう、いえ、もっと遠く離れた異国の土地だろうか。ずっと昔に世を去った兵隊仲間や、わたしが書物を通してしか知らない戦場の光景を思い起こしているのかもしれない。

彼の前を通る者たちはほとんどが硬貨を一、二枚置いていく。皆、知り合いの誰かを戦争で失っているはずだ。メアリーはさっきホットパイを二個、老人にあげた。とても他人事とは思えないのだろう。現に夫が傷痍軍人なのだから。ジョンもホームズさんと出会っていなかったら、こんなふうに道行く人たちの施しに頼るその日暮らしだったかもしれない。少なくとも、絶対にそうならなかったとは言いきれないだろう。

灰色の服の女性はその老いた退役軍人の前で足を止め、スカートに泥がつくのもかまわずその場にしゃがんだ。低い声で老人に何事か話しかけたあと、勲章の色褪せたリボンに指先でそっと触れる。勲章の価値と、そのために払った犠牲の重みを知りつくしているようなしぐさだった。老人が穏やかだが悲しげな微笑を返すと、女性はバッグのなかのお金を残らず老人の膝の上に落とした。

メアリーのほうをうかがうと、彼女も女性の退役軍人に対する心遣いを感に堪えない面持ちで見守っていた。

女性が立ちあがり、再び歩きだした。わたしたちの前を通り過ぎた直後、急に足を止めて振り返り、不思議そうな表情でこちらを見た。

「ミセス・ハドスン?」アイリーン・アドラーは訊いた。「どうしてここに?」

ブライオニー荘へ招かれ、客間に通された。華やかさはないが、まとまりのある清潔でこぎれいな部屋だった。壁には美しい立派な絵画が二点ほど飾られている。ビロード張りの椅子や、ありったけの小物をごたごたと並べた重たくて暗い印象の部屋を毎日見ているわたしの目には、洗練された客間がとても清々しく居心地よさそうに感じられた。アイリーン・アドラーはピンで留めていた帽子を脱いでサイドテーブルに置き、わたしたちをソファへ促した。

「ホームズさんのお使いでいらしたの?」彼女が警戒を帯びた口調で訊く。

「いいえ」わたしは答えた。「ホームズさんはメアリーとわたしがここへ来ることさえ知りません。彼にはどうか内緒にしてください」

アイリーン・アドラーはほほえんで、焦げ茶色の目でわたしをまじまじと見た。「なんだか面白そうね」朗らかな声に変わった。「ぜひご用件をうかがいたいわ。その前に、ホームズさんはお元気？　厄介事に巻きこまれたりしていない？」案じる表情をちらりと浮かべた。かつてはホームズさんを焦らしてからかい、翻弄し、最後はするりと身をかわして逃げ去ったとはいえ、今でも彼のことが気になるらしい。

「ホームズさんはぴんぴんしていらっしゃいますよ。つつがなく過ごしておいでです」わたしはそう言って安心させた。隣に座っているメアリーが気後れするふうもなくミス・アドラーを興味津々で見つめているのがわかった。「相変わらず毎日忙しいようですけれど。それで、あの……こちらにはわたしたちなりの理由があってうかがったんです、ミス・アドラー」急に緊張して、しどろもどろになった。わたしたちのために他人の家へ忍びこんで盗みを働いてくれる人に心当たりはないか、と尋ねることがどれほどぶしつけか、遅まきながら気づいたせいだ。

「今はミセス・ノートンよ」彼女が優しく誤りを正したとき、可愛らしいメイドがお茶を運んできた。アイリーンはメイドのためにドアを押さえてやりながら、わたしのほうを見た。「結婚はまだ続いているの」そう言われて、わたしは彼女が離婚して帰国したと思いこんでいたことに気づいた。「夫を愛しているし、夫もわたしを愛してくれている。彼は今アメリカにいて離れ離れだけど、二人一緒のときは新婚夫婦のように仲がいいのよ。自分の過去と性分を考えると、こうして満ち足りた結婚生活を送っていることにわたしが誰よりも驚いているわ。信じられないくらい幸せ」

小柄なメイドに礼を言って下がらせてから、アイリーンはメアリーとわたしの真向かいのソファに座った。

「夫は理解のある人だから、ロンドンへ一人で行きたいとわたしが急にわがままを言っても快く送りだしてくれたわ。旅の目的は思い出の場所を再訪して、用事をいくつか済ませ、昔なじみの友人たちと会うため。ミルクはいかが、ミセス・ハドスン？」

なんとなく含みを持たせた言い方だった。彼女の言葉のすべてにもうひとつ別の意味が込められている気がする。これまで嘘をついたりごまかしたりすることは何度もあっただろう。今はどちらでもないけれど、全体のほんの一部分しか明かしていない印象を受けた。それでも、ロンドンへ舞い戻った理由を正面切って尋ねるのはさすがにはばかられる。ちょうどある疑問がふっと湧いて、そちらのほうが気になった。

「あのう、すみません」と遠慮がちに切りだす。「考えてみたら、わたしたちはこれが初対面ですよね？　わたしのほうはホームズさんの話や新聞記事であなたがどういう方か存じていましたけれど、さっき道ですれちがったときになぜわたしだとわかったんでしょう？」

アイリーンはごく薄い上質の磁器のカップに黄金色の紅茶を注いだ。

「敵について徹底的に調べたからです、ミセス・ハドスン。ホームズさんが恐ろしく手ごわい敵だということはわかっていました。ボヘミア王のつまらない写真の一件でホームズさんを打ち負かせたのは、あの探偵さんのことをよく知っていたおかげです。ホームズさんの強みと弱点だけでなく、彼を取り巻く人たちについても詳しくつかんでいました。人は交友関係でわかると言うでしょう？　だから彼の数少ない友人と家族のことを知っておかなければと……」

「ホームズさんにとって、わたしはただの家政婦です」反射的に相手の言葉をさえぎって言った。そんな不作法なまねをするつもりはなかったのに不思議だ。アイリーン・アドラー――いえ、アイリーン・ノートンは、わたしの心から粗削りな率直さを引きずりだした。きっと、本音で話し合いたいと彼女が望んでいるからだろう。

「ただの家政婦なんかじゃないわ。もっとはるかに大切な存在のはずよ」アイリーンが言った。彼女の豊かな知性をたたえた目でまっすぐ見つめられ、わたしは赤面しそうになりながら照れ笑いした。ホームズさんの家政婦としてだけではない、別の見方をしてくれたことが無性に嬉しかった。

「申し訳ないけれど、あなたのことはよく知らないの」アイリーンはメアリーのほうを向いてお茶を差しだしながら言った。アイリーンとわたしのやりとりを横で熱心に見守っていたメアリーは、話しかけられて初めて自分が一言もしゃべっていなかったことに気づいたようだ。

「失礼しました」メアリーは詫びの言葉を口にしてティーカップを受け取った。「メアリー・ワトスン、ジョンの妻です。ジョンというのはジョン・H・ワトスン博士のことで……あ、もちろんご存じでしょうけれど」勢いこんで説明してから、落ち着こうと紅茶に口をつけた。

「まあ、あなたが？」アイリーンはメアリーを頭のてっぺんから爪先まで、しげしげと眺めた。値踏みするようなその視線にもメアリーは臆せず揺るぎないブルーの瞳で受け止め、カップを置いてにっこりほほえんだ。メアリーの笑顔の魅力に抗える人などどこにいよう。アイリーンはほほえみ返して言った。「とてもお似合いのご夫婦ね」

「我ながらそう思います」とメアリー。「お会いできて光栄です、ミス・アドラー――ではなくて、ミセス・ノートンでしたね。ジョンからいろいろ聞いていました。彼が知っている範囲で、という意味ですけれど」

「わたしのことをワトスン博士は良く思ってらっしゃるの、それとも悪く思ってらっしゃるの？」アイリーンがカップをわたしに手渡しながら淡々と訊いた。ミルクや砂糖をどうするか伝えていないのに、わたしの好みどおりのお茶になっていた。

「絶賛していますわ」メアリーは答えた。「あなたがシャーロックを煙に巻いた手腕を褒めちぎって、たいしたものだと感心していました。ジョンが言うには、女性に負けを喫したことによってシャーロックはより豊かな人間になったそうです」

「彼のことをシャーロックと呼んでいるのね。彼のほうもあなたをメアリーと呼ぶの？」アイリーンは好奇心をのぞかせた。

「いいえ、〝ミセス・ワトスン〟と。でもわたしは彼をシャーロックと呼ぶことに決めているんです。義理のお兄さんのように思っていますので」メアリーは紅茶を一口飲んでから、穏やかな口調で続けた。「それに、そう呼んであげたほうが彼のためになるとジョンが言っています。この分で行くと、今世紀が終わる頃にはさしものシャーロックも女性の美点を認めて、少なくとも男性の半分くらいの価値はあると考えるようになるだろう、とも言っているんです」いたずらっぽく笑ってノートン夫人を見上げた。「わたしたちなら――ここにいる三人なら、シャーロックを改心させてあげられるかもしれませんわ！」

「そんなことが本当にできるかしら」とアイリーン。でも顔は笑っている。「ところで、お二人は暇つぶしに噂の種を目当てにここへいらしたわけじゃなくて、なにか用事がおありだったわね。わたしでお役に立てるならうかがうわ」

メアリーとわたしは目配せし合った。ここが正念場。わたしたちはどんな答えが待ち受けているかわからない未知の領域へ足を踏み入れようとしている。ビリーやウィギンズの助けを借りたことはあるが、二人とも知り合いだから、返事はだいたい想像できた。でもこれから協力を仰ぐのは初対面の相手で、しかも明らかに違法なことを頼もうとしている。どういう反応が返ってくるか見当もつかない。侮辱されたと感じて、怒りだすのでは？　警察に通報されるのでは？　そんなことはないと思いたいが、ありえないことではないし、ホームズさんに告げ口される可能性だってある。そうなったら、ホームズさんとジョンはやんわりとわたしたちを引き止める、もしくはわたしたちからこの事件を取りあげるだろう。メアリーとわたしはまたしても傍観者に逆戻り。そういういちかばちかの賭けだから、緊張せずにはいられなかった。

でも、亡き夫のヘクターがよく言っていたように、危険を冒さなければ得られないものもある。わたしはお茶を置くと、アイリーンのほうを向いて単刀直入に伝えた。「ある家に痕跡を一切残さずに侵入して、金庫破りまでやってくれる人を紹介してもらえないでしょうか？」早口で一息に言った。

隣でメアリーがわたしの大胆さに驚いて小さくうめき、慌てて声を押し殺すのがわかった。アイリーンはカップを持ったまま目を丸くしている。

これはホームズさんにもなしえなかった快挙と呼んでいいのでは？　なんと、わたしはあのアイリーン・アドラーをびっくりさせたのだ。

アイリーンはのろのろとカップを置いた。「そういう種類の人間をわたしが知っていると考えた根拠を聞かせてくださる？」

「あなたはご自分とボヘミア王が一緒に写っている写真を、厳重に保管されていたにもかかわらず取り返したからです」わたしはすらすらと答えた。「盗人は戦利品を目につく金庫になどしまわないと心得ていたからこその成功でしょう。それに、あなたに関する記事をいろいろと読みあさって、こう考えたのです。結婚前に取り返さなければならない写真や思い出の品がほかにもたくさんあったはずだけれど、それらをすべてあなたが自力で回収するのは無理な話。その作業に必要な技術を持った知り合いに頼んだのではないか、と」そこでいったん言葉を切った。緊張で口がからからに乾き、これほど重大な用件でなかったらそれ以上は一言もしゃべれないほどだった。アイリーンの顔がこわばっている。わたしは膝の上で震えだしそうな両手の指をぎゅっと組み合わせた。アイリーンがこの依頼自体を侮辱だと感じていたならば、さっきのわたしの返答でさらに追い討ちをかけてしまったにちがいない。激しくなじられるのを覚悟して、わたしは身を縮こまらせた。

アイリーンは大きく深呼吸してから口を開いた。「理由は？」

「理由……ですか？」わたしは訊き返した。

「なぜそういう人を探しているの？」

予想外の展開だった。

メアリーも加わって、アイリーンにこれまでのいきさつを話した。強請屋に狙われていると泣きながら打ち明けた女性を出発点に、波止場でウィギンズに襲いかかった暴漢や、ホワイトチャペル・レディの不幸な身の上、人生をめちゃくちゃにされて失意のうちに社交界から消えた哀れな女性たちのことを。家庭が崩壊して自殺に追いこまれた人々は間違いなく存在する。耳元で繰り返し執拗に脅し文句をささやいて、少しずつ相手の心をむしばんでいく強請屋の手口についても伝えた。顔のない卑怯で邪悪な唾棄すべき男は、蜘蛛の巣のように張りめぐらされた糸の中心でじっとうずくまって、糸を軽く動かしては他人の人生をもてあそび、犠牲者の苦痛を餌に肥え太っていく。餌食になった者たちの恐怖と悲嘆と絶望が、その男にとっては一番のごちそうなのだ。

「そうだったの」話を聞き終えると、アイリーンは言った。「なんて残酷な男でしょう。そんなことが起こっていたなんて全然知らなかった。悲惨な出来事をいくつか見聞きした覚えはあるけれど、それらを関連付けて考えたことはなかった。とにかく、強請は卑劣な犯罪だとあらためて思ったわ」

「しかもその男、お金目当てではないんです」とメアリー。「他人を破滅させたいというねじ曲がった欲望でそこまでひどいことを」

外はすでに暗くなりかけていた。アイリーンはソファから立ちあがった。マントルピースの上の壺からつけ木を取りだし、暖炉で火をつけ、ガスランプに明かりをともして回った。炎が上がるたび、ちらちら揺れる奇怪な影が彼女の顔を覆う。

「強請屋の正体に目星はついているの？」アイリーンが燃えるつけ木を手にしたまま訊いた。

「サー・ジョージ・バーンウェルが怪しいと考えています」わたしは答えた。

アイリーンはつけ木の火を吹き消してから、驚いた表情でわたしたちのほうを振り向いた。「確かなの？　彼のことなら知っているわ。薄情な女たらしよ。女性を憎んでいながら誘惑して、たぶらかす。でも、強請までは……彼の性格からいって、ありそうもないことだわ」

「証拠は彼を指し示しているんです」メアリーは言った。「今のところは状況証拠だけですけれど。だからこそ形のある決定的な証拠がどうしても必要なんです」

「わかったわ」アイリーンは使い終わったつけ木を暖炉に放りこむと、思案しながら室内を行ったり来たりし始めた。二往復ほどしてからわたしたちのほうを振り向き、背筋をまっすぐ伸ばして言った。「お二人が探している人材、つまり鍵のかかった家へ忍びこむ技を持った信頼できる者に心当たりがあるわ。このわたしよ」

「えっ、あなたですか？」わたしはびっくりしたが、まったく予期していなかったわけではなかった。

「そういう仕事はお手の物なの。自分の能力を過小評価しないことにしているから、はっきり言うと、錠前破りにはかなりの自信があるわ。誰よりも優秀な名人に習ったから」

「でも……」メアリーがとまどっているのを後目に、アイリーンは再びわたしたちの向かいに座った。

「あなたがさっき言ったとおりよ」アイリーンはわたしの推測を肯定した。「取り返さなければならない物がたくさんあった。写真に手紙に、切った髪の束など。信用できる人間は自分自身だけだったので、それらが厳重に保管されている場所から自力で残らず奪い返したわ。第三者の目に触れれば、今度はわたしが強請の餌食になりかねない物ばかりだった。今のわたしは醜聞の嵐で世間を騒然とさせること間違いなしの扇情的な秘密を握っていて、封印したうえで事務弁護士に預けてあるけれど、一時は本当にどうなるかと思った。これまでいくたびも瀬戸際に立たされては、危機一髪のところで切り抜けてきたのよ」静かな口調で言い、当時のつらい記憶がよみがえったのか身体を震わせた。けれども、そのあとわたしたちのほうを向いて明るく笑った。

「その役目、わたしが引き受けましょう」とアイリーン。「ご注文どおりの仕事をするわ。なんだか冒険したい気分なの」そう言って、いたずらっぽい笑顔を見せた。

「あ……ありがとうございます、ミス……いえ、ミセス・ノートン」わたしは心底驚いて、つっかえつっかえ言った。メアリーのほうは笑い声を立て、願ってもない結果に大喜びしている。

「アイリーンと呼んで。共犯者になる間柄なんだもの、ファーストネームで呼び合いましょう」

「ご存じのとおり、わたしはメアリーよ」と明朗な声。それからアイリーンとメアリーが同時にわたしのほうを見た。

共犯者。わたしたちは犯罪に手を染めるのだ。他人の家に忍びこんで盗みを働く。でも、ほかに手段があるの？

顔を上げ、わたしがファーストネームを明かすのを待っている二人を見つめ返した。ヘクターが他界して以来、誰にもファーストネームで呼ばれていない。メアリーにさえも教えなかった。つかの間、自分でも忘れてしまっているのではないかと思った。

「マーサよ。わたしはマーサ」ぎこちなく答えた。

マーサ、メアリー、そしてアイリーン。三人はこれから共犯者になる。それならそれでいい。大義のため、最後までやり抜こう。

その晩、わたしたちは凝ったおいしい食事をおともに夜遅くまで計画を練った。十時になると、わたしの行き先を知らないので夫が心配しているかもしれない、というメアリーの言葉でお開きになった。ホームズさんはわたしがどこにいようと気に留めないはず。夕食の時刻にわたしが家にいなければ、行きつけのイタリア料理店へ出かけるだけのこと。ともあれ、二日後の晩にすべて決着する見込みだった。月が細くなる暗い晩に。アイリーンの家をあとにしたメアリーとわたしは、大通りまで歩いてから辻馬車をつかまえることにした。少し離れたところに一台停まっているのを見つけて、メアリーが小走りに駆け寄った。わたしは彼女のあとを追いながら、大通りに出る間際、アイリーンの家のほうをふと振り返った。

夜分なので街路はがらんとしていたが、人影がひとつだけ見えた。郵便ポストにもたれて立つ男がいる。わたしたちを見張っていたことを隠そうともしない。丸一日そこにいた可能性もなきにしもあらずだが、たぶん暗くなってからだろう。アイリーンの家の明かりが煌々とともった窓から室内をのぞき見ていたにちがいない。男の顔はよくわからなかった。あたりが暗いうえに目鼻立ちがあまりにも地味で。ジャケットの袖口に塗料はついていないが、強くこすり洗いした跡なのかうっすらと白い部分がガス灯の光で見分けられた。そのとき、男がわたしに向かって帽子を小さく傾けてから、ぶらぶらと遠ざかっていった。

わたしはアイリーン・アドラーの家へ〝特徴のない男〟を案内してしまったのだ。

夜仕事

あの日、ジョンは顔を紅潮させて、メアリーに結婚を承諾してもらえたとわたしに伝えに来た。わたしは涙を流し、それは喜ばしいことだと答えたけれど、本当は喪失感に胸を貫かれていた。下宿人二人とわたしの三人のうち、ジョンはいわば扇の要のような存在だった。ホームズさんが抱いた喪失感は誰よりも大きかったはずだが、口に出しては言わず、ただ静かに座って暗闇のなかでじっと考えこんでいた。それからしばらくは事件に対する彼の熱中ぶりが一段と激しくなり、より剣呑さを帯びるのを、わたしは台所で耳から感じ取った。

結婚式の前日の午後、ジョンは台所に顔を出してくれた。わたしと過ごすために時間を割いてくれたことが嬉しくて、目頭が熱くなった。のべつまくなしにしゃべったのは、わたしが黙ったら午後が終わってしまう気がしたからだ。残念ながら、会話が途切れなくてもいつもどおり夕暮れはやって来た。

「開業するために医院を買ったんです」わたしがガスランプに火をつけようと立ちあが

ったとき、ジョンは言った。「ここからそう遠くない場所に」

「本当にいなくなってしまうのね」止める間もなく言葉が口をついて出た。

「近所ですから」ジョンはわたしが椅子に乗らないと届かない高さのガスランプに火をつけてくれた。「馬車に乗ればあっという間ですよ。ハドスンさんとホームズならいつでも大歓迎ですから、遠慮なくお出かけください」

「ホームズさんを事件以外の用事で外出させられるよう、幸運を祈っているわ」マッチを抽斗にしまいながら、わたしは努めて明るく言った。

「今、メアリーがホームズと話しています」とジョン。「新居に彼専用の部屋を用意するので、どんな室内装飾が好みか訊いているはずです」

わたしは心臓が停まりそうになって、とっさに食器棚につかまった。ホームズさんまでがこの家を出ていくことになったら……。

「もっとも、ホームズがうちの部屋を使うことはないでしょう」ジョンが慌てた様子で言う。「二二一Bをことのほか気に入っていますから」

「あなたがいなくなると、ホームズさんも寂しがるわね」わたしはしんみりした気分になって、ジョンに背を向けた。

「ビリーは聡明な少年です」ジョンは軽やかな口調で言う。「のみこみが早くて、ホームズに教わったことをぐんぐん吸収していますからね。師匠が目をみはるほどに。ホームズにとって、弟子を育てることが大きな楽しみになりそうです」

わたしは無言だった。

「また来ますよ」ジョンは約束してくれた。「一週間もしないうちに。さしつかえなければ、ぼくのベッドは置いたままにしていきます。この家にはビリーもいるし、なんといってもホームズは……」

「わたしを重宝がっている」目に浮かんだ涙を見られたくなくて、まだ彼のほうへ向き直れない。

続きを言った。目に浮かんだ涙を見られたくなくて、まだ彼のほうへ向き直れない。


「ホームズはあなたのことが大好きだと言おうとしたんです。愛情表現が下手で、伝わっていないかもしれませんが」ジョンの口調は優しかった。「不器用な男だから、ときどき失礼な態度を取るでしょう？　ぼくに対してもそうです。あの〝変わり者〟のことで気になることがあったら、夜昼かまわずいつでも訪ねてきてください。ぼくは彼のただ一人の友人です。なんなりと相談に乗りますよ」ジョンがそばに来て、わたしの両肩に手を置いた。「ホームズもぼくも決してあなたを独りぼっちにしません。ぼくらにとって母親も同然の大切な存在ですからね」そう言ってから、わたしの額にキスした。

ジョンの両腕に包まれたとき、わたしはまた泣いた。さっきとはちがって、今度は安心の涙だった。

「さあ」とジョンが言った。「メアリーに会ってやってください。もちろん顔を合わせたことはありますが、ぼくの妻として――ええと、明日からぼくの妻になる人として、正式に会っていただきたいんですよ。きっと彼女を気に入ると思います」

ジョンの言葉どおりになった。

これは七カ月前の出来事。あの頃のいじけた弱気な自分を思い出すと恥ずかしくなる。もちろん、メアリーはわたしからジョンを奪ったりはしなかった。実際にはその逆で、ジョンがメアリーを連れてきてくれたようなものだった。メアリーと一緒に事件に取り組んでいる今、わたしたちも名探偵ホームズとワトスン博士のように親友同士の相棒になった気がしている。晴れて事件を解決することができれば、メアリーとわたしはれっきとした探偵二人組だ。

アイリーンと会った翌朝、わたしは台所のテーブルでそれまでにわかっている事柄を整理した。ほんのわずかな事実と散乱するいくつもの推測から、なにか導きだせる答えはないかと期待して。ホームズさんは外出中、ジョンとメアリーは自宅へ戻っていた。ビリーはサー・ジョージの邸宅を慎重に見張るようにとのわたしの指示を伝えにイレギュラーズのもとへ向かった。そんなわけで、二二一Bにはわたしだけが残っていた。

哀れんでいただくには及ばない。孤独には慣れている。もともと寂しさを糧に生きる性分なのかもしれない。メアリーやビリーのことは大好きだけれど、独りぼっちのときにだけ息がつけると感じることもたまにある。孤独のなかに、誰かといるときには決して得られない種類の安らぎと自由を見出してきた。夫や息子の死さえ、わたしが再び自分らしさを取り戻すための時間を与えてくれたのではないかと思えてくるほどだ。一人きりにならないと、わたしはじっくり物事を考えられない。だから現実には、生活のなかの最も充実した時間はいつも一人きりで過ごす。窓から光が射しこむベイカー街二二一Bの台所で、急ぎの用事がなにもない自由なひとときを。

もちろん、つねに誰もいない家で一人きりの生活を送るのとは大違いだ。

話を戻すと、アイリーンと会った翌朝、わたしは考えをできる限り整理しようとしていた。この事件は中傷と強請から始まって殺人未遂にまで発展し、今や呼び名のわからない不穏な暗雲が立ちこめている。

明らかになっていることは？　犯人は他人の秘密をためこんでいる。それには誰か協力者がいたはずだ。雇い主への不満をつのらせた使用人、軽率な親類、汚職に手を染めている役人。実行部隊は彼らで、犯人は見えない裏側にいる。

わたしと同じ。

そういう人物がホワイトチャペル・レディに繰り返し接近して、耳打ちするだろうか。逆に犠牲者から極力距離を置こうとするのではないかと思う。監視はするが、行動は起こさない――やむにやまれぬ事情がない限りは。計画を始動させたあとはしばらく事態の成り行きを見守り、最終段階で満を持して表舞台に登場する。つまり企てが結実し、最大の満足感を獲得できる場面に。となれば、並外れた自制心と忍耐力の持ち主にちがいない。つかず離れずの距離を保って、操り人形の糸を巧みに引っ張ったりゆるめたりする――機が熟すまで。

わたしは椅子の背にもたれ、ため息をついた。推測をあれこれ重ねるのもまったくの無駄だとは思わないが、ホームズさんならきっとこう言うだろう。〝データが必要だ！〟

真犯人は力を愛している。もちろん誰だってそうかもしれないが、この男にとって力とは創造力や防御力のことではない。誰かを支配して操り、最後は粉みじんに破壊したいのだ。普通の殺人者のように一瞬で命を奪うのではない。生殺しの状態でじりじりと痛めつけ、真綿で首を絞めるようにひとささやきごとに弱らせていく。

暴力を使って人を殺したこともあるだろうか？　あってもおかしくない。現にシャーリー氏とウィギンズは危うく殺されるところだった。考えてみれば、波止場に現われた男は手下ではなく本人だった可能性が高い。シャーリー氏が脅しに屈する場面は犯人にとって無上の喜びを味わえる瞬間だから、代理の者を送りこんだりはしないはずだ。それに、ウィギンズの話を思い起こすと、彼とシャーリー氏に対する男の凶暴なふるまいには快楽めいた匂いがする。なにより無視できないのは、その男が強請屋本人だとわたしの直感が騒いでいることだ。

暴力による殺人はわたしが思い描く極端に自制心の強い冷血な人物像とは矛盾しそうだが、制御する力が衰えつつあるとも考えられる。今まで自分を駆り立ててきた欲求が言うことを聞かなくなって、暴れだしているのかもしれない。だとしたら、次はどうなるだろう。ある種の狂気へと真っ逆さまに転げ落ちていく？　自制心を取り戻すのか、それとも人殺しに走るのか。

たぶん以前にも人を殺して、そのあとで衝動を無理やり抑えつけてきたのだろう。なぜなら、相手の肉体を一瞬で破壊するよりも、相手の精神を冷酷にゆっくりと破壊するほうが充足感が大きいと気づいたから。

なぜ女性を狙うの？　そう自問しながら、珍しくいれたコーヒーを一口飲んだ。独特の刺激的な芳香が渦を巻いてあたりに漂い、台所全体の空気が普段とちがってぴりっとしている。犯人の計略や憎悪、憤りは主に女性を標的にしているようだ。犠牲者のなかには男性もいるが、それは女性への攻撃に付随する悲劇。男性の自殺や破滅や心変わりが、標的となった女性をさらに苦しめる構図になっている。なぜ女性に執着するのか。

男性よりも弱いから？　容姿が美しいと壊したくなるから？　犯人は女性にふられたことがあって、それを恨んでいるのかもしれない。彼の行動は拒絶されたことへの甚だしく常軌を逸した過剰反応とも受け取れる。

ふられた経験は一度ではなく、何度もあるのだろうか。どの女性ともうまく行かなかったせいで、女性を憎んで害することにしか満足感を得られなくなったのでは？　ただ、単に女性のほうが男性よりも秘密と嘘に傷つきやすいという動機も否定できない。

容疑者として挙げたいのは次の者たち。

一人目はサー・ジョージ・バーンウェル。わたしの母なら〝色事師〟、アイリーンなら〝好色漢〟と呼ぶだろう。女性をたぶらかして甘い汁を吸うろくでなしだが、女性が放っておかない魅力があるのも事実らしい。ラングデール・パイクの話によれば、女性を誘惑するのはお手の物で、甘言を弄して相手から秘密を探りだすとのこと。サー・ジヨージはそれを強請の種にして彼女たちを破滅に追いこんだのだろうか。

二人目は〝特徴のない男〟。ホワイトチャペルからずっとわたしをつけ回していた。背景に溶けこんでしまって、外見はよくわからない。ジャケットの袖が白い塗料で汚れていなければ、彼だと見分けられないだろう。とはいえ、何度か目にしたので、断片的にだが顔をぼんやりと覚えている。わたしなりに注意して観察し、記憶に刻もうとしていたのだ。それにしても、なぜジャケットを捨ててしまわないんだろう。買い替える余裕がないのか、それとも塗料の跡が自分を特定するしるしになっていると気づいていないのか。

三人目はゴシップ記者のパトリック・ウエスト。他人の秘密の収集が生業なのは確か。スキャンダルを誇張して世間に拡散することに喜びを感じているらしい。今のところ、この男についてわかっているのは名前だけ。

ほかにはもういないだろうか。未知の有力な容疑者がうじゃうじゃいる可能性はない？　わたしたちがまだ発見していない道筋があるのでは？　誰かがどこかでこっそりと女性を憎んで虐げているのでは？　そういう冷酷な怪物とわたしはすでに会ってはいないだろうか。単に通りですれちがうだけでなく、軽く会釈をしたり、ひょっとしたら言葉を交わしたりしたこともあるかもしれない。

そう考えたとたん、もう一人の容疑者が突然思い浮かんだ。女性を目の敵にしているその人物はロンドンの複数の女性を傷つけ、恐怖に陥れた。上流階級の女性たちにも彼の魔手がのび、零落の道をたどらされたとは考えられないだろうか。相手に手紙を送りつけて侮辱し、脅迫し、勝ち誇る。この男もたぶん直接的な攻撃よりも恐怖をあおるほうが愉快だと感じたのだろう。そして肉体を傷つけることから精神を傷つけることへ作戦を変更したのでは？

　信じられない思いで、最後の容疑者の名前を紙にのろのろと書き留めた。

　室内が急に寒く感じられた。背後に誰か立っている気がして、思わず後ろを振り返りそうになった。

　荒々しく息を吸いこんで、身体を震わせながら、わたしは書いたばかりの名前を棒線で消した。そんなばかなことがあるはずない。ただのこじつけ。的外れもいいところだ。なんて滑稽（こっけい）な考えだろう。

　でも、なんて恐ろしい考えだろう。

　自分はどうかしている、とつぶやく。それなのに棒線で消した名前にわたしはその日一日つきまとわれた。

　切り裂きジャック。

　彼が強請の犯人だと本気で信じているわけではない。でも、わたしの脳裏では、残酷な強請屋が切り裂きジャックのような大きくて恐ろしい悪鬼の姿で浮かびあがってくるのだった。

　そういえば、切り裂きジャックの事件はいまだ解決に至っていない。

午後になってすぐメアリーが来たとき、わたしは台所のテーブルをごしごし磨いていた。家のほかの部分は通いのお手伝いさんが掃除してくれるが、台所のテーブルや鍋類はいつも自分で気が済むまできれいにする。それらを完璧な状態にしておきたいから。午前中に作った事件に関するメモは食器棚の抽斗にきちんとしまってある。

メアリーとわたしが挨拶の言葉も口にしないうちに、前触れもなくビリーが飛びこんできた。

「あの人です！　家の前でずうっと迷ってた男の人が、道を渡って玄関に近づいてきます！」

「ホームズさんに会いたいらしくて、通りにじっと立っているのを前に見かけたの。やっと呼び鈴を鳴らす決心がついたようね」わたしはきょとんとしているメアリーに説明した。「気になるのは、その人とシャーリー氏が一緒にいるところをビリーが見ていること。二人は友人同士かもしれないわ」

メアリーは目をみはった。

「シャーロックは上にいるの？」という彼女の問いにわたしは首を振る。「よかった。だったら、このままわたしたちの事件として扱えるわね。ビリー、その人が来たら、シャーロックが留守にしていることは言わないで、二階の部屋へお通ししてちょうだい」

玄関の呼び鈴が鳴った。ビリーは制服のボタンを留めながら走って出迎えに行った。

「スコーンはあるかしら?」とメアリー。「すぐに帰ってしまわないよう熱い紅茶とスコーンで引き止めなくちゃ」

「あるわよ。やかんのお湯も沸いているわ」わたしは答えた。ビリーが訪問者を階段へ促し、二階のホームズさんの部屋へ上がっていく音が聞こえた。すぐに担当の者がまいりますので、と告げている。「メアリー、本気であの人の話を聞くつもりなの?」

「ええ、話してくれるなら」トレイにナプキンを丁寧に置きながらメアリーが緊張気味に答える。「きっとうまくできると思う。やってみる価値はあるわ」

彼女は胸を張って階段をのぼり始めた。そのあとに続くわたしは香り立つ紅茶と自慢の手製のスコーンを盛ったトレイを持っている。メアリーはホームズさんの居間へ一片の躊躇もなく入っていった。

「あいにくミスター・ホームズは外出しております」とっておきの魅力的な声でメアリーが客に告げる。「ほどなく帰宅すると思いますので、それまでのあいだお茶を召しあがりませんか、ミスター……」

「バラントだ」客人は見るからに心配事を抱えている様子だった。室内にいるとますます背が高く感じられ、メアリーを完全に見下ろす恰好だ。灰色の高級スーツに包まれた厚い肩はたくましく盛りあがり、金色の髪が窓からの陽射しを受けて輝いていた。眉目秀麗な男性で、口ひげまでもが美しい。本人もそれを意識していて、右手で始終口ひげを撫でつけている。

「どのくらい待てばいいのだ？」彼は突っ立ったまま言う。「ミスター・ホームズに読んでもらいたい手紙があるのだが。ことのほか重要な手紙でね」

「あと少しだけお待ちくださいな」メアリーはこれ以上ないほど甘ったるい声を出し、身振りでソファを勧めた。そのあいだにわたしはカップにお茶を注いだ。「おかけになって、お茶をどうぞ。申し遅れましたが、わたくしはミセス・ワトスンです」

お茶を断るのは失礼に当たる。目の前の男性から、厳格な礼儀作法にのっとって生きてきた印象を受けた。果たして彼は促されるままソファに腰を下ろし、ミルクと砂糖の好みを言った。わたしはそのとおりにして、お茶の入ったカップをスコーンと一緒に差しだした。「ミセス・ワトスン？」彼はカップに口をつけてから訊いた。「ということは、ワトスン博士の奥さん？」

「ええ、そうですわ」とメアリー。「そのご縁で結婚以来、ミスター・ホームズと一緒に仕事をしておりますの。厳密には情報集めを手伝う程度に限られますけれど」

「そうでしょうな」スコーンをかじりながら彼が言う。自画自賛を許してもらえるなら、わたしのスコーンは絶品だ。彼もその味に満足したのだろう、見たところ表情がいくぶん和らいでいる。

「こちらの段取りといたしましては」メアリーが説明を始めた。「ミスター・ホームズが依頼人と面談する前に、わたくしが内密にお話をうかがって、相談内容を書き留めておくことになっております。時間の節約になりますので」

「あなたが？」バラント氏は明らかに驚いている。そのあとでちらっとわたしを見上げたので、わたしは彼の意図を察して席をはずすことにした。といっても、ドアを開けたまま部屋から出て、廊下を数歩進んだだけだったが。ビリーも当然のような顔をして廊下で立ち聞きしていた。

「わたくしはミスター・ホームズの要望に応えて依頼人からの聞き取りをおこない、得た情報を整理して彼に渡しているのです」メアリーが説明する。バラント氏は自らの従順さと有能さを同時にさりげなく匂わせながら、メアリーが説明する。バラント氏は女が前に出すぎることを好まないと踏んでの言い回しだろう。さすがメアリーはそつがない。「そういうわけですから、お話を詳しくうかがってもかまいませんでしょうか？」

バラント氏が居住まいを正す音が聞こえた。

「これは女性に聞かせられる話ではないのだ」と異を唱える。

「ミスター・ホームズの扱う事件はほとんどがそうですわ」メアリーの口調はあくまで穏やかだ。「わたくしが女性であることはお忘れになって、録音機だとでも思っていただければよろしいかと」

「うむ。ホームズさんは非常に気難しい人物だと聞いているしな」

バラント氏は誰からそう聞いたのだろう。

「ええ、時には」とメアリー。「それで、わたくしが前もって地ならしをする役目を仰せつかっているのです。バラント様、わざわざおいでになったのに、このままお帰りになるのは不本意でございましょう？　わたくしに事情を聞かせていただければ、ミスター・ホームズに確実にお伝えいたしますので」

バラント氏は立ちあがって、大股で歩きまわり始めた。個人宅の居間なのでたいした距離は動けない。おかげで歩きながら話す彼の言葉が廊下にいるわたしにも残らず聞き取れた。

「重要なことなので最初に言っておくが、私は政府機関で働いている。信用がなにより も大事な立場にあり、職務上、国の最高機密を扱うことも珍しくない」バラント氏はメアリーにそう打ち明けた。「よって、警察を介入させることは極力避けたいのだ」

「ミスター・ホームズはこれまで国の最高機密がからむ事件をいくつも解決してきましたのよ。もちろん細心の注意を払って」メアリーが大げさにもったいぶった調子で言っている。

「なるほど、ホームズさんほどの方ならば不思議はない」バラント氏は続けた。「実を言うと、私の地位が危うくなっているのだ。その……つまり……」

「脅迫されているのですね？」メアリーがもどかしげに続きを引き取る。バラント氏が大きなため息をつくのが聞こえた。

「ああ、手紙が来た。それも、まったく身に覚えのないことで脅す手紙がな！　腹黒い悪党は薄弱な証拠をもとに嘘八百を並べ立てている。不愉快きわまりない！」

「その手紙をお預かりできますか？　封をしてミスター・ホームズに渡します」

紙のこすれ合う音がして、脅迫状がバラント氏の手からメアリーの手に移ったのがわかった。

「相手は具体的な要求を出してきていないのでは？」メアリーの口調はそれまでの柔和で控えめな感じから有能そうなきびきびした感じに変わっていた。

「ああ。だがいずれ、仕事上の機密情報を渡せと言ってくるだろう。外に漏れれば政府が転覆しかねないようなことを」

「では、決して渡さないでください」メアリーがそう言って、立ちあがる気配がした。「最近そのような手紙を受け取った方がほかにもいらっしゃいまして、ミスター・ホームズはすでに調査に乗りだしています」

「ほかにも？　誰なんだ？」バラント氏が詰問する。「いや、そう訊いても名前を明かしてはくれないだろうな。じゃあ、こっちから名前を出そう。シャーリーかね？」

「はい」メアリーはシャーリー夫人のつもりでそう答えたようだ。バラント氏が言っているのはシャーリー氏のことだろうが、夫婦とも犠牲者であることは事実だ。

バラント氏がメアリーに礼を述べ、自分の住所を告げている。わたしはすばやく廊下の角に隠れた。客が部屋から出てくると、ビリーが現われて彼を階段の下まで先導し、玄関の外へ送りだした。ドアが閉まったと同時に、メアリーが預かった手紙を持って廊下に出てきた。

「被害者がもう一人増えたわね」わたしはメアリーに言った。

「ええ」メアリーは考えこむ表情で便箋を取りだし、文面に目を通した。

「どんな内容なの？」わたしが尋ねると、メアリーは階段の下からこちらをじっと見ていたビリーに目配せした。ビリーはしぶしぶ台所へ向かった。

「強請屋はバラント氏が倒錯した性行為にふけっていると主張しているわ」メアリーが言った。「行為の相手はシャーリー氏」

「そうだったの」わたしはたいして驚かなかった。メアリーも同じだろう。元軍医と結婚しているのだから、人間のさまざまな面を見聞きしているはずだ。とはいえ、同性間のそうした関係は当事者にこすっても決して落とせない汚点を残す。耳元でささやかれるくらいならどうということはなくても、世間で言いふらされれば社会的地位のある男性には致命的な打撃となる。どんなに輝かしい経歴も潮が引くように一瞬で消え去ってしまうだろう。

「この件で秘密を共有しているのは男性二人ということね」わたしは言った。

「変だと思わない？」とメアリー。

「どうして？」

「被害者の大部分は女性だわ。なのに、なぜ男性のシャーリー氏とバラント氏が標的になったのかしら」

「バラント氏が怪しいと考えているの？」

「シャーロックが言っているでしょう。全員を疑えって」

わたしも全員を疑うことにした。イレギュラーズにバラント氏の尾行を頼み、その任務に定評のある背が高くてひょろりとしたジェイク少年が送りだされた。本人も自信があっただけに、バラント氏を見失ったときはすっかり気落ちしてしまった。

「見失った？」台所で報告を受けたわたしはびっくりして訊き返した。結果はどうあれ、クランペットとレモネードを出してあげたが、ジェイクはクランペットを気が進まない様子でつまみ上げた。お駄賃をもらう資格がないと感じているのだろう。「尾行に気づかれたの？」

「気づかれっこないと思ってたのに」テーブルの前でジェイクはしょげ返っている。「オックスフォード通りを歩いてるあいだも乗合馬車に乗ってるあいだも、警戒してるふうは全然なくて、尾行をまこうって素振りは一度も見せなかった。なのに突然ふっと消えちまったんだ」

「わざとそうしたんだと思う？」わたしがそう訊くと、ジェイクは恨めしげに大きくうなずいた。

「たぶんね。楽ちんにあとをつけさせといて、こっちがつい油断したとたん、するりと逃げたって感じだった。だけどさ、普通の人は尾行をどうまけばいいかなんて知らないはずなんだ。あの手並みからすると、誰かにやり方を仕込まれてるよ」

仕込まれてる？　いったい誰に？　アダム・バラント氏が尾行に気づくのはありえな

いことではないけれど、ジェイクの隙をついて逃げおおせるにはそれ相応の技術が必要だろう。それをバラント氏に手ほどきした者がいる。

「バラント氏を見失った場所はどこ?」わたしは訊いた。

「ホワイトチャペル」クランペットをほおばりながらジェイクは答えた。

わたしたちが活動しているあいだ、ビリーものんびり休んでいたわけではなかった。彼なりにこつこつと調査に励んでいた。パトリック・ウエストが書いた大量の記事に目を通して、そこに名前の挙がったご婦人方について調べ、ウエストと餌食にされたとおぼしき人々との相関図を仕上げたのだった。その作業に数日を費やしたあと、ビリーはいよいよ行動を開始し、ロンドン北西の郊外、ケンサル・ライズにあるウエストの邸宅へと向かった。見張るだけだから、と出かける前に約束して。その偵察から戻って来たビリーが今、わたしの台所に座って紅茶を飲んでいる。ケーキは断った。よくない兆候だ。

「丸一日、あの家を見張ってました」メアリーとわたしを前にしてビリーが報告を始める。「誰にも見つからない場所に陣取って。だけど、いつまでたっても誰も出てこないから、通りかかった警官に話しかけて探りを入れてみたんです」

「それで?」メアリーが先を促す。

ビリーは深呼吸をひとつはさんで続けた。

「パトリック・ウエストは八十四歳のおじいさんで、杖なしでは歩けないし、目がまったく見えなかったんです」ビリーはしょんぼりして言う。「だから情報を集めるための弟子が二人か三人いて、記事は弟子に口述筆記させてるそうです。弟子は全員女の人だとか。調査はここで行き止まりです」

メアリーはビリーから見えないよう顔をそむけ、くすりと笑った。

「そう。じゃあ、ウエストは犯人じゃなかったのね」わたしは穏やかな口調を心がけた。「ご苦労さま、ビリー」気の毒に、容疑者だと信じた男に狙いを定めて懸命に取り組んだものの、空振りに終わってしまった。気落ちするのも無理はない。

「もっとちゃんと調べればよかった！」ビリーが悔しげに言い放つ。「これまでの作業は全部無駄だったんだ」

「そんなことないわ」わたしは彼を慰めた。「完全ではなかっただけ。容疑者リストからひとつ名前を消してくれたのはお手柄よ」

「あの人が実際に歩けるかどうか調べてたら、名前は何日も前に消せたはずなんだ」とビリー。「目が見えるかどうかも。そこを確かめさえすれば、波止場にいた人じゃないってすぐにわかった」ビリーは椅子から下りて、台所をあとにした。ウィギンズのところへ行くのだろう。

「なんて健気なんでしょう」ビリーが去ったあともメアリーの口元には笑みが浮かんでいた。「笑ったりしちゃいけなかったわね」

「そうよ。絶対にだめ」そう言ってから、わたしも思わずほほえんだ。

サー・ジョージ・バーンウェルの邸宅は新築で、赤レンガ造りの派手な外観だったが、ロンドン南西部のテムズ川に面したその建物はぴかぴかなのに味気なく見えた。

「立地が最悪だわ」メアリーが感想を述べた。「あれだと地下室は毎月浸水しているはずよ」

イレギュラーズにはバーンウェル邸の監視を一週間続けてもらった。わたしは彼らを送りだすにあたって、バーンウェル家に出入りする者と、単なる好奇心から戸締りがどんな具合か知りたいと伝えた。するとウィギンズは鼻を鳴らし、おれを赤ん坊扱いするつもりですか、盗ってきてほしい物があるんでしょう、と訊いてきた。わたしはこう答えた。書類を手に入れたいのだが、どういう書類かはメアリーとわたしがじかに探さないとわからない、と。幸いウィギンズは納得してくれて、家に出入りする者のほうだけを受け持つと約束した。

今夜わたしたちがバーンウェル邸へ行くことはウィギンズに話していない。監視の任務は完了したから、全員引き揚げるようにとだけ伝えた。ウィギンズのことだから、真実を知ればイレギュラーズの一人をわたしたちに同行させると言って譲らないだろう。子供を犯罪行為に関わらせるわけにはいかない。

サー・ジョージは昼間はほとんど自宅にいないが、夜はどんなに遅くなっても、どれほど刺激的な色事にふけっていようと、必ず帰宅する。ウィギンズの仲間のなかで一番小柄で一番すばしっこいミッキー少年は、その特性を活かしてサー・ジョージの素行を徹底的に細かく探ってくれて、サー・ジョージが驚くほど大勢の女性をたらしこもうとしていることがわかった。しかも、彼が目をつける相手は情事に慣れた金持ちの婦人でも、ロマンチックな冒険を待ち望む使用人の女性でもなく、誘惑されたら本気で恋に溺れてしまいそうな真面目で純粋な中流階級の人妻だった。そういう女性は彼との関係にのめりこんで、もし捨てられたり世間の噂になったりしたら、二度と立ち直れないだろう。

それはともかく、サー・ジョージは毎晩自宅で就寝すると決めているようだった。どこよりも安らげる場所だからにちがいない。また、使用人たちは全員、土曜の夜から日曜の朝まで休みをもらい、そのあいだは決して家に来るなと主人から厳しく命じられていた。外泊のための小遣いまで与えられていた。サー・ジョージにすれば、秘密をこそこそ嗅ぎまわって外で言いふらしかねない使用人がいなければ、密通相手の女性を自宅へ気軽に連れこめるわけだ。

お手柄なことに、イレギュラーズは耳寄りな情報をつかんでくれた。今夜は土曜日にもかかわらず、サー・ジョージはコッツウォルズ地方で催される泊まりがけのパーティーに招かれているため帰宅しない。つまり、今夜は家に誰もいなくなる。

「サー・ジョージはね、コッツウォルズのパーティーに出ないわけにはいかないのよ」

とアイリーンが教えてくれた。「彼の近況は耳にしているわ。そのお宅の長女と母親にもう手をつけていて、噂によると今度は末娘を口説くつもりらしいの。次の週末こそ目的を果たそうとあれこれ画策しているはずよ。末娘をものにするまで手を引くつもりはないでしょう」

「彼の目論見(もくろみ)が成功したら、一家はめちゃくちゃになるわね」わたしはつぶやいた。

「本人は女たちのほうから誘惑してきたと言い張るに決まっているわ」アイリーンが不愉快そうに言う。「それがあの男の常套(じょうとう)手段。悪いのは女たちで、自分は利用されたお人よしにすぎないと平気で被害者面するのよ」

「自宅からこっそり書類を失敬するくらいじゃ、懲らしめにならないわね」メアリーが憤然とする。「いっそのこと家を燃やしてしまいましょうか」

「焦らなくてもだいじょうぶよ。サー・ジョージをぎゃふんと言わせる方法がきっと見つかるから」アイリーンは悠然と笑った。「放火よりも手の込んだ繊細な方法がよさそうね。彼はあなた方が手がけている事件の犯人ではないとしても、今まで数えきれないほどの罪を犯してきたにちがいないわ」

わたしたち三人はトウィッケナムにあるサー・ジョージの家のそばまで来て、川沿いの暗い小道に立っていた。岸辺でぴちゃぴちゃとはねる水音が、わたしたちがこれから実行することとはちぐはぐな、のどかで心安らぐ雰囲気を醸しだしている。ほかの二人はどうか知らないが、わたしは緊張のあまり気分が悪くなってきた。それでも引き返したいとは毫も思わなかった。

頭上では落葉松と栗の木がアーチを描くように枝を張りだし、風に揺れる葉っぱがさらさらと優しい音を立てている。姿は見えないが、下草のなかを小動物がさっと走り抜け、木々のあいだから時折フクロウの鳴き声が聞こえてくる。空にかかるのは銀色の三日月。あたり全体が灰色と黒のベールにすっぽりと覆われている。こういう晩に、こういう場所に立っていると、古代の神々の存在が妙に現実味を帯びて感じられる。背後で牧神がささやき、わたしたちの頰にそっと息を吹きかける。ベイカー街からほんの数マイル離れただけなのに、まるで別世界のようだ。

目の前に赤レンガの高い塀がそびえている。そこにちょこんとはめこまれた小さな木戸を見つけたのは、ウィギンズだった。うってつけの侵入口だ。鍵穴はなし。アイリーンは小瓶に用意した油を蝶番に差してから、扉を押し開けた。あっけないくらい簡単だったが、内側から閂がかかっていなかったのは運が味方してくれたおかげだろう。使用人たちが不注意で助かった。錆びついて動かなくなっている閂にも感謝したい。扉をくぐり抜けると平坦な芝生の庭が広がっていた。もっとも、夜なので黒っぽく見えるが。芝生の奥には三階建ての四角い赤レンガの建物がある。しんと静まり返って、明かりのともっている窓はひとつもない。

家は無人で、見とがめられる恐れはないとわかっていたが、用心して身をかがめ、樹木や植え込みの陰に隠れて芝生の縁を回りこみながら進んでいった。

ここトウィッケナムで落ち合った際、アイリーンは男装姿で現われた。くたびれた茶色のズボンにぶかぶかのジャケットを着て、顔がわからないよう縁なし帽を目深にかぶっていた。実はメアリーも男装したがったが、アイリーンとちがって演技の訓練をしていないので、たぶんやってもうまく行かなかったと思う。アイリーンは服装に合わせて歩き方といい身のこなしといい、いかにも男性らしい。それにひきかえ、メアリーだと女性がズボンをはいていると一目でわかってしまいそうだ。しかも、メアリーが用意できる男物の服はジョンのものしかないので、着たとたん脱げそうになるくらいだぶだぶだろう。やむなくあきらめて、いつも散歩のときに着る深緑色のドレスにしたのだった。ただし、普段より丈を短くして、動きにくいペチコートもなし。アイリーンから黒は着ないようにとあらかじめ注意されていた。灰色や茶色、緑色とはちがって、影に溶けこまないのだそうだ。そこでわたしは、買ったときは黒だったが、今では色褪せて灰色になり、光沢もすっかり失せた古いドレスを着てきた。

家宅侵入者の身なりとしては三者とも一風変わっている。

芝生に面した一階の大きなフランス窓の前まで来た。アイリーンが錠を調べているあいだ、メアリーはあたりに慎重に目を配った。わたしは邪魔にならないよう下がっていた。

「開けられそう？」メアリーがアイリーンに小声で訊く。

「これくらいわけないわ。とても単純な仕組みの錠だから。サー・ジョージは防犯に対する意識を見直すべきでしょうね」

「この暗さで見える?」わたしは訊いた。

「ええ、なんとか。それに、錠前破りで頼りになるのは視覚より指先の感覚なのよ」そう言いながらアイリーンはポケットから細い針金と爪やすりらしきもの(わたしは爪やすりの存在を婦人雑誌で読んで知っていたが、実物は目にしたことがなかった)を取りだし、小刻みに動かして錠の攻略に取りかかった。

「強請(ゆすり)の材料になる書類はたぶん書斎に厳重に保管してあると思うわ。きっとこれよりも複雑な錠のついた頑丈な金庫に」とメアリー。わたしは建物の外壁に沿って視線を走らせた。かろうじて様子がわかるくらいの明るさはあるし、わたしは昔から目がいい。

「ねえ、あそこ」メアリーは二階を見上げ、わたしたちが立っている位置から数えて二番目の窓を指差した。白く輝く月光が一列に並んだ二階の窓すべてに降り注いで、くっきりとした影ができ、昼間なら気づかなかったであろう傷を浮かびあがらせていた。どれも白い窓枠に縁取られているが、風雨にさらされたせいで窓枠の塗装面にはがれやふくれが生じ、窓を上げ下げする開閉部分などは特に傷みが激しい。それなのに、メアリーが指し示す窓に目を凝らすと、そこの窓枠だけは傷がひとつもなくきれいな状態だった。

「接着して開かないようにしてあるのよ、きっと」メアリーがささやく。

「あそこが書斎なのね」わたしはうなずいた。

カチッという音とともにフランス窓の鍵が開いた。わたしたちはアイリーンを先頭にダイニングルームへ入っていった。

窓のカーテンはすべて半分引いてあった。物にぶつからないようゆっくり歩いた。暗がりなのではっきりとは見えないが、重厚感のある贅沢な家具調度の部屋と思われた。マホガニー材の大きなダイニングテーブルと、それを囲む椅子。一方の壁に料理や食器を運ぶための小型エレベーター。サー・ジョージは食事中に給仕が入ってくるのがお嫌いなようだ。部屋の隅ごとにカーテンで目隠しされたさまざまな形のアルコーヴが設けられ、室内のあちこちに寝椅子が置いてある。濃厚な香水の匂いが充満しているせいで、なんだか息苦しくなってきた。コルセットで身体をきつく締めあげた女性なら気絶するかもしれない。わたしが真冬の吹雪の晩に読むゴシック小説から抜けてきたような光景だ。

「女たらし自慢の誘惑の楽園ね」とアイリーン。

「こんな部屋、ちっともよろめく気にならないわ」自分でも意外なほどとげとげしい言い方になってしまった。もちろん今はそうだけれど、うんと若くて感受性が強い頃の自分だったら、どうなるだろう……。わたしが内心でそう考えていると、まるでそれを読み取ったかのようにアイリーンがほほえみかけてきた。

「同感。だってわたしたち、十五歳のうぶな夢見る乙女じゃないもの」アイリーンが言った。

「十五歳？」メアリーが驚いて振り向く。彼女はさっきからアルコーヴのカーテンを次々に開けて、内側をのぞきこんでいた。廊下や別室に通じるドアを探しているのか、それとも好奇心ゆえなのかはわからないが。

「彼が好む女性の年齢よ」アイリーンが冷ややかに答える。

「やっぱりこの家は燃やしてしまいましょう」メアリーは憤りをあらわにした険しい顔つきだった。ちょうどドアが見つかり、それを押し開けた。誰かに聞かれる心配はないとわかっていたので、三人とももう声をひそめてはいなかった。無人の家のご多分に漏れず、この邸宅にも感覚を研ぎ澄ましてじっと待ちかまえているような気配が漂っている。背後からメアリーとアイリーンの会話が聞こえていた。

「あなたの夫は妻に放火魔の気があることをご存じかしら？」アイリーンがからかった。

「ええ、きっと！」メアリーはくすくす笑って、のろけ口調で答える。

こんなふうに冗談を言い合うのは、緊張を少しでもほぐすためだとわかっていた。メアリーとアイリーンもわたしと同じように内心ではびくびくしていて、かすかな物音にも飛びあがりそうになっているのだろう。緊張するのは当然だ。侵入した痕跡を残さないよう、たとえ目立たない場所でもなにかに触れるたび神経をとがらせなければならないのだから。

玄関ホールも豪華だった。ぴかぴか光る色彩豊かな調度品がそろえられている。ドアがいくつもあって、いろいろな部屋へ行けるようになっていた。この家は単に人けがないのではなく、喜びや活気に欠けていて、わびしさを感じさせる。感情のこもっていない、技巧に溺れた小手先の演技を見せられている気分だ。

玄関ホールの正面に上階へ続く階段がそびえている。わたしたちはそれをのぼって二階へ行き、廊下に並んだドアを数えながら、例の窓枠が固定されていた部屋を探しあてた。いかめしいマホガニー材のドアに大型の鍵が取りつけられていた。だが拍子抜けしたことに、アイリーンが試しにノブを回すとドアはあっけなく開いた。

「間抜けな男」とアイリーン。

「逆に、とんでもなく頭がいいのかも」メアリーは思案顔で言い、アイリーンがわたしたち二人に廊下で待つよう合図してから真っ暗な部屋へ入っていくのを心配げに見守った。アイリーンは室内を油断なく見回してから、わたしたちを手招きした。三人とも無言だった。重大な局面にさしかかっているのを察していた。

机の上に蠟燭が一本とマッチが置いてあった。アイリーンは机の脇の床に蠟燭を移し、火をつけた。机にさえぎられて明かりがぼんやりしているので、これなら家の外から見とがめられる心配はなさそうだ。わたしたちは室内をじっくり眺めた。

ほかの部屋と同様、書斎もあきれるくらい生気がなかった。床には分厚い緑色の絨毯、窓にも分厚いビロードのカーテン。どっしりした大きなマホガニー材の机が窓際に置かれている——この家の室内装飾を手がけた者は、大量のマホガニー材を調達するため森をひとつ丸ごと伐採したのではなかろうか。机には鍵のかかる抽斗が並び、天板には緑色の革の吸い取り紙台が載っているが、吸い取り紙も筆記用紙も見当たらない。一方の壁は本棚で占められており、それ以外の壁は羽目板の上方に狩猟画が複数かかっている。部屋の中央に装飾的な脚のテーブル。その上に地図やら鉄道の時刻表やらが乱雑に広げてある。サー・ジョージは田園地帯で過ごす週末のために、ここで入念な旅行計画を立てたものとみえる。女性を誘惑するのはお手の物かもしれないが、書斎の様子から察するところ、うんざりするほど退屈な男のようだ。

そのとき初めて、彼を犯人と考えたのは間違いではないか、との疑問が湧いた。

部屋の奥の隅の、窓の隣に、いかつい青銅製の金庫がでんと鎮座していた。アイリーンとメアリーがその真ん前へ行って状態を調べ始めた。縦横三フィートもの大きさで、獅子（しし）のそれをかたどった四本の脚は金具で床に固定されている。製造元は不明。銘板をはがした跡が残っている。製造元を知られると、金庫の仕様書を手に入れられる恐れがあるからだろう。金庫の扉には二つの大きな青銅の鍵穴（かぎあな）のほかに、ダイヤル式の組み合わせ錠もついていた。まさに金城鉄壁の要塞（ようさい）だ。

「開けられそう？」メアリーが訊（き）く。

「どうかしら」アイリーンは金庫をじっと見ているだけで、さわろうとはしない。メアリーが金庫のほうへ手を伸ばしたので、わたしは彼女の腕をつかんで押しとどめた。

「よく見て」わたしは指差して教えた。金庫の裏側から細い針金が伸びて、後ろの壁のなかへ消えている。電信線だろうか。

「電線か電信線ね」アイリーンがわたしに向かってきっぱりと言った。「金庫に触れた者に電気ショックを与えるため、または触れた衝撃を信号で誰かに知らせるためのものよ。マーサ、残念ながらお手上げだわ。どうすればこの金庫を破れるのか、さっぱりわからない」

最高潮の場面に向けて期待に胸をふくらませていた三人は、尻すぼみの展開に失望を隠せなかった。だが正直に認めると、思わず漏らしたわたしのため息にはかすかな安堵が交じっていた。

「さあ、一刻も早くここを出ましょう。出られるうちに」わたしはそう言って、蠟燭を吹き消そうと腰をかがめた。と、そのとき、金庫の前に立っているメアリーが薄笑いを浮かべているのに気づいた。

「メアリー?」わたしは呼びかけた。

「簡単に開いた裏口のドア」彼女は独り言のように言った。「鍵のかかっていない書斎のドア。なのに、そのあとは難攻不落の金庫だなんて、辻褄が合わないじゃないの」

「確かに」アイリーンが同調する。

「なんだか……ここへおびき寄せられた気がする」金庫を見つめるメアリーが謎めいた微笑をたたえたまま言う。「最初からなにもかも、侵入者をこの金庫へ導くために仕組んであったみたい。絶対に開かない金庫を見せて、行き詰まらせるために」

「メアリー?」わたしはもう一度呼びかけた。

「頭のいい男」メアリーがつぶやく。「ここまで連れてきておいて、追い返そうというわけね」

「メアリー、わかるように説明してちょうだい」アイリーンがしびれを切らした調子で言う。するとメアリーはにんまり笑って、わたしたちのほうを振り向いた。

「とても大切なものを安全に保管したいとき、わたしならどうすると思う？　絶対に見つけられたくない絵画とか宝石とか文書といったものを。どう？」メアリーはわたしたちに訊いた。「答えを言うわね。まず、できるだけ大きな金庫を買うわ。それを誰でも気づくような目立つ場所に設置する。もちろん、誰でも近づける場所に。ただし……金庫は解錠不可能な状態にしておく。たとえ金庫破りを試みた者がいても、何時間も悪戦苦闘したあげく失敗するか、あきらめるかして、すごすごと退散するように。それほど厳重な金庫を見れば、誰もが貴重品や秘密はすべてそこに入っていると思いこんで、ほかの場所を探そうとはしないでしょう。だからその裏をかいて、隠さなければならない重要書類は、目につく場所に無造作に置いてある使い古しのボール箱にでも突っこんでおくわ」

なんて巧妙な作戦！　わたしは絶句した。確かに、堅牢な金庫を目の前にして、ほかの場所を探そうとする者などいるだろうか？　たとえ錠が開いたとしても、なかにめぼしいものがひとつも入っていなければ、宝のありかはさらに手強い金庫だろうと考えて、それ以上探すのは断念してしまうだろう。ところが実際には、なんのへんてつもない場所に隠してあるとは！

シャーロック・ホームズ顔負けの名推理よ、メアリー！

「メアリー、あなたってたいした人ね。非凡な女性だわ。どうかワトスン博士がそれをちゃんと評価してくれますように」アイリーンが感心して、笑いながら言った。

「ご心配なく、絶賛してくれているわ」メアリーが答える。「さあ、この部屋のほかの場所を探しましょう。使い古しのボール箱みたいなものはないかしら」

「ここではないかもしれない」わたしは口をはさんだ。サー・ジョージのような一癖ある人物が知恵を絞った計画なら、もうひとひねりあってもおかしくない。

「いいえ、ここよ」とメアリーは断言する。「この家、書斎以外は女性を誘惑するための空間になっていて、誰が偶然見つけるかわからないもの」

「そうね」アイリーンも同意する。「彼専用の部屋はここだけ。ほかの者は入ろうとしないか、立ち入り禁止になっているかのどちらかでしょう。たぶん、彼がここにいて目を光らせているときでないと、使用人たちも入れない決まりになっていると思うわ」

「ジョンも書斎には使用人を入らせないの」メアリーは言った。「男はたいがいそう。だから秘密文書はここにあるはずよ」

わたしたちは室内を見回した。壁には本棚が並び、床の上に箱が数個、無造作に置かれている——銃をしまってある箱だろう。すべて木製でニスが塗ってあり、鍵付きだ。

メアリーは本棚を調べ始めた。本を取りだして、その後ろになにもないか確かめている。

大半の本は開いた形跡すら見当たらない。アイリーンは机の抽斗を開けている。

「彼の預金通帳を見つけたわ」とアイリーン。「お金持ちではないようね。少なくとも、これだけの邸宅を維持する余裕はないはずよ」

「じゃあ、維持費をどうやって支払っているのかしら？　だいぶ派手な暮らしぶりのようだけれど」メアリーが訊く。

「つけ払いでしょうね」アイリーンは答えた。「でも、ためた勘定もいずれは支払わないといけない」

だから、この男は喉から手が出るほどお金が欲しいはずだ。そう考えたとき、蠟燭の後ろの机と本棚にはさまれた隙間に目が留まった。古びた旅行用トランクが一個ある。使いこまれた茶色の革製で、縦横それぞれ二フィートほどの大きさ。てっぺんの頭文字ははげかかっている。旅行から帰ってきたあとそこに突っこんだまま放置してある感じで、大事なものが入っているようには見えない。

蠟燭をそばへ持っていってその場にひざまずき、トランクを引っ張りだした。埃っぽい蓋を開けて、なかをのぞいてみる。

一番上にガラス瓶をいっぱいに詰めた仕切り皿。瓶の中身は不明だが、とっくに乾ききって粘土じみたかすがこびりついている。仕切り皿はがっちりはまっていたので、はずすのに力がいった。通常、仕切り皿の下には固定具などの付属品があるはずだが、すべて取り除かれ、手紙がたくさん入っていた。何十通もありそうだ。黒インクの角張った字が並ぶ普通の白い便箋もあれば、見るからに女性らしい細い字の、香りをつけた菫色(いろ)の封筒もある。トランク全体からいろいろな香水の入り混じった匂いが立ちのぼってくる——ローズとジャスミンのほか、名前のわからない麝香(じゃこう)に似た匂い。ただの恋文入れだろうか。ところが、手紙をかき分けていくと片側の底のほうからずっしりと重い黒い台帳が出てきた。

「これだわ！」わたしは低い声で言った。メアリーとアイリーンがそばに来る。わたしは台帳を引っ張りだし、二人は手紙をつかめるだけつかんだ。

台帳にはサー・ジョージの愛の遍歴が綴(つづ)られていた。彼が征服した女性たちのことが一ページにつき一人ずつ記録されている。一番上に名前。逢瀬(おうせ)の場所と時間や、彼女をベッドに誘いこむ際に用いた手管のほか、ほくろの位置、ターキッシュ・ディライト（でんぷんと砂糖とナッツを混ぜて固めた弾力のあるトルコのお菓子、ロクムのこと）が好物といった豆知識のような記述もいくつか。名前の隣に金額が書き添えられているページも少しあったが、強請(ゆすり)屋から想像されるような大きな金額ではなく、せいぜい数百ポンド。なんとも驚いたことに、ほとんどはわたしが名前を知っている女性たちだった。知っているといっても、新聞や王室行事日報で名前を見たことがあるだけで、面識はないけれど。ホワイトチャペル・レディとローラ・シャーリーの名前は見当たらなかった。

なんとなく違和感をおぼえた。台帳をこういうところに隠しておいたのは名案と認めるにしても、中身の記述からは知性がまるで感じられない。確かにサー・ジョージは蛇のごとく狡猾(こうかつ)なろくでなしだが、堅牢な金庫を目くらましに利用するという発想に必要なはずの人間に対する洞察力はどこへ行ったんだろう？　どうしても腑に落ちない。目くらましは誰か別の人間の入れ知恵では？　そうよ、サー・ジョージよりはるかに頭のいい人間が裏で指図しているにちがいない。見えない場所でサー・ジョージの行動をつねに監視して、思いどおりに操っているんだわ。

　ということは……

　サー・ジョージじゃない。彼はただの女たらし。関係した女性たちをもてあそび、辱め、小遣いをせびりとっているのは事実でも、黒幕の道具でしかない。女性の破滅をたくらむ首謀者は別にいる。サー・ジョージは女性たちをたぶらかして秘密を探りだし、その収穫を首謀者にそっくり渡す役目なのだろう。もしかしたら、自分が操られていることさえ気づかずに。簡単に開くドアと金庫の仕掛けを助言されて受け入れたときも、いい考えだと感心はしても、それはつまり助言者がいつでも忍びこんで勝手に手紙や台帳を読めるということだとは思い至らなかっただろう。

　残忍な強請屋はサー・ジョージ・バーンウェルにあらず。彼の名前は容疑者リストから消さなければ。わたしは床に座りこんで、胸の内で悪態をついた。かなり罰当たりな言葉を使って。

「どれもこれもくだらない手紙ばかり」メアリーはわたしの突然の動揺には気づかず、恋文の束に目を通している。

「恋文というのはたいていそうよ」アイリーンが冷めた口調で言う。「どうして人は自分の感情に永遠性を与えようと躍起になるのかしら。熱烈な愛を語る手紙、名前を刻印した装身具……」

「写真も」メアリーがつけ加える。

「そう、写真も」アイリーンはにやりとした。「他人のことをとやかく言う資格はないわね。わたしもそういう愚かな女たちと同類だったんだから」

「あらあら、大胆な表現だこと！」メアリーは流麗な文字で綴られた象牙色の便箋を見て息をのんだ。「こんな生々しい言葉を塗りたくられて、よく便箋が赤面しなかったわね。それから、こっちの手紙は——ん？　恋文じゃなくて事務弁護士からの手紙だわ。靴屋の請求書もある。いろんなものがごちゃ混ぜじゃないの」

「だらしない性格のようね。わたしたちが追っている強請屋のイメージに合わないわ」アイリーンが当惑した口調で言った。「本物はもっときちんとしていて、整理整頓が得意なはずよ」

わたしは顔を上げた。アイリーンもわたしと同じ結論にたどり着こうとしている。

「というわけで、もうお気づきのように」とメアリー。「手紙をいくら読んでも、女性が脅迫されているような内容は見当たらない。サー・ジョージにお金を貸している女性はけっこういるみたいだけれど」

「お金を貸す？」わたしは立ちあがって、アイリーンの肩越しにメアリーが手にしている手紙をのぞきこんだ。ピンクの便箋を使った分厚い手紙で、バイロンの詩を引用した文で埋められている。筆跡からすると、女学校を出たばかりの若い娘のようだ。

「仕立屋への支払いやホテル代のほか、賭博による借金まで肩代わりしているわ」便箋をぱらぱらめくって見せながらメアリーが説明する。「文面の感じだと、彼女たちは恋愛に溺れてサー・ジョージに貢いでいるのよ。強請られているのではなく」

メアリーも真実に気づき始めたようだ。

「わたしもこれに目を通してみたけれど」わたしは台帳を掲げ持った。「ここに登場するなかでわたしが名前を知っている女性たちは、今も健在だし、裕福に暮らしているわ」

「犯人はサー・ジョージじゃないのね？」考えがまとまったらしく、メアリーが確信した口調でわたしに訊いた。アイリーンも横で同意のしるしにうなずく。

「そう、彼じゃないわ」わたしは答えた「最低のろくでなしで、こういうずるくて卑怯な行為は絶対にやめさせるべきだけれど、女性たちの人生をめちゃくちゃにまではしていない。わたしたちは判断を誤ったのよ。裏で糸を引く人物がいる」

三人して顔を見合わせながら、サー・ジョージ・バーンウェルの書斎に立ちつくした。落胆して気が抜けたあとに、ぞっとする恐怖が襲ってきた。見込み違いだったどころか、前よりもさらに真相から遠ざかってしまった気がする。

「でも、仕立屋の請求額が桁外れに高いのよね」アイリーンは手元の手紙を見つめ、まだ決まったわけではないと言いたげだった。「紳士物の服がこんな金額になるなんて腑に落ちない」

「事務弁護士からの請求もとんでもなく高額だわ」メアリーも加勢した。彼女たちの意図はわかる。気落ちしているわたしを励ましてくれているのだ。それでもわたしの心は重く沈むばかりだった。

「この手紙によると、サー・ジョージは過去に五件の離婚訴訟で共同被告になっているわ。訴えられた側の姦通相手として」メアリーはつけ加えた。

「あら、たったの五件？」アイリーンは冷ややかな口調で言った。「こっちにある手紙を読む限り、不貞行為の証拠が少なくとも十一件は……ああ、これだわ、わたしたちのやるべきことは」アイリーンが俄然張りきる。「持ち帰りましょう。手紙も台帳もそっくり全部！」

「どうして？」わたしは面食らって訊いた。

「どうして？」アイリーンがおうむ返しに問う。「ここにある手紙を公開すれば、サー・ジョージは相手に多大な痛手を与えられるのよ。手紙がなにを意味するか、よく考えてみて」

「手紙の主のなかには、サー・ジョージのために盗みを働いた女性もいるわ」メアリーは一通の手紙をわたしに振って見せた。「サー・ジョージは彼女たちをそうするよりほかにない状況に追いこんで、堕落させようとしている。手紙は彼本人の証拠にもなるわ」

「彼の悪事を裏付ける証拠にね！」アイリーンが言い足す。「幸い、証拠の扱い方を心得た探偵さんがわたしたちの身近にいる」

「それに、手紙を持ち去れば、秘密が首謀者の手に渡るのを阻止できる。首謀者というのは、わたしたちが追っている強請屋のこと」メアリーがわたしに説明する。「それがサー・ジョージでないとしても、彼とつながりのある人物のはずよ。秘密を売り渡している相手なんだもの」

「じゃあ、わたしたちの行動はあながち間違いではなかったのね」わたしはメアリーを見上げた。メアリーの意見もアイリーンの意見も筋が通っている。二人はちゃんと正しい結論を導きだしてくれた。「真犯人はサー・ジョージではなく、彼から少し離れたところにいる人物。同じ鎖の別の環を探せばいいのね」

「獲物をつかまえるまで、もうひと踏ん張りよ」アイリーンが小声で言った。「次はあなたの出番ね、マーサ」

自分がどうすればいいか、はっきり見えてきた。サー・ジョージから手紙を取りあげて、強請屋の手の届かない安全なところで保管し、あとはホームズさんに任せる。そうすれば、たちどころに複数の目的を達せられる。わたしは台帳をドレスの胸元にぎゅっと押しこんだ。

「これだけ証拠があれば、ホームズさんも放ってはおかないでしょう。いずれ、なんらかの形で、サー・ジョージを懲らしめる手立てを考えだしてくれるわ」わたしは言った。

「ごもっとも！」メアリーは威勢よく声を張りあげたあと、驚いているアイリーンとわたしの顔を見比べた。「あ、ついジョンの口癖が出ちゃったわ」三人とも笑い合った。これで今夜の冒険は無意味ではなくなった。目的が再び見つかって気力を取り戻したわたしたちは、さっそく手紙をかき集め、ポケットというポケットに詰めこんだ。ドレスの下はもちろん、靴下留め（ガーター）の内側にも隠した。トランクはかさばるため運びだせないので、三人で手分けして中身を持てるだけ持っていくしかない。

トランクが半分ほど空になったときだった。玄関のドアがバタンと閉まる音がした。階下から笑い声も聞こえてきた。はしゃいでいる女性の嬌声（きょうせい）と、育ちの良さそうな男の上機嫌な話し声。

なんと、サー・ジョージ・バーンウェルがご帰還あそばしたのだ。

大いなる逃走

月光の薄明かりが射しこむ部屋で、恋文の入ったトランクのまわりにしゃがんでいたわたしたちは、たちまち凍りついた。アイリーンがすばやく身を乗りだして、蠟燭を吹き消した。三人とも息を殺し、身じろぎひとつせず耳を澄ます。サー・ジョージと連れの女性——彼女の笑い方は良家のお嬢様という感じではないので、たぶん本命だった深窓の令嬢に肘鉄砲を食らわされたものだから、もっと簡単になびく女性に乗り換えたのだろう——が階段を上がってきた。二階の廊下を進んで、書斎の前まで来た。ドアの外で男の足がぴたりと止まる。わたしたちの息も止まる。が、それはほんの一、二秒のことで、男女の足音はドアの前を通り過ぎて奥へ向かい、どこかの部屋へ入っていった。

わたしたち三人はようやく呼吸できるようになり、ゆっくりと立ちあがった。わたしの膝がぽきりと鳴って、張りつめた静寂のなかでやけに大きく響いたが、さっきの男女には気づかれなかったようで、誰も引き返しては来なかった。離れたところから笑い声と、グラスを合わせる乾杯の音、それから椅子のきしむ音がくぐもって聞こえてくる。

こんな状況でメアリーもわたしも声を出すわけないのに、アイリーンは指を自分の唇に当てて見せてから、ドアのほうへ向けた。廊下のガス灯の黄色い光がドアの隙間から漏れ、四角い輪郭を浮かびあがらせている。方向を見定めるには充分な明かりだ。ポケットやなにかに隠した手紙のこすれる音や衣擦れの音にはらはらしながら、わたしたちはできるだけ静かに部屋を横切った。先頭のアイリーンがドアにたどり着いたちょうどそのとき、サー・ジョージの話し声が聞こえた。

「ちょっと待っててくれないか、きみ。書斎にあるから取ってくるよ」

彼が廊下へ出て、こっちへやって来る。アイリーンは電光石火の早業で錠に差してあった鍵を回し、引き抜いた。錠の蓋がくるりと落ちて鍵穴が隠れた。サー・ジョージがドアの取っ手をつかんでガチャガチャやりだしたのは、その直後だった。

わたしたちは部屋の奥まで下がって、不安に駆られながらドアを見つめた。ちゃんと施錠できているだろうか。ドアを蹴破られたらどうしよう。

「鍵がかかっているから、なかに人がいるとわかったでしょうね」メアリーがささやくのと同時に、サー・ジョージが悪態の言葉をまき散らしながらドアを揺すった。

アイリーンは首を振ってメアリーに鍵を見せた。鍵を抜き取ってあるので、内側から鍵をかけたことに気づかれない可能性もある、と言いたいのだろう。

「鍵を上の部屋に置いてきた」サー・ジョージが女友達に大声で告げている。「すぐに戻るよ」そう言ったあとも、ドアの前に立ったままぼんやりしている気配が伝わってきた。あんなに酔っ払っていなければ、どこか変だと気づいただろうに。間もなく彼はドアから離れ、階段をのぼっていく足音が聞こえてきた。

代わりに連れの女性が歌を口ずさみながら、のんびりした歩調で二階の廊下を行ったり来たりし始めた。相手が彼女一人とはいえ、逃げきれるとは思えなかった。ポケットから手紙が飛びだしそうになっている状態では三人とも速く走れない。たとえわたしがアイリーンやメアリーと同じくらい若くて敏捷でも、見つからずに廊下を通り抜けるなどという芸当はとうてい無理。

「どうする？」メアリーがひそひそ声で訊く。アイリーンはあたりを見回してから窓枠をつかんで押しあげようとした。けれども庭から見たときに予想したとおり、充塡剤でがっちり固定されていて、びくともしない。

「手を貸して！」アイリーンが小声で鋭く言う。

「ここから飛び降りるなんて無茶だわ」メアリーはそう言いながらもアイリーンと一緒に窓を開けようとした。「窓の真下は石畳のテラスよ。脚の骨が折れてしまう」

「飛び降りるんじゃないわ」アイリーンが歯を食いしばって力をこめながら言う。窓は徐々に動き始めた。わたしはサー・ジョージが上階から戻ってきたらすぐに二人に知らせようと、ドアの脇に立って耳を澄ました。あるはずのない鍵を探して、彼が三階をよたよた歩きまわっている音が聞こえる。

「じゃあ、どうするの？」メアリーが切羽詰まった声で訊く。

「ホームズさんに教わった奇策を披露するの」アイリーンはそう答えた。月明かりが彼女のいたずらっぽい笑顔を照らした。「マーサ、手紙の入ったトランクをここへ運んで。あと、そこにあるマッチをちょうだい」

わたしは指示どおりにした。上階ではサー・ジョージが動きまわるのをやめた。鍵は三階にないと気づいたか、自分が鍵をどうしたかはっきり思い出したかして、書斎に誰かがいるという結論にようやく達したのだろう。

にもかかわらず、実を言うと、わたしは少しも怖くなかった。家の主に見つかって恥をさらし、監禁され、事によっては死ぬかもしれない危機が迫っているにもかかわらず、心はなぜか穏やかだった。それでいて全身に活力がみなぎるのを感じ、我ながらあっぱれだと思った。

「ちくしょうめ！」上階からサー・ジョージの悔しそうな叫び声が聞こえ、続いて階段へ走っていく足音がした。事態を悟ったのだ。

ちょうどそのとき、メアリーが渾身の力で窓を一気に開け放った。

サー・ジョージが猛然と階段を駆け下りてくる。アイリーンはマッチを擦ったが、なかなか火がつかない。失敗したマッチ棒が二本、三本と床に落ちる。

ドアに体当たりを食らわせる音が響いた。廊下にいた女性は部屋へ戻っていろとサー・ジョージに怒鳴りつけられている。

アイリーンはまたマッチを擦った。今度は火がついて、大きく燃えあがった。

ドア越しにサー・ジョージのわめき散らす声が聞こえてくる。「そこにいるのはわかってるんだ。逃げ道はないぞ！」

アイリーンは火のついたマッチを手紙でいっぱいのトランクに放り投げた。一拍おいて真ん中あたりで小さな炎がちろちろと燃え始めた。アイリーンが息を吹きかけてそれを煽った。

「誰の差し金だ？」ドアに肩で体当たりしながらサー・ジョージが叫ぶ。振動する木枠をわたしは手で押さえた。「よく聞け、こっちには銃がある」

炎はまだ小さいが勢いを増しつつあった。

「覚悟しろよ。問答無用で撃つ！」サー・ジョージが再び体当たりした。ドアのほうはまだ持ちこたえているものの、木枠にひびが入った。砕けるのは時間の問題だ。次に強烈な一撃を見舞われたら、ドアはあっけなく突入を許してしまうだろう。

ようやく手紙の山全体に火が回って、さかんに燃え始めた。気配から察するに、サー・ジョージはもう一度体当たりしようと、後ろへ下がって身構えているようだ。ドア枠は損傷を受けてだいぶ弱っている。事態が急転したのはまさにこのときだった。

アイリーンが炎を上げている手紙をトランクごと芝生めがけて窓の外へ放り投げた。とたんに金切り声が空気を切り裂く。

「火事よ！」さきほど廊下でサー・ジョージに部屋へ戻れと命じられた女性だ。燃えさかるトランクを窓から目撃したにちがいない。かつてアイリーンは言わずと知れた例の事件で、火事だと誰かが叫んだら人はとっさに一番大事なものを手にするとホームズから学んだ。サー・ジョージにとってたぶん一番大事なものはトランクの手紙。家に侵入した賊がそれらを持ち去って芝生で燃やしていると思いこむはずだ。アイリーンはそこに目をつけたのだろう。

女性は悲鳴を上げ続けている。外で燃えているのがなんなのか察したらしいサー・ジョージが、不敬な言葉を放ったあとに廊下を遠ざかっていく。庭へ下りるつもりだろう。そうしてくれるのを願うしかない。

「さあ、今よ！」アイリーンの掛け声で一斉にドアへ走った。彼女がすばやく鍵を回すと、ドアは跳ねるように勢いよく開いた。「正面玄関へ！」アイリーンの指示が飛ぶ。わたしたち三人は廊下を走って正面階段へ急いだ。

「止まれ！」サー・ジョージの声。まずい、見つかってしまった。〝問答無用で撃つ〟という彼の脅し文句が頭に浮かんだ。ただの脅しではなかった。実際に弾丸らしきものが飛んできて壁に跳ね返り、わたしたちが横を走り抜けた直後の鏡が砕け散った。彼は本気だ。手加減するつもりはないらしい。わたしたちはこけつまろびつ階段を駆け下りた。わたしにとってそんなに速く走ったのは生まれて初めてだった。

「止まれと言うのが聞こえないのか、悪党どもめ！」サー・ジョージが叫んで再び発砲した。彼は二十ヤードほど後方にいるが、射程内だ。銃弾がわたしのスカートの脇を飛んでいき、アイリーンの足をかすめたようだったが、彼女はかまわず走り続けた。玄関にたどり着くとドアを開け、メアリーとわたしを先に通した。それからサー・ジョージに向かっておどけるように帽子を軽くつまんで見せた。男装しているので、サー・ジョージは逃げた賊が男だという印象を植えつけられただろう。アイリーンは挨拶を済ませるや外へ出て、ドアをバタンと閉め、馬車道を走っていたメアリーとわたしに追いついた。振り返ったとき目に映ったのは、玄関脇でわたしたちに向かって怒鳴っているサー・ジョージの姿だった。「誰に送りこまれた？　貴様らは誰の命令でここへ来たんだ？」

　わたしたちは走って走って、走り続けた。細い路地や街路樹の茂った小道をいくつも通り抜け、やがて大通りに出た。そこは街灯が明るくともり、商店もまだ大半が開いていたおかげで雑踏にまぎれることができた。ただし、三人ともぜいぜい息を切らして、通行人たちから怪訝そうな目を向けられた。すぐさまアイリーンの指示で歩調をゆるめ、呼吸を整えながら、店のショーウィンドウをのぞいたり屋台でリンゴを買ったりして何事もなかったような顔で歩いた。そうこうするうちに鉄道の駅まで来た。

　汽車がプラットホームに入ってきたとき、窓に映った三人の姿を見てわたしは一瞬自分たちだと気づかなかった。中年女性に若いきれいな女性に細身の男性という組み合わせ。三人ともれっきとした善良な市民に見える。世間に知られた女たらしの家に侵入して手紙や秘密の台帳を盗みだし（しかも戦利品は服のなかに詰めこんだまま）、あげくに放火して銃撃され、命からがら脱出してきたばかりとは誰も想像しないだろう。

先客のいない車室（コンパートメント）を見つけて腰を落ち着けた。あとは汽車がわたしたちをロンドン中心部まで運んでくれる。ようやく三人だけになると、互いの無事を確かめ合った。アイリーンだけ銃弾がかすめた脚に軽傷を負ったが、本人は平然としていて、「なんのこれしき」とおどけて見せた。皆で顔を見合わせ、にぎやかに笑った。安堵（あんど）と喜びがはじけた。なんだか信じられない気分だったが、わたしたちはうまくやり遂げたのだ。そう思うと達成感がこみあげてきて、爽快（そうかい）だった。

各人がポケットや服の下から手紙を出し、ひとまとめにした。わたしは例の台帳をアイリーンに渡した。

「さて、収穫物をどうしましょう？」とメアリー。

「ここには大量の秘密が詰まっているわけね」アイリーンが台帳をぱらぱらめくりながら考え深げに言う。「あの男はこんなに多くの人生を破壊するところだったんだわ」台帳を勢いよく閉じて続けた。「台帳も手紙も全部ホームズさんに郵送するつもり。お二人が自分たちの手で処理したいと望んでいるのでなければ」

わたしはアイリーンの意見に同意した。これ以上はわたしたちの手に余る。それに、サー・ジョージのややこしいうえに不道徳な情事には近寄りたくない。「ホームズさんならこういうものの扱い方を心得ているから、時期を見計らってサー・ジョージにお仕置きしてくれるはずよ」わたしはアイリーンに言った。「警察よりもずっと慎重な思慮深い方法で」

「なぜ郵送するの？」メアリーが訊いた。「ベイカー街二二一Bを訪ねて、彼に直接渡すこともできるのに。ああ、わかったわ。証拠品の出所がわたしたちだと知られたくないからね？」

「わたしも知られたくないわ」座席の背にもたれ、わたしは言った。くたびれ果てていたが、心地よい疲労感だった。普段の落ち着かない疲労感とは明らかにちがう。これまでは四六時中だるくて、夜になると無為に過ごしてしまった一日を悔い、悶々として寝つかれなかった。でも、今ならなにも考えずに眠りをむさぼれそうな気がした。

「ワトスン博士はあなたがどこにいるか心配していないの？」アイリーンはメアリーに訊いた。

「あの人は今、シャーロックと一緒に事件にかかりきりなの」メアリーが答える。「二人して一日中どこかへ出かけているし、帰ってきても部屋に閉じこもっているわ。少しのあいだくらいマーサとわたしが留守にしていても、気づかないと思う」

「それは都合がいいわね」アイリーンはにやりと笑った。

「ええ、本当に」メアリーも笑った。

　わたしたちはしばらく黙ったまま、夜の街が車窓を流れ去るにまかせた。外の世界は平穏そのもので、風景は薄闇に包まれた田園地帯から、明かりのともったぬくもりを感じさせる郊外住宅地へ移り変わっていった。台帳に目を通しているアイリーンは、ページを一枚めくるたびに眉をひそめた。メアリーは座席のなかで猫のように身体を丸め、うたた寝を始めている。わたしは窓の外を見つめていたが、窓ガラスに映る自分の顔にたびたび目が吸い寄せられ、まるで別人のようだと驚いた。なんだか若返って、以前より幸福で満ち足りているように見える。犯罪が性に合っているんだろうか。

「さあ、これで決まりね」台帳をぱたんと閉じて、アイリーンがおもむろに言った。「結論が出たわ。サー・ジョージ・バーンウェルはわたしたちが追っている男ではない」

「どうして言いきれるの？」メアリーが寝ぼけ眼で訊くと、アイリーンは彼女をまっすぐ見つめ返した。

「台帳を隅から隅まで念入りに読んだけれど、当然とはいえ、ある女性の名前がどこにも見当たらないから」

「誰のこと？」とメアリー。

「このわたしよ」アイリーンは答えた。

当然ながら、アイリーンのこの一言にメアリーもわたしもびっくりした。メアリーは目をぱっと見開き、わたしは背筋をまっすぐ伸ばした。アイリーンは苦々しさがかすかに浮かぶ微笑をたたえていた。

「わたしがイギリスへ戻ってきたのはそれが理由よ」アイリーンは事情を詳しく語り始めた。「ある日、夫が文書の入った小包を受け取ったの。追ってほかの文書も送ると書き添えてあった。文書の内容はわたしの過去をつぶさに記録したもので、わたし自身と関係者以外には知りえないはずの出来事まで細かく記されていたわ」

アイリーンはわたしたちから顔をそむけて窓へ視線を移したが、彼女の目に映っているのは外の風景ではなく最愛の夫の顔なのだろう。人生をなげうって一緒になったほど大切な夫の。

「夫はおびえた」アイリーンの話は続く。相変わらず静かな口調だった。「わたしの過去に動揺したのではなくて、そんな書類を平気で送りつけてくる下劣で恥知らずな人間の存在に恐れをなしたのよ。わたしは言ったわ。こういう卑怯なまねをやめさせるために、イギリスへ一人で戻りたいと。夫は快く送りだしてくれた」アイリーンは口元をほころばせ、思い出し笑いした。「とても理解のある人なの」

「だからあなたは進んでわたしたちに協力してくれたのね」腑に落ちた思いでわたしは言った。アイリーンがこちらを振り向いた。

「それも理由のひとつよ」とアイリーン。「どっちみち協力したでしょうね。あなた方から非道な行為を繰り返す男の話を聞いて、黙っていられないと思ったわ」

「で、その男はサー・ジョージ・バーンウェルではない」わたしは言った。「なぜなら、あなたはサー・ジョージと関係を持ったことはないから」

「持つわけないわ。誰があんな男と！」アイリーンはふんと鼻を鳴らし、嫌悪感をあらわにした。「とにかく、この台帳がサー・ジョージに誘惑された女性の一覧表であると同時に、強請屋の餌食にされた女性の一覧表でもあるならば、わたしの名前も載っているはずだわ」

「なのにまったく見当たらない」わたしは静かに言った。「サー・ジョージは不埒な悪党で、控えめに表現しても下品で卑怯で汚らわしい男だけれど、わたしたちが追っている強請屋ではない」

「そういうこと」アイリーンはうなずいた。「お二人とも明日からやり直しね。振り出しに戻って始めることになるわ。でも、その前に……」

「その前に？」

アイリーンはほほえんだが、さっきとはちがって意味ありげなこわばった表情だった。

「すべての不可能を取り除いたあとに残るのが真実だとすれば、白か黒か見極めて、真っ先に取り除きたい人物がいるの」

アイリーン・アドラー、容疑者と会う

シャーロック・ホームズとアイリーン・アドラーは本当のところどういう仲だったのか、とわたしはよく人に訊かれるけれど、いつも返事は決まっている。〝わたしには関係ございません〟の一言。〝あなたにもね〟とつけ加えられたら、どんなに胸がすっとすることか。

正直言って、二人にどんな結びつきがあったのかは知らない。でも想像するに、輪郭を明確にして定義できるようなものではなく、流動的なはっきりしない関係で、当人たちも理解しきれていなかったのではないだろうか。確かに言えるのは、彼らが互いに心の底から尊敬し合っていたこと。だから、相手は必ず然るべき行動を選ぶはずだと信頼し合ってもいただろう。ホームズさんは英雄、アイリーンは妖婦と世間から見られていたが、二人とも誇り高い立派な道義心の持ち主だった——少なくとも相手はそういう人物であると互いに見込んでいた。わたしにわかるのはせいぜいそこまで。なんとも複雑で、つかみどころのない関係というのが率直な感想だ。なにしろ、心底憎み合っているように思われることもたまにあったから。ホームズさんはもともと女性に対してきつい言い方をしがちだが、とりわけアイリーンに対しては容赦なく毒づいた。そういうときはアイリーンも、〝いまいましい男ね！〟と捨て台詞を吐いて、二二一Bの部屋から飛びだしてきた。二度と口をきかないのではないかと心配になるくらい険悪な雰囲気だった。でも、あれは普通の仲たがいとはちがう。二人はときには好敵手として、ときには同志として、顔を合わせていたのだろう。一風変わった友情が生まれていたのは事実だ。もっとも、ロマンチックな性分のせいか、わたしはそこに恋愛感情の片鱗をかすかに感じ取っていたのだけれど。

話が前後してしまったが、ホームズさんとアイリーンのつながりは『ボヘミアの醜聞』で始まって、『ボヘミアの醜聞』で終わったわけではない。ジョンが書かなかった二人の関与する事件はほかにもいろいろある。ただ、ジョンもわたしと同様、二人の間柄をよく理解できなかったはずだし、双方の名誉を尊重したいとの気持ちもあって、公表を控えたのだと思う。

そうは言っても、ホームズさんとアイリーンが愛し合っていたか否かはやはり気になるところ。はばかりながら、私見を少しばかり記しておきたい。

アイリーンは愛することを知っていた。愛に身も心も捧げられる女性だった。夫のゴドフリー・ノートン氏は誰が見ても愛情を注ぎやすい殿方だ。でも、アイリーンは別の形の恋愛に向いている気がしてならない。もっと深い、不安定で激しくて刺激的な恋愛に。とはいえ、シャーロック・ホームズのような自制心が強くて冷淡な相手を、アイリーンは夢中で愛せるだろうか？

要するに、問題は彼のほうなのだ。そう、ホームズさんのこと。自分には人を愛する能力が欠如しているとうそぶいておきながら、心ならずも、柄にもなく、さらには知性に逆らって、人を愛したとわたしは感じている。彼の偉大な頭脳の奥に豊かな愛情がたまに仄見える、とジョンも言っていた。豊かな愛情の大部分はアイリーンに向けられていたはずだ。もっとも、彼がそれらしいことをわたしに打ち明けたことは一度もない。まず自分自身でそれを認めようとしないだろう。

そんなわけだから、ホームズさんとアイリーンが愛し合っていたかどうか、真偽のほどは定かでない。ただひとつ確かなのは、相手や自分自身の隠れた面を新たに発見し合い、日ごとに変化しつつも、二人の関係は昔の十四行詩の一節と同じだったこと。〝永遠に刻まれたもので、嵐に遭っても揺らぐことはなかった〟（シェイクスピアのソネット116より）。生涯を通じてシャーロック・ホームズとアイリーン・アドラーはそれぞれ自由に踊りまわり、近づいたり離れたりしながら、相手を片時も見失わなかったのだ。

こういった諸々の事情を考え合わせれば、〝白か黒か見極めて、真っ先に取り除きたい〟とアイリーンが言った人物がホームズさんを指していても、驚くには値しない。彼ならアイリーンの夫に送りつけられた文書の示す秘密を知りえただろう。送り主はホームズさんで、虫の居所が悪いときに彼の不人情な面が顔を出し、ノートン氏のために妻の正体を暴いて見せるのが自分の義務と感じてそのような行動に出た、と解釈することもできる。小包の発送元はロンドンだったわけだから。もちろん、わたしはこれっぽっちもホームズさんを疑っていなかったが、あのときのアイリーンはそうではなかった。無理もないと思ったので、三人で夜盗を働いた翌朝にアイリーンがホームズさんと対面するため二二一Bを訪ねてきたときも、引き止めるつもりは毛頭なかった。ご両人が顔を合わせたらどうなるか知りたい気持ちもあった。

アイリーンは最初にわたしの台所へやって来た。真っ赤なドレスに身を包み、帽子を片目が隠れるくらい傾けている姿が小粋(こいき)で色っぽかった。前夜の男装の麗人に比べても遜色(そんしょく)ないりりしさで、まさにつけ入る隙がない。彼女は台所を見回して、目ざとく通気口に気づいた。見た瞬間、事情がのみこめた様子だった。彼女も通気口から盗み聞きした経験があるのかもしれない。

「ずいぶん便利な設備があるのね」とアイリーン。

「ホームズさんにはどうか内緒に」わたしは急いで言った。

「当たり前じゃないの。彼に教えるわけないわ！」アイリーンはむっとして言ったあと、こう続けた。「でも、わたしのために三十分ばかり蓋(ふた)を閉めておいてもらえない？　ホームズさんとなにを話したのかはあなたにあとで全部伝えるけれど、そこが開いたままなのはなんとなく……」

「ええ、いいですよ」アイリーンの言う〝全部〟が本人の取捨選択を経たものになるのは承知のうえで、蓋を閉めることに同意した。わたしの返事に彼女はうなずいて、階段へ向かった。けれども二階へ続く十七段の階段の下で急に立ち止まり、支柱をつかんだままホームズさんの部屋のドアをじっと見上げた。

「今日はとってもおきれいよ」励ますつもりでわたしは言った。こちらを振り向いた彼女の顔にはまだ心細そうな表情が浮かんでいた。今の彼女にとってきれいかどうかはどうでもいいのだとわかった。「しかも生き生きとしているわ」わたしはそうつけ加えた。すると、魔法の呪文を唱えたに等しい効果が表われた。アイリーンは深呼吸してから階段をのぼり始めた。

　約束を守って通気口の蓋は開けなかったが、白状すると内心の激しい葛藤の末に理性が辛くも勝利したにすぎない。アイリーンが二階から下りてきて語ってくれたのは次のような内容だった。

「わたしね、当然のような顔をして勝手にドアを開けたの。彼は窓辺に一人きりでたたずんでいたわ。後ろで両手を組んで、通りを見下ろしていた。ということは、誰が来たかは気づいていたんでしょうね。わたしが部屋に入っていっても、驚いたり動揺したりする様子は少しもなかったわ。ただ振り向いてわたしをまっすぐ見て、手を後ろで組んだままひとつうなずいただけ。

『ミス・アドラー』彼は口を開いた。

『今はミセス・ノートンよ』わたしがそう言い返しても、彼は顔をぴくりともさせなかった。マーサ、あなたが言ったとおりね。感情をひとかけらも表わさない人だわ。喜んでいるでもない、怒っているでもない。心の動きというものがまったく伝わってこない。折り目正しいけれど体温が感じられなくて、精巧な石像を見ている気分だった。

でも左手は例外。そこにだけ彼の内面が映っていた。組んでいた手をほどいて、わたしに身振りで椅子を勧めたとき、左手をぎゅっと結んだの。そのあともずっと拳を開いたり握ったりしていた。たぶん本人は無意識だと思う。心に沸き起こる感情を、外へ出ていかないようしっかりつかまえているしぐさに受け取れたわ。

『ようこそロンドンへ。お帰りなさいと言うべきかな。元気そうですね、ミセス・ノートン』わたしがテーブルの前に座ると、彼は礼儀正しい静かな口調で挨拶した。本当はわたしの訪問に驚いていたのだとしたら、それを隠す腕前は超一流ね。でも、それでこそシャーロック・ホームズ。天下の名探偵が簡単に感情をあらわにするわけないもの。

彼は窓辺に立ったままだった。透き通った陽射しが顔の平らな部分をあまさず輝かせていた。自分の容貌がどれほど美しいか、本人はわかっているのかしら。そう思わずにはいられなかったわ。丸みのまったくない、直線と鋭角だけで形作られた彫像さながらのいかめしい横顔。それでいて、ひとたびそこに笑みが咲けば、若い娘の心臓ならたちまち早鐘を打つほど芳しい魅力がこぼれ落ちる。実際には彼はにこりともしなかったし、わたしも若い娘ではないけれど。

『ええ、おかげさまで』わたしも彼のお芝居に合わせて、そつのない態度で答えた。『でも、誰かがわたしを不幸にしたがっているようなの』

彼の左手がぴたりと止まった。

『書類の入った小包が夫宛に送られてきたわ。ミスター・ゴドフリー・ノートン宛に』

『彼は事務弁護士だったね』皮肉っぽい口調だった。

『そのとおりよ』わたしは愛想よく返した。『小包にはわたしの過去をほじくり返したものが詰まっていたわ。夫にさえ打ち明けていなかった細かい事柄まで。それはそれは下品でえげつない内容だった』

そう言ったあとで、自分の顔が赤くなるのがわかった。小包の中身のせいじゃなくて、夫に隠し事をしていたことが急に恥ずかしくなったから。ホームズさんはすでに知っている事実を、わたしが彼の前ではうっかり漏らした事実を、わたしとそろいの結婚指輪をはめている男性は小包が届くまで知らされていなかったなんて。ホームズさんは顔色ひとつ変えず、ただわたしをじっと見ていた。

『送られてきた文書には、あなたとわたししか知らないはずのことまで書かれていたわ』思った以上にきつい口調になってしまった。

それでもホームズさんの表情はみじんも変わらなかった。『その小包をあなたの夫に送ったのは僕だと思っているんですね？』

わたしは彼を見つめ、彼も見つめ返してきた。鋭く揺るぎないまなざしで。室内に重たい沈黙が下りて、窓の外で叫ぶ辻馬車の御者の声が耳の奥まで突き刺さりそうなほど大きく響いた。

『いいえ、思っていないわ』そう答えたわたしの声は、ささやきと変わらないくらいか細かった。まっすぐ注がれる険しい視線に射すくめられながらも、嘘偽りない彼の目を好ましいと感じた。自分が絶対に隠し事のできない相手を前にしているとき、こういう表情を見ると安心するものね。わたしはこれまでずっと与えられた役柄を演じてきた。シャーロック・ホームズに対抗するアイリーン・アドラーとして。

『でも、疑わしい点が少しでもあれば、それをつぶしていかなければいけませんから』わたしが言い添えると、ホームズさんは微笑した。本人の意識していないうちに口元が自然とほころんだ感じだった。『文書に含まれる秘密から考えると、あなたも容疑者の一人よ。どんなに薄くても可能性は可能性ですもの』

『僕は身の潔白を誓えますが、罪を犯した者も同じことをするだろうから無意味ですね』彼の声にいらだちや怒りは毛筋ほども含まれていなかった。

『ええ、そのとおりよ。でもこうして会って話したら……あの……あなたはそんな陰湿なまねをするような人じゃないと思ったわ』信じられる？　おどおどしながら彼にそう言ったのよ。口ごもるなんて、自分でもびっくりしたわ。理由がさっぱりわからない。とにかく、彼は感謝のしるしに頭を軽く下げて見せただけだった。

『動機をもとに調べてみてはいかがです？』彼は助言めいた言い方をした。まるでわたしが事件捜査の相談に来た駆け出しのひよっこ刑事かなにかみたいに。

『小包を送りつけたのが誰であれ、わたしの結婚生活を壊そうとしているんでしょう。夫に疑念を植えつけて妻を捨てさせ、わたしが守ってくれる人のいない独りぼっちになるのを待っているんだわ』

『ミス・アドラー、あなたはたとえ独りぼっちになっても、自分で自分の身を守れる人のはずだが』

　ホームズさんはあくまで結婚前の姓でわたしを呼んだ。

『あなたにはそれがわかっている。でも、小包の送り主はわたしがどういう人間か知らないんでしょう。これであなたが送り主ではない根拠がもうひとつ増えたことになるわね』

『僕ではありませんよ』窓辺に立ったまま彼はわたしを見つめて言った。わたしだけに神経を集中させていた。街路の喧騒(けんそう)などまったく耳に入らないかのように。本人の言うとおり、あの小包を送ってきたのは彼じゃない。彼は自尊心の強い誇り高き人。型破りの変わった自尊心だけれど、自尊心には変わりない。

『そうね、あなたがそんなことをするはずないわ』わたしはそう認めた。気がつくと手袋をもてあそんでいた。考え事をしているときの癖なの。『強請(ゆすり)屋の常套(じょうとう)手段なんでしょうけど、強請られたり脅されたりすることなんてしばらくなかったものだから。用件は済んだわ。ご協力ありがとう』おいとましようと立ちあがったわたしに、ホームズさんは静かに話しかけてきた。

『小包には送り主のねらいどおりの効果があったのかな？』

わたしは再び椅子に腰を下ろして、彼を見た。窓から射しこむ光に彼の顔はくっきりと照らされているのに、表情はまるで読み取れなかった。

『夫は……』慎重に言葉を選びながら答えたわ。『小包の文書を残らず読んだあと、以前のきみは無慈悲な人間だったのかと訊いた。手厳しい態度を取った相手は裕福で健康で高慢な人だけ、とわたしは説明した。きみは過去の人生と決別したのかとも訊かれ、ええ、と答えた。そうしたら夫は小包をわたしの手に預けて、コーヒーでも飲もうかと言った。それきり、その話題は一度も持ちださないわ』

『では、強請屋の目論見は失敗したわけですね』

『もちろんよ、ミスター・ホームズ。ロンドンへ一人で戻ってきたのは小包に入っていた手紙について調査するため。そのことは夫も承知していて、励ましの言葉とともに送りだしてくれたわ。今はあいにく仕事の都合でアメリカを離れられないけれど、わたしが呼べば躊躇なく駆けつけてくれるはずよ。高潔で道理をわきまえているから、これからも寛大な心でわたしを静かに見守り、全身全霊で愛し続けてくれるでしょう。彼が過去のことを蒸し返してわたしを非難するようなことはありえないし、わたしが道を踏みはずして無節操なふるまいをしない限り、わたしのもとを去ることはない。わたしが結婚したのはそういう人よ』

『ええ』ホームズさんは静かに言った。『あなたがどういう方と結婚されたのかはよく知っていますよ。僕も式に立ち会いましたからね』

　二人ともしばらくのあいだ無言だった。お互いがなにを考えていたのかはわからない。ホームズさんの頭のなかなんて最初から読み取れっこないし、わたし自身の頭のなかも、ホームズさんに気を取られていたから覚えていない。やがて彼は完全に事務的な口調に戻って、こう切りだした。『小包を送りつけたのが誰か、僕に突き止めてほしいですか？　本当はそれを依頼に来たのでは？』

『いいえ。自力で突き止めるわ』わたしはそう答えて立ちあがった。

『あなた一人で？』

『とても心強い味方がいて、手伝ってもらえることになりましたので』

　ホームズさんは誰だろうと思案する顔つきになって、足もとの床に視線を落としたわ。まるでその下にある台所とあなたを透視するみたいに。少しすると顔を上げて、再びわたしを見た。

『ときどき僕は、自分がこの家に一人きりで住んでいるわけではないことをつい忘れてしまう』無念そうな口ぶりだった。

『まあ、それはいけませんね』ドアへ向かって歩きながら、わたしは軽くたしなめるつもりで言った。『ミセス・ハドスンもミセス・ワトスンも聡明(そうめい)な方々で、一緒にいれば大いに刺激を受けること間違いなしですもの』いたずら心からホームズさんを軽くからかったあと、じっと考えこんでいる彼を残して部屋を出ようとしたわ。そうしたら、びっくりする展開に。

わたしがちょうどドアを開けたとき、『アイリーン！』とホームズさんに呼び止められたの。

差し迫った声だったから、思わず後ろを振り返ったわ。ホームズさんに〝ミセス・ノートンよ〟と注意するのも忘れて。

『自分たちがどういうことに首を突っこもうとしているのか、まるでわかっていな……』ホームズさんは言いかけた。

『わかっているわ、ちゃんと』わたしは彼の言葉を途中でさえぎった。

『それはあなただけだ。ほかの二人はわかっていない！』ホームズさんがぴしゃりと言った。マーサ、彼はそこまで気にかけていたのよ、あなたとメアリーの安全を。でも彼の頭脳の屋根裏部屋には感情をしまっておける場所がないから、すぐにそれを捨ててしまう。でなければ本人がそう思いこんでいるだけで、いつか大変な事態になったとき、放置してあった感情をそっくりそのまま目の前に突きつけられることになるんでしょう。

『僕は手助けをしない代わりに邪魔立てするつもりもない』彼はそれまでにも増して冷ややかに言った。『あなた方のやっていることがなんであれ、どうしてもやらなければならないのだと理解している。その意気は買おう。しかしね、ミス・アドラー』廊下に一歩足を踏みだしたまま戸口に立っているわたしのもとへ来て、彼は続けた。『事件調査が腕試しのゲームの範囲におさまっているうちは、真相に行き着いて好奇心を満たしたら、あとはただ立ち去ればいい。だが、時としてきわめて悪しき危険な領域へ引きずりこまれ、誰一人無傷では帰ってこられなくなる。なにかあった場合は、ここに僕がいることを思い出してほしい』

真剣そのものの口調だった。わたしたちが助けを求めれば、全力で守ってくれるつもりなのよ。だからどうか僕に頼るのをためらわないでほしい、と言いたかったんでしょう。その証拠に、彼はまた部屋の奥へ戻っていきながら、両手の拳を白くなるほどきつく固めて、〝気をつけろ。頼むから油断だけはするな〟とつぶやいたわ。わたしに向かってというより、独り言に近かった」

アイリーンは語り終えて口をつぐみ、台所のテーブル越しにわたしを見つめた。今の話は初めから終わりまで意外な内容だった。わたしが予想していたのは仲睦まじく軽口を叩き合うか、逆に怒りをぶつけ合うかする二人の姿で、冷静な会話だの感情を押し殺そうと握りしめた拳だの、そういう他人行儀な場面ではなかった。もっと驚いたのは、メアリーとわたしがアイリーンに協力していることをホームズさんに見抜かれたことだ。しかも、わたしたち三人の身を案じてくれるなんて、想像もしなかった。ありがたい気持ちでいっぱいだったが、ホームズさんとアイリーンのことを思うと少し悲しくなった。

アイリーンは立ちあがった。

「ホームズさんの前では強請屋の件を自力で解決すると宣言したけれど、あなたとメアリーはわたしよりもずっと先を走っている。不本意ながら、この特殊な勝負には事情に通じているお二人に挑んでもらったほうがよさそうだわ」アイリーンは真剣な面持ちで言った。「マーサ、あなたもメアリーもこの事件を解決しようという強い意気込みを持っているし、それを成し遂げるだけの能力もそなえている」

アイリーンはじっくり吟味するような目で、わたしのきちんと片付いた清潔な台所を見回した。次の一手をあみだそうとしているのだろうが、表情から考えを読み取るのは難しかった。

「わたしは行動派、あなた方は思考派ね」アイリーンは手を伸ばして、テーブルの上のティーカップに軽く触れた。「今回必要なのはそれよ——思考。というわけで」ティーカップから手を離し、わたしをまっすぐ見据えた。「この事件はお二人にお任せするわ」

「えっ、本気なの？」わたしは驚いて問い返した。「アイリーン……」

「わたしはいったん手を引く。お二人から行動派の出番だと指示があるまで」有無を言わさぬ口ぶりだった。「マーサ、わたしはもう、以前ロンドンに住んでいた頃に築いた人脈や影響力はすべて失ってしまったの。それに、あなた方はわたしに話してくれたこと以外にもいろいろ知っているんでしょうし」

わたしははっとしてアイリーンを見上げた。彼女の推測どおりだ。でも、どうして気づいたんだろう。確かに、犠牲になったほかの女性たちの秘密はアイリーンに打ち明けていない。わたし個人の推論すら話したことはない。少しのあいだ、いいえ、ほんの一瞬、アイリーンを怪しい人物だと疑ったことも胸の奥深くしまってある。あまりに才能豊かな多芸に秀でた女性なので、ニュージャージー州出身のオペラ歌手という経歴がなんだか嘘っぽく感じられたのだ。

「今のわたしにはあなた方が必要なの。お二人がわたしを必要としてくれている以上に」優しい声でそう言われ、わたしの胸の内でアイリーンを疑った罪悪感が騒ぎだした。

「メアリーもあなたも本当に親切で、一緒にいると愉快だけれど、わたしはこういう調査には不向きなのよ」

「そんなことないわ」わたしは調査に加わってくれるよう彼女を説得する気だった。

「いいえ、不向きよ。現にすでに間違いを犯しているわ。感情に流されて判断を誤った。そのせいで正しい方向から大きくそれてしまった」

アイリーンは視線を動かさなかったが、わたしは思わず天井を見上げた。物音ひとつしない二階の部屋でじっと考えこんでいるであろうホームズさんのほうを。

「我ながら愚かね」とアイリーン。「本当は小包の件に自分では認めたくないほど動揺していたのよ。わたしにできるのはせいぜい、この件をあなた方に引き渡すことくらい。感情にとらわれて客観的な判断を下せない者は邪魔なだけだし、あなた方ならきっと満足の行く答えを見つけてくれると固く信じているの。だから有能なお二人の手に調査を全面的にゆだねるわ。ただし――」アイリーンは手袋をはめながら続けた。「あこぎな助っ人が必要なときは、わたしがいるわ。なんなりと言いつけてちょうだいね」いたずらっぽい笑顔になる。「それじゃ、連絡を待っているわ。また近いうちに」

その日の午後はひたすら掃除に勤(いそ)しんだ。わたしの場合、掃除をしている最中は頭が活発になって、考え事がうんとはかどる。階段の手すりや黒ずんだ暖炉の火格子を磨いたり、絨毯(じゅうたん)の上を掃いたりしながら、事件について何度もおさらいし、さまざまな角度から見直した。午後から夕方にかけてのあいだずっと、ホームズさんが二階の室内を落ち着かなげに歩きまわる音がかすかに聞こえていた。

メアリーが二二一Bの台所に駆けこんできたのは、あたりが暗くなって、街路にガス灯がともり始めた時刻だった。戸口に現われた彼女は、血の気の引いた真っ青な顔で息をあえがせていた。

「ああ、マーサ！」苦しそうにただ同じ言葉を繰り返した。「ああ、マーサ……」

そのあとメアリーは夕刊を差しだした。

第一面に黒々とした大きな文字で、〝切り裂きジャックの新たな凶行〟という見出しが躍り、その下に〝ホワイトチャペルの高貴なる住人、惨殺される〟と続いていた。

わたしは記事を恐る恐る読んだ。二周してから、内容を正確に把握するためメアリーと並んでさらにもう一度読み返した。

どぎつい表現をまぶした扇情的な伝え方だったが、事実だけを抜粋すると次のようになる。

ホワイトチャペルに住む女性——人品卑しからぬ婦人——が殺された。状況から見て自殺や事故の可能性はない。大ぶりのナイフでめった刺しにされており、なかでもひどいのは胸骨から下腹部にかけてざっくりと切り裂かれた傷だ。えぐり取られた内臓が部屋中にまき散らされ、舌も切断されたうえ細かく切り刻まれていた。室内はまさに血の海の惨状。被害者は娼婦でないどころか、無数にいる家も名もない女性ですらない。住む家を持ち、多くの人々に名を知られていた。ただし、本名ではなく通り名を。無残にも殺害された婦人は皆からこう呼ばれていた。ホワイトチャペル・レディ、と。

形勢一変

殺人。とうとう殺人事件にまで発展してしまった。ホームズさんが危惧したとおり、きわめて悪しき危険な領域へ引きずりこまれ、誰一人無傷では帰ってこられなくなった。彼の予想は的中した。形勢一変、もはやこれは命がけの勝負だ。

この時点でホームズさんに協力を仰ぐべきだったのだろう。でもメアリーとわたしはそれについて話し合うことさえしなかった。これは自分たちの任務なのだから、最後までやり通さなければならない。たとえ死と隣り合わせの恐怖にまみえようとも。二人の胸中にはそういう頑なまでの決心があった。

もしわたしが事件をホームズさんの手に委ねようと一言でも口にしたら、メアリーはきっと怒って反対しただろう。彼女はわたしほどにはホームズさんの力量に敬服していないし、なんでも自分の流儀でやりたがる。いわゆる良き妻たちが従っている世間一般の規範に縛られる気はさらさらない。

思い起こせば、メアリーはジョンの妻になって間もなく突然わたしの台所を訪ねてきた。それをきっかけに親交を結ぶようになったのだが、わたしたちの友情はいつでも新鮮味にあふれていた。互いに相手の未知の面に気づかされることが今でもある。

あれはメアリーとジョンの結婚式から二日後のことだった。わたしは調理台の前に立って機械的にパンの生地をこねながら、蓋の開いた通気口から聞こえる声に耳を澄ましていた。手がけている事件についてホームズさんがジョンに説明しているところだった。そのうちに彼らの会話にすっかり気を取られ、わたしはいつしかパン生地のくっついた手を止めて通気口のほうへ顔を向けていた。メアリーが戸口に立ってこちらをじっと見ているのも知らずに。かしこまった控えめな咳払いで、ようやく彼女に気づいた。

立ち聞きを見つかって、わたしは恐怖に駆られた。二階の会話をこっそり聞いていくような感覚に襲われ、顔から血の気が引くのがわかった。胃の腑がすうっと落ちていくようなことをホームズさんとジョンに告げ口されてしまう。穿鑿好きをとがめられるのは致し方ないとしても、孤独な寂しい老女だと思われたらあまりにみじめだ。でも、それは避けられないだろう。下宿人たちの私的な会話を盗み聞きしていたのだから。きっと軽蔑されて、仲間はずれにされるに決まっている！

「その通気口でホームズさんの部屋の話を聞けるの？」メアリーは声をひそめて訊いた。

わたしはごくりと息をのんでうなずいた。

「あの……」と言いかけたが、途中で彼女にさえぎられた。

「なんてすばらしいんでしょう！　いつも気になっていたのよ。ジョンとシャーロックがどんなことを話しているか」

わたしはぽかんと口を開けた。岸に打ちあげられた魚のようだったろう。まさかメアリーからそんな反応が返ってくるとは思いもしなかったのだ。

「わたしも一緒にいいかしら？」

「あ、ええ、もちろんよ。遠慮なくどうぞ」わたしがそう答えると、メアリーは台所へ入ってきて調理台の前にわたしと並んで立ち、パン生地をパタパタ叩（たた）いて平らに伸ばしてからブリキの焼き型に入れた。そのあとでわたしにほほえみかけた。これまで見たこともないほど美しく人懐こい笑顔だった。

「面白くなりそうね。これからが楽しみだわ」とメアリーは言った。

ホワイトチャペル・レディの死を新聞が報じた日の翌朝、夜明けとともにメアリーが訪ねてきた。怒りと悲しみで神経が高ぶっているらしく、ドレスの布がぴんと張るほど肩をいからせていた。わたしたちは辻（つじ）馬車をつかまえてホワイトチャペルへ向かった。メアリーは道中ずっと背筋を伸ばして前方をにらんでいた。速く速くと御者を急（せ）き立てたい気持ちだったろう。御者は目的地のそばまでは行ってくれず、ホワイトチャペル・ロードの入口で馬車を停めた。今回のわたしたちには道案内役がいない。イレギュラーズのメンバーは連れてこなかった。現場で待ち受ける悲惨な光景を少年たちには見せたくなかったからだ。

「どっちの方向？」メアリーはあたりを見回した。

「こっちよ」わたしは彼女の腕を取って歩きだし、レマン通りを進んでいった。その突きあたりが例の小さな四角い広場だ。

今朝は悪臭も汚物もみすぼらしさもほとんど気にならなかった。というより、ホワイトチャペルがホワイトチャペルらしくなかった。細い脇道や路地裏には早くも人があふれ、慌ただしい空気が流れていたが、にぎやかな呼び込みの声や荒々しい叫び声はまったく聞こえない。道端で口論している者もいない。疑り深い目つきで互いに油断なく監視し合っている様子だ。界隈は妙な静寂に包まれ、普通の安全な地区かと錯覚しそうになる。〝切り裂きジャック〟という人々のささやき声に気づきさえしなければ。わたしたちにちょっかいを出してくる者は誰もいなかった。皆、他人をかまう余裕がないほどおびえきっていた。

前回と同じ広場まで来ると、ちょうどホワイトチャペル・レディの家に続く階段を、風体から明らかにこの地区の住民ではない男が下りてくるところだった。足もとに落ちている泥だか汚物だかわからないものを不快そうによけながら。深靴は磨きこまれてぴかぴかに輝き、ズボンも丁寧にアイロンがかかって、ブラシで埃を払ってあった。完璧なまでに清潔な身なりだ。中背で、丸々太った体型。生まれてこのかた一度も空腹を経験したことのない者と見た。肉のつきすぎた不健康そうな顔の両側に、真ん中分けにした黒い髪を整髪油で撫でつけてある。小さな鼻に皺が寄っているのは、わたしにはもう気にならない周囲の臭いのせいだろう。鼻梁には金縁の鼻眼鏡がのっている。ベイカー街やオックスフォード街ならば目を引くことのない人物だが、ホワイトチャペルではやたらと目立つ。ここの住人たちなら目障りだと言いそうだ。

　メアリーはスカートの裾をつまんで、その男のところへ駆けていった。

「あなた、警察の方？」彼女は詰問口調で訊いた。

「いいえ。連中はもう引き揚げましたよ。おたくらは？」男はメアリーの態度に鼻白んだ様子を見せた。

「殺された女性の友人です」男に歩み寄りながら、わたしは穏やかに答えた。彼は品定めするようにわたしたちを上から下までじろじろ眺めた。着ているドレスの質や身のこなし、栄養状態を示す顔の色つやまで観察した結果、ホワイトチャペルでの友人ではないと確認できたようだ。

「そうですか」男はふんと鼻を鳴らし、面倒そうに言った。「私はあのご婦人の事務弁護士をしている……していた、リチャード・ハリファックスです。以後お見知りおきを」とってつけたように言って、メアリーに名刺を差しだした。メアリーは男の顔をじっと見ている。代わりにわたしが脇から手を伸ばして名刺を受け取った。「断っておきますが、彼女は全財産を医院に注ぎこんだので、金目のものや書類はいっさい残っていませんよ。家捜しなさってても無駄です」

「そんなものが目当てで来たんじゃありません！」メアリーが嚙みつくように言う。

「哀悼の意を捧げたいだけです」メアリーは相手を押しのけるようにして階段を上がり、部屋へ入っていった。ハリファックス氏はひどく面食らった表情で、ぐらぐらする木の手すりにつかまって残りの数段を下りた。

「友人は気が動転しているものですから」適当に言いつくろった。相手の慇懃無礼な態度にわたしもメアリーに劣らずかっかしていたが、本心を隠すのはメアリーよりも上手だったようだ。自分でも意外だった。はらわたが煮えくり返っているにもかかわらず、これほど沈着冷静な態度を保てるとは我ながらたいしたもの。「書類を探しに押しかけてきた人が大勢いたんでしょうか？」

「まあ、一人か二人ですが。ええと、あなたは……？」

「ミセス・スミスです」平然と嘘をついた。「そういう人たちはあなたが追い返してくださったんでしょう？」

「こっぴどく叱って、叩きだしてやりましたよ」彼はこちらをじっと見つめ、これまで多くの人たちがそうだったように、わたしを信用できると判断した。「本当になにも残っていないのです。どこを探してもめぼしいものはひとつも見つからないでしょう。彼女は自身の過去に関わるものを一切合切処分しました。過去を捨てることになった理由がわかるものも。弁護士の私に託さざるをえなかった書類がわずかばかりありますが、依頼人の遺言に従い、私が責任を持って未開封のまま焼却します」彼は階段の上の、ホワイトチャペル・レディの最後の住まいとなった部屋へ目を転じた。「以前からの知り合いとして、これだけははっきり申しましょう。実に立派な素晴らしいご婦人でした。それなのになぜこんな場所で、あんな目に遭わねばならなかったのか……」ハリファックス氏は身震いして言ったあと、灰色の山高帽をかぶり直した。「思い出は断ちがたいですが、彼女への手向けと肝に銘じ、遺言を忠実に執行する所存です。つまり、あとに残るものは皆無ということです。ではごきげんよう、ミセス・スミス」

弁護士は広場を出てセント・ジョージ通りへ向かった。そこに待たせてあった四輪馬車に乗りこむとき、ひきつった陰鬱げな顔が見えた。馬車が走り去った直後、メアリーが部屋から出てくる音が聞こえた。彼女は階段の一番上に立ってわたしに言った。

「さっきの陰険な男はもういなくなったの？」

「ええ。あの人は事務弁護士という職務に忠実なだけよ、メアリー」

「どうかしらね。それよりマーサ、こっちに上がってきて」

さあ、というようにメアリーが手を差し伸べたが、わたしは気が進まなかった。現場は血まみれの部屋だ。《イラストレイテッド・ポリス・ニュース》の毒々しい挿し絵が脳裏に浮かんだ。鮮血と乾いた血を塗り分けた赤と茶色と黒のどぎつい色彩。ああいう場面を直視することには抵抗があった。

「マーサ、見たほうがいいと思うわ」手を差し伸べたまま、メアリーはやんわりと促す。彼女の言うことはもっともだ。逃げるわけにはいかない。わたしは意を決して階段をのぼり、メアリーと向き合った。

彼女の顔は涙で濡れていた。わたしは手を取られ、導かれるままに惨劇の行われた部屋の入口に立った。

なんという光景だろう。室内はまるで一面の花畑のようだった。床の数インチの高さまで花が敷き詰められ、部屋の隅では一段とうずたかく積み重なっていた。ベッドとテーブルの上にもたっぷり広げられ、おかげで血は一滴も見当たらない。目に入ってくるのは生々しい真っ赤な血ではなく、黄色から鮮やかなピンク、淡いブルーまで、色とりどりの優しく繊細な花びらだった。

「どれも高価な花じゃない」背後でメアリーが言った。声がかすれ、震えている。「街角の花売り娘から買ったか、コヴェント・ガーデンの市場で廃棄されたものをもらってきたんでしょう。野草も交じってる。どこに咲いていたのかしら。よく見つけたわね」

「誰が……どうやってこんなこと……」思わず声が詰まった。朝の陽光を受けて神々しいほど清らかな雛菊の花びらに指をそっと滑らせてみる。

「メッセージ・カードが添えられたものはわずかよ」メアリーはそう言って室内へ足を踏み入れた。スカートの裾にまとわりついた花が落ちて床の上を転がった。「献花した人たちの多くは読み書きができないか、言葉はいらないと感じたんでしょう。添えられたメッセージはどれも故人の優しさや思いやりへの感謝にあふれていて、彼女を救世主と呼んでいるわ。守ってあげられなくてごめんなさい、と書いたものもある。マーサ、こに花を捧げた。ホワイトチャペルの全員が彼女を愛していた」

そのことにホワイトチャペル・レディが気づいていますように、とわたしは内心で祈った。つらく孤独な生活のなかにも確かな居場所があって、みんなから尊敬され、大切に思われ、慕われていたことを、彼女が知っていますように。知らずに亡くなったのだとしたら、あまりに悲しい。わたしは室内を見渡した。これだけの花を集めるのはさぞかし大変だっただろうし、時間もかかっただろう。一束の牡丹を買うために食事を一回か二回抜かなければならなかった人もいるはずだ。鮮やかな黄色いタンポポは歩道の石畳の割れ目からたくましく茎を伸ばしていたものにちがいない。部屋全体に広がる甘くみずみずしい香りは血の生臭さを消していた。どんなに立派で精巧な石棺も、ここにある無数の花々にはかなわないだろう。わたしは床にひざまずいて手袋を取り、花びらにそっと触れながら心のなかでお悔やみを述べた。彼女の命を救えなかった自分を恥じる一方で、彼女をむごたらしく殺した人間に対してふつふつと怒りが湧いた。この報いは必ず受けさせる、と心に誓った。

花束の絨毯をかき分けると、血痕が現われた。繊細な花びらの下はあちこち黒ずんだ血の染みだらけだった。壁にも血しぶきの跡が残っている。花が供えられる前は身の毛もよだつほど恐ろしいありさまだったろう。わたしはしゃがんだままメアリーを見上げた。彼女は窓際に立って、青ざめた顔に彫像のごとく硬い表情を貼りつけ、室内に鋭い視線を突き立てていた。

「ひどいでしょう」メアリーは言った。「わたしも血の跡を見たわ。むごすぎる」

「正気の沙汰じゃない」わたしは立ちあがった。「なんだか変だわ」

わたしの言葉を誤解したらしく、メアリーのまなざしが鋭さを帯びる。

「花のことじゃなくて……この状況がちぐはぐだと言いたかったの」わたしは慌てて言い足した。「メアリー、殺人犯は彼女をこの地に追いやった悪党と同一人物で、わたしたちがつかまえようとしている強請屋でもあると考えているでしょう？」

メアリーは無言でうなずいた。

「でも、それだとちぐはぐなのよ」わたしは同じ言葉を繰り返した。「これまでにわかったことから、強請屋は制御と支配の力をあがめている。自制心を保って他人を操ることにゆがんだ喜びを感じ、陰で力をふるいたがる。誰にも見られず、誰にも疑われず、こっそり楽しんでいた。わたしたちの追っている強請屋はそういう男よ。でも――」わたしは再びしゃがんで床の花をかき分け、生々しい血の染みをあらわにした。指先で触れるとまだ少しべとついていた。「これは自制心を完全に失った者の犯行だわ。強請屋がこんなやり方をするかしら。手を下した人間は別にいるんじゃなくて？」

「いいえ、強請屋が殺したのよ」メアリーはいらだたしげに低い声で言った。

「それじゃ理屈に合わない」わたしは言い張った。「強請屋が自らの手を血に染めたことがこれまで一度もないとは言わないわ。他人の命をじかにもてあそぶ感覚も味わってみたいと、興味本位に誰かの血を流させた可能性は充分あるでしょう。たとえば、こんなことは考えたくないけれど、突然いなくなってもあまり騒ぎにならない貧困層の少女を選んで、目立たずこっそりと。でも、この犯行は――」花をさらに押しのけると、血の染みはそこらじゅうに広がっているのがわかった。「〝どうだ、見たか！〟と大声でわめいているようなものよ。自制心なんてかけらも残っていない、これみよがしの行動。強請屋の人物像とはあまりにかけ離れている。まるで正反対だわ」

「彼女を殺した犯人は強請屋とは無関係ということ？」メアリーは額にかかる髪をかきあげて訊いた。わたしはしゃがんだ姿勢のまま考えこんだ。

「そうじゃない」少しして、わたしは大きく首を振った。「彼女が二人のまったく無関係な男にここまでひどい攻撃を受けるなんて、ただの偶然とは考えられない。それに、波止場でウィギンズがどんな目に遭ったか思い出して。石段から乱暴に突き落とされたのよ」

「犯人が目撃者を始末しようとしたのは、たぶんあれが初めてじゃないわね」とメアリーが言う。

「白昼堂々、開けた場所であんなことをやるなんて常軌を逸している。どこに目撃者がいるかわからないのに。そう、この部屋での殺人と、ウィギンズやシャーリー氏への暴行は、よく似た性質の衝動的な犯罪なのよ。自分の暴走を抑制する力が働かなくなっていたんだわ。その人物の制御機能が破綻をきたしてしまったんでしょうね」

メアリーはさっと身をかがめると、花の絨毯のなかから淡いピンクの薔薇(ばら)を拾いあげ、両手でもてあそび始めた。

「犯人は長いあいだずっと――」メアリーがつぶやく。「自分の手綱をしっかり握って、絶対に尻尾(しっぽ)を出さなかった。だから誰にも気づかれず、誰にも見とがめられずに済んだ。ごく普通のどこにでもいる男のふりをしながら、うわべの印象とは似ても似つかない裏の顔を隠し持っていた。狂気に満ちた冷酷で腹黒い人間。それが本性なのよ。四六時中、緊張にさらされているわけだから、仮面をかぶり続けるのはけっこう苦痛だったはず。これまではどんなに邪悪で残忍な行為に及んでいるときでも、素顔はちらりとも見せなかった。でも、今回はそうじゃない……」メアリーはわたしの顔を見た。手のなかの薔薇はばらばらになっていた。「ジキル博士がハイド氏に乗っ取られようとしているんだわ」

　わたしはうなずいた。うまいたとえだ。原作（ロバート・ルイス・スティーヴンスン『ジキル博士とハイド氏』一八八六年）は読んでいないけれど、芝居は観たことがある。舞台上でジキル博士がハイド氏へ変身していく場面にはぞっとさせられた。

「でも、なぜ今なの？」花びらの残骸(ざんがい)が指の隙間から床に落ちるままにして、メアリーは強い口調で言った。

「なんらかの変化が原因でしょうね」わたしは花に囲まれてひざまずいた恰好(かっこう)で考えをめぐらした。「これまでとはちがう新しいこと、しかも本人には制御できないことが身辺に起きたのよ……あ!」突然ひらめいた。「もしかしたら、それはわたしたち?」小声で続けた。「わたしたちが、その新しいことなのかもしれないわ!」

メアリーはさっと青ざめて、室内を見回した。

「わたしたちのせいで、こんなことに?」

「いいえ」わたしはきっぱりと答えた。「これは犯人のせいよ。自制心を失って暴走した悪党のしでかしたことよ。わたしたちはただ調査していただけで、しかも収穫はほとんど得られていなかった」

「犯人のゲームにわたしたちが新たに加わったわけね。シャーロックならそう言いそうだわ」とメアリー。

「それほど重要な役回りじゃないわ」わたしは再び否定した。大それたことをしている自覚などかけらもなかった。

「でも、わたしたちは強請屋にとっていつものやり方が通用しない相手よ」メアリーは部屋のなかを勢いよく歩きだした。スカートの裾が花をかきまわし、あたりに芳香がふわふわと舞いあがる。「その男にどんな嘘をでっちあげられようと、こっちは痛くも痒くもない。弱みなんてないから――わたしの過去なんて平々凡々。インド大反乱(一八五七—五八年にインドで起きたイギリスの植民地支配に対する反乱。蜂起したインド人傭兵に一般市民や農民が加わり、規模が拡大した)や失われたインドの財宝と細いつながりがあるくらい。それを除けばありきたりの人生を送ってきたわ。あなたにも後ろ暗い秘密はないでしょう?」

「ええ、ひとつもないわ」なぜか情けない気分になった。

「だからわたしたちは厄介なのよ。もともと女を憎んでいる男にとって、二人の女が邪魔な存在になってきた。なのに男はその女たちを操ることができず、手をこまねくしかない。それで常軌を逸するほど怒り狂ったんだわ」

わたしは首を振った。どうしても納得できなかった。自分が誰かの不倶戴天の敵になるなんてことはあまりに現実離れしている。

「いいえ、わたしたちじゃない。きっと別の事情、もしくは別の人がからんでいるのよ。こちらの知る由もない深刻な要因があるはずだわ。もしわたしたちの存在が邪魔なだけなら、殺してしまえばいいでしょう？」

メアリーは辛辣さを含んだ耳ざわりな声で笑いだした。

「よりによって相手はシャーロック・ホームズの家主とワトスン博士の妻よ。犯人にすれば、殺したらもっと厄介なことになるわ！」

「たぶん向こうはわたしたちを新たに登場した敵だとは思っていない」わたしは言った。「彼が新たな敵と見なしているのはホームズさんじゃないかしら」

メアリーは歩きまわるのをやめた。

「それは充分考えられるわね。だとしたら、ほっと安堵すべきか、見くびられたと憤慨すべきか、よくわからないけれど」

少しのあいだ、わたしは花々を見つめて考えた。

「じゃあ犯人を探しだせば、じかに訊けるわね」そう言いながら、わたしはメアリーがテーブルの上の本をちらりと見るのを目の隅でとらえた。彼女の脳裏に浮かんでいるのは、強請屋に人生をめちゃくちゃにされ、毎晩独りぼっちでそのテーブルの前に座っていたホワイトチャペル・レディの姿だろう。この部屋でようやくささやかな平和を見つけたと思ったら、再び同じ男に襲われ、今度は完全に息の根を止められた女性の。しかもその原因は自分たちかもしれない——メアリーはそう考えているはずだ。

「犯人はもっと凶暴化するわ」メアリーの声が静かに響く。「切り裂きジャックのように、ますます血に飢えて、犯行を重ねる」

「だからわたしたちがやめさせるのよ」

「切り裂きジャックは誰にも止められなかった」

「彼は切り裂きジャックじゃないわ」メアリーの言葉をはねつけた。「わたしにはわかるの。理由は訊かないで」

「でも……」

「だめよ、メアリー。訊かれても答えられないから。今はまだ」いつか話せる時が来るかもしれないが、なにぶん他人がからむことゆえ慎重さを求められる。良き家政婦は雇い主の秘密を守らなければならない。メアリーにずっと隠し通せるとは思っていないので、いずれは話すことになるだろう。今日ではない未来に。

わたしは床からゆっくりと立ちあがり、暖炉のほうへ歩いていった。炉床はすっかり冷えきっていたが、燃え殻でいっぱいだった。大量の文書がここで焼却されたようだ。わたしは腰をかがめて奥をのぞきこんでみた。隅っこに燃え残った小さな白い紙片が落ちていた。

後ろを振り返ると、メアリーは窓辺にいた。冷え冷えとした日光が彼女のこわばった青白い顔に深い影を彫りつけている。視線はわたしのほうへまっすぐ注がれていた。これまで見たことのないような目で訴えかけてきた。

「犯人を探しだせばいいっていう問題じゃないわ」メアリーは低い声で言った。「残虐な犯行をやめさせるだけじゃ、気持ちがおさまらない。わたしは彼を罰したいのよ、マーサ。焼き殺してやりたい」

ホワイトチャペルをすぐに立ち去る気にはなれなかった。ホワイトチャペル・レディの住まいからそそくさと退散するのは、裏切りのように感じられた。なので、狭い路地や中庭を二人してぶらぶら歩きまわり、そこで会った住人たちと立ち話をした。ほとんどの人がホワイトチャペル・レディのことに触れ、彼女はとても寛大で思いやり深い人だったと語った。また、誰よりも繊細で傷つきやすく、ひたすら孤独を求めていたと振り返る者もいた。皆、困ったことがあると彼女に助けを求めたが、追い返されたこともなければ、説教じみたことを言われたこともなかったそうだ。けれども、彼女の死を悼む声に交じって、おびえたひそひそ話も聞こえてきた。〝めった切りにされたんだってさ。一八八八年の再来だ。あの切り裂き魔がまた現われた。そうとも、あいつのしわざにちがいない。切り裂きジャックが戻ってきたんだ〃と。

「さっき、暖炉からなにを拾いあげたの？」と小声で訊（き）いたメアリーに、わたしは燃え残りの白っぽい紙片を渡した。

「炉床の奥に落ちていたわ。紙を一度にたくさん燃やすと、そんなふうに少しだけ燃え残ることはよくあるけれど、たいがいの人は見落とすのよね」わたしは言った。メアリーは、紙片を手のひらにのせてひっくり返している。

「名刺のようね」

「ええ、間違いないわ。名前が入ってる」

端の四文字だけ、かろうじて読めた。“lant”とある。

「アダム・バラント（Adam Ballant）ね」メアリーは即座に言った。

「そうとは限らないわよ」と慎重なふりをしながらも、実はわたしも同じ結論に飛びついていた。メアリーが路上で急に立ち止まり、わたしの腕をつかんだ。灰色の服を着た通行人の老女とぶつかりそうになって、ののしり言葉が飛んできたが、メアリーの耳には入らなかったようだ。

「ねえ、一本の針を隠すとしたら、どこに隠す？」メアリーが唐突にそう訊いてきた。

「針を隠すなんてことしないわ。そんな小さなものはどうせなくすに決まってるから」わたしは理屈をこねた。

「針を隠すのに一番適した場所はね」メアリーがかまわずに続ける。「針山なのよ。ほかの針とまざるようにして刺しておけばいいの」

それだけ言うと、メアリーは再び前を向いて歩きだした。考え事に没頭しているらしく、わたしがあとからちゃんとついて来ているかどうか確かめようともしない。説明を求めるまでもなく、メアリーが針のたとえを持ちだした意図はわかっていた。強請屋にとって正体を隠すのに持ってこいの方法は、被害者のなかにまぎれこむことだ。とはいえ、アダム・バラントがそれに該当する人物と断定するには決め手に欠けてはいないだろうか。妙に隠したがるかと思えば、急におしゃべりになる。尾行をまく術にも長けている――怪しい点はいろいろあるけれど。わたしは直感で、メアリーがなにか思いついたのを悟った。アダム・バラントのもとを訪ねようと作戦を練っているにちがいない。

やがて大通りのホワイトチャペル・ロードに出ると、辻馬車を呼び止めた。ベイカー街へ戻る馬車のなかでは、二人ともずっと無言だった。メアリーは一度もこちらを振り向かなかったので、わたしは自分がどんな表情をしているかはわからなかったが、メアリーの横顔がこわばって険しいのは見て明らかだった。ホームズさんもそれとよく似た表情をする。無力な傷つきやすい者がひどい目に遭わされたときに。ジョンのそういう顔つきも見たことがある。胸の内にどんな決意が秘められていたかは疑う由もない。

〝報復〟だ。

ホームズさんが密かに復讐心を燃やしていたと聞いても、意外に思う人はいないだろう。彼のような性分の人は、法の下での裁判や刑罰を押しのけて、自らの力と奸智で憎き悪人に制裁を加えたいと考えがちだ。でもジョンという歯止めが利いている限り、ホームズさんが過ちを犯す心配はない。ジョンも正義感が人一倍強くて、すぐにおさまるとはいえ激しやすい性格ではあるけれど、彼が思いあまった行動に走りそうになればメアリーがきっと止めてくれる。

問題は今、わたしの隣で不穏な表情をあらわにしているメアリーだ。どんな手を使ってでも復讐しなければと考えている。メアリーを止めるのは誰？　彼女が暗い情動の波にさらわれるのを助けてあげるのは誰？

その役目はわたしが負うべきなのだろう。でも部屋を埋めつくしていた善意の花々を思い浮かべると、わたしもメアリーと同じことを願わずにはいられなかった。犯人を焼き殺してやりたい、と。

馬車がベイカー街二二一Bに着くと、玄関ホールのテーブルにホームズさん宛に届いた小包が置かれていた。宛名は活字体で書かれていたが、送り主はアイリーンだとわかっている。中身は先日手に入れた台帳や手紙の束。ビリーを呼んで、すぐに二階へ持ってあがらせた。

メアリーが疲労困憊のため自宅へ帰っていったあと、わたしは台所の片付けに取りかかった。食器戸棚を整理している最中にビリーが台所へ駆けこんできて、興奮した声で言った。「サー・ジョージ・バーンウェルが来ましたよ！　たった今、ホームズさんのところへ案内してきたところです！」

「まあ、本当？」わたしは乾いたふきんで手を拭き、まくっていた袖を下ろした。「ビリー、さっき届いた小包だけど、ホームズさんはもう開けたの？」

「開けました」ビリーは即答した。「でも時間がなくて、中身はざっと見ただけです」

中身がなんなのか、ビリーは察しがついているようだった。ウィギンズからの情報もあるだろうし、アイリーンとメアリーとわたしの会話を聞いていたから、賢いビリーなら気づいても不思議はない。ビリーは台所の椅子を踏み台にして通気口の蓋を開けた。そのあと、わたしたちは拭いたばかりでまだ湿っているテーブルの前に座り、耳を澄ました。

ホームズさんは開口一番、サー・ジョージにおかけくださいと椅子を勧めた。次に、ここにいるワトスン博士は信頼できる口の堅い人物だと請け合った。もちろん、いつものとおりジョンも同席する。ホームズさんが依頼人と面会するときは必ずと言っていいほどジョンも一緒だ。二階の様子がまざまざと思い浮かぶ。ホームズさんは暖炉の前に立って――その位置だと窓から射しこむ光でホームズさんの顔は陰になり、逆に依頼人の顔は明るく照らしだされる――まずは小手調べに持ち前の洞察力で依頼人がまだ話していないことを二、三指摘して、相手を驚かせているだろう。ジョンは客の後ろにある椅子に座り、小型の茶色い革の手帳にメモを取っているはずだ。サー・ジョージはソファに腰かけていて、彼の背後のテーブルには、皮肉なことにサー・ジョージ自身の台帳や書簡類が詰まった例の小包が置いてある。

ホームズさんの早口で皮肉っぽい話し方から、依頼人のことが気に食わないのだとわかった。とはいえ、ホームズさんは仕事を引き受ける際の判断基準に依頼人を好きか嫌いかの個人的感情は待ちこまない。それゆえにわたしとしては心配だった。ホームズさんが調査に乗りだして、サー・ジョージの書類を盗みだした犯人は同じこの家に住んでいる者だと突き止めてしまったら、どうなるだろう？　想像もつかない。

サー・ジョージの声も聞こえてきた。先週の土曜の深夜、女性を連れて帰宅した折の模様をホームズさんに話している。名前を明かすのは差し控えるが、その女性はきちんとした身分のご婦人だ、などともったいぶった言い訳つきだ。書斎に凶悪な三人組の賊が侵入しているのに気づき、勇敢にも撃退したが、大事な書類を持ち去られた。残りの書類も燃やされてしまった。いけしゃあしゃあとそう説明している。

「ホームズさん、その男どもが盗んでいった書類はきわめて重要なものです。なんとしても取り戻さなければなりません！」しゃべり慣れた調子で淀みなく訴えかけるサー・ジョージ。

男たち――。よかった、そう思いこんでくれて。幸運にもサー・ジョージがはっきり目にしたのはアイリーンの姿だけ。男装の彼女がからかうようにわざわざ挨拶して見せたときに。

「具体的にどういう性質の書類ですか？」ホームズさんが尋ねる。

「私的な文書です。内容はどうでもいいでしょう」突き放すような返事。

「お言葉ですが」ホームズさんも冷淡な口調で言い返す。「どういう内容かわからなければ、その書類がどんなふうに悪用されうるか、さらにはどんな連中がその書類を欲しがるか、見当のつけようがありません。本当のことを話してもらえませんか、サー・ジョージ！」


面と向かって真実を求めるホームズさんが相手では、嘘をつき通すのは難しい。彼の鋭いまなざしは依頼人の身体に穴をあけ、腹の底までえぐり取る。サー・ジョージが息をのみ、急に激しい喉の渇きに襲われるさまが目に浮かぶようだ。

「帳簿です」サー・ジョージのしゃがれた声。「ただの出費に関する記録です。それから、家族の手紙も。私にとっては何物にも代えがたいが、他人にとっては無価値も同然。他愛のない文面のものばかりですよ」

「にわかには信じられませんね、サー・ジョージ」ジョンが口をはさむ。やはり声に嫌悪感がにじんでいる。「あなたの素行についてはよからぬ噂が立っていますからな」


どうしてジョンたちは知っているんだろう。ああ、きっとサー・ジョージに秘密を握られた女性がホームズさんのところへ相談に来たことがあるんだわ。盗みだされた書類がどういうものか、ホームズさんにはもうわかっているのね。

「ではお互い、率直に話そうではありませんか、サー・ジョージ」とホームズさん。「あなたのおっしゃる帳簿とは、いわゆる情事の記録でしょう？　手紙のほうはあなたがだましたご婦人たちからの恋文ですね。それらを奪われて嘆いておられるのは、いずれ金銭を脅し取る目的で利用するつもりだったからにちがいない」

「私は強請屋ではない！」サー・ジョージががなった。

「今のところはね」とジョン。「しかし、年老いたときに賭け事で金を失ったら、どうなるでしょうな。その頃にはもう、ご婦人方を口説いて貢がせるという手は使えない。あなたが強請を働くのは目に見えていますよ」

「ちがう！　そんなことはない！　手紙を……ただ手元に置いておきたいだけだ」サー・ジョージはなおも言い張ったが、やけに切羽詰まった声だった。なぜだろう。あの男ならまだ当分は女性たちに恋文を書かせ、情事の台帳のページを増やし続けられるだろうに、なぜ過去の手紙にそこまで執着するの？　それにしても、その大事な手紙や台帳が今自分のいる部屋にあって、手を伸ばせばすぐ届く後ろのテーブルに置かれていると知ったら、彼はさぞかし驚くだろう。なんとも皮肉な状況だこと。

「連れはどなたですか？」ホームズさんが訊いた。「念のために言うと、泥棒に入られた晩にあなたが一緒に帰宅したお相手のことです」

「誰だろうとかまわんだろう」サー・ジョージの拗ねた口調からすると、ホームズさんのもとへ相談に来たことを後悔し始めているようだ。

「きちんとした身分のご婦人だとおっしゃいましたね？」

「ああ、そうだ！」

「社交界のご婦人ですか？」

「いいや！」

「では、どういう方ですか？」ホームズさんのたたみかけるような質問。

「街頭で拾った女だ。つまり娼婦(しょうふ)だよ。だから誰だろうと今回のことには関係ない」しぶしぶ答えるサー・ジョージ。

「彼女はあなたがそういった書簡を保管していると知っていましたか？」今度はジョンが質問した。サー・ジョージは黙っている。ソファの上でもぞもぞと動く音が聞こえる。しばらくしてサー・ジョージがようやく口を開き、それまでとはちがって恥じ入るような小声で話しだした。

「酒を飲みすぎてしまってね。ひどい酩酊(めいてい)状態だった。それでつい気が大きくなって、その女の前で自慢話をした。私にはそういう癖がある。褒められたことじゃないのは承知している。で、うっかり口を滑らせて……手紙のことを……話してしまったようだ。女は興味を持ったらしく、実物を見せてくれと言いだした。社交界のご婦人方がどんな醜態をさらしているか知りたいから、と。覚えているのはそれくらいだ。普段は適量を心がけていて、あんなふうに正体をなくすほど酔うことはないんだが」

　わたしの頭にひらめいたのと同じことが、きっとホームズさんとジョンの頭にも浮かんだはずだ。サー・ジョージは薬を飲まされたにちがいない。そういう状態だったのなら、わたしたちをつかまえそこねたのも、男の三人組と見誤ったのもうなずける。街頭で拾われた女がサー・ジョージの飲み物にこっそり薬を混ぜたのだろう。

本音を言うと、サー・ジョージが一杯食わされたと知って溜飲の下がる思いがした。

「その女性は手紙を見せてくれと言ったんですね？」ホームズさんは鋭く突っこんだ。「最初に手紙の話題を持ちだしたのはあなたではない、ということですか？」

「いや、私だと思うが……わからない！」苦しげに叫んだ。「待てよ……そうだ、彼女のほうが持ちだしたんだ！　よし、女の名前も思い出したぞ」サー・ジョージはいまいましげに言った。「リリアン・ローズだ。それがあの女の名前だ。ホワイトチャペルで見つけた女だよ！」

ホワイトチャペル！　なんという奇遇。すべての道はホワイトチャペルに通ず（〝すべての道はローマに通ず〟という諺のもじり）。ロンドンの犯罪者のうち半数は混沌としたホワイトチャペルに潜伏していると聞く。あの地区が終着点なのか、それとも通過点にすぎないのかはわからないけれど。

「あの女、おとりだったわけか。捜しだしてください、ホームズさん。手紙を取り返してください」サー・ジョージが懇願する。

「お断りします」ホームズさんはけんもほろろに突っぱねた。「ミス・ローズと泥棒一味をお宅へ送りこんだのは、あなたに名誉を汚されたご婦人たちの誰かでしょう。その人は自分の手紙を取り返しただけです。あなたの餌食になった者を捜しだすつもりはありません」

「ほう、だったら自力でやるしかないな」サー・ジョージは立ちあがった。「リリアン・ローズを見つけて吐かせれば……」

「そんなことはおやめなさい」ホームズさんがすかさず威圧的な口調で言った。「家に帰って、おとなしくしていることです。もしもリリアン・ローズなる女性に危害が加えられたと耳にしたら……」

「警察に通報するか？　そんなことできっこないぞ！　よく考えてみるがいい。私が警察に秘密をぶちまければ、上級階級の女の半分は破滅するんだからな！」サー・ジョージは頭に血がのぼってわめき散らした。

「僕とワトスン博士は警察とはちがいますのでね」ホームズさんは冷ややかに言った。椅子を引く音がして、ジョンが立ちあがったのだとわかった。サー・ジョージの追いつめられた犬のような荒々しい息づかいも聞こえる。間もなく客人は部屋を出て一階へ下りてくると、ビリーが玄関に行き着かないうちに自分でドアを開けて帰っていった。

二階でジョンがホームズさんに尋ねている。「この小包の中身はもう確認したのかい？」

紙のこすれる音が聞こえてきたので、どうやらホームズさんが手紙や台帳を調べ始めたようだ。やがて彼はげらげら笑いだした。

「おやおや、こんなに楽に片付いた仕事は初めてだよ！　サー・ジョージは書類を見つけてくれと頼みこんできたが、なんと、このとおり、本人から三フィートと離れていないすぐ後ろのテーブルにあったわけだ」

「いったい誰が送ってよこしたんだろう」

「思いあたるふしはある」ホームズさんは答えた。アイリーンのことを言っているのだろうか。「だが突き止めるつもりはない。せっかくのご厚意だ、ありがたく頂戴しておこう。贈り物の値段を調べるのは無粋というものだよ」

「それにしても、たちの悪いやつだな、サー・ジョージは」ジョンが吐き捨てるように言う。手紙を何通か読んだにちがいない。「こういうごろつきは一度懲らしめてやらないといけないな」

「まあ、じきに天罰が下るだろう」とホームズさん。「この書類を大切にしまっておいてくれないか、ワトスン。サー・ジョージ・バーンウェルの名前はいずれまた浮上してくるはずだ」

二階の会話から仕入れた情報では、リリアン・ローズという女がわたしたちの疑問の答えを多少は知っていそうな気がする。でも、優先すべきはアダム・バラントだ。彼に会いに行かなければ。

翌朝早く、メアリーはわたしがまだホームズさんの朝食の後片付けをしているときにやって来た。全身黒ずくめの、裁判所か戦場へ出向くようないでたちだった。粋な着こなしだが、まわりを寄せつけない雰囲気もある。髪はひっつめにして、いつものカンカン帽ではなく、つばの広い黒い帽子を斜めにかぶっている。だいぶ青ざめた顔をしているが、決意のみなぎる表情だ。アダム・バラントとわたり合う覚悟はできているようだった。

「本気なのね？」わたしは彼女の意思を確認した。

「もちろんよ」硬い表情で彼女は答えた。わたしもいつもどおり上から下まで真っ黒な服装だった。すぐに出発し、辻馬車をつかまえてアダム・バラントの家へ向かった。

アダム・バラントの住まいはロンドン西部の閑静な高級住宅街にあり、聞こえるのはマフィン売りなどのわずかな呼び売り商人の声くらいだった。どの家の使用人たちも行儀よく屋内で過ごしているらしく、誰も路上で立ち話などしていない。みすぼらしい恰好の者がぶらぶらしていれば、パトロール中の警官にすぐさま追い払われるだろう。もっとも、今朝は警官の姿が見当たらなかった。馬車を降りたあとは、メアリーと連れ立って誰もいない街路を歩いていった。

「どう切りだせばいいのか、わからない」とメアリー。急に不安になったらしい。「彼になんて言おうかしら」

「真正面から問い詰めるべきだと思うわ」わたしは答えた。「こういう場合、ホームズさんならどうするか知っていればよかったけれど、彼が敵と直接対決するのはいつも家の外だから見当もつかなくて」

「問い詰めるといっても、こっちは証拠を握っているわけじゃないのよ」メアリーは急に弱気になったらしく、わたしの腕をぎゅっとつかんだ。「燃え残った名刺の切れ端と、疑わしい点がほんのいくつかあるだけ。ねえ、出直したほうが……」

「ぼやぼやしてはいられないわ」わたしはきっぱりと反対した。「ここでやめたら、なにもかもが水の泡よ。今さらあとには引けない」

「そうね、あなたの言うとおりだわ」メアリーは納得してくれたようだった。

　アダム・バラントの邸宅に着くと、玄関に続く階段の下から建物を眺めた。純白の石造りの家だ。ドアは窓のカーテンとそろいのモスグリーンに塗られ、美しい壁によく映えている。メアリーは背筋を伸ばして階段を上がり、呼び鈴を力強く押した。

　てっきり従僕か執事が出てくるだろうと思っていたら、意外にもドアを開けたのは厨房にいるはずの皿洗いのメイドだった。しかも、ぽろぽろ涙を流して泣きじゃくっている。驚いたメアリーは、用意していた挨拶の言葉をのみこんだ。メイドはその場に突っ立って、泣き続けている。

「なにかあったの？」わたしは優しく尋ねた。

「亡くなったんです」若いメイドはしゃくり上げながら答えた。よけいなことをしゃべらないようしつけられているのだろうが、取り乱すあまりそんな言いつけは忘れてしまったようだ。言葉が堰を切ったようにあふれ出した。「死んでたんです、首を吊って。あたしが見つけました――死んじゃってたんです！」

「誰のこと？」メアリーが訊いた。

「旦那様です。玄関ホールの二階の手すりからロープを首に巻いてぶら下がってました。絞首台の囚人みたいに。旦那様はそれをご自分でなさったんです。あたし――あたし――見ちゃったんです。目をそらせなくて――死んでた。死んでた！」そう叫ぶなり、エプロンに顔をうずめて一段と激しく泣きじゃくった。

メアリーもわたしも言葉を失ったまま、その場に立ちつくした。死んだ？　わたしたちの第一容疑者が首を吊って自殺？　わたしは玄関ホールのほうへ恐る恐る顔を向けた。全体をさっと見渡したあと、チェス盤のような黒と白のタイルの床から二階に続く階段へと視線をさまよわせる。手すりにはもう遺体はぶら下がっていなかったが、ホールに張りだしたバルコニーの手すりに強くこすったような跡が見えた。そこから十五フィートほど下のぴかぴかに磨きあげられた床には、なにかの汚れた染みが残っている。

ホールの向かって右側にあるドアが開いて、ふわふわした白髪頭の男が現われた。戸口でメイドがわたしたちを前に泣きながらしゃべっているのに気づくと、急いでこちらへやって来た。

「ミニー！　ここはもういいから、早く厨房へ戻りなさい」男はさほど厳しくない口調で命じた。「失礼をお詫びいたします」今度はわたしたちに言った。「あの娘に応対させるべきではありませんでした。今朝は皆、気が動転しておりまして」男は悲しげでくたびれていて、途方に暮れている様子だった。

「本当なんですか？」メアリーが訊く。「アダム・バラントさんが首吊り自殺なさったというのは？」

「不幸にしてバラント様はまことに痛ましい状況で亡くなられました」職務を思い出したのか、いくぶん背筋を伸ばして彼は答えた。「今、警察がこちらへ向かっています。恐縮ながら、このとおりばたばたしておりますゆえ、お客様をお迎えできる状況ではございませんでして」

「どうしよう、めまいがするわ」わたしはすかさず言った。「少しのあいだ座って休ませていただけない？　ここでけっこうですから」

メアリーはわたしの芝居に調子を合わせて、さも心配そうにわたしの身体に腕を回した。執事はためらったが、なにぶん相手はこのような刺激の強い知らせに慣れていない女性だ。言うまでもなく、ご婦人方はすぐに失神するもの。そのとき、地下から大きな悲鳴が上がった。使用人たちのあいだで騒ぎが広がっているようだ。

「ほんの少しのあいだでいいんです」メアリーは鼻にかかった声で言った。「落ち着いたら、すぐにおいとましますので。もちろん見送りはいりませんわ。この人にとっても、突然のことでかなりショックを受けたようですの」

「バラント様をご存じでいらっしゃるのですか？」執事がいぶかしげに訊く。

「ええ、子供の頃の彼を」この執事が昔からの雇い人でないことを祈りながら、わたしは弱々しく答えた。「とっても愛らしいぼっちゃまでした。前途有望だと、将来を楽しみにしておりましたのに、こんなに若くして亡くなるとは。しかも、なんて悲惨な最期でしょう。本当においたわしい……」よよと泣き崩れんばかりに消え入りそうな声でしめくくった。

「戸口で失神したら、外から丸見えですわよ。それでもかまいませんの？」メアリーがとどめを刺す。

執事というのはいの一番に分別を重んずる。ご多分に漏れず、彼も世間体を気にしてわたしをホールへ招き入れた。先ほど執事が出てきたドアの脇の壁際に木の椅子が数脚置かれている。メアリーはそのうちのひとつにわたしを気づかわしげに座らせた。そのとき、またどこかで女性の悲鳴が上がった。

「メイドたちはかなり取り乱しているようですわね」同情に満ちた口ぶりでメアリーが言う。「こちらはだいじょうぶですから、どうぞ彼女たちのところへ行って差しあげて。早く落ち着かせてあげないと、悲鳴を聞きつけてご近所までが大騒ぎになりますわ」

執事はわたしたちの横のドアをちらりと見て、まだ躊躇（ちゅうちょ）している。そこへ複数の叫び声と、がちゃんとなにかが割れる音。執事は無言でうなずくと急いで身をひるがえし、さっき現われたドアとは別の、階段の下にある緑色のベーズ布を張った使用人用のドアの向こうへ消えた。

「アダム・バラントが首を吊ったのは、きっとあそこね」わたしは二階のバルコニーの手すりを見上げた。メアリーはさっと立ちあがり、椅子の脇にあるドアを開けた。

「ここは撞球室（ビリヤード・ルーム）よ」メアリーがささやく。「遺体はビリヤード台に寝かせてあるわ」

彼女は室内へ足を踏み入れたが、わたしはドアからのぞくだけにした。

生前のアダム・バラントは堂々として若々しかったのに、今、目の前で朝陽を浴びて横たわっている姿は、しおれた花のように縮こまって見えた。首から上は鬱血して赤黒く変色し、首のまわりに生々しい紫の痣ができていた。苦しみながら死んだようだ。彼が本当に例の凶悪な強請屋ならば、これで一件落着と胸を撫でおろすべきなのだろうが、遺体を見たら安堵するどころか気分が悪くなった。

「見張っててね。遺体を調べるから」メアリーが言う。

「どうしたの？　探すものがあるの？」

「ちょっと確かめたいだけ」そう言って、メアリーは首のまわりの痣が後ろまで見えるようバラントの頭を横に傾けた。遺体の顔がホールのほうを向いた。

「遺体の調べ方をいったいどこで習ったの？」わたしは小声で訊いた。

「ジョンはもう立派な検死の専門家よ」メアリーはそう答えたが、たぶんわたしの言葉など半分も聞いていないだろう。遺体に顔を近づけて、バラントの首のしわを指先で伸ばしながら、痣をしげしげと観察している。「今ではホームズさんだけじゃなくて、いろんな方々から検死を頼まれるの。ジョンの報告書をタイプで仕上げるのはわたしだから、おかげで自然と知識が増えたわ。医者の妻として学んだことはずいぶん多いのよ。あら、ここは気になるわね」

「どうしたの？」

「あと少しだけ待って。誰かが来る気配はない？」

玄関ホールはがらんとしたままだが、どこからか人の声が聞こえてくる。それに、警察もいつ到着するかわからないので、ぐずぐずしてはいられない。

「遺体はすっかり冷えきっている」ジョンが乗り移ったかのような医者らしい口調でメアリーが言う。「死後硬直も始まっている。死亡時刻は何時間も前にちがいないわ」

「発見者は皿洗いのメイドだったわね」わたしはメアリーに念を押した。「だとしたら普通、起床するのは六時くらいよ」

「今はまだ八時」メアリーは納得した様子で答え、今度はバラントの両手を持ちあげて間近で眺めた。

「メアリー、執事が戻ってきそうよ！」わたしは慌ててささやいた。

「ちょうど終わったわ」メアリーは落ち着き払ってバラントの手を胸の上に戻し、すばやく部屋を出てドアを閉めた。わたしたちが椅子に座ったのと同時に執事が現われた。

「おかげさまで、友人はだいぶ落ち着きましたわ」メアリーは執事に言った。「ご親切にありがとうございました。すぐに失礼いたします。お取り込み中にご迷惑をおかけして、相済みませんでした」

わたしたちは立ちあがって玄関へ向かった。失礼に当たりそうなほど早足で。願わくは、そんなに急いでいるのは不幸な死の現場にいるのが忍びないからだと執事が解釈してくれますように。

「まだお名前をうかがっておりませんでしたが」そそくさと帰ろうとするわたしたちに執事が声をかけた。

「今となっては名乗っても詮無いことですわ」わたしはしんみりと言った。「前途洋々たる方でしたのに――すべては灰燼に帰してしまいました。それでは、ごきげんよう」

そう言い残して、わたしたちは大急ぎで玄関の階段を下り、街路を進んでいった。

ここまで来ればもう安心というくらい離れると、わたしはメアリーに遺体を調べた結果なにがわかったのか尋ねた。

「結論から言うと、あれは自殺じゃないわ」

「どこでそう判断したの？」

「首には二種類の痣があった」メアリーは自分の首に手をやって、身振りを交じえながら説明した。「ひとつは首をぐるりと一周していて、前から後ろにかけて斜めに上がり、左耳の下にロープの結び目らしき跡。典型的な首吊りの痣よ」

わたしは少し気分が悪くなったが、メアリーに動じる様子はまったくない。

「ところが」彼女は続けた。「その痣と平行して下側にもうひとつロープの跡が残っていたの。ただしこちらは結び目の跡がなく、代わりに首の後ろでロープの両端が交差した跡があった」

「痣が二つあったのは、ロープがずれたから？」わたしは訊いた。

メアリーは歩き続けた。

「そうじゃないと思う」彼女が答える。「何者かがロープでアダム・バラントの首を力まかせに絞めたのよ。窒息して意識を失うまで。その時点で絶命した可能性もあるわ。そのあと輪っかにしたロープに頭をくぐらせて、二階のバルコニーから放り投げたんでしょう。バラントが自分で首を吊ったように見せかけるために」

「無理よ、重すぎて」わたしは異議を唱えた。

「そんなことないわ。要は角度の問題だから」メアリーは熟考しつつ言った。「階段の一番上で背後から首を絞めたあと、意識を失ったのを確かめて手すりから身を乗りださせ、首にロープの輪をかける。仕上げは梃子の原理を応用して手すりの向こうへ投げ落と……」

「メアリー、やめて！」わたしは思わず叫んだ。彼女の言葉でわたしの脳裏に描きだされていく図を、すぐに跡形なく消したかった。なんて恐ろしい場面。

「悪かったわ」わたしの蒼白になった顔を見てメアリーは詫びた。「はっきりと答えを出さずにはいられなかったものだから。実はね、家庭教師だった頃の一番の得意科目は数学だったのよ」わたしが歩けずに立ち止まって息をぜいぜいさせている横で、今はどうでもいいことをぺらぺらしゃべっている。「その代わり、フランス語の文法はちんぷんかんぷんだったけど」

わたしは笑ってあげる余裕もなかった。

「確かなのね？」わたしは訊いた。

「アダム・バラントが殺されたこと？　それなら答えはイエスよ」わたしたちは再び並んで歩きだした。「首のまわりに引っかき傷がたくさんあって、バラントの指の爪はぼろぼろに割れていた。喉を絞めつけてくるロープを必死でゆるめようとしたんでしょうね。生きたくて懸命に抵抗したのよ」

「自殺ではなく殺されたのだとすると」わたしは言った。「アダム・バラントはわたしたちが追う強請屋ではないことになるのね」

「ええ、おそらくは」メアリーは断言を避けたが、わたしの顔を見て言い直した。「十中八九そうだと思う。よって、必然的に次の目標はバラントが誰に殺されたか突き止めることね」

「バラントの知り合いだったにちがいないわ」わたしは言った。「みんなが寝静まっている時刻に家に招き入れたんだもの」

「単なる顔見知りではなくて、気心の知れた仲で信頼しきっていたんでしょうね。ホワイトチャペル・レディの場合もきっとそうだったはず……マーサ、あれを」

メアリーは前方の通りをじっと見ていた。わたしにとっては顔なじみの人物が向こうからやって来る。いつ見ても疑り深そうな顔つきをしている小柄な赤っぽい髪の男だ。巡査を一人ともなって、家の番地を一軒一軒確かめながら歩いている。

「あら」わたしはしかめっ面で言った。「レストレイド警部のお出ましだわ」

不運にも警部はすぐにわたしたちに気づいて、急いで駆け寄ってきた。

「ミセス・ハドスン！　それにミセス・ワトスンも！　こんなところでいったいなにをしているんですか？」

　即断が求められる場面だった。どうやってごまかそう。なんとかこの場を切り抜けなければ。でも見え透いた嘘ではだめ。信じてもらえるような言い訳がどこかにない？　もしもレストレイド警部がこれからバラントの殺人現場へ向かうなら――それ以外に彼がここにいる理由は見当たらないけれど――さっきの執事から二人連れの怪しい婦人客の話を聞かされるだろう。レストレイド警部は決して頭脳明晰ではないけれど、嗅覚が鋭くて粘り強い。

「友人がこの近くの家で働いていましてね」わたしは早口で言った。「彼女のお見舞いに行ってきたところなんです。お気の毒に、ずっと具合が悪くて……栄養をつけて一日も早く良くなってもらえるよう、ケーキを焼いて届けてきました」

「こんな朝早くにお見舞いですか？」警部は疑わしげだった。彼らしいとも言える。

「彼女はとても早起きなんです。病気のせいで苦しくて、夜はぐっすり眠れないんだとか。そのぶん昼間はうつらうつらしているでしょうし、午後はきっと疲れが出ますわ。それで朝早くうかがったんですの。ところで、警部さんはバラント家へ行かれるんですか？」

　横にいるメアリーが息をのんだ。でもバラント家での出来事をまったく知らないふりをするほうが不自然だ。隠したところで、わたしたちが訪ねていったことはすぐに警部の耳に入る。

「ほう、なぜご存じなんですか?」警部はわざとらしい口調で訊いた。

「さっきこの通りを歩いている最中にマーサが急にめまいを起こしてしまって」メアリーが横から言う。ありがたいことに、わたしの意図に気づいて機転を利かしてくれた。「ちょっと休ませてもらえないかと近くの家の呼び鈴を押したら、そこが偶然バラント家だったんです。ちょうど不幸があったばかりで、お気の毒なことでした」

「偶然にしちゃあ、できすぎだと思いますがね」レストレイド警部の態度は冷ややかだった。「正直に白状したらどうですか? ホームズさんがお二人を送りこんだんでしょう?」

「どうしてホームズさんがそんなことを?」メアリーが負けじと訊き返す。

「おそらくバラントの死を知って——どこで聞きつけたかはわかりませんが、あの人は独自の情報網をお持ちですからな——先手を打とうとあなた方を偵察に行かせた。ちがいますか?」どうだ、図星だろう、と言わんばかりの勝ち誇った声。

「彼が下宿のおかみさんと親友の妻にそんな役目を与えるかしら」メアリーはからかい気味に言い返す。「だいたい、わたしたちになにができるんでしょう? 彼自身がそう思っているにちがいありませんわ」

「あなたこそ、どうしてこんなところに?」わたしも強気で攻めた。「ここはあなたの縄張り——ええと、担当地区ではないでしょう?」うっかりイレギュラーズの子たちの言い回しを使ってしまった。

「ホームズさんからじきじきに頼まれたんですよ」警部が得意顔で答える。

「シャーロックに？」メアリーがきょとんとする。

「シャーロック・ホームズさんではありませんよ。マイクロフト・ホームズさんのほうです」誇らしげに胸を張った。わかりやすい人だこと。「本官の評判は広く知れ渡っておるんですよ、ご婦人方」

「ええ、それはそうでしょうね」メアリーが皮肉っぽくつぶやいたが、レストレイド警部の耳には届かなかったようだ。彼は路上で立ち話などしている場合ではないと言って、制服姿の巡査と一緒に歩きだし、バラント家のほうへ去っていった。

確かにレストレイド警部は有名だ。ただ、堅実で根気強い仕事ぶりではあるが、決まって安易にわかりきった答えに飛びついてしまう。彼が手柄を立てた事件はたいていシャーロック・ホームズが解決したもので、そのことは兄のマイクロフトも知っているはず。なのに、なぜレストレイドを引っ張りだしたの？　あの警部に任せたら、今回の事件も単純に自殺と決めつけかねないのに。そもそも、マイクロフトがアダム・バラントの死に関心を持った理由はなんだろう。

通りの突きあたりに小ぢんまりした庭園があった。砂利の遊歩道が設けられていて、樹木はちょうど花盛り。小ぬか雨の降り始めたどんよりした空の下でも花は可憐(かれん)で美しかった。わたしたちは腕を組んで遊歩道をぶらぶらとたどっていった。

「マイクロフトねえ」メアリーが唐突に切りだした。「ジョンから聞いた話では、とても優秀なシャーロックのお兄さんで、政府の偉い役人だそうだけど」

「一度だけお目にかかったわ」わたしは言った。

昨年のことだが、マイクロフト・ホームズはギリシャ語通訳をしている知人を助けるため、ベイカー街二二一Bへホームズさんを前触れもなく訪ねてきたのだった（『ギリシャ語通訳』の事件。一八八八年九月発生と考えられる）。よく太ったずいぶん大柄な方で、動作が緩慢なせいか少しのっそりした印象を受けたが、灰色の目にたたえられている光は鋭敏な頭脳が活発に働いていることをうかがわせた。彼はわたしをちらっと見ただけだったが、その一瞬でわたしを品定めして分類し、いずれ必要になるときにそなえて頭のなかの台帳に記録しておいたにちがいない。

それから二、三週間後、わたしはホームズさんに頼まれて、彼の手紙をクラブにいるマイクロフト・ホームズのもとへ届けに行った。先方がその手紙を今か今かと待ちわびているのに、お使いを引き受けられる少年が誰もいなかったからだ。行き先はディオゲネス・クラブで、そこへ一歩入ったら来客室以外で話すのは禁止、音を立ててもいけないとホームズさんに前もって告げられた。クラブの会員は皆、静寂と孤独をなによりも重んじているのだそうだ。使者の役目を無事に果たせるかどうか、わたしは心配になった。女であることを理由に門前払いされるかもしれない。だがそれは杞憂に終わり、〝極秘――必ず本人に手渡しのこと〟とホームズさんが書いた封筒を見せたら、あっさりなかへ通してもらえた。

マイクロフト・ホームズは来客室で待っていた。ちょうど入れちがいに青年が部屋から出てきた。彼と打ち合わせを終えたばかりなのだろう、わたしが部屋へ入ったとき、マイクロフトは紫色の書類をまだ手に持っていた。ホームズさんから預かった手紙を渡すと、マイクロフト・ホームズは礼を言って立ちあがり、ドアへ向かった。そのまま来客室をあとにして建物から出た。わたしもそれに続き、彼が官庁街のホワイトホールの方角へ去っていくのを見送った。そんな具合に二度目に顔を合わせたときも、彼の探るようなまなざしが記憶に残った。わたしを人ではなく道具として見る目つきが。シャーロック・ホームズもよく相手をじろじろ見るが、それは強い好奇心や、なんとかして助けたいという熱望に駆られてのものだった。マイクロフト・ホームズのほうは、自分にとってどんな使い道があるか値踏みする視線なのだ。

わたしがディオゲネス・クラブの玄関の石段に立って、マイクロフトの後ろ姿を見送っていると、ドアマンが話しかけてきた。痩（や）せこけて背が高く、コックニー訛（なまり）（ロンドンの東側で生まれ育った人たちの下町言葉）の甲高い声の持ち主だった。

「おはようございます」わたしはドアマンに挨拶（あいさつ）を返した。「お仕事は楽しい？」

「ちっとも！」彼はきっぱりと言った。「このとおり日がな一日、立ちっぱなし。おまけに〝ありがとう〟の一言すらもらえない。なんでもクラブの規則でそう決まってるんだとか」と苦笑を浮かべる。「その規則とやらのせいで、チップもびた一文もらえませんや。奥さん、チップも声も出し惜しみするような男は信用しちゃいけませんよ。たとえば——ほら、あの人をよくと見るといい」ドアマンはマイクロフト・ホームズのほうへ顎をしゃくった。「彼は危険だ」

「危険って、どういう意味なの？」とわたしが訊いたとき、一目で政府高官とわかる紳士が路上でマイクロフトに近づいて、差し迫った様子で話しかけた。

「あの人はいろいろ知ってる」ドアマンが声を落として言う。

軽い挨拶の言葉さえ投げかけてもらえないような職場では、気がふさぎもするだろう。ドアマンはおしゃべりの相手に飢えていた。

「ここに立ってると、あの人がああやって誰かと立ち話してるのをよく見かけるんですよ。それもいろんな人と。みんなから情報を集めてるらしい。今あそこでしゃべってる相手が誰かはわかりますよね？」

「ええ、もちろん」わたしは答えた。例の政府高官はひどく落ちこんだ表情をしていて、マイクロフトに慰められている様子だ。

「あのお偉いさんは、やっちゃいけないことをやらかしたんですよ」ドアマンは言う。「さしずめご婦人の前では口に出せないようなことを。誰にもばれてないと思ってたみたいだが、実はそうじゃない。太った御仁のほうが、自分はなにもかも知ってると本人に言ってましたからね」

「もしかして、強請？」驚いたまま見守っていると、マイクロフトはさっきの紫色の書類を相手に渡した。政府高官が安堵のため息をつくのがわかった。

「いやいや、そうじゃない。このクラブの人はそんなことはしません」ドアマンは必死に否定した。

「あのでっぷり太った紳士は――ホームズさんのことですが、〝万事わたしにお任せください。代わりに少々教えていただきたいことがありまして〟と言ってた。相手の大臣にね。要するに、情報交換みたいなもんですよ。強請とかじゃなくて」

「そう、情報交換なの」わたしは首をかしげた。「でも、仕事を持つ男の人なら誰しもやっていることでしょう？　なぜ危険なのかわからないわ」

「その情報ってのがとびきり物騒な代物ですからね」ドアマンは言った。「ホームズさんの手足となって働く連中がロンドン中にいて、ホームズさんのところへやって来ちゃあ情報を渡してる。ただの情報じゃない。極秘情報ですよ。誰も知らないはずの秘密ってわけです。お返しにホームズさんもなにか秘密を渡すかっていうと、そうじゃない。肝心なのはそこなんですよ。あの人は見たり聞いたり情報を受け取ったりしてるだけ。誰かになにか教えるってことは全然ない」

「そう」わたしは答えた。今の話からすると、マイクロフトは外国ではなくこのイギリスに独自の偵察部隊を持っていて、我が国の政府や市民や産業界を密かに監視させているようだ。

「ここはうんざりなんです」ドアマンは続けた。「こういうクラブはね。わたしらみたいな人間は、ここにいる人たちにとっちゃ機械の部品みたいなもんですよ。胸糞悪いったらありゃしない。我慢の限界だ。実を言うと、ここで働くのは今日が最後なんです。静かすぎてこれ以上耐えられませんよ。気が変になっちまう。一言も口をきかないでいる連中ってのはいったいどういう人間なんだ？」

秘密をうっかり漏らしたくない人間でしょうね、とわたしは心のなかで答えた。

あのときにドアマンから聞いたマイクロフトに関する事柄を、わたしはメアリーに残らず話した。ホームズさん——シャーロックのほう——が態度には表わさないけれど兄のマイクロフトを心底誇りに思っていることも。「政府関係者から絶大な信頼を置かれている人なんですって。ホームズさんの表現を借りれば、マイクロフト・ホームズは〝イギリス政府そのもの〟だそうよ」とメアリーに伝えたが、それが本当なのかどうか確信はなかった。ホームズさんが兄についてそう説明するのを聞いたとき（『ブルース・パーティントン設計書』）、わたしはまだ一度もマイクロフトを見たことがなく、言葉で聞く限りではなんだか得体の知れない怪しげな人物に思えた。「マイクロフト・ホームズは公的機関に正式に所属しているわけではないから肩書もないし、高級官僚以外は彼の正体をまったく知らないけれど、政府の上層部にすれば生命線ともいえる重要な存在なんだとか。つねに目立たない舞台裏で、首相直属の立場で活動しているらしいわ。つかみどころのない感じで、マイクロフトがどういう人なのかわたしもよく知らないの。確かなのは、あちこちから情報を集めていて、彼の頭のなかには膨大な事実が記録されていること。それから、事実をもとに推論を組み立てる能力はシャーロック・ホームズよりも秀でていること。きっと腕のいい情報屋を大勢抱えているのね。それなら政策に大きな影響力を及ぼしているのもうなずけるわ。普通の人にはパズルの隅っこしか見えないときでも、彼なら全体像をつかめる。それぞれのピースがどこにあてはまるかを考察して、そこから固有の規則性(パターン)を見抜くのよ」

「そう言いながらも、マイクロフトのことが好きになれないんでしょう？」とメアリー。

「図星よ」わたしは素直に認めた。「子供の頃に聞かされた〝運命の三女神〟のこと覚えてる？」

メアリーはうなずいた。「ギリシャ神話ね。クロトー、ラケシス、アトロポスの三人の女神がすべての男――と女の運命をつかさどっている、という話でしょう？　人間の運命を糸にたとえるなら、一人が糸を紡ぎ、別の一人が糸の長さを測り、残りの一人が糸を断ち切る」

「その話を聞いてから、悪夢にうなされるようになったわ」幼い頃の記憶がよみがえる。「三人の女神がこの世の全員の運命をつかさどっていて、いつ生まれていつ死ぬか、どんな人生を送るかまで決めている。そう考えたら恐ろしくてたまらなかった。三人の存在は誰にも知られていないから、わたしたちは自分の運命を変えてくれと懇願することもできない。マイクロフト・ホームズは彼女たちを思い起こさせるわ。まわりには知らかぶの」

れずに、誰かの運命の糸を紡いで長さを決めて、最後にぷつんと切っている図が頭に浮

「とにかく、無尽蔵の莫大な情報を握っている切れ者なのね」メアリーは考えにふけりながら言った。「それにしても、なぜレストレイド警部を送りこんだのかしら。名探偵の弟がいるのに、注意力が足りないとわかっている警部に自殺に見せかけた殺人事件を調べさせるなんて、道理に合わないわ」

「レストレイド警部に失敗させるのが狙いなのよ」苦々しい気分でわたしは言った。

「マイクロフトはアダム・バラントの死を自殺として処理させたいんだわ」

「なぜ?」とメアリー。

「マイクロフトは秘密を集めている。そのために、意のままに操れる若い部下を大勢抱えている。今回死んだのはそのうちの一人だった。彼がどんな秘密を握っていたのかは見当もつかないけれど」

「アダム・バラントがマイクロフトの密偵だったとまだ決まったわけじゃないわ」メアリーが異議をはさむ。「ただの推測でしょう?」

「立派な仮説よ。ベイカー街を訪ねてきたときに本人が言っていたとおり、彼は政府機関で働いていて、機密を扱うこともあった。なのに、その青年が亡くなったらマイクロフトはレストレイド警部を現場へ行かせた。そういえば、故人はイレギュラーズの尾行を巧みにまいて見せたわね」

「わかったわ。じゃあ、立派な仮説ということに」メアリーは譲歩した。「シャーロックがこの事件を手がけて、的確なデータを与えられたとしても、同じ地点にしか行き着けなかったでしょうね。これで、わたしたちの容疑者リストから最有力候補が消えたわ。シャーロックもこんなふうに立ち往生させられるのかしら」メアリーは悔しそうにかかとを地面にこすりつけた。「予想外の展開と不測の事態、そして八方ふさがりの状況。正しいと確信した手がかりを何日間も追い続けたのに、いきなり分厚い壁に突きあたって、自分が間違っていたと思い知らされたばかりか、にっちもさっちも行かなくなる。シャーロックもそれと同じはめになったと思う？」

「ええ、たぶん」わたしは答えた。「でも、ジョンが書いた本にはそういう場面が出てくることはないでしょうね。ホームズさん本人はべつにこだわっていないけれど、ジョンはホームズさんを完全無欠な人間として描きたがっているから」

「まさに万能な解決法ね！」メアリーは足を踏み鳴らして不服そうに言った。「悪人もそういう巧妙な手段を使うわ。たとえば、被害者のふりをして被害者の群れにまぎれこむとか。結局、わたしたちが追っていた線は正解じゃなかった。手がかりや状況に沿って進めば、ここへ行き着くしかなかったのに」

「目くらましだったのよ」わたしは噛みしめるように言った。ようやくわかりかけてきた。「犯人が防御のために策略をめぐらしたんだわ。罠へおびき寄せようとするゲーム。もうわかるでしょう、メアリー？　わたしたちは誰かにもてあそばれている。初めからなにもかも仕組まれた、手の込んだ大がかりなゲームだったのよ」

わたしはパラソルを掲げて辻馬車を呼んだ。

「どこへ行くの?」メアリーが訊いた。

「ディオゲネス・クラブ」

言うまでもなく、わたしたちがディオゲネス・クラブへ入ることは許されない。でも待っていれば、遅かれ早かれマイクロフトが建物から出てくるはずだ。幸い彼は間もなく姿を現わした。

「ミスター・ホームズ、ちょっとよろしいでしょうか?」わたしは通りで彼を呼び止めた。ホワイトホール近くの美しく整備された広い街路では、両側に高々とそびえる庁舎の建物から、いくつもの天使像がわたしたちをじっと見下ろしていた。ここは大勢の紳士が群がる権力の中枢ともいうべき場所だが、よくよく見れば天使は皆女性の姿をしている。

「ミセス・ハドスンでしたかな?」一瞬の躊躇のあと、マイクロフト・ホームズは言った。安全で快適な自宅の庭でも散歩しているような悠揚迫らぬ態度だ。ひとつ残らず自分のもので、隅々まで知りつくしているといった風情を感じさせる。「お隣はミセス・ワトスンですね?」彼は帽子をつまんでメアリーに挨拶した。「お会いできて光栄です。どうぞよろしく」

「こちらこそ光栄ですわ」メアリーの顔に好奇心がありありと浮かんでいた。「あなたのことはいつもジョンからうかがっておりますの」

「ほほう。ワトスン博士は尊敬に値する立派な方ですな。ところで、お二人とも心配そうな顔をしておいでだが、シャーロックになにかあったんですか？　あるいは、ワトスン博士に？」正面からぶつかっていくしかない、とわたしは思った。図抜けた切れ者を相手に小細工を弄しても無駄なこと。

「アダム・バラント氏が亡くなりました」と正面から切りこんでいった。マイクロフトにたじろぐ素振りはない。つかみどころのない人物ではあるが、自制心は一級品だ。弟のホームズさんのほうはちょっとしたしぐさに気分が表われることが多いのに、マイクロフトにはそれがいささかもない。

「聞いたことのない名前ですな」マイクロフトは言った。

「アダム・バラントさんは先日、シャーロック・ホームズさんのところへ相談にみえました」とメアリー。「恐喝されているとのことでした。人の勧めでホームズさんを訪ねたのだとも言っていました」

「あなたが勧めたそうですね」アダム・バラントはマイクロフトの名前は出さなかったが、鎌をかけるつもりでわたしは言った。「彼はあなたの部下だという話でした」

「なるほど」マイクロフトは否定しなかった。今、わたしたちは政府の中心地に立っている。権力を持つ秘密だらけの男に、二人の女という組み合わせで。そしてほんの一瞬だけ、メアリーとわたしはマイクロフトを動揺させた。「そんなことまでしゃべるとは、けしからん男だな」

「彼は心配で居ても立ってもいられない様子でしたわ」とメアリー。「そのせいで冷静な判断ができなかったのだと思います」

「シャーロックがあなた方をここへよこしたのですか？」

マイクロフトにそう訊かれ、わたしははっとした。あまり大きく出すぎてはいけないと自分を戒めた。わたしたちが事件を調べていること、今回は探偵役だということをマイクロフトに知られたくない。いや、わたしたちのことはなにひとつ彼に悟られたくない。

「いいえ。さっきレストレイド警部とばったり会ったんです」とメアリーが言いだしたので、わたしは彼女の袖を軽く引っ張った。この場は早く切りあげたい。わたしは急に臆病風に吹かれた。こんな行動を取ったのは間違いだった、早く彼から離れなければ、と焦り始めていた。

「そうですか。レストレイド警部を現地へ行かせたのはわたしです」マイクロフトは言った。灰色の目がわたしたちを冷徹に分析している。奥底まで探って本心をえぐり出し、わたしたちがどういう人間で、なにをもくろんでいるのか突き止めようとしている。

「すでにご存じだと思いますが」

「さっきはアダム・バラントさんを知らないとおっしゃいましたね」わたしの高まる不

安をよそに、メアリーは強気で攻めている。

「彼はわたしのもとで働いていました」マイクロフトはあっさり白状した。「極秘任務を負わせていたので、彼との関係を簡単に認めるわけには……」

「スパイとの関係を？」メアリーが問い詰める。

「諜報員です」マイクロフトは訂正した。

「わたしたちはべつにそういうことをうかがいたいわけではないんです」わたしは急いで口をはさんだ。「お姿を偶然お見かけしたので、バラントさんが亡くなったことをお知らせしなければと思っただけです。ホームズさんを訪ねてきて、あなたをご存じだとおっしゃった方ですから」

「では、あなた方はアダム・バラントが死んだことをどうしてご存じなのですか？」マイクロフトのなめらかな口調は絹を切り裂く剃刀の刃のような不穏さを含んでいた。「遺体は今朝発見されたばかりのはずですが」

「偶然ですの」わたしは説明しようとした。「今朝、たまたまあの通りを歩いておりましたら……」

「ああ、けっこうです。実は、そのことはもう耳に入っていましてね」とマイクロフト。「レストレイド警部から仮の報告書をすでに受け取っているんですよ。ではご婦人方、ごきげんよう」

　彼はわたしたちをその場に残し、歩き去った。

「変わってるわね」メアリーがマイクロフトの後ろ姿を見送りながらつぶやく。

「それ以上に不気味よ」わたしは震えていた。蛇ににらまれたウサギの気分だった。蛇がじりじり忍び寄ってくるのに、身動きできずにいる。

「シャーロックのお兄さんではあっても、なんとなく好きになれない」メアリーは言った。「奇妙きてれつな人ね」

不可解な人、変わり者、嘘をつくのがお手の物で、大勢のスパイを使って情報網を張りめぐらしている男。警察や法曹界や政府の上層部に顔の利く男、権力を好む男、一目で相手の秘密を見抜く知能の持ち主。そしてなにより注目すべきは、秘密を集めていること。

そう考えれば、わたしがマイクロフト・ホームズを好きになれないのにはれっきとした根拠がある。

信じたくはないが、マイクロフトはいくつもの点で犯人像にあてはまるのだ。

「メアリー、もし彼だとしたら?」わたしは思いきってそう尋ねた。「マイクロフト・ホームズが強請屋(ゆすりや)だとしたら?」

「ありえないわ」メアリーは言下に否定した。

「どうして?」わたしは食い下がった。「アダム・バラントを犯人だと疑ったときは、二二一Bに来たからというだけの理由だったでしょう? マイクロフトのほうが犯人の条件に近いのよ。なぜマイクロフトを疑わないの?」

った。

「ありえないわ」メアリーは同じ言葉を繰り返したが、さっきほどの自信はないようだった。

「もっと証拠を集めればいいのよ」わたしは譲らなかった。

「証拠はうんと必要ね」歩きながらメアリーは言った。「やっぱりマイクロフト犯人説は受け入れられない。あなたは彼を嫌いだという理由だけで疑っている気がする。でも、一応容疑者リストには加えておきましょう」

シャーロック・ホームズはもしも探偵になっていなかったら、大犯罪者になっていただろう、とジョンはよく冗談まじりに言う。兄弟の兄のほうが大犯罪者の道に入って、抜きんでた能力を正義のためではなく悪事に使っているとは考えられないだろうか。

通りを進んでいるうちに、めまいがして足もとがふらつきそうになった。頭のなかでいくつもの名前がぐるぐる回っていた。アダム・バラント、マイクロフト・ホームズ、ジャック・リポン、パトリック・ウエスト。ほかにもまだわたしの知らない容疑者がこれから大勢出てくるかもしれない。なんだか容疑者から容疑者へあたふたと飛びまわってばかりのような気がした。行き先も状況もよくわからないまま、当て推量を頼りに。しかも、そのたびに悲惨な出来事に遭遇する。この事件は自分にはとうてい歯が立たない、とはっきり感じた。脱線しかけた状態で暴走する汽車と同じくらい危険だ。冷静で精密な頭脳を持つホームズさんなら、こういう混乱に襲われることはないのだろうか。

ああ、そんなこと考えたって始まらない。隣でメアリーも物思いにふけっているのを感じながら、わたしは黙ってただ歩き続けた。ホームズさんが事件に取り組んでいるときの気持ちなんて、誰にわかるというの？　おびただしい数の容疑者や手がかり、突発的な出来事を前にして彼がどう感じるか、いったい誰に想像がつくの？　でも、あのホームズさんといえども、初めのうちはどこから手をつければいいか迷うこともあるかもしれない。彼がこの事件を手がけていたら、今頃はもう解明に漕ぎ着けていただろうか……

不安に押しつぶされそうになったわたしの脳裏に、孤独と恐怖におびえていたローラ・シャーリーの顔がふとよぎった。身も心もずたずたにされたホワイトチャペル・レディの姿も浮かんだ。ほかにも被害に遭った人たちはたくさんいるだろう。自分は孤立していると感じ、いつ終わるとも知れない責め苦を受け続け、毎日びくびくして過ごしていた犠牲者たち。だめ、まだあきらめるわけにはいかない。これはわたしの——わたしとメアリーの事件だ。引き受けるときに二人して誓った。犠牲になった不幸な女性たちをなんとしても助けようと。やり遂げたい。いいえ、必ずやり遂げてみせる。

ただ、それには突破口がどうしても必要だった。

秘密の家

帰り道、わたしはテムズ川の景色に目を奪われた。メアリーもテムズ川を眺めるたび笑顔になる。この川がジョンとの絆を深めてくれた気がするわ、と彼女は語ったことがある。二人が出会ったのはジョンが『四つの署名』と題した事件だが、詳しい事情はわたしもよく知らない。もちろん、メアリーと仲良くなって、わたしの台所でおしゃべりするようになってから、事件の発端だけは聞かせてもらった。彼女がどういう相談事でホームズさんを訪ねたのかを。あるときから年に一回、美しい真珠が一粒ずつ送られてくるようになり、それが六粒を数えたとき、送り主とおぼしき人物から面会を求める手紙が届いたのだそうだ。わたしが知っているのはそこまで。事件の大部分はベイカー街二二一Bから離れた場所で起こり、進展していった――わたしにとって非常に残念なことに。それでも、悪党一味を乗せた汽艇がテムズ川をくまなく捜索してもなかなか見つからず、ホームズさんが業を煮やしていたのは知っている。いらいらして部屋のなかを行ったり来たりしている彼の足音が、一晩中聞こえていた。

それから、メアリーを連れて二二一Bに戻ってきたジョンが、〝箱は空っぽだったよ！〟と興奮した声でホームズさんに向かって叫ぶのも耳にした。なんの話かさっぱりわからなかったので、室内の会話を聞こうと通気口の蓋(ふた)を開けたちょうどそのとき、白いドレス姿のメアリーが台所の戸口に現われたのだった。

「あなたにも報告しなければと思いまして。初めてここへ来たとき、とても親切にしてくださいましたから」とメアリーは穏やかに言った。「宝物は消えていました」事もなげな口調でそうつけ加えた。残念がっている様子はなく、むしろせいせいしているのか明るく晴れやかな表情だった。

「宝物？」わたしはきょとんとして、彼女を室内へ手招きした。

「ご存じありませんでしたの？」テーブルに近づきながら彼女は言った。「ああ、考えてみたら、知りようがないですものね。あの二人のような殿方と暮らしていたら、さぞかし落ち着かないことでしょう。いろんな人がひっきりなしに訪ねてきたり、妙な会話がところどころ聞こえてきたり。なにか騒動が起きている気配なのに、詳しいことはちっともわからないなんて、気をもまないほうがおかしいですわ」

日頃の鬱憤(うっぷん)を正確に言いあてられてびっくりしたわたしは、はしたなくもあっけにとられたまま彼女を見つめていた。コンロの上のやかんが沸騰する音で、ようやく我に返った。メアリーはテーブルの前の椅子に腰を下ろした。

「外の世界へ出て見聞を広めたいというお気持ち、お察しします」メアリーは再び話しだした。「わたしの雇い主のフォレスター家の方々は、皆さんとても親切です。でも、わたしは一家にとって住み込みの家庭教師にすぎません。召使いでもなければ家族の一員でもない中途半端な立場なんです」

「さっきおっしゃった宝物というのはなんですの？」わたしは紅茶をカップに注ぎながら訊いた。「もちろん、うっすらとは知っています。ワトスン先生が話していらっしゃったので。でも、それがどんないきさつであなたのもとへ来たのかは知りません。話していただけますか？」

メアリーはインドの〈アグラの財宝〉にまつわる事情をわたしにすべて語ってくれた。それは野蛮で血なまぐさい数奇な物語だった。インド大反乱のさなかのこと、ジョナサン・スモールという片脚の男とシーク教徒兵三人の四人組は、大金持ちの藩王に仕える忠僕を殺害し、彼が安全な場所へ運ぼうとしていた宝石を奪い取った。のちに犯行が発覚し、ジョナサン・スモールとシーク教徒兵三人は牢につながれたが、盗んだ財宝は四人組しか知らない場所に隠されたままだった。島の収容所に移され、囚人生活を送っていたジョナサン・スモールは、同じイギリス人のショルトー少佐と、彼の友人でメアリーの父でもあるモースタン大尉に交渉を持ちかけた。隠してある財宝を山分けするのと引き換えに自由の身にしてくれ、と。話はまとまったものの、アグラへ隠し場所を確認しに行ったショルトーは、欲に目がくらんでスモールと友人のモースタン大尉を裏切り、宝物を独り占めしてイギリスへ帰国してしまった。が、片時も心は休まらなかった。いつかスモールが復讐にやって来るのではないかと恐れ、モースタン大尉を裏切ったことへの後ろめたさにもさいなまれた。

やがてモースタン大尉もようやく帰国することになった。メアリーはイギリスの寄宿学校へ入って以来、長年父親と離れて暮らしていたので、久しぶりの再会を楽しみにしていた。ところが、待ち合わせの場所に父親は現われなかった。見事な真珠が毎年一粒ずつ送られてくるようになったのはそれからだった。

結局、ホームズさんとジョンの働きで、行方不明だったモースタン大尉は心臓発作で帰らぬ人となっていたことが判明した。ショルトー大佐と財宝をめぐって口論している最中の悲劇だった。月日が流れ、ショルトー大佐も世を去ると、今度は彼の息子である双子の兄弟のあいだで仲たがいが生じた。一人は父親に似て貪欲で、財宝を独り占めしたがったが、もう一人はメアリー・モースタンにも分けるべきだと主張したからだ。メアリーに毎年一粒ずつ真珠を届けるというのは、双子が互いに歩み寄った末の妥協案だった。ちょうどこの頃、片脚に義足をはめたジョナサン・スモールが流刑地を脱出し、復讐を胸にイギリスへ戻ってきた。その結果、スモールの襲撃で双子の一人が殺され、財宝は失われてしまったのだ。

「わたしには財宝を受け取る権利があるとまわりの皆さんはおっしゃいます」話の最後にメアリーは言った。わたしは紅茶のお代わりを注いであげた。「でも、わたしはそうは思いません。財宝のせいで人が無残に殺され、脅迫や裏切りが行われたのに、そんな恐ろしいものを遺産と呼んでいいのでしょうか？　たとえ権利があっても、受け取る気にはなれません。持ち主に不幸しかもたらさないのですから。あれはすべて血に染まった呪いの宝石なんです」メアリーは身震いした。

「今はどこにあるんですか？」

「ジョナサン・スモールがテムズ川に投げ捨てました。ホームズさんとジョン――ワトスンさんが乗った警察の汽艇に追跡されて」思わずジョンとファーストネームで呼んでしまい、メアリーは恥ずかしそうに頰を赤らめた。

「宝石を売って、お金に換えることもできたのに」わたしは言った。「お金はなにかと役に立ってくれますよ」

メアリーは首を振った。「それでも欲しくありません」きっぱりと言った。「父の形見なら大切にしたでしょうけれど。母はわたしを産んだときに亡くなりましたから、思い出せるのは父の顔だけなんです。長身で口ひげをたくわえた砂色の髪の男性が今もまぶたに浮かびます。キスされるたび、ひげが顔にあたってちくちくしたものですわ。父がふざけて、わたしを宙に放りあげては抱き止めたのも覚えています。横にいたインド人のばあやは、父がわたしを落としやしないかとおろおろしていましたのよ。インドでの暮らしが懐かしい」夢見るような、ロンドンの家の台所ではないどこか遠くを眺めるようなまなざしで彼女は続けた。「わたしは幼い頃、まだ五つのときにインドを離れましたので、当時のことがまるでおとぎ話のように感じられるんです。どこまでが現実で、どこまでが年老いた乳母から聞いたことなのか区別できないくらいに。インドはとにかく暑くて、手でつかめそうなくらい空気が重く分厚く感じられました。どこも砂埃だらけで、服まで砂まみれでした。焼けつくような強烈な陽射しの下、大きなグラスに入った冷たい飲み物のおいしかったこと。色彩豊かな風景も楽しみのひとつでした。そう、色彩が本当に素晴らしくて！　イギリスでは見たことのない鮮やかな色ばかりだったんです、ハドスンさん。まばゆい白さの建物、赤や黄や青の服、香辛料、食べ物、子供の玩具。どれも宝石のように色とりどりで、きらきら輝いていました」

自分が今どこにいるか思い出したらしく、彼女はわたしに笑いかけた。「すべてはぼんやりした記憶にすぎませんけれど」と寂しげに言う。「わたしが五歳のとき、父はわたしをインドからエディンバラへ送りました」

「エディンバラはわたしも知っていますよ。インドとは正反対の街だったでしょう？」

「ええ、別世界でした」メアリーは笑った。「ハドスンさん、おしゃべりにおつきあいいただいてありがとうございました。こんなふうに気安く話せる相手は誰もいなかったんです。フォレスター夫人はとても親切にしてくださいますが……」

「雇い主でいらっしゃいますものね」わたしは続きを引き取った。初めてホームズさんに相談に来たとき、メアリーが二階で話していたことを思い起こしていた。彼女はそれまで遠慮したり気兼ねしたりしながら生きてきた。腹を割って話せる友人もいなかったろう。わたしも友達を作るのは苦手なほうだ。メアリーと同じように、なにかにつけて自分を抑えがちなせいで。でも、今この場で手を差しだせば、メアリーに友達になってもらえそうな気がした。一歩踏みだす勇気が自分にあるだろうか。

「友達になってくださらない？」メアリーが意を決した口ぶりで言い、こちらに向かって手を差しだした。わたしは笑顔でその手を取った。

「ええ、喜んで」握手しながら、わたしは答えた。

こうして、ホームズさんとジョンのように、メアリーとわたしも親友同士になった。メアリーはわたしにとって一番近しい、ただ一人の真の友だ。今回の事件の調査も、もし彼女の励ましと解決への熱意がなかったら、ここまで粘り強く頑張れなかったと思う。

ベイカー街二二一Bへ戻る道すがら、サー・ジョージ・バーンウェルの家へ侵入した際のことを話し合った。思い出すと滑稽でたまらないとばかりに、メアリーはずっと笑いをこらえていた。あの晩、リリアン・ローズという名の街娼はよからぬ目的で、おそらくはなにか盗みだすためにやって来た、というのがわたしたちの共通した意見だった。誰の差し金かという点ではホームズさんと見解が異なる。ホームズさんはサー・ジョージの例の台帳に載っているご婦人方の誰かだと考えているようだが、わたしたちはこれまで追い続けている強請屋のしわざにちがいないと確信していた。

よって、リリアン・ローズを見つけることが次の重要な一手となる。ホワイトチャペルの娼婦を捜せ。

なんだか気の重い任務だ。

この新しい手がかりの糸をたぐるにあたって、ウィギンズに再び仲間の応援を頼んだ。彼がよこしてくれたのはミッキーだった。前にサー・ジョージの家の見張り役として大いに活躍した少年だ。とても利発ですばしっこい。わたしたちの要望を受けてリリアン・ローズの居所を探り、見事に成功したミッキーは、今日そこへわたしたちを案内するためベイカー街へやって来た。見た目は六歳くらいだが、それは栄養不足のせいで、実際の年齢はもう少し上だろう。大きな帽子を目深にかぶって、油断のない目つきをしている。ウィギンズはミッキーを抜擢した理由について、警護役には向いていないが監視役としては優秀で、ホワイトチャペルの住人をよく知っているから今回の役目にはぴったりだと思う、と言っていた。

ミッキーはウィギンズから、メアリーとわたしの頼みはなんでも聞くよう指示されていた。また、危ない状況になったら口笛で合図することになっている。街のそこかしこにイレギュラーズのメンバーたちがいるので、仲間内で定められた口笛を聞き分け、ただちに駆けつけるそうだ。

ふと思い立って、アイリーン・アドラーにも同行を頼んだ。連絡すると、彼女はすぐに来てくれた。

わたしたち女性陣は染みのついたよれよれの服を選んで、できるだけみすぼらしい恰好をした。ベイカー街では物乞いにしか見えないだろうが、ホワイトチャペルへ行くと金持ちだと思われそうだ。ホワイトチャペルでは身なりのましな女性でも、何度も縫い直して裾がぼろぼろに擦りきれたドレスを着ているから。ともあれ、真剣な顔つきで黙って歩くミッキーを先頭に、一行はホワイトチャペルのなかを進んだ。大通りを避け、細い路地や中庭、薄暗い通りの角を通り抜けて。どんな地図にも載っていない裏道ばかりだった。人けのない広場に通じる、建物にはさまれた狭い隙間をいくつもすり抜けた。目の見えない酔漢が小銭を恵んでくれと近寄ってくる汚い酒場の前は小走りに通り過ぎた。昼間のホワイトチャペルは喧噪に包まれ、呼び込みをする物売りの威勢のいい声や、住人同士のふざけ合ったり言い争ったりする声が飛び交っていたが、なんとなく以前とはちがう張りつめた空気を感じた。わたしたちが初めてこの界隈に足を踏み入れたとき、切り裂きジャックは人々に忘れ去られつつあった。ところが彼は再び戻ってきた、と皆思っている。どこの物陰に潜んでいるかわからないと。

　ホワイトチャペルはいつも暗闇を待っているような、夜の似合う場所だ。陽が沈むと、絶望した者や飢えた者、そして犯罪者が通りにわらわらと集まってくる。だが彼らも今は、背後から誰かが忍び寄ってくるような気配を感じていた。皆、毎日死と隣り合わせで生きてきて、殺人にも慣れっこだろう。この地区では酒場の喧嘩や夫婦喧嘩でしょっちゅう人が死ぬ。物盗りが殺人に発展することも珍しくない。だが切り裂きジャックはただ殺したくて殺す。しかも、また新たに犯行を重ねたばかりだ。彼らはそう信じこんでいる。

夜の路上に出てくる者たちは殺される番を待っているのだろうか。切り裂きジャックが舞い戻ってくるのを望んでいたのだろうか。切り裂きジャックはもう近くにいて、すぐそこの街角や家の玄関の陰や暗い裏庭に隠れているかもしれないと思いながら。

やがてミッキーが立ち止まり、通りの角にある家のほうへ顎をしゃくった。ミッキーが見つめているのはその家の一階の部屋だった。窓は室内の火事で煤けたのか真っ黒で、ひとつはガラスが割れている。

「あそこがメアリー・ケリーが殺された部屋だよ」ミッキーはわたしたちに言った。彼が口をきいたのはホワイトチャペルに入ってから初めてだった。「切り裂きジャックの最後の被害者」

「まだつかまってないの?」しばらく遠い外国で暮らしていたアイリーンは不思議そうに訊いた。切り裂きジャックが出没したのは彼女がアメリカへ渡ったあとだったから、世の中を騒然とさせた一連の事件のことはあまり知らないのだろう。切り裂きジャックが、顔のない殺人鬼が、今もホワイトチャペル全体に恐怖の黒い影となってまとわりついていることも。

「ええ、まだ」わたしは小声で答えた。四人とも身動きもせずその場に立ち、問題の小さな部屋を見つめていた。気のせいか血と炎の臭いがする。犯行の瞬間に被害者が感じた恐怖と、発見者の恐怖が伝わってくるようだ。どの新聞を読んでも、最後の事件は凄惨(さん)を極めていた。聖書の一節のようだ、と誰かが表現していた。わたしはその意味がわからなくて旧約聖書を読み返してみた。思い返すと背筋がぞっとする。

横でメアリーがささやいた。「マーサ、わたしたちの追っている男はもしかして切り裂き……」

「いいえ、ちがうわ」今回もわたしはすぐに否定したが、思いのほか強い口調になった。

「切り裂きジャックは肉体を壊す。でも例の強請屋が壊すのは心と精神よ」

「でも、ホワイトチャペル・レディもあちこち切り刻まれていたわ」

「あれは切り裂きジャックのしわざじゃないと思うな」ミッキーは淡々と言って歩きだした。わたしたちは彼に率いられてミラーズ・コートを離れ、ドーセット通りへ向かった。「おいらの仲間にメアリー・ケリーの死体を見たやつがいるんだ。ビリーとウィギンズもロング・リズ（切り裂きジャックの三人目の犠牲者エリザベス・ストライドの通称）とケイト・エドウズ（四人目の犠牲者キャサリン・ケイト・エドウズ）の死体を見てる。ウィギンズなんかポリー・ニコルズ（一人目の犠牲者メアリー・アン・ニコルズ）のまで見たんだ」ミッキーはしゃべりながら迷路のような路地を通り抜けていく。わたしたちを胡散(うさん)臭そうな目つきで追っていた住人たちは、ミッキーが口にする名前を聞くと、黙って顔をそむけた。「見たやつらはみんな、吐きそうになったんだ。胃袋がひっくり返って、あの死体みたいにはらわたが飛びだしそうだったって。だけど、犯人のやり方はちゃんとしてたらしいよ。そういうの几帳面(きちょうめん)っていうんだっけ？　切り取った内臓も死体の足もとにきれいに並べてあったってさ」

「ちょっと待って。ビリーが見たというのは本当？」わたしは思わず立ち止まった。そんなこと、ビリーは一言も口にしていなかったのに。

「ホームズさんは止めようとしたんだけど、ビリーがどうしても見たいって言ったから。おいらたち、あのときホームズさんに頼まれてここへ来たんだ。ホームズさんから聞いてなかった？」

「いいえ、全然」わたしは気持ちを落ち着けた。ちょうどジョンが結婚した直後だった。その頃、ホームズさんは口数が少なくなって、じっと考えこんでいた。切り裂きジャックの事件を調べていることには気づいていたが、彼の部屋の状態から、新聞を読みあさって情報を集め、繰り返し考えをめぐらせているのだろうと思っていた。死体が転がっている血まみれの現場へ足を踏み入れていたとは知らなかった。しかも、ビリーを同行させたとは！

わたしは怒りのあまり平常心を失いかけた。よりによってああいう殺人事件の現場へ子供を連れていくなんて、非常識にもほどがある！　内心でそう叫んだあと、ふと我に返った。考えてみたら、名探偵のホームズさんが切り裂きジャック事件を捜査しないほうがおかしい。ビリーのことも——あの子の性分からすれば、いったんこうと決めたら誰が止めても聞かないだろう。それに、彼らがこれまで内緒にしていたことをとがめるなら、メアリーとわたしが今やっていることはどうなの？

ホームズさんに一言も相談せず、少年たちに手伝わせてホワイトチャペルへ足を踏み入れ、恐ろしい殺人犯をつかまえようとしているじゃないの。

　自分のことは棚に上げてホームズさんを責めるのはお門違いだ。

　わたしは気を静めて、心配げにこちらを見ているミッキーに向かってうなずいた。

「おいら、なんかまずいこと言っちまったかな」とミッキー。

「気にしなくていいのよ、ミッキー。あなたはなにも悪くないんだから」アイリーンが優しく言った。「ベイカー街二二一Bは秘密の家だったわけね？」

「ええ、思っていた以上に」メアリーはあきれたように言った。「でも、その件は後回しにしましょう」はきはきした口調でつけ加える。「今は目の前の問題を片付けなくちゃ。ミッキー、さっきの話に戻るけど、ホワイトチャペル・レディが襲われた現場を見たと言ったわね？」

「おいらじゃなくて、年上の仲間たちが見たんだ」ミッキーは答えた。「警察が駆けつける前にね。死体は血だらけで、めちゃくちゃに切り刻まれて、無造作に転がされてたって。内臓も部屋中に投げ散らかされてた。切り裂きジャックのしわざに見せかけたつもりだろうけど、本物ならどうやるか知らなかったんだよ」

「なるほど」メアリーが静かに言う。「ほかになにかわたしたちが知っておくべきことはない？」

　ミッキーはあたりに目を配ってから、声をひそめた。「ホワイトチャペル・レディはね――舌を切り取られてたんだ。おいらたち、それがどういう意味かわかるから怖くなっちまって」

「わたしたちもわかるわ」メアリーの顎にぐっと力が入る。「〝よけいなことをしゃべるな〟という意味ね」

その件がリリアン・ローズの耳に入っていませんように、とわたしは願った。

ミッキーは先頭に立って、冷え冷えした日光と突き刺さるような住人たちの視線を浴びながら、汚い不潔な通りを進んでいった。十分ほどして道の角を曲がり、二軒の家が下水道をはさんでにらみ合うように建っている狭い通りへ入った。どちらの建物も傾いでいて、今にも崩壊しそうだった。ミッキーは一方の家の薄い緑色のドアを開け、わたしたちを招き入れた。家のなかは人でいっぱいだった。部屋ごとの賃貸なのか、それとも又貸しなのか、細切れの空間に複数の世帯が暮らしているようだ。階段をのぼっていくとき、階段全体がぐらりと揺れた。危ないので手すりにつかまれば、木食い虫にやられたらしく朽ちた部分がぼろぼろと崩れ落ちた。大きな騒音はないが、低いうめき声やぶつぶつと不平を言う声が間断なく聞こえてくる。茹でたキャベツの腐りかけた臭いが、排水溝の悪臭を押しのけてあたりに充満している。

最後の四つ目の階段をのぼりきると、ミッキーはすぐ右側にあるドアの前で立ち止まった。鏡板が何枚か、ずいぶん前に蹴破られていたが、その上から板を釘で打ちつけてふさぎ、漆喰を塗ってある。

「ここがリリアン・ローズの部屋」ミッキーはささやいた。「大事なことだから言っとくけど、いきなり入らなきゃだめだよ。ノックなんかしたらポリ公だと思って、裏窓から屋根伝いに逃げるに決まってるから」

「いきなり？　そんなわけにはいかないわ。だって……彼女は……お取り込み中かもしれないでしょう？」メアリーは言葉を濁した。確かにそうだ。リリアン・ローズは職業婦人なのだから。

「朝の十一時なのに？」ミッキーは鼻で笑った。「まだ寝起きなんじゃないかな」

実際はどうかというと、わたしがドアを開けたとき、リリアン・ローズは完全に目が覚めた状態でベッドの外にいた。当然ながら、ぶしつけな訪問者に腹を立てた。

「なんなのよ、あんたたち！」彼女は両手を腰に当てて叫んだ。わたしは当惑した。想像していたような女性ではなかったからだ。わたしが思い描いていたのは、派手だがくたびれた服装で、垢だらけの肩がだらしなくむきだしになり、くしゃくしゃに乱れた髪は不自然で薄気味悪いブロンドに染めてある姿だった。でなければ、痩せ衰えて頬がこけ、目だけぎらぎらした悪い病気で死にかけている姿。

ところが、びっくりしたことに、目の前にいるのは薔薇の蕾のような唇の器量よしの娘だった。すっぴんなのに血色のいい肌をして、黒髪をきちんとまとめ、品のある青いドレスを着ている。貴婦人と言っても通りそうだ。落ちぶれた上流階級出身の女性は街のどこで暮らしていてもおかしくない。ただ、彼女の緑色の瞳は貴婦人に似つかわしくていた。

なかった。反抗的で、ふてぶてしい。でも、わたしには持ちえない将来への希望を宿していた。

売春婦には見えない売春婦。リリアン・ローズはきっと利口な女なのだ。

狭い部屋に全員は入りきれないので、ミッキーにはドアの外で待ってもらうことになり、この才気煥発な少年を気に入ったらしいアイリーンが彼に付き添った。わたしはなかへ入って、部屋の真ん中の色褪せて擦りきれた敷物の上に立ち、ローズ嬢を見つめた。メアリーもいつの間にかすっと横に来て、露骨なほど興味津々の目で室内を眺めている。清潔だが粗末なベッド、壊れかけた衣装だんす、ひとつきりの小さな窓。壁には新聞から切り抜いた湖の絵が一枚だけ画鋲で留めてある。

ローズ嬢はちょうど数少ない持ち物――襟ぐりが大きく開いた緑色のドレス一着、人造宝石をいくつか、タイトルのわからない本が一冊――をボール紙のスーツケースに詰めている真っ最中だった。

「あなた、逃げるつもり？」メアリーが急に大きな声を出した。

「だったらどうだっていうの？」リリアン・ローズは食ってかかった。

コックニー訛といい、ぞんざいな言葉遣いといい、下階の住人たちの同類と思わせるものだったが、あとから覚えたようなわざとらしさがあった。ホワイトチャペルの娼婦という顔の奥に、まわりの者たちとはまったくちがう、本当ならこの界隈とは無縁なはずの人間が見え隠れする。昔のリリアン・ローズはもっといい暮らしをしていたのかもしれない。そして、あくまで直感だが、今の生活を脱するためなら嘘をつくのも盗むのも、場合によっては人を殺めるのもいとわない気がする。

「だいたい、あんたたちは誰なのよ！」

「わたしはメアリー・ワトスン」メアリーは手短に自己紹介した。「こちらはミセス・ハドスン。わたしたち、ホワイトチャペル・レディの死を中心にいろいろ調べているところなの」

「ああら、探偵ごっこ？」ローズ嬢は馬鹿にした口調で言った。「そんなお遊戯をする暇があるなんて、優雅なご身分ね。どうせおてては絶対に汚さないんでしょ？」

「もう汚れきってるわ」メアリーが切り返す。「ホワイトチャペル・レディはわたしたちのせいで亡くなったんだもの」

ローズ嬢はメアリーの表情をまじまじと見て、瞳の奥で燃え盛る怒りの炎に気づいたようだった。

「あっそ。で、探偵さん、あたしを次のおとりにしようって魂胆？」ローズは冷ややかに言った。「あんたたちがここに来たら、犯人をおびき寄せるようなもんじゃないの」

「サー・ジョージ・バーンウェルのことなら怖がる必要はないでしょう？」わたしは探りを入れた。

ローズはせせら笑った。「はあ？　あんな男、これっぽっちも怖くないわよ」わたしたちと話しているうちに、彼女の口調がだんだん変わってきた。どんな相手にも順応できる器用さを持ち合わせているらしい。こういう人の話はさぞかし面白いだろう。拝聴する機会がありますように、とわたしは密かに願った。

「じゃあ、もう一人の男のほうね」わたしは言った。「あなたがサー・ジョージの集めた秘密を渡した相手のことよ」

ローズ嬢は凍りついたように動かなくなった。息まで止まった。首に巻いたスカーフがかすかに震えている。

「やめて」彼女の顔から血の気が引き、身体がぐらぐら揺れ始めた。

「あなたがなにをやったかわかってるのよ」メアリーが心なしか脅しを含んだ口調で言う。「手紙を盗むためにサー・ジョージ・バーンウェルの家へ行ったでしょう」

まだ確証はつかんでいないから、憶測の域を出ないのだが、今回は運がわたしたちに味方してくれたようだ。ローズ嬢は目を大きく見開いてメアリーを凝視している。

「いろいろな女性たちがサー・ジョージ宛に書き送った手紙のことよ」わたしは自信ありげに言ったが、本当は手探りで進みながらの出たとこ勝負だった。幸い、相手のぎょっとした表情からすると、メアリーもわたしも図星を指したのだろう。こんなふうに相手を追いつめていくのは酷な気もしたが、その一方で癖になりそうなわくわくする快感をおぼえていたのも事実だった。とにかく、あさましいやり方と非難されようが、ここで引くわけにはいかない。「誰が書いた手紙を盗みだすか、あらかじめ指示されていたの？　されていないでしょうね。あなたの判断に任されていたと思うわ。だから、まず文面に目を通して、なるべく衝撃的で恥ずかしい内容のものを探すことになっていた。要するに、選りすぐりの手紙を持ち帰るよう言われていた。そんな役目はかなり賢い人しか務まらないはずよ」

「ああいう女たちよりは賢いに決まってるでしょ!」とローズ嬢。さっきよりいくぶん控えめとはいえ、喧嘩腰の口調に戻った。挑みかかるように片手を腰に当てている。「わざわざペンと便箋を使って、あんな赤裸々な証拠を残しちゃってさ。まったく、どこまで馬鹿なんだか。小声でも口に出せやしない言葉をあそこまで大胆に書くなんて、どうかしてるんじゃない? 自分でそんなことしたくせに、あとでそれをネタに脅されて泡食ってるんだから世話ないわよ。ほんと、間抜けもいいとこ」

辛辣な言葉で容赦なくなじったが、声音は言っていることとは裏腹にだんだん弱々しく、哀調を帯びた。涙に喉を詰まらせているようだ。訛も薄れて、わたしとさして変わらない話し方になってきた。彼女も過去に手紙が原因で不幸のどん底に突き落とされた経験があるのだろうか。

「手紙を盗みだすにしても、こっそり家に忍びこむ方法ではなぜだめなの?」わたしは疑問に思って訊いた。「サー・ジョージは女性を警戒せずに自宅へ連れこんでいた。それはきっと、すべての手紙が自宅にあるわけじゃないからでしょうね。ちがう?」

「そのとおりよ、選りすぐりはいつまでもあそこにないわ!」ローズ嬢は悔しそうに言った。「大事な手紙は弁護士のピーター・ヨークに預けることになってた。サー・ジョージは〝保険〟と呼んでた。あたしが手に入れるよう言われたのはそれよ。難しい仕事じゃなかったはず。サー・ジョージはあたしの気を引きたがってたから、そこにつけこんで本人に出させるつもりだった」

「やっぱりそういうことだったのね」わたしはそっけなく言って、目の前に立っている女性を眺めた。リリアン・ローズは生意気で扱いにくいけれど、なんだか頼もしい。魅力的な絶妙の組み合わせだ。

「あなたの依頼人の男は……」メアリーが言いかける。

「名前は言わない」リリアン・ローズはすかさず言った。腰に当てていた手は下ろしている。「絶対に教えない」

「そう。じゃあ、もうひとつ。その男はたんまり報酬を払ってくれたんでしょう？」

「四桁の報酬をね」ローズ嬢は認めた。「こういう場所からおさらばできるだけの金額よ。口止め料としても充分」

「名前だけでいいのよ」メアリーは粘った。「ほかのことは言わなくていいわ。名前だけ教え……」

「あんたもしつこいね！」ローズ嬢はぶっきらぼうに言った。無意識なのだろう、彼女の手が喉元のスカーフのほうへ伸びる。妙だなと思った。満足に食べられない生活なのに、どうしてそんなものを巻いているんだろう。彼女はスカーフを引っ張ったりねじったり、しきりと気にしだした。「あの男がホワイトチャペル・レディになにをしたか知ってるでしょ。めった刺しにしたうえ内臓を切り刻んだのよ。彼女、ほんのちょっと人に話を聞いただけなのに！」

「話を聞いた？」わたしは問い返した。

「そうよ！」ローズ嬢は苦々しげに答える。「つい最近のことよ。通りで客をとってる女たちに尋ねてまわったらしいわ。他人の手紙と引き換えにお金をもらったことはあるか、強請(ゆすり)屋の手伝いをしなかったかって。たったそれくらいで全身を切り裂かれるなんて！」

胃のあたりがずんと重たくなった。メアリーのほうを横目でうかがうと、彼女も打ちのめされた様子だった。わたしたちが訪問したあと、ホワイトチャペル・レディはこのまま家にこもりっぱなしではいけないと感じたのだろう。そして、犯人の正体を自分の手で突き止めようと決心した――その結果、血の海に横たわることになってしまった。

「なんてこと……」メアリーはおずおずと言いかけたが、ローズ嬢の鋭い声にさえぎられた。

「あんな目に遭ったのは彼女が最初だなんて思ってないでしょうね！」ローズ嬢は辛辣に言い放った。「ホワイトチャペル・レディの死は氷山の一角。犯人は何度も同じことを繰り返してきたのよ。同じ目に遭った女はほかにもいっぱいいるの！　口を滑らせた女、歯向かった女、みんな始末されてる。あいつは血の海を泳ぎまわってるのよ。なのに誰一人、あたしたちを守ろうとしてくれなかった」

メアリーは突然あっと息をのんだ。

「そういえば、新聞にそれらしき事件の記事がたくさん載っていたわ」わたしのほうを振り向いてメアリーがささやく。「社交界の婦人たちを調べていて、目に留まったの。亡くなったのは小間使いや娼婦(しょうふ)や住み込みの家庭教師で、その多くが喉や手首を切ったことによる失血死。ほかに首吊り(くびつ)や服毒もあった。大半は自殺とみられていたけど、一件か二件は殺人の匂いがしたわ。でも、事件の数が多いうえに遠く離れた別々の場所で発生しているし、ほとんどは不審な点がなにもなかったから、関連性は疑われなかった。当然よね。ロンドンの公爵夫人の死と、グラスゴーの子守りの自殺を結びつけて考える人がいる？　わたしも同じ。今の今までつながりがあるなんて全然気づかなかった」

「でしょうね」ローズ嬢が再び口を開く。声はまだ震えている。「あんたみたいに恵まれた人はみんなそう。こっちは最下層の貧乏人だから、強請屋が破滅させようと狙う女じゃない。利用して捨てるだけのただの道具。なのにどうして？　用済みの相手にまでこんなひどい仕打ちを！」彼女は首からスカーフをぱっと取り払った。

喉を横に走る生々しい傷跡があらわになった。深い傷だったようだが、今は肉が赤く盛りあがっている。

「あの男はこれでも手加減したつもりでしょうね」とローズ嬢。「喉を軽くひっかいた程度だと思ってる。あたしが仲のいい警官としゃべってたから罰を与えたってわけ。密告してると疑ったのよ。ふん、できるもんならそうしたかった！　あたしは一命をとりとめて、ここへ移ってきた。やっと新しい生活に慣れたと思ったら、あいつに見つかって、またこき使われるはめに。〝簡単な仕事だ。手紙を盗んでこい。そうすればあとは好きにさせてやる〟とあいつは言った。やっと縁が切れると思ったのに……」声が弱々しくかすれ、頰を涙がつたい落ちた。

「ゆうべ会ったとき、おまえはよくやったと言って、お金をくれた。そのままあいつはすんなり立ち去り、あたしも姿をくらました。なのに、あんたたちにこの隠れ家を嗅ぎつけられてしまった。じきにあいつにも見つかる。どこまでも追いかけられて、最後はつかまるに決まってる。そうしたら一巻の終わり。今度はもう手加減はしないはず」

リリアン・ローズは目に涙をいっぱいためてわたしを見た。猟師に追いつめられた獣が敗北を悟った瞬間のようだった。

「あたし、死にたくない」と彼女は訴えた。

「その男に見つかると決まったわけじゃ……」メアリーが言いかける。

「見つかるんだってば！」吐き捨てるように言い返す。「あいつは全部お見通しなんだから！」

ローズ嬢はスカーフを首に巻き直すと、トランクのほうへ向き直り、蓋を勢いよく閉めた。それから壁に留めてある切り抜きの絵に手を伸ばす。

「全部じゃなくても、ほとんど」彼女はつぶやいた。

「今のうちに逃げて」わたしは切迫した気分で言った。「メアリーとわたしは犯人に近づきつつあるから、彼はわたしたちに気を取られているはずよ。あなたに時間を割く余裕はないと思う」こちらを振り向いたローズ嬢をなおも促す。「キングスクロス駅へ行って、そこから汽車でスコットランドへ逃げるのよ。ハイランド地方へ。人里離れた、いい隠れ場所を知っているわ」わたしは壁から湖の絵の切り抜きをはずすと、ミッキーからちびた鉛筆を借りて、切り抜きの裏に母の古い知り合いの住所を走り書きした。

「ここじゃロンドンからそんなに離れてない」ローズ嬢が住所を見て言う。

「とりあえず少しでも離れることが先決でしょう?」メアリーは言った。「わたしたちが犯人を倒すための時間を稼げる」

「あんたたちが?」疑わしそうにローズ嬢は訊いた。「本気であいつと対決するつもり?」

「ええ、もちろんよ」わたしは背筋を伸ばし、ハンドバッグをぎゅっと握って答えた。ホームズさんだったらこの場面できっとこう言うだろう。自分は栄えある大英帝国の国民である、と。

ローズ嬢の口元に笑みが浮かびかけた。「どうやら本気みたいね」わたしを頭のてっぺんから爪先までじろじろ見て言う。「あの男はまさかあんたみたいな人が立ち向かってくるとはゆめにも思わないだろうけど」

それからリリアン・ローズはこっそり部屋を出ていき、階段を下りていった。

こわばっていた背中から力が抜けるのを感じながら、わたしはベッドにすとんと腰を下ろした。メアリーも壁に寄りかかった。

「強請だけじゃなくて殺人まで」メアリーはぼそりと言った。

「前からわかっていたことよ」

「でも、これほど恐ろしい男だとは。リリアン・ローズが逃げだすのは当然だわ。上流階級の女性たちと同じように、彼女だって自分の身を守りたい。わたしたちも一度や二度は逃げる以外に方法がなかった経験があるはずよ」

「やっぱり犯人は切り裂きジャックとは別人よ、メアリー」

「ええ、別人だわ。少なくとも、リリアン・ローズの言う誰も結びつけて考えなかった一連の殺人事件は。犯人は毎回こっそり殺して、こっそり逃げる。同一犯のしわざだと気づく者はどこにもいない」

「切り裂きジャックのほうは正反対で、〝見ろ、おれが殺人者だ！〟と書いた巨大な看板を掲げるみたいに派手な殺し方をする。だから切り裂きジャックとは別の男だわ。でも……」

「お二人さん、ちょっといいかしら？」アイリーンが戸口から部屋をのぞきこんで、わたしたちに呼びかけた。正直言うと、メアリーとの議論に熱中していてアイリーンがいることを忘れかけていた。「ミッキーの話では、わたしたちのあとをこっそりつけてきた男がいるそうよ」

「まあ、誰なの？　どんな風体？」メアリーが訊いた。

「わかんない」アイリーンの横にミッキーが現われて答える。「はっきり見えなくて。でも、普通の男だったよ。普通すぎるくらい普通なんだ。目についたのはジャケットの袖のあたりが白くまだらになってたことくらいかな。しつこい汚れを洗い落としたみたいな感じだった。そいつはしばらく前からあとをつけてたんだと思う。最初は気づかなかったけど、おいらたちがここに入ってから、家の外になんにもしないでずっと立ってるんだ。間違いないよ」

「その男、ミス・ローズのあとを追わなかった？　さっきここを出ていった女の人よ」わたしは焦って訊いた。

「いいや」ミッキーは答えた。「まだ外で突っ立ってる」

「そう、わかったわ」わたしは決意をこめて言った。おびえて尻尾を巻いて逃げるのはこれでおしまい。哀しい身の上や惨劇の報を耳にして、無力感にさいなまれるのもこれでおしまい。決着をつけるべき時が来た。「我慢の限界だわ」わたしは立ちあがった。

「どうするの？」ミッキーが心配そうに訊く。

「その男は何日も前からわたしたちをつけ回していたわ」わたしは一同に言った。「今度はこっちが彼を追いかける番よ」

ホワイトチャペルの迷宮

厚い黒雲が空を覆い、真昼だというのにあたりは夜のように暗かった。湿り気を帯びた重たい空気はとげとげしさをはらんで、雷雨の予感を漂わせている。ホワイトチャペルの人々は皆、ずぶ濡れになってはかなわんとばかりに急ぎ足で軒下へと向かう。汚れた窓の前に立つミッキーが、真下の通りを指差した。家の玄関に男がもたれかかっている。背丈は高からず低からず、肌は色黒でもなければ色白でもない。ジャケットの袖口が不自然に白っぽくなっている。目深にかぶったしわくちゃのソフト帽の陰になって顔は見えない。さて、そろそろ行くか、というように男は身体を起こしたが、わたしたちを待っていることに疑いの余地はない。

「こういう建物には必ず裏口があるものよ」アイリーンが言った。考え事にかまけている場合ではないけれど、彼女はどうしてそんなことまで知っているんだろうと不思議に思った。「ミッキー、どこか教えて」

「こっち」ミッキーはわたしたちを率いて、壁の亀裂にしか見えないドアへ向かった。

以前は使用人のための隠れた出入口だったのだろう。ドアを入ると、家の外壁の内部に設けられた階段に通じていた。使われなくなった現在はネズミの棲み処になっているらしく、悪臭が充満している。階段を下りていくとき、壁の向こうから人の話し声やうめき声が聞こえてきた。ミッキーは一階まで下りずに途中で立ち止まると、別のドアを開けた。目の前に大きな部屋が現われた。誰もいないが、家具やがらくた類が散乱している。ミッキーはためらうことなく室内を横切り、奥にある窓を開け放った。

窓のすぐ外はどこかの家の平らな屋根だった。アイリーンが真っ先に窓から出て、スカートがつっかえてうまく動けないわたしに手を貸してくれた。続いてメアリーも手助けなしでくぐり抜けた。わたしたちは屋根の上を小走りに進んで、鉄梯子から細い路地へ下りた。その路地を通り抜けて別の路地へ入り、〝特徴のない男〟が待ち伏せしている通りをすばやく横断した。気がつけば、あの男の後方へ回りこんでいた。

ここでアイリーンとミッキーはメアリーとわたしにベイカー街へ帰るよう説得を試みた。だがメアリーは〝特徴のない男〟に聞こえないよう声をひそめ、絶対にいやだと突っぱねた。ミッキーはわたしをじっと見上げてから、アイリーンのほうへ向き直って言った。「ハドスンさんがこういう顔になったときは、なにを言っても無駄だよ」と。

「しかたないわね」アイリーンはしぶしぶあきらめた。そのときだ。「見て、あの男が動きだした」

建物の陰からこっそり様子をうかがうと、わたしたちが一向に出てこないので不審に思ったのだろう、〝特徴のない男〟は状況を確かめに家のなかへ入っていった。間もなくして男の悔しげな叫び声が聞こえ、ローズ嬢の部屋のカーテンがぱっと開いた。

ちょうど雨が降りだしてきた。大粒の雨がぽつぽつ落ちてきたかと思うと、空に雷鳴がとどろいて、すぐに本降りになった。当分はやみそうにない。一日の午後に四十日四十夜の分をまとめて降らせてしまおうとばかりの勢いだ（旧約聖書『創世記』七章四節「七日の後、わたしは四十日四十夜地上に雨を降らせ、わたしが造ったすべての生き物を地の面からぬぐい去ることにした」より）。もはや雨粒というより棒が人の身体を打ち、歩道を叩き、家々の隙間という隙間へ突進している。しかもここは大都会ロンドン。空から落ちてくる途中で林立する煙突の煤煙に汚れ、黒ずんでいた。この土砂降りにネズミたちでさえ逃げ場を求めてちょこちょこ走りまわったが、わたしたちにとっては逆に恵みの雨だった。街路はがらんとして、わたしたちと〝特徴のない男〟以外には誰もいない。雨の分厚い幕はわたしたちの姿を隠してくれるし、顔を上げていられないほど激しい雨脚なので、男はうつむいて足もとだけを見ながら歩かなければならない。

男はあっちへ曲がったりこっちへ曲がったり、延々と歩き続けた。あてもなくさまよっているようにも見えるが、メアリーが言うには、尾行されるのを警戒してわざと入り組んだ道順をたどっているのだろうとのこと。もっとも、アイリーンとミッキーはこういうゲームに慣れているから、簡単には振りきられない。メアリーとわたしは男の視界に入らないよう距離をおいてついて行き、前方を行く心強い二人組が阿吽の呼吸で尾行役とわたしたちの先導役を代わる代わる務めた。ミッキーはさすがイレギュラーズの一員だけあって、尾行はお手の物だ。アイリーンも外見や歩き方を微妙に変えているので、たとえ男が後ろを振り返っても、ずっと同じ女性が追ってきているとは気づかないだろう。

「器用な人ね」メアリーはアイリーンの様子を見て意味ありげに言った。「ニュージャージー州出身のオペラ歌手にとって、さぞかし役に立つ特技なんでしょうね」

メアリーとわたしは黙って視線を交わした。

ニュージャージー州出身のオペラ歌手――アイリーンはそう自称しているが、彼女の話し方にアメリカ訛が交じるのを一度も聞いたことがない。消えてしまっただけとも考えられる。でも、アメリカという国は再出発するのに都合がいい。もっと言えば、過去をぬぐい去って、ぴかぴかの新しい人間として生まれ変わるには恰好の場所だ。アイリーンは本当はどこで生まれ育ったのだろう。相手に悟られない高度な尾行術をどこで習得したのだろう。錠前破りや盗賊とはどこで知り合ったのだろう――疑問は尽きない。さらに挙げれば、強請屋に狙われるはめになった出来事は、過去のどの時点で起こったのか。少年のような恰好でロンドンの通りを歩きまわり、ホームズさんの目をもまんまとあざむいた技能は、いったいどこで身につけたのか。

以前、ホームズさんがアイリーン・アドラーの過去を洗いだそうとしたことは知っている。新聞記事の切り抜き帳にも〝彼女の件〟、〝彼女と関連しうる件〟などと細かく分類した見出しが作られていた。でもホームズさんでさえ確たる事実はつかめず、せいぜい単なる噂話や憶測のたぐいしか得られなかった。まるで実体のない幻を追っているかのように。ホームズさんが懐中時計の鎖につけているソヴリン金貨は、彼女とのつながりを示す目に見える証のひとつで、結婚式の立会人になったお礼にアイリーンからもらったものだ。もうひとつの証はホームズさんの抽斗に入っている一葉の写真。ホームズさんはアイリーンのことをとても麗しいと評していたが、自身は彼女の容貌よりも声に魅了されたようだった。ずいぶん前に音楽会でアイリーンが歌うのを聴いたことがあり、その晩は彼女の声だけに心を揺さぶられ、涙がこみあげたと回想していた。たとえ美が枯渇した世界にいても、ホームズさんは妙なる調べに酔い、感動に浸れる人なのだろう。そんなホームズさんの心を揺さぶったアメリカの歌姫は、どういう巡り合わせか、今わたしの目の前で音楽教師には絶対に教われない技能を発揮しているのだった。

その悪天候に見舞われた午後、おそらくわたしたちはホワイトチャペルの通りをほぼ踏破したのではないだろうか。メアリーとわたしは〝特徴のない男〟を遠くに見ながらひたすら歩き続けた。ときどき見失うこともあったが、ミッキーとアイリーンがしっかり追跡しているのはわかっていたし、交差点で道に迷いそうになれば二人のうち一人が戻ってきて、どちらへ曲がればいいか教えてくれた。厚い雲が低く垂れこめ、あたりは昼間とは思えないほど薄暗く、雨は打ちつけるように間断なく降り続けていた。なんだかこの世のものとは思えない情景で、子供の頃に古い本で見てぞっとするほど怖かった版画の地獄絵図を思い起こさせた。

不意にメアリーがわたしの腕をつかんで脇道へ引っ張りこむと、塀に背中をぴったりくっつけ、声を出さないようにと身振りで合図した。追跡中の男がわたしたちに気づいて突然引き返してきたのかと思ったが、すぐに本当の理由がわかった。路地の入口からこっそりうかがった瞬間、ホームズさんとジョンが目の前を駆け抜けていったのだ。

わたしは慌てて塀にへばりついたが、幸い彼らには気づかれなかったらしい。あちらの二人も誰かを追跡している最中のようだ。

「拳銃は持っているかい、ワトスン?」ホームズさんが相棒に呼びかけた。

「もちろんだ!」ジョンが意気込んで答える。

「よし、今度こそやつをつかまえてやる!」ホームズさんの声を残して、二人は篠突く雨の薄闇へと消えていった。

「どういうことだと思う?」彼らが遠ざかったのを確かめてから、メアリーが訊いた。

「さあ、わからない」二人が走り抜けていった通りを見つめ、わたしは答えた。そうしょっちゅう通気口の声に耳を澄ましているわけではないので、ホームズさんが今どんな仕事を手がけているのかは知らなかった。「永遠にわからないのかも」

本人たちに尋ねることもできない。ここで彼らを見かけたと認めなければならないから。それにしても、なんという奇遇。それぞれの組が同じ日にホワイトチャペルで別々の敵を追跡しているとは。

「ジョンがいつか話してくれるでしょう。そのときはわたしも自分が今日ここでなにをしていたか打ち明けなきゃ」メアリーは屈託なく言った。

時計台の鐘が午後四時を知らせたが、空は相変わらず雲に覆われていた。ホワイトチャペルの狭い路地裏にいると日没の時刻にしか思えない。ミッキーがわたしたちのところへ駆け戻ってきた。「やつが建物に入ったよ。ミス・アイリーンはそこが隠れ家だろうって言ってる。おいらたち外でぶらぶらしながら見張ってたけど、ずっと出てこないから」

ミッキーのあとについてコマーシャル・ロードを通り抜け、別の通りへ入ってステップニー地区にほど近い場所まで来た。目の前に灰色のレンガで造られた巨大な倉庫がぬっと現われた。看板の社名は風雨にさらされてとうの昔に消えている。壁は真っ黒に汚れて、だいぶ前に火事があった痕跡が見て取れた。窓は少ないうえ板が打ちつけられており、正面の大きな両開きの扉には頑丈な閂がかかっている。建物の横の小さな通用口だけが鍵さえあれば開くようになっていた。まわりを見渡すと、似たような巨大な倉庫に囲まれ、通りはがらんとして人っ子一人いない。通用口の脇に立っているアイリーンがちょうど解錠に成功したところだった。ドアが開くと同時に奇妙な白い光が路上に漏れだした。そして、ほんの数フィート向こうにあの〝特徴のない男〟がいた。

「あの、わたしたち住所を間違え……」メアリーがとっさに言い訳を始めたが、わたしは身振りでさえぎった。抱えている怒りが沸点に達し、抑えきれなかったのだ。ローラ・シャーリーやホワイトチャペル・レディ、さらには会ったことのない大勢の女性たちが頭に浮かんだ。容赦なく踏みにじられた人生と残酷に打ち砕かれた命に、哀れな犠牲者たちが流した血と引き裂かれた心に、思いを馳せずにはいられなかった。今目の前にいる男は、当然の権利とばかりに平然と彼女たちからなにもかも奪い去ったのだ。どうして許すことができよう。胸の内の怒りは轟然と燃え、大きな火柱となって噴きあがった。その勢いでわたしは警戒心も慎重さもかなぐり捨て、ドアのなかへずかずか入っていった。

予想外の光景が目に飛びこんできて、あっけにとられた。どんな光景を想像していたのかは自分でもよくわからなかったが、こんなふうでないことは確かだ。

倉庫内のほとんどは分厚いカーテンにさえぎられ、見えるのは部屋のように仕切られた二十フィート四方くらいの空間だけだった。内部はいくつものガスランプで煌々と照らされ、壁面の磨きあげられた鏡に光が反射して四方八方へ散っている。カーテンはビロード製で、いかにも空想的な田園風景が精密に描かれている。そして床にはいろいろな小道具。ギリシャ風の大きな石膏の壺や、不揃いなソファと椅子数脚、それから模造品の彫刻などだ。一方の壁に手すりが設けられ、衣装が何着かかかっている――どれも派手で生地が透けるほど薄く、なまめかしい感じだった。部屋の中央に敷かれたけばけばしい色彩のトルコ絨毯の上で、一人の女性がまるで肖像画のようにじっと立っていた。

なにより驚いたことに、彼女はギリシャ風の兜とサンダル以外には下着ひとつ身につけていない。

「ねえ、ドアを開けっぱなしにしないでよ」モデルらしき娘はわめくように言った。「おっぱいが凍っちゃう」

メアリーは息をのんだが、笑いをこらえているのがわかる。アイリーンは遠慮なく大笑いしてから、目を丸くしているミッキーの身体をくるりと回してドアの外へ送りだした。わたしは絵描きがいるのだろうと後ろを振り返ったが、目に入ったのは絵描きの姿ではなく、三脚に据えられた二フィート四方ほどの木箱だった。娘と向かい合う面に大きなレンズが装着され、その後ろの暗幕のような布の下に男がもぐりこんでいる。

これはカメラだ。撮影しているのは〝特徴のない男〟。ジャケットの袖口に白っぽい跡がついている。このジャケットをわたしは何度も目にしてきた。〝特徴のない男〟を見分ける唯一の目印だ。男は暗幕の下からゆっくりと姿を現わし、わたしをきっとにらんだ。意外にも怒っているというより迷惑そうな表情だった。

「また、あんたか」うんざりした口調で男が言う。「毎度毎度、前触れもなく飛びだしてきやがる。いったいなんのつもりだ？」

わたしは質問には答えず、ただ相手をじっと見つめた。嫌な予感が忍び寄ってきて、胸がざわつきだした。もしや、とんでもない間違いを犯してしまったのではないか――またしても。

メアリーがカメラの後方にあるテーブルに近づいた。そこには写真の入った箱が置いてある。彼女はためらうことなく中身をしげしげと眺めた。

「ただの写真じゃない」と彼女は言った。「いかがわしい写真ばかりよ。目を覆いたくなるほど悪趣味な代物だわ」かすかに動揺の色が浮かんだが、ひるむ様子はない。手に取って角度を変えながら、ためつすがめつしている。アイリーンもにわかに興味を引かれたようで、メアリーのところへ歩み寄った。わたしはその場を動かなかった。

「ポルノ写真だったのね」わたしはつぶやいた。「強請じゃなくて」

「おい、あんたらはどこのどいつだ?」〝特徴のない男〟がすごんで見せる。いきなりこんな状況になったのだから、いきり立つのも無理はない。それにしても、近頃わたしは似たような質問ばかり浴びせられている気がする。そろそろ名刺を持ち歩くことを検討したほうがいいのかもしれない。

彼はわたしの顔をはっきり見たことはなかったはずだ。これまでわたしはいつも影のなかにいたから。今もそう。けれども、カメラから離れた彼が鏡のひとつをこちらへ向けた瞬間、反射光がわたしの顔をまともに照らした。目がくらむほどまぶしかったが、わたしは身じろぎひとつしなかった。たじろいだのは男のほうだった。自分があとをつけた女だとわかったにちがいない。彼もわたしも無言のままだった。ちらちら揺れ動く影をはさんで立ち、互いに相手の反応を探り合った。

裸の娘は大きなため息をついて撮影用のポーズをやめ、寒そうに身体をさすった。それに気づいたメアリーが、写真のほうはアイリーンに任せて、急いでドレッシング・ガウンを持っていってやった。娘とメアリーのあいだでなごやかなおしゃべりが始まった。メアリーは相手を問わず気持ちをほぐすのがうまい。この特殊な写真撮影を話題に二人の会話はたちまちはずんだ。若い女性はルビーと名乗った。メアリーは作為を感じさせないさりげない質問で、ルビーから徐々に詳しい事情を聞きだしていった。撮影者の男は何者なのか、どういういきさつで秘密の写真を撮っているのか、といったことを。

「写真に書いてある名前からすると」アイリーンはわたしに向かって言った。「その男はロバート・シェルダンというらしいわよ」

「そいつにさわるな!」男は怒鳴ったが、視線は一瞬たりともわたしから離さなかった。

彼が怒って挑戦的な態度に出てくるのは予想どおりだった。極度に動揺しているのも、秘密の撮影現場に踏みこまれたのだから当然といえる。でも、彼が不安におののく理由は見当がつかない。顔から血の気が引き、目は飛びださんばかりに見開かれ、手もぶるぶる震えている。なぜわたしを恐れなければならないんだろう。ロンドンのいたるところでわたしをあれほどしつこく追いかけ回しておきながら、そんなおびえた顔をするのはおかしいじゃないの。

そう考えるうちに、ようやく真実がうっすら見えてきた。わたしは見当はずれの道へ踏みこんでしまったわけではなく、必要な遠回りをしただけなのかもしれない。

「ホワイトチャペル・レディ」わたしは静かに言った。アイリーンはまだ部屋の隅で写真を一枚一枚調べている。反対側の隅ではメアリーとルビーが楽しげに有意義な会話を交わしている。この瞬間、わたしと目の前にいる男以外には誰も存在しなかった。

「おれが殺したんじゃない」男は言った。薄青色の目がわたしをまっすぐ見つめる。本当のことを言っている目だった。

「あなたはホワイトチャペル・レディの家の外にいた」わたしは強い口調で迫った。

「しかも、彼女をホワイトチャペル中追いまわした。わたしが彼女を訪ねていくと、今度はわたしのあとをつけた。それから間もなくだったわね、彼女が血の海に沈められることになったのは」自分がそれほど冷静に無情になれるとは思いもしなかった。男は呪いをかけられたかのように縮みあがっている。

「あんたを見張ってたんだ。それだけだ。見張ってただけなんだ！」こわばった低い声だった。

「なぜ？」

「おせっかいな偽善者だと思ったからだ。おれの邪魔をする気だろうから、おれのことを誰に言いふらすか知りたかったのさ」

「わたしがどうしてあなたのことを言いふらすの？」

「あんたみたいな女はすぐ告げ口するじゃないか。そうだろう？」苦々しげに男は言う。「いつも上品ぶって、道徳やらなんやらを偉そうに説きやがる。やれ街をきれいにしろだの善行に励めだの、よけいなお世話なんだよ。おれやルビーみたいな人間から日銭を取りあげるようなまねばかりしやがって。ホワイトチャペルはな、あんたみたいな女どもでいっぱいなんだ。みんなで寄ってたかって、おれたちの商売を妨害する。前にもひどい目に遭った。そのせいで場所を移さなけりゃならなくなった。もう二度とごめんだ」

口から出まかせを言っているとわかっていたが、ここは聞き流すことにした。

「ホワイトチャペル・レディもおせっかいな偽善者だったというの？」

「ああ、そのとおり」男はふふんと鼻で笑った。「かなり重症のな」

「彼女を殺したのは誰なのか知ってるの？」

「知ってるわけないだろう！」青くなって否定する。「あの女がなにを企んでるか知りたかっただけだ。おれの仕事を妨害しないように目を光らせてないといけないからな」

「嘘つき！」ぴしゃりと言って、彼との距離を詰める。光を背負う恰好になったので、わたしの顔が影に覆われた。「何者かがあなたにホワイトチャペル・レディを尾行させた。彼女の行動を監視して、逐一報告するよう命じた。その人物はわたしが彼女を訪問していろいろ聞きだしたと知ると、今度はあなたに彼女の殺害を命じた。ということは、わたしもいつ血の海に突き落とされるかわからないわね」

「おれは殺しちゃいない！」シェルダンは身体を震わせ、口ごもりながら言った。「死体は見た。血まみれになった彼女を。あの現場へ行ったんだ。あいつに行けと言われたから……」

「なんのために？」理由を問い詰めると、シェルダンは黙りこんだ。「あなたに警告を与えるためでしょうね。誰かにしゃべったら、おまえもこうなるぞ、という脅しよ。でも、その人物は今ここにはいない。いるのはわたし。わたしに本当のことを話して」シェルダンは罠にかかった獣のようにあたりをびくびくと見回した。「さあ、話すのよ」わたしは再び迫った。だが罠にかかった獣と同じで、シェルダンも死に物狂いの反撃に出た。目にも止まらぬすばやい動作で脇にある重い鏡をこちらめがけて突き倒した。わたしは危ういところで、本当に間一髪で身をかわした。鏡はわたしのすぐ横で倒れて粉々に割れた。飛び散った破片がわたしの手や顔をかすめていった。

　ほんの数秒前までギリシャ神話の女神ネメシスのごとく憤怒に駆られていたわたしは、あっという間に小柄な弱い中年女に戻ってしまった。

　アイリーンが駆けつけてきて、シェルダンの手首をつかんだ。彼は身をよじって逃れようとしたが、アイリーンの手は鉄の万力さながらにがっちり締めつけていた。

「怪我は？」アイリーンがわたしに訊いた。

「平気よ」と答えたが、声まで弱々しくなっている。メアリーも走り寄ってきて、わたしの手や顔を調べた。

「そのようね。どれもかすり傷だわ」メアリーは励ますように言った。「運が良かったわね」そのあとシェルダンのほうを振り向いた。「もしこの人が怪我していたら……」

「ふん、どうだってんだよ！」男は声を張りあげた。「おれにそんな脅しが効くと思ってんのか？　あんたらになにができる。しょせんあの男にはかないっこない。あんたらとは比べ物にならないくらい残酷だからな。おれはあの男に守られてるんだ。それを忘れるんじゃない」と大声でわめき続ける。わたしたちに対してだけでなく、自分自身にも言い聞かせているようだった。「なめたまねをすると、ホワイトチャペルから生きて出られなくなるぞ！」

「そうかもしれないわね」アイリーンはつかんでいた男の手首を放した。「でも、こっちにも守ってくれる知人がいるのよ」からかうのを楽しむ口調で言った。「もしあなたがわたしたちのうちの一人でも傷つけたら、きっとその知人の男はあなたを地の果てまでも追いかけて、八つ裂きにするでしょうね」

全員が袋小路に入ってしまった。シェルダンはおびえて口がきけなくなっていたが、わたしたちを守ってくれる人とやらも架空の存在なのでもちろん沈黙している。次にどうすればいいのか誰もわからず、にらみ合いが続いた。

「ねえ、彼をほっといてあげてくれない？」ルビーが言った。怒っている口調ではない。「悪い人じゃないの。いい人でもないけど、あたしにはよくしてくれてる。それにね、あたし、この仕事が好きなのよ」

「本気で言っているの？」わたしは驚いて訊き返した。

「そうよ。だって、屋内の仕事だもん」ルビーはそう言ってロバート・シェルダンのそばへ行き、彼の腕に片手を置いた。シェルダンはルビーに顔は向けなかったが、一瞬だけ彼女の手に自分の手を重ねた。「あったかい場所にいられるし、誰にも身体をべたべたさわられなくて済む。すごくありがたい仕事なのよ。あたしを見つけて、この仕事をくれたのは彼よ。だから彼を怖がらせるのはもうやめてほしいの」

「ごめんなさい」メアリーが素直に詫びた。「わたしたちはただ……」

「彼はいろんな人のあとをつけるわ」ルビーは言った。おびえて縮こまっていたシェルダンはいくぶん落ち着きを取り戻し、背中がさっきより少しだけ伸びた。ルビーをびっくりした顔で見つめている。彼女にそれほど大事に思ってもらっているとは知らなかったようだ。「そういうことが上手で、誰にも気づかれないの。でも、ただあとをつけてるだけ。本当よ」

「あそこの写真を一通り調べたけど、知っている顔はなかったわ」アイリーンが言った。「でも、値打ちのある写真はここには置かないでしょうね」

「これがあなたの言う商売なの？」わたしはシェルダンに訊いた。「こっそりと秘密のいかがわしい写真を撮ることが」その口調にあまり非難の色がこもっていないのは自分でもわかった。

「儲かってはいないと思うわよ」メアリーが言った。「こんなお粗末な撮影道具じゃ、上質な写真は撮れそうにないもの」

わたしはロバート・シェルダンのほうへ向き直った。あることがひらめいたのだ。容疑者の名前を少なくともひとつ消去できる方法がある。

「彼に会ったことがあるんでしょう？　あなたに尾行を命じた男に」わたしは訊いた。シェルダンは無言のまま首を振った。答えたくないようだ。すると、ルビーが横から口をはさんだ。彼女におびえている素振りがみじんもないのは、たぶん自分の身がどうなるか知らないせいだろう。

「あたし、見たことある」とルビー。「一回だけね。その人、ロバートに会いに来たのよ。見ちゃいけないってわかってたんだけど」シェルダンの恐怖に凍りついた表情を見てルビーは言い添えた。「どうしても我慢できなくて、ちょっとだけのぞいちゃったの。向こうはあたしに気づかなかったと思うわ。あたしのほうもね、彼をはっきり見たわけじゃないの。ここは暗かったし、彼はちょうど帰ろうとしてたから、戸口の人影が見えただけ。輪郭だけってこと。どんな顔かは全然わからない」

「大柄な人だった？」わたしは訊いた。

「ううん、背丈は普通。わりと痩せてた」ルビーは肩をすくめて答えた。

ロバート・シェルダンは黙りこくって彼女を見つめていたが、急に顔をそむけ、彼女から離れた。「おれは誰も傷つけちゃいない」シェルダンはきっぱりと言ったが、真実なのかどうか判断がつきかねた。

「たぶん、本当のことなんでしょうね」わたしは言った。「あなたは臆病者だから」

挑発してわざと怒らせ、相手から感情的な言葉を引きだすつもりだった。それが功を奏して、期待どおりの反応を得られた。彼は肩をいからせ、わたしたちのほうへ足を踏み鳴らして近づいてきた。

「よくも侮辱したな。仕事の邪魔をして、大事な撮影現場を踏み荒らしたうえ、おれに見当違いの言いがかりをつけやがった！」と怒鳴り散らす。すくみ上がっていた弱腰の男が急に勢いづいた。言葉のアクセントまで変わって、ホワイトチャペルではなくどこかもっと健康的な土地の出身者がしゃべっているように聞こえた。わたしたちが立ち去ったら、シェルダンは誰のところへ逃げこむのだろう。「今度おれに近づいてみろ、そのときは必ず警察を呼ぶからな。訊きたいことがあるなら、おれの弁護士に連絡を取るがいい」そう言って彼はチョッキのポケットから名刺を引っ張りだし、わたしに向かって突きだした。それから、出口へとわたしたちを追い払いながらつけ加えた。「弁護士は待ってましたとばかりにあんたらを名誉毀損で訴えるだろうよ！　おれはあんたらのことなんかこれっぽっちも怖くない」シェルダンは精一杯の虚勢を張ったあと、威厳を保って堂々と退場しようとしていたわたしたちに痛烈な捨て台詞を浴びせた。「たかが女じゃないか。誰が怖がってなどやるもんか！」

手がかりと落とし穴、そして見えてくるパターン

　外へ出ると、ありがたいことにミッキーが機転を利かして大型の辻(つじ)馬車をつかまえておいてくれた。おかげで全員一緒に家路につくことができる。だいぶガタがきた古い馬車だったが、百年前は流行の最先端を行っていたことだろう。車内のあちこちに金色の塗料の跡が残っていて、往年の豪華な内装をしのばせる。詰め物をした座席は今でこそ擦りきれて破れが目立つが、昔はさぞや鮮やかで美しい緑色だったにちがいない。わたしは急に激しい疲労感に襲われた。朝から興奮状態で過ごした一日も、時計台の鐘が五時を打ち、くすんだ残光が夜の訪れを告げ、次第に終わりに近づいている。もう気力も体力も限界だった。あくびをしているので、メアリーも同じだろう。メアリーとわたしが馬車に乗りこむあいだ、ミッキーはドアを押さえてくれていた。彼にも乗るように言うと、歩くほうがいいからと断った。乗り物酔いするのだそうだ。そのやりとりが終わるのを待って、アイリーンはミッキーと真面目くさった握手を交わした。

「一緒に仕事ができて楽しかったわ、ミッキー」アイリーンは言った。「またいつか会

えるといいわね」

「はい、光栄です、ミス・アイリーン」ミッキーは答えた。その表情から、アイリーンが披露した路上で生き抜くための隠れた余技に感服しているのがうかがえる。

最後にアイリーンが乗りこんできた。わたしは窓から身を乗りだした。「ミッキー、この五シリングは謝礼金よ。今日は本当にお世話になったわ」そう言って彼にお金を渡した。「明日、ベイカー街二二一Bの台所に来てちょうだい。焼きたてのジンジャーブレッドをごちそうするわ」

彼の痩せこけた顔がぱっとほころんだ。ほんの一瞬だったが、年相応の表情を見せてくれた。そのあといつもの大人びた顔つきに戻って彼は言った。「みんなの分もあるかな。おいらたち、もらったものは分け合うことになってるんで」イレギュラーズの面々はそうやって互いに助け合いながら生きている。

「心配しないで、全員に行き渡るようにたくさん作っておくわ」わたしは約束した。「あなたが持ち帰って、みんなに配ってあげてもいいのよ。とにかく明日うちの台所へ来て、顔を見せてほしいの。ゆっくりお礼を言いたいから」実は、お礼を言うほかに、彼が今日のさまざまな出来事で受けたであろう精神的打撃を和らげるためでもあった。この事件で遭遇する相手のなかには、子供の心をむしばむほどの悪意を持った者がいる。ミッキーへの影響が心配だった。彼はにやりと笑い、帽子を軽くつまんでから立ち去った。

わたしは後部座席の背にもたれた。隣にいるメアリーは眠そうに首を垂れている。彼女なら闘いのあとでも一日が終わればぐっすり眠れそうだ。わたしの正面で御者台に背を向けて座っているアイリーンは、追っ手がいないかあたりの様子を確認したあと、窓から顔を出して御者に行き先を告げた。彼女も座席に深々と腰かけ、わたしたち三人はしばらく黙って馬車に揺られた。メアリーはうたた寝を始め、アイリーンは馬車の後方に注意深く目を凝らし、わたしはシェルダンから受け取った名刺を手のなかでもてあそびながら考え事にふけった。

「犯人はマイクロフト・ホームズではなかったようね」わたしは言った。「彼は並外れた大男だもの。ホワイトチャペル・レディにつきまとっていた男も、ルビーが見たという男も、巨漢ではないから」

「彼女たちの前に現われたのが強請屋本人とは限らないわ。手下かもしれない」アイリーンが指摘する。

「それはどうかしら」わたしは異を唱えながら、眉間を指でつまんだ。このまま横になって眠りに落ちてしまいたかった。「強請屋は自分の餌食とじかに接触しているはずよ。そうしなければ、犠牲者の苦しむ姿を見られないでしょう？　ホワイトチャペル・レディの話からも、強請屋が彼女の苦悶を間近で眺めて楽しんでいたのははっきりしている。だから、犯人はつねに獲物のそばで成り行きを見守っているんだと思うの。自分自身を周囲にうまく溶けこませ、目立たない存在を維持しながら。マイクロフトにそんな芸当は無理よ。あれだけ大柄な人だから、いやがうえにも目についてしまう」

「それに、あの怠惰な性格も強請屋のイメージには合わない」メアリーが議論に参加してきた。「マイクロフトは潔白だと思う」

「そうね、今回の事件については」わたしは同意したものの、彼を完全に信用する気にはなれなかった。それはこれからも変わらないだろう。ただし、この事件の犯人は誰か別の男だ。マイクロフトにも可能な犯罪かもしれないが、この強請屋が露呈し始めている自制心の崩れはマイクロフトには起こりっこないと思うから。

「行き止まりね」しばらくしてアイリーンがつぶやいた。馬車の道順のことを言っているのでないのは明らかだった。

「ホームズさんの場合は」わたしはアイリーンに言った。「捜査に行き詰まると、ふりだしに戻って証拠をあらためて調べ直すわ」

「あのシャーロック・ホームズも行き詰まることがあるの？」アイリーンが揶揄を含んだ口調で尋ねる。

「めったにないけれど」わたしは答えた。正直に認めるが、わたしたちはまだこれといって明白な証拠をつかめていなかった。事件の調査は感情と想像、直感と当て推量ばかりで、確固たる土台はどこにもない。ぐらぐら揺れるあてにならない地面を一歩ずつ進むことしかできず、事件の全貌は一条の煙のようなもので、手を伸ばしてつかもうとするや跡形なく消え失せる。課題は山積だ。この先の長い道のりを思うと気が滅入ってくる。わたしは座席にぐったりと沈みこんだ。

「もう、くたくた」わたしはつぶやいた。「でも眠れる気はしないのよね」隣でメアリーが目を閉じたまま大きなあくびをした。なんてほほえましい姿。わたしとはちがって、彼女には不眠に悩む心配はないようだ。

「ホームズさんは事件にかかりきりになると何時間も、ときには何日間も寝ないで起きているのよ」メアリーのうたた寝を邪魔しないよう、わたしは小声でアイリーンに話しかけた。「どうしてそんなことができるのか、ずっと不思議でしかたなかったけれど、やっとわかった。ほかに選択肢はなかったのね。眠りたくても眠れなかった」

アイリーンは悲しげにほほえんで、窓の外のオックスフォード街へ視線を向けた。もうガス灯が煌々(こうこう)とともっている。商店はまだ閉まっていない。なかには真夜中まで開いている店もあるだろう。通りは大勢の人でにぎわい、混雑していた。おかげで馬車はのろのろとしか進まないが、こちらも急ぐ旅ではないので気にならなかった。

「それはなに？」アイリーンはわたしが手に持っている名刺に目を留めた。

「ああ、これ？　さっきのシェルダンから、次に用事があるときは弁護士を通せと言って渡されたのよ。名誉毀損で訴えてやるとかなんとか、息巻いていたわ」

「あら、そんなことを言ってたの。あきれた。薄気味悪い臆病(おくびょう)な男ね」アイリーンは不快げに言った。

わたしは名刺をひっくり返して、あらためて名前を見た。〝事務弁護士ジョン・カークビー〃とある。安っぽい粗末な紙が使われているところをみると、繁盛している腕のいい弁護士ではないだろう。あの弁護士とは大違いだ……あの弁護士……ホワイトチャペル・レディの事務弁護士だと名乗ったリチャード・ハリファックス。

そのとき、突然暗闇のなかを一筋の閃光が走ったかのように感じた。思わず息が詰まった。ああ、そんな！ まさか、そんな！

「でも、ローラ・シャーリーには話を聞けない」半ば自分に言い聞かせるようにわたしはつぶやいた。「もうわたしにはなにも話してくれないと思う」

「どうしたの？ なんのこと？」アイリーンに訊かれ、わたしは顔を上げた。

「被害者に会って話をしたいけれど、わたしが知っているのはローラ・シャーリーだけ。彼女は今、強請のことを忘れてなんとか立ち直ろうとしているところだし、夫の看病もある。わたしが訪ねていっても、歓迎してはくれないでしょうね」わたしは背中を起こして座り直し、アイリーンに説明した。「ほかにわたしが知っている被害者はいない。わたしを知っている被害者もいない。見ず知らずの女がいきなり自宅にやって来て、あなたは強請られていましたよね、ちょっとお話を聞かせてくださいなんて言いだしたら、迷惑に決まって……」

「わたしがいるじゃないの。わたしも被害者の一人よ」アイリーンが言った。

そうだった。これまでアイリーンのことを捜査仲間として考えてきたが、彼女も強請屋に狙われた一人だ。そもそも、それが彼女がロンドンへ戻ってきた理由だった。わたしは身を乗りだした。

「思いついたことがあるの」とアイリーンに打ち明けた。「もう少し頭のなかを整理して、はっきりさせないといけないから、いくつか質問させてもらえるとありがたいんだけれど」

「もちろん、いいわよ」アイリーンは興味をそそられて面白がっているようだ。

「強請屋は、あなたとボヘミア王との関係を知っていたんでしょう？」

「ええ、知っていたわ。それで最初はシャーロックを疑ったの」

「ほかには誰が知っているの？」

「誰も。一人もいないわ」

「いるはずよ。まわりにいた人たちの名前を挙げてみてちょうだい、アイリーン。うすうす気づいていた可能性のある人は全員。たとえば、ボヘミア王の召使いは？」

「そういう人たちはいつも見て見ないふりをして、王に絶対的な忠誠を尽くすわ。そうでなかったら、王の召使いは務まらない。それに、彼らは皆、遠いボヘミアで暮らしているわ」アイリーンが当惑の表情になる。

「ボヘミア王本人は容疑者からはずしてもいいのよね？」わたしは念を押した。

「ええ、はずしていいわ」アイリーンは冷めた口調で言った。「聖人君子ではないけれど、こういう手の込んだことをするほど利口でもないわ」

「残るは、わたしとジョンとホームズさん……」頭のなかのリストから一人ずつ挙げていった。

「三人とも強請屋ではありえない」

「あなたの夫は？」

「ちがうわ。わたしが打ち明けるまで彼には知りようのなかったことだから。たとえ耳に入っても気にかけなかったでしょうし。ボヘミア王との関係は完全に過去のものよ」

「あなたが王と一緒に写っている写真があったわね。あれはアメリカへ持っていったの？」

「いいえ。ここイギリスに置いてあるわ」とアイリーン。「とびきり安全な場所に」

「それはどこ、アイリーン？」わたしは彼女と膝がくっつきそうになるほど身を乗りだした。「いつ恐喝の材料にされてもおかしくない写真を、いったいどこに置いてあるの？　あなたにとって大切でもあり危険でもある書類やなにかをいったいどこに？」

「もちろん弁護士のところよ。封印した箱に入っているわ」アイリーンは面食らった顔で答えた。やっぱりそうだった。わたしの顔が急に明るくなったのを見たせいだろう、アイリーンもはっと気づいた。「弁護士！」大きく息を吸いこんだ。「でも、箱は封印してあって……」

「箱を開けるのも封印し直すのも誰にだってできることよ。ましてや相手は事務弁護士でしょう？　封印のしかたをいろいろ知っているはずだわ。あなたの弁護士はなんという人なの？」

「ケトルウェルよ」アイリーンは息を殺して言った。「ジェイコブ・ケトルウェル。でも、彼は信頼のおける……」

「みんなそうよ。わたしも大事な書類は全部弁護士に預けてある。ジョンとホームズさんも同じ。弁護士は安心と安全の代名詞で、それを疑う人なんていやしない」

「ケトルウェル」横でメアリーがぼんやりとつぶやいた。「ヨークシャーにある小さな村の名前ね。ジョンと一緒に一度行ったことがあるわ」眠気を振り払ったメアリーは、アイリーンとわたしが目を丸くしているのに気づいてきょとんとした。「あら、わたし、なにか変なことを言った？」

「カークビーは？」わたしは手元の名刺の名前をメアリーに告げた。

「それもヨークシャーの地名よ」メアリーは背中を起こして居住まいを正した。「どうしたの？　なんの話をしているの？」

「サー・ジョージ・バーンウェルの書斎に忍びこんだときのことだけど、あの男の弁護士の名前をちらっと目にしたのよ」アイリーンの声もわたしと同じくらい興奮を帯びている。「確かピーター・ヨークだったわ！」

「ホワイトチャペル・レディはジョン・リポンという名の男につきまとわれていたんだったわね。リポンもヨークシャーの地名よ」とメアリー。「でも、どうして事務弁護士の話になったの？」わたしは経緯をメアリーに説明した。

女には大事なものを隠しておける場所がひとつもない。持ち物はすべて夫の所有。夫は望めば妻の私的な手紙すら読むことができる。だから女は――とりわけ秘密を持った女は――夫に見られたくない書類や個人的な持ち物が入った箱を事務弁護士のもとで保管してもらう。もちろん、その際に弁護士は依頼人の秘密を決して明かさないと誓約するから、女のほうも預けた物は安全だと信じる。その弁護士が誓約も封印も破って秘密文書を読み、脅迫状を送りつけ、依頼人の命や名誉を奪うなどと、いったい誰に想像できよう？　たとえ弁護士に疑念を持ったとしても、黙っているよりほかない。なにしろ相手はこちらの秘密を握っていて、それをいつでも悪用できる。泣き寝入りする以外にどんな道があるというのか。

「同一人物なのよ」わたしの説明を聞き終えると、メアリーは言った。「これまでに出てきた弁護士の名前は全部ヨークシャーの地名。一人の男が複数の偽名を使っているんだわ、きっと」

「どうしてヨークシャーの村から名前を取ったの？」アイリーンが訊く。「それに、複数の名前でそれぞれ依頼人を抱えてたら、忙しすぎて大変じゃない？」

「偽名って、なかなか覚えられないものなのよ」メアリーの言葉にアイリーンが深くうなずいた。実感がこもっているように見えたので、アイリーンにも経験があるのだろうか、とわたしは思った。「ヨークシャーの村の名前と決めておけば忘れにくいわ」

「たぶんその男はヨークシャー出身なんでしょうね」わたしはじれながら窓の外を見つめた。馬車がもっと速く、雑踏をかき分けて進んでくれたらいいのに。〝獲物は飛びだした！〃と叫びたい衝動を無理やり押しこめた。事件解決を目前にしたときのホームズさんが、街中を勢いよく駆けまわっていたのもうなずける。わたしも今なら犯人を追ってバッキンガム宮殿からベイカー街まで一気に走れそうな気分だ。

「ご自分の弁護士と最後に会ったのはいつ？」メアリーはアイリーンに訊いた。

「仕事を依頼したときに会ったきり。かなりお年を召した人だったわ。それからはずっと郵便でやりとりしてきた」

「それが普通よ。たいていの人は弁護士とその程度のつきあいだもの。初めの一、二回だけじかに顔を合わせて、それ以降は郵便で用件を済ます。簡単なものよね。人を使って会いに行かせることもできるわ。変装術か演技力の心得が少々あれば、弁護士に化けるのはたいして難しくないはずだから」

「そう言われてみれば、わたしの弁護士はいかにも弁護士ですという感じで、ちょっと鼻につくほどだった」アイリーンが納得顔で言う。「芝居に出てくる弁護士が思い浮かんだもの」

「ぴったりの表現！」メアリーが声を張りあげる。「それから先の進行はこんな具合かしら。あなたが弁護士の事務所へ送った郵便物は、事務員が毎回どこか別の住所へ転送する。もしくは、郵便物の送付先として、弁護士が週に二回確認しに行く私書箱が指定されている」

「向こうは安全策を講じたわけね」アイリーンが言った。「でも、ちょっと待って――

強請屋がリリアン・ローズをサー・ジョージ・バーンウェルのもとへ送りこんだのは、弁護士に預ける書類を奪い取るためじゃなかった？　もし強請屋がサー・ジョージの弁護士と同一人物なら、なぜわざわざそんなことを？」

「リリアン・ローズを試したのかもしれない」わたしは言った。今なら理由はすぐに五つ六つ挙げられる。「彼女を意のままに操れることを確認するために。サー・ジョージがどれくらい忠実か、可愛い女の子を前にしてどう変わるか、見極めるために。あえて二人を会わせようとしたとも考えられるわ。たとえば、サー・ジョージが隠し事をしていないか探りたかった。特に目的もなく、ただの気まぐれでそうしただけかもしれない。自分が作った精巧なゲーム盤の上で駒をあれこれ動かして、どうなるか眺めるのが楽しいんでしょう」

「その姿が目に見えるようだわ」とアイリーン。「例の強請屋の性格を考えれば、大いにうなずける。つながったわね！　大手柄よ。この推理で間違ってない。なにもかも筋が通ってる！」

「ついに正体をつかんだのね！　これでもう犯人をつかまえたも同然よ」メアリーも興奮して言う。「まだ細かい確認作業は必要だけれど、標的はだいぶはっきり見えてきたわ。敵はもう射程内に入ってる。マーサ、アイリーン、今こそこの台詞を言うときよ。〝獲物は飛びだした！〟」ところがその直後、メアリーのはちきれそうな笑顔が突然凍りついた。なぜなのかはわかっている。つい数秒前、わたしも同じことに気づいた。

「マーサ」メアリーが声を低くして呼んだ。「ホワイトチャペル・レディが殺されたとき、彼女の家の前で弁護士に会ったわよね。彼女の事務弁護士だと言う男に。あなたはあの男となにか話してたでしょう？　彼は……」

「ハリファックスよ」わたしは言った。「彼はハリファックスと名乗った」

「ヨークシャーの地名ね」メアリーは低くつぶやいた。「マーサ！　わたしたち、犯人の顔を見たのよ。それだけじゃなくて会話まで。わたしの場合は怒って文句を言ったんだけど」

「そうだったわね。わたしは彼と少し言葉を交わした」怒りと恐怖で身体が震えだした。「ホワイトチャペル・レディを殺したばかりの男と道で立ち話をしたんだわ。手についた血はまだ乾ききっていなかったでしょうに、これっぽっちも気づかなかった。まさか犯人だとは思わなかったから」

「彼が雇った役者だったんじゃない？」アイリーンが言う。

わたしは首を振った。「役者を送りこむ理由はどこにもないわ。それに、犯人でないなら、あそこでわたしたちと話す必要なんてなかったはずよ。あの家で彼が知っているのはホワイトチャペル・レディだけ。ホワイトチャペル・レディのほうも彼を事務弁護士として知っていた。偽名とは疑わずに。あの男は内心ほくそ笑んでいたにちがいない。勝利の喜びに浸ろうと犯行現場を再び訪れたのよ。自分の手際のよさに惚れ惚れして、さぞや悦に入ったことでしょうね。ホームズさんによれば、犯罪者にありがちな行動らしいわ。だから、あれはきっと本人。わたしたちが追っている男よ」

「彼に自分の名前を教えた？」メアリーにそう訊かれ、わたしはいいえと首を振った。

「教えなくても知ってるわ」とアイリーン。「職業柄、それくらいの調査はお茶の子さいさいでしょう。こんなことは気味悪くて考えたくもないけど、あの殺人犯は弁護士の立場を利用して、あなたがどこの誰なのかずいぶん前に調べあげていたと思う」

「なのに手出ししてこないのはどうして？」とメアリー。

アイリーンはメアリーのほうを向いて答えた。「あいつは狩人なのよ。そっと忍び寄ってから獲物をしとめる。今は忍び寄っている段階ね。じわじわと距離を縮めて、相手が絶好の位置に来たら飛びかかろうという魂胆なんだわ」

犯人はわたしたちを視界にとらえるのを待っている。


これまでに登場した事務弁護士の名前――カークビー、ケトルウェル、ヨーク、ハリファックス。ホワイトチャペル・レディにつきまとったリポンもつけ加えよう。彼も弁護士の看板を掲げていてもおかしくない。でも、だとしたら彼女はなぜそれをわたしたちに話さなかったんだろう。弁護士の存在感はそこまで薄いのだろうか。一般に弁護士は、物静かで誠実な人物だと思われている。権利と秘密を預かるのにふさわしい善人だと。彼らが――いえ、この事件の犯人のような男が、暗くなってから長いこと事務所の机に向かっている姿が目に浮かぶ。窓の鎧戸（よろいど）はすべて下ろされ、埃（ほこり）っぽい室内にともる明かりは一本きりの蠟燭（ろうそく）。男は上流階級の人々の名前が書かれた黒い文書箱を出してきて、封印をはがしているところだ。もちろん元通りに封印し直す方法は心得ている。箱が開くと、なかに収められている手紙を——依頼人が彼のもとなら安全だと信じて預けた秘密の手紙を、一通一通残らず読む。たとえようのない快感をおぼえながら。そして、豪壮な邸宅に呼びつけられ、さんざん待たされたり、椅子に座っている依頼人の前に立って、いかにも見下した態度の相手から指図を受けたりしているあいだ、弁護士は胸の内でこう言い返す。〝おれは知ってるんだぞ。おまえの汚らしい恥ずべき秘密を。おまえがなにをやったかはつぶさにつかんでる。それをどうやって隠蔽（いんぺい）したかもな。おれはおまえをいつでも破滅させられる〟と。いずれ、その考えからごく小さな一歩で邪（よこしま）な方向へ大きく踏みだす。ちょっとした侮辱を加えられたのが引き金になって、〝おれは知っているんだぞ〟の脅し文句を実際に用いることになる。すると相手は不安におびえ、懇願し、どんな条件でものむと約束するにちがいない。男は味をしめて調子づき、身分の高い裕福な依頼人たちから恐れられることにゆがんだ満足感を味わうだろう。

　ところが、しばらく経つと、それだけでは物足りなくなる。もともと男が手にできる秘密の数などたかが知れているのだから。初めはもっと増やそうと秘密を嗅（か）ぎまわるが、じきに秘密をでっちあげるようになり、それを強請の種に使う。依頼人を恐怖でがんじがらめにして言いなりにさせ、破滅してゆく姿に喜びを見出（みいだ）す。ねじくれた欲望はさらに肥え太って、ついには依頼人を死に追いやらないと満たされなくなる。そのあとは自ら手を下すまでそう時間はかからない。血に染まった自分の手を眺め、前々からこうしたかったのだと新たな喜びに目覚めるだろう。

もはや正気ではない。好奇心の強い弁護士から狂気に駆られた殺人鬼までの距離はわずか数歩。秘密がすべての始まりだった。秘密に対するいびつな執着、異常な愛が、男を血迷わせたのだ。

わたしたちは再び座席の背にもたれたが、三人ともさっきまでとはちがっていた。新しい事実を知ったことで、皆変わった。メアリーは頭をそらし、満ち足りた微笑をうっすらたたえ、窓の外を通り過ぎていく街路を見つめている。アイリーンも手を握ったり開いたりしながら、やはり窓へ目をやっている。怒りにこわばった顔で、一度だけ独り言をつぶやいた。〝いまいましい！　腹が立つ！〟と。わたしは二人よりもやや身体を起こし、軽く握り合わせた両手を膝に置いて窓のほうを向いていた。犯人はこの街のどこかにいる。そう思いながら人込みを目で追った。必ず彼を捜しだしてみせる。

「サーペンタイン通りよ」標識に気づいてわたしは言った。

アイリーンは小さく身動きすると、あたりを確認してから御者に停まってと告げた。「だいぶ遅い時刻ね」彼女は人けのないがらんとした暗い通りを眺めた。「二人をきちんと家まで送り届けるよう御者に頼んでおくわ」馬車から降りて、御者の男にベイカー街二二一Bの住所を伝え、その分も含めて馬車代をたっぷりはずんだ。それから窓のそばに来て、わたしたちに言った。

「あのミッキーという子のことだけど……」立ち去りがたい様子だった。

「心配ないわ」わたしはそう請け合った。「しっかり者のウィギンズがみんなの面倒をみているんだもの」

「路上でね」アイリーンはむなしそうな表情だった。

「あの子たちにすれば、救貧院や人使いの荒い雇い主の家でこき使われるくらいなら、路上で自由に行動できるほうがまだましだと思うわ」歯がゆいけれど、そう答えるしかなかった。

アイリーンはうなずいた。「誰しも自分の生き方は自分で見つけるしかないというわけね」考えこんだあと、なにか思いついたようだった。「ちょっと待って」

アイリーンは走って自宅へ行き、十分ほどで戻ってきた。

「これはわたしの事務弁護士と関係がある書類すべてよ。請求書や手紙などもろもろ。調べてみて。役立つ手がかりが見つかるかもしれない」

「自分で見直さなくてもいいの？」

アイリーンは首を振った。

「これはあなた方の仕事」彼女はきっぱりと言った。「事件調査を手がけているのはあなたとメアリーでしょう？　わたしは気が向いたときにお供しているだけ。それにね、当事者の目で見ると、どうしても事実をゆがめてしまう。第三者のほうが先入観にとらわれずに物事がはっきり見えるのよ。あなたならこのパズルをきっと完成できるわ」

わたしは書類を受け取り、折りたたんで握りしめた。

「次はどうするの?」アイリーンは訊いた。彼女の後ろで待ちくたびれた馬たちが蹄鉄(ていてつ)を軽く鳴らした。わたしは振り返ってメアリーを見た。奥の席でのんきに眠っている。

「明日まではなにもしないつもり」わたしはアイリーンに告げた。「年寄りだから、少し休まないと」

アイリーンは不満そうに鼻を鳴らした。「いったいどこが年寄りなの? そんなふうに老いぼれたふりなんかしても無駄よ。わたしの目はごまかせないんだから。あなたはまだまだ若いわ。わたしとたいして変わらないくらい」

そう言い残してアイリーンは窓から離れ、道半ばの辻(つじ)馬車は再び走りだした。

座り直してから、わたしは少しのあいだ懐旧の思いにふけった。息子を亡くして、もう二十年ほどにもなる。七歳のいたずら盛りの男の子。いつも明朗で、元気いっぱいに飛びまわっていた。あの子が世を去ると、わたしは一気に老けこんだ。髪は灰色になり、巻き毛をぎゅっと押さえつけて後ろでひっつめに結った。きれいな柄のドレスはすべて処分して、黒ばかり着た。歩き方も遅くなり、口元から笑みが消えた。どこも痛くないのに、椅子に腰かけるたび骨折でもしているかのように顔をしかめた。そう、我が子が死んだのと同時に、わたしは七十歳のおばあさんになったのだ。マーサであることをやめ、堅実な下宿のおかみ、働き者の家政婦のハドスン夫人としてのみ生き続けてきた。自分がまわりの人々の目にどう映っているかはわかっている。黒い服を着た、白髪交じりでしわだらけの小柄な老女。

実際にはまだ四十八歳だというのに。

辻馬車はガラガラと音を立てて街路を走り抜けていく。わたしはアイリーンから預かった書類をしっかり握りしめ、次に取るべき手段について思案した。ホームズさんの職務に忠実であろうとする信念にあらためて深く共鳴させられた。ホームズさんが口にしていた底なしの不安も身をもって理解できた。どんなに誠実に取り組もうとしても、襲いかかってくる恐怖のなかで信念を貫くのは至難の業だ。

ベイカー街二二一Bに着くと、玄関からビリーが走りでてきて馬車のドアを開けてくれた。

「ホームズさんとワトスン先生はまだ戻ってません」ビリーは言った。メアリーがあくびをしながらようやく目を覚ました。

「ええ、そうでしょうね」ホワイトチャペルの通りを駆け抜けていった彼らを思い起こし、わたしは答えた。あの様子からすると、追跡劇はまだしばらく続くかもしれない。

「メアリー、このまま馬車で自宅へ戻ったら？」

「まだ疲れてないわ」メアリーは不服そうに答えた。夜更かししたがる思春期の女学生のようだった。

「嘘おっしゃい」わたしはかまわず御者にワトスン家の住所を伝えた。

「どっちみちジョンが帰ってくるまでは寝ないわ」メアリーは今にもふくれっ面をしそうな態度だ。

「それは自宅でどうぞ」わたしはきっぱりと言って馬車のドアを閉めた。馬車が走りだし、角を左折するまで見送ってから、ビリーのほうを振り向いた。彼はどういうわけか憤慨した表情だった。

「どうかしたの?」

「最初にホームズさんとワトスン先生が、悪党を追いかけて行き先も言わずに出てった」とビリー。「そのあと今度はハドスンさんたち三人が飛びだしてって、どこにいるやらわからない。ただの散歩だなんて嘘はやめてくださいね。ミッキーを連れてったことはウィギンズから聞いてますから。ぼくがどれほど心配したかわかってるんですか?すごく……すごく、心配してたんだ!」

ビリーの優しさが嬉しくて、ついほほえんだ。

「ごめんなさいね」わたしは心から詫びた。「あなたに一言伝えておくべきだったわ。さあ、これから手伝ってもらいたいことがあるの。お願いだから機嫌を直してちょうだいな。難題を一緒にやっつけましょう」

するとビリーはにやりと笑い、いつもの茶目っ気が戻った。

家に入って、台所のテーブルいっぱいにアイリーンから預かった文書を広げた。自分でこれまでに書き留めたローラ・シャーリーとホワイトチャペル・レディに関するメモもひとまとめにした。さらにビリーに頼んで、二階からサー・ジョージ・バーンウェルの家で失敬した手紙や台帳を持ってきてもらった。どうかこの書類の山から決め手となる証拠が見つかってくれますように。そう願うほかない。

さて、どうやって作業を進めよう。目をつむり、深呼吸して、思考をおもむくまま自由にさまよわせた。上流階級のご婦人方、犠牲者、強請、殺人者、ポルノ写真師、ヨークシャーの地名、秘密、事務弁護士。それらすべてが頭のなかで輪になって回り続けた。いろいろな人の姿や声もよみがえる――どうか助けてと懇願するローラ・シャーリー、素顔をあらわにした瞬間のホワイトチャペル・レディ、通りでひそひそと話しているホワイトチャペルの住人たち。それから、〝当事者の目で見ると、どうしても事実をゆがめてしまう。第三者のほうが先入観にとらわれずに物事がはっきり見えるのよ。あなたならこのパズルをきっと完成できるわ〟と励ましてくれたアイリーン。

わたしはぱっと目を開いた。謎。ゲーム。手がかりと落とし穴、そしてパターン。

時計を見た。午後八時を回っていた。

「ビリー、ロンドンの地図が必要なの」

「ぼく、たくさん持ってます。いろんな種類のやつ。通りを全部覚えるようにってホームズさんに言われたから」

「すべての通りの名前が書いてあって、郊外も入っている大きなロンドン全体図はある？」

「はい。すぐに取ってきます」

自分の推理がどう着地するのかは予想できなかったけれど、推理の出発点はどこなのかわかった。

手がかりのピースをはめていく

しばらく前に、メアリーがわたしの台所のテーブルで、ビリーの蔵書の一冊をめくっていたことがあった。家庭教師が置いていった古い歴史書だった。ビリーはずいぶん前から薔薇(ばら)戦争に興味を持っていた。思うに、ジョンが語り聞かせた戦場の凄惨(せいさん)さを生々しく描写した話に引きつけられたせいだろう。

「ビリーの勉強をみてあげようかな」メアリーが急に思いついたように言った。そのときジョンはホームズさんと外出中で、ロンドン中を四時間かけて歩きまわる例の長い散歩に行っていた。ホームズさんは二、三週間ほど新しい事件に巡り合えずにいて、いらいらし始めたところだったのだ。ビリーもウィギンズに連れられてどこかへ出かけ、わたしは調理台の前で新しいパンのレシピに挑戦していた。

「どうして？」小麦粉とベーキングパウダーを混ぜる作業に半ば集中しながらわたしは訊(き)いた。「もう家庭教師を続けなくて済んで、ほっとしているのかと思っていたわ」

「それはそのとおりよ。やめられてよかったわ。どうしても好きになれなかったから」

ティースプーンをもてあそびながらメアリーは答えた。「住み込みの家庭教師というのはとても孤独だし、けっこう難しい立場だもの。でもね、仕事自体は気に入っていたのよ。子供に複雑な知識を伝える方法をいろいろと模索するのは一種の冒険のように刺激的で、やりがいがあった。冒険に挑戦するのは楽しいわ」

「そう。あなたが望むなら、どうぞビリーに教えてあげてちょうだい」わたしはテーブルの上に身をかがめて、レシピを読みながら答えた。「ビリーにはもう何人か家庭教師をつけてあるし、ホームズさんとワトスン先生もいるけれど、学ぶことに貪欲な子だから、どれだけ勉強しても飽き足らないと思うわ」

「ビリーにとって、わたしはいてもいなくても同じみたいね」メアリーはがっかりした顔で言った。「それじゃ、ウィギンズに教えようかしら。イレギュラーズのメンバー全員でもいいわ」

「あの子たちが熱心に教わりたがるかしらねえ」わたしは肩越しにそう言って、食料貯蔵室へ向かった。卵をあと何個か足すべき？　こういうレシピは必ず微調整が必要だ。

「勉学は日々の生活の妨げになると感じるかもしれないわ」

「本音を言うと、わたしのほうが彼らの日常生活についてもっと学びたいの」メアリーはことんと音を立て、ティースプーンを置いた。

「危険と隣り合わせの生活よ」メアリーに思いとどまらせようとした。

「ちょっと危険なくらいのほうが楽しそう」メアリーはしみじみと言った。「人生を面白くする隠し味のようなものよ」

　その頃にはもうパン作りに頭が行っていて、メアリーの話をろくに聞いていなかった。だから、彼女の口調に向こう見ずな憧憬がこもっていることにも気づかなかった。


　とはいえ、今はメアリーのことは心配しなくていい。自宅へ帰したのだから安全だ。ジョンもそのうち戻ってくる。わたしはこの台所で自分のやるべきことに専念しよう。

　さっき頼んだ大判の地図をビリーが持ってきてくれたので、それをテーブルに広げ、丸まってしまわないよう四隅に紅茶の缶とコーヒーの缶、砂糖入れ、胡椒入れをそれぞれ置いた。ロンドン全体と郊外を含めた広域地図で、ほとんどの通りに細かい文字で名称が入っている。わたしはペンと赤インクを用意した。ちなみに赤インクはいつも精肉店の請求書を調べる際に使っている。店主は金額を正しく記入したためしがないので、手間はかかっても確認作業は欠かせない。

「それじゃ、始めましょう」

「どうするんですか？」ビリーが訊いた。彼には一緒に地図を広げたときに今日の出来事を話してあった。複数の弁護士の名前や、さらには弁護士が手下の密告者と犠牲者を結びつける情報網を持っていることも伝えた。

「ひとつのパターンが浮き彫りになっているの」わたしはビリーに言った。「弁護士たちの名前はすべてヨークシャーの地名から取ったものだったのよ。ひとつ見つかったのなら、もうひとつ見つかるかもしれない。その作業をこれから進めましょう」

アイリーンから託された書類に目を通していくと、弁護士の住所が記載された請求書が出てきた。ビリーはその住所を地図上で探し、赤インクで印をつけた。アイリーンの分が終わると、次はポルノ写真師のシェルダンから渡された名刺だ。わたしが住所を読みあげ、ビリーが地図に赤い印をつける。

そのあとは二人がかりでサー・ジョージ・バーンウェルの大量の手紙に取りかかった。サー・ジョージは書類の管理が全然できていなかった。リリアン・ローズがこんなぐちゃぐちゃの状態から即座に目的のものを探しだせたとしたら、表彰ものだ。ビリーとわたしも苦労してようやく弁護士の住所が入った請求書に行きあたった。ワインの染みがついたしわくちゃの紙切れだった。その住所も地図で探す。

これで赤い印は三つになった。位置関係に特にこれといった特徴は見えてこない。赤い印はロンドンの中産階級が住む別々の地域に分散している。もっとデータが必要だった。

「ヨークシャーの地名ねえ――」わたしはつぶやいた。

「どうしてだろう」ビリーが疑問を口にする。「どうしてヨークシャーの村の名前でそろえたんだろう。誰かに気づかれるのは時間の問題だって、わかってたはずなのに」

「実際には今日まで誰も気づかなかったのよ」わたしは言った。「偽名をヨークシャーの地名から取った理由は、たぶんアイリーンが予想したとおり、統一性を持たせたほうが覚えやすいからでしょうね。犯人はヨークシャー出身で、あまり深く考えずに故郷の地名を選んだか、でなければ……」

別の考えがふっと脳裏に浮かんだ。ひょっとしたら、これはゲーム？

「犯人は意図的にそうしたんだわ」わたしは言葉の意味を嚙みしめながら言った。「いずれ誰かが名前に目を留め、それらの共通点を見抜くと期待して。これはパズルだ、さあ解いてみろというわけね。要するに、わたしたちをからかっているのよ。その男にとってはゲームにすぎない。手の込んだひとつの大がかりなゲームなんだわ」

「犯人はおびき寄せようとしてるのかな」とビリー。「ハドスンさんを」

「彼を追跡するだけの知恵と闘志を持った者なら、誰でもいいんだと思うわ。でも、念頭にあるのはメアリーとわたしじゃない気がする。きっと彼がおびき寄せたいのは……あっ！　そうよ、ビリー、狙いはわたしたちなんかじゃない！」

正解が突然ひらめいたが、そのせいでしばらくのあいだ頭が混乱した。メアリーとわたしはもうとっくに餌食になっていてもおかしくない。ホワイトチャペル・レディをあんなふうに殺せる男なら、わたしたちに危害を加えることなど朝飯前だろう。わたしたちが彼に迫りつつあることは、向こうも気づいていたはずだ。当然ながらわたしたちに関心を持った。実際に子分を使ってあとをつけさせたうえ、言葉まで交わした。でも、彼は残虐な暴力を少しもためらわない男なのに、わたしたちは脅しらしい脅しを受けていない。執拗に大量の脅迫状を送りつけた男なのに、わたしたちは一通も受け取っていない。なぜ？

彼は何年間もこういうゲームを続けてきた。あの手この手でせっせと情報を集め、狡(こう)猾(かつ)に相手の弱みを嗅(か)ぎまわり、獲物と定めた女性たちの身辺の見えない亀裂(きれつ)を探りだした。そうして少しずつゲームを進行させ、パズルのピースを残らず正しくはめ終わると、総仕上げとばかりにいよいよ獲物を追いつめ、人生を壊しにかかる。もちろん、この男は最初から断然有利な立場で、勝敗は始まる前から決まっていたようなもの。なにしろ犠牲者たちは犯人とは対照的に無防備で単純な、反撃に出るだけの知恵も力も持たない者ばかりなのだから。男は次第に退屈をおぼえるようになる。

そうなれば、きっとこう考えるだろう。もっと大がかりな勝負がしたい、戦闘意欲をかきたててくれる骨のある相手と危険に満ちた複雑なゲームを繰り広げたい。究極の敵とぜひとも一戦交じえたい。そこで、彼は強敵を招き寄せる作戦を立てた。ああ、そういうことだったのね。急に笑いがこみあげ、声を立てて笑いたくなった。犯人がメアリーやわたしに手出ししてこないのも当然だ。わたしたちは彼にとって、チェス盤の駒にたとえるなら歩兵にすぎない。本当に闘いたい相手はほかにいる。彼の頭に最強の敵として描かれている人物は、高名なシャーロック・ホームズその人なのだ。

にやりとせずにはいられなかった。ああ、そうだったのかと、ますます合点がいく。ローラ・シャーリーをベイカー街二二一Bへ行くよう仕向けたのは、弁護士の仮面をかぶった犯人。おそらくアダム・バラントを送りこんできたのも同じ男だろう。二人の依頼人は犯人からホームズさんへの招待状だったのだ。ところが、招待状を受け取ったのは名探偵ではなくメアリーとわたしだった。

これまで長いあいだ、わたしは自分の持ちうる能力をないがしろにしてきた。料理が得意な切り盛り上手の家政婦ではあっても、ほかにはなにもできない人間だと決めつけていた。まさか自分にいささかでも推理に適性があるとは、複数の手がかりを結びつけ、直感を検証し、そこから組み立てた仮説を揺るぎない証拠に変える能力があるとは、思ってもみなかった。自分に今回の事件を解明できる可能性が少しでもあるなら、やってみるしかない。それに、憎むべき犯人に見くびられたままでいるなんて、絶対にお断り。向こうがホームズさんのために用意したゲームにはこのわたしが挑戦するわ。少なくとも、わたしには意外性という強みがあるから、きっとうまく行くと信じよう。

地図をあらためて見た。勇ましい言葉で自分を鼓舞するのもけっこうだが、今は目の前にやり遂げなければならない課題がある。

「こういうことはわたしよりメアリーの領分ね」思わずつぶやいた。

「こういうことって？」とビリーの声。考え事に没頭するあまり、彼がいることをすっかり忘れていたが、いつの間にかテーブルの前に座って両手で頬杖をつき、わたしをじっと見上げていた。

「これよ」と言って、わたしはテーブルの上の地図を身振りで示した。「実践的な作業。科学的手法で手がかりを集めること」

「じゃあ、ハドスンさんが得意なのは？」ビリーは訊いた。

「人間にまつわることでしょうね。人を見る目はけっこうあるつもりよ。あとは全体のパターンをつかむことにも長けていると自分では思っているんだけれど」

「ぼくもそう思う」ビリーは立ちあがって伸びをした。「作業はまた明日の朝にしますか？」

「そうね……いいえ、続けるわ」神経が高ぶっていて、眠ることはおろか本を読んだりパンを焼いたりすることさえできそうにない。ほかのことで気をまぎらわすのは無理だとわかっていた。「とりあえず、取っかかりの部分だけでも手をつけておきたいの。ホームズさんのご帰還まで集中して頑張りましょう。事務弁護士の人名録のようなものはある？」

「はい、ホームズさんの部屋に」とビリーが答えたので、わたしはそれをヨークシャーの地名辞典と一緒に持ってきてほしいと頼んだ。

それから十分後、ビリーとわたしはテーブルに身をかがめ、地名辞典と人名録に首っ引きで照合作業にあたり、ヨークシャーの地名を姓に持つ弁護士を拾いだしていった。もちろん大半は無関係な者たちで、リーズやハリファックスという名の弁護士全員が冷血な殺人鬼なわけではない。それでも、いくつかは犯人が使っている名前なのだ。わたしはそう確信している。犯人がゲームをやっているつもりならば、自分の作ったルールにこだわりたがるはずだから。

該当する弁護士の事務所の所在地を地図に赤い×印で記入していくと、ばらばらに散らばる一方だった。なんの規則性も見当たらず、なんの特徴も浮かびあがらない。市内のあちこちに点在していて、そこから共通点や関連性を導きだすのは難しかった。貧困層、中産階級、富裕層、すべての地域にまたがっている。まさしく神出鬼没。犯人はどれくらいの数の偽名を使い分けているのだろう。内心で不安がいや増した。

二十個ほどの×印をつけ終えたとき、玄関のほうから騒がしい物音が聞こえてきた。誰かが大声で叫びながらドアを激しく叩(たた)いている。

「ジョンだわ！」わたしはぎくりとした。ビリーが短い階段をのぼって玄関へと走り、すばやくドアを開けた。わたしもすぐに駆けつけ、彼のすぐ後ろに立った。

「すまない。鍵(かぎ)を取りだせなかったので」ジョンが荒い息で言った。「手を貸してもらえませんか？」

ジョンは今にも倒れそうな青ざめた顔のホームズさんを抱えていた。ビリーとわたしは彼らが家のなかへ入るのを手伝った。ホームズさんは片腕から出血していた。肩にかけたジャケットの下に、シャツを引き裂いてむきだしにしてある腕が見えた。ジョンが傷口に応急手当をほどこしたのだろう。わたしは怪我に驚いて思わず声を上げてしまった。

「騒がないで、ハドスンさん！」ホームズさんに叱られた。

「気にすることはないですからね」ジョンがわたしを慰める。「刺されたときのホームズはいつもこんなふうに不機嫌なので」

「刺された？」わたしは息をのんだ。今度は予期できたので抑えられた。それに、驚きよりも心配のほうが大きかった。ホームズさんがこういう状態で帰宅したのは今回が初めてではない。数え間違いでなければ五度目だ。「いったい誰に？」ホームズさんとジョンが追跡していた人物だろうか？　追いまわされてうんざりした相手が逆襲に出たのかもしれない。

「ありふれた盗人ですよ」ホームズさんを階段のほうへ引きずっていきながらジョンは答えた。「たいしたことはありません。かすり傷です」わたしが半信半疑の表情だったせいだろう、ジョンは声を低くして言い添えた。階段の下まで行くと、ホームズさんはジョンの腕を振り払って、一人でのぼり始めた。「かなりの重傷に見えますが、ぐったりしているのは出血というより過労のせいなんですよ。知ってのとおり、事件を手がけているときのホームズは決まって無理しますからね」

「ええ、身体を壊すくらいに」わたしは眉をひそめ、階段を上がっていくホームズさんのあとに続きながら言った。負傷した腕から滴り落ちる血が絨毯を汚したが、わたしは血液の染みをぬく自分なりの化学的な方法をずいぶん前に編みだしていたので、少しも気にならなかった。「あとでお湯と熱いお茶をお持ちします」わたしはホームズさんの背中に向かって言った。

「熱いお茶なんかいらない！　お断りだ！」ホームズさんはそう答えて、ジョンが急いで手を貸そうとするのもかまわず自分でドアを開けた。「そんなものを飲むくらいなら生温い池の水のほうがまだましだ！」

「だだをこねないで、おとなしく熱いお茶を飲みたまえ。医者の言うことが聞けないのか？」ジョンがたしなめる。そのあと彼はわたしに言った。「では、お茶をお願いします。砂糖はたっぷり入れてください」

お任せを、とうなずいて見せてから、わたしはジョンの肩越しに室内をのぞきこんだ。暖炉の薄明かりのなかで、ソファの背にもたれたホームズさんが書棚を凝視している。具体的に言うと、本と本のあいだにできた隙間を。ビリーとわたしが無断で拝借している辞典類のあったところだ。ホームズさんは怪訝そうな顔でこちらを振り向いた。わたしは度胸を据えて素知らぬふりで通すことにした。両手を前で組み合わせ、生真面目で頭が良すぎない平凡な家政婦の見本を演じた。

「おやすみなさいませ、ホームズさん」ホームズさんがなにか言おうと口を開きかけた瞬間、わたしはそう挨拶してドアを静かに閉めた。

台所へと階段を下りていく途中、ついににやにやしてしまった。ほんの短いあいだとはいえ、あの偉大なる名探偵シャーロック・ホームズを見事に面食らわせたんだわ！

お湯と紅茶、それにサンドイッチを用意して、ビリーに二階へ運ばせてから、絨毯の染みを手早く拭き取った。完全には消えないが、もともと赤茶色の絨毯なので朝が来る頃には乾いて目立たなくなっているだろう。ひととおり後始末が済むと、台所へ戻って腰を下ろし、テーブルの上の地図を再び眺めた。すぐにビリーも入ってきて、椅子に座った。彼はまだ目が冴えているようだが、わたしのほうは実を言うと少し眠気を催していた。たぶん朝まではなんとか持ちこたえられそうだけれど。

「ハドスンさん、ちょっと」ジョンの声が台所の外から聞こえた。テーブルの上を見られてはまずいので、わたしは彼が入ってくる前に急いで戸口へ行った。

「ホームズさんの具合はどうですか？」玄関ホールに出て、ジョンに訊いた。

「心配いりませんよ。今はぐっすり眠っています。鎮静剤を投与しておいたので、しばらくは目が覚めないでしょう。メアリーは来ていますか？」

ジョンは憔悴した顔つきだった。シャーロック・ホームズの面倒をみるのはそれだけ骨の折れる役目だということだろう。

「いいえ。だいぶ前に帰りましたよ」

「これからスコットランド・ヤードへ行ってきます」とジョン。「グレグスン警部に会って話をしなければ。ホームズを刺した男はまだ野放しの状態です。ぐずぐずしていて夜が明けたら、取り逃がしてしまう」

「わかりました。ビリーをやって、メアリーにそう伝えさせます」ジョンの心の負担を少しでも軽くしてあげたかった。

「しかし、もうこんな時刻だ。ぼくのほうはたぶん朝まで帰れないだろう」

「ビリーはまだちっとも眠そうじゃありませんし、徹夜になるならなおさら、早めに伝えたほうがメアリーも安心だと思いますよ」

ジョンはうなずくと、そのまま玄関から通りへ出て、足早に去っていった。わたしはすぐにビリーを呼んで辻馬車代に小銭を多めに持たせ、ワトスン家へ使いに出した。そのあとは台所へ戻り、やりかけの作業に取りかかった。

蠟燭が燃えつきようとしていた——時刻は九時半。残り少ない蠟燭の弱々しい炎がちらちらと揺れ、四方八方へ影を投げかける。昼間はあんなに慌ただしかったのに、今は打って変わって暗く静まり返っている。地図上には二十個の×印が記入された。控えめに見積もっても、そのうちの半数以上は犯罪などには手を染めていないまっとうな弁護士だろう。残るは九つほどの名前。弁護士の看板を掲げている十人近い男が実際にはたった一人の極悪人、すなわち嘘つきで詐欺師で強請屋で殺人者なのだ。この悪党はいったいどれくらいの秘密を打ち明けられたのだろう。いったい何人の女性が、のちに裏切られて骨までしゃぶられるとも知らずに彼を信用し、すすり泣きながら恥を忍んで、あるいは尊大にかまえて、私的な事情を相談したのだろう。この弁護士を頼ってしまったがために、彼女たちは破滅させられた。まさに飛んで火に入る夏の虫。犯人にとってはゲームの興奮と快感のもとになる材料でしかなかった。

彼は何人殺したの？　握っていた秘密やスキャンダルのなかには、メイドや娼婦など、彼にすれば策を弄して強請るだけの価値のない女たちから集めたものもあった。そういう上流階級以外の相手に対しては弁護士を装うことすらしない。最初から脅しつけ、さんざん利用したあげくに虐待した。男の本性を知っている彼女たちは、陰謀の共犯者の立場からやがては犠牲者になる。黙っていられるはずがないからと、口封じのために消されるのだ。新聞を調べたときに見つけた、それとおぼしきいくつかの事件を思い起こした。名もなき若い娘たちの死亡記事——痴情のもつれから同じ下層階級の男に殺されたのだろうと報じるものが多かったが、気味の悪い残虐な事件も起こり始め、犯行はむごたらしさを増していった。そして、ついにはホワイトチャペル・レディの酸鼻を極める殺人事件へとつながったのだ。それでもまだ犯人はやめるつもりはない。ゲームという名の強請の手口と同様、殺しの手口も磨きあげて、完成形に近づけようとしているのは明白だ。もっともっと欲望を膨張させ、切り裂きジャックのような身の毛のよだつおぞましい凶行をこの先も重ねるだろう。

世間は切り裂きジャックはもう殺しをやめたと思っているが、わたしは別の見方をしている。あれほどの悪党が急に罪悪感をおぼえるわけがないし、満足するということを知らないはずだから。

急にため息が出た。疲労困憊(こんぱい)なのに夜遅くまで起きているせいで、思考が陰気なほうへ陰気なほうへと押し流されていく。いいかげん作業を中断して休まなければ。朝になったらメアリーが新鮮な目で見て、わたしが見落としていることに気づいてくれるだろう。わたしは蠟燭の火を吹き消した。ビリーが戻り次第、寝室へ行こう。

そう考えていたとき、ビリーが玄関から慌ただしく入ってきて、台所への階段を駆け下りてきた。肩で息をしている。

「ミセス・ワトスンが……いなくなってた……」あえぎながらビリーは言った。「このメッセージを受け取ったみたいで……」折りたたまれた紙切れをわたしに差しだす。開いてみると、いかにもホームズさんの書きそうな文が記されていた。〝すぐに来い。ワトスン負傷す〟

「四輪馬車が迎えにきたんだって」とビリー。「ミセス・ワトスンはそれに乗って出かけたってメイドが言ってた」

「おかけなさい」わたしはとりあえずビリーを落ち着かせようとした。さっきまでの眠気は一瞬で吹き飛んだ。「ワトスン先生はぴんぴんしていたわ。これはホームズさんが送ったメッセージじゃない」彼は二階で眠っているし、見覚えのない筆跡だった。使われている紙も我が家のものではない。なにが起きたのかは一目瞭然だ。「罠よ。メアリーは犯人にさらわれたんだわ」

「ミセス・ワトスンが？」ビリーが悲鳴に近い声を放つ。「どうして？　なんのために？　目的はなに？」

反射的に〝わたしよ〟と答えかけて、すぐにそうではないことを思い出した。わたしは顔を上に向け、今はしんと静まり返って、ことりとも音がしない上階に思いをめぐらせた。メアリーの誘拐はワトスン博士を、さらにはシャーロック・ホームズをおびき寄せるのが目的。手がかりをばらまいてもホームズさんがいっこうに食指を動かさないので、しびれを切らし、とうとう強硬策に出たのだ。つまり、犯人の男が待ち受けているのはジョンとホームズさん。二人の動向をずっと監視しているのかもしれない。でも、わたしのことは眼中にないだろう。一介の下宿のおかみは、犯人にすればいくらでも代わりがきく捨て駒なのだから。

「ホームズさんもそういう顔をするよ」わたしをじっと見上げて、ビリーがぽつりと言う。「まるで凍りついたみたい。ホームズさんが本気で怒ったときの表情なんだ。見てると怖くなるってワトスン先生が言ってた。そうなったときのホームズさんは誰にも止められないんだ」

「あなたの言うとおりよ」わたしはメッセージの紙をテーブルに置いた。「わたしは今、本気で怒ってるわ」

「ワトスン先生を捜しに行ってきます」ビリーは腰を上げた。

「だめ」わたしはきっぱりと言い渡した。「ジョンやホームズさんまで危険にさらすことになるから。それに、ジョンはスコットランド・ヤードへ行っていて、たぶん一晩中帰ってこられないわ」

ビリーは再び椅子にかけた。言い争う気はないようだ。

わたしは不安で動転していて頭のなかは真っ白、そのうえへとへとに疲れていたが、なによりもかによりも怒りに駆られていた。はらわたが煮えくり返るとはまさにこのこと。強烈な憤怒の炎で全身を焼きつくされそうだった。卑劣な悪党に、愛する人間を利用されたことが悔しい。自分が見くびられたことや、メアリーがこんな見え見えの罠にかかったことも悔しい。人生をあきらめかけている自分にはもっと腹が立つ。でも、一番許せないのは犯人が男女を問わず他人を破滅させ、命まで奪ったこと。幸福な人生を踏みつぶし、人々を絶望に追いやり、とりわけ女性たちを喪失感と孤独感の檻に閉じこめたこと。

テーブルの上の地図と書類に視線を落とした。犯人に迫る手がかりはこのなかのどこかにある。それが見つかれば、メアリーも見つかるだろう。こうなったらわたしがゲームのルールを変えるしかない。犯人の裏をかいて攻めこみ、必ずや勝利をおさめてみせる。

「さあ、ゲームを始めましょう」

手がかりを追って

「とっかかりはどこ？」わたしは地図をにらんで自問した。これまでの作業で赤い×印がロンドン中に不規則に散らばっている。このゲームのルールはまだ半分もわかっていない。しかも激しい不安と闘っていた。メアリーが囚われの身となって、無力な状態でおびえている。わたしの愚かしいプライドのせいで彼女を死なせるようなことになったら、悔やんでも悔やみきれない。だから正直に認めよう。お手上げだ。独力でこの事態を収拾するのは無理。メアリーの身が危ないというのに、わたしはなす術もなくただ手をこまねいている。どこをどうすればいいのか見当もつかない。

「弁護士はかかった費用をなにからなにまで請求してきてますね」ビリーが唐突な感じで言った。「業務の日当だけじゃなくて、便箋代にペン代、食事代、それから馬車代も」振り向くと、ビリーはアイリーンの書類の山から請求書を一枚拾いあげ、しげしげと眺めていた。

「弁護士はみんなそうよ」わたしは彼の手から請求書を受け取った。「でも、この弁護士は特に細かいわね。依頼人が吸った空気の代金まで請求しかねない……」語尾が消え入ったのは、請求書の内容に目を通すうちに、項目ごとに分けられた雑多な経費のうちのある数字が目に留まったからだ。

それはアイリーンの自宅であるブライオニー荘までの馬車代に書き添えられた九・七五マイルという走行距離だった。

別の請求書を調べてみた。やはり明細に馬車代が入っていて、距離は十一・五マイル。

ああ、これは！　あまりの衝撃に愕然として、軽いめまいに襲われた。倒れないよう慌ててテーブルの端につかまった。

「犯人は手がかりを残していた」急に息をのんだわたしを心配げに見ているビリーに言った。「自分の足跡を完全に消してしまうわけにはいかないから」

「どんな手がかり？」

「馬車で移動した距離よ――自宅から依頼人の家などへ出かける際の」わたしは請求書の束を差しだして言った。「できるだけたくさんの請求書から、その数字を拾いだしてもらえる？　アイリーンとサー・ジョージの弁護士の分しかないけれど、それだけでも収穫があるかもしれない」

「もしも自宅からじゃなかったとしたら？」ビリーはサー・ジョージの書類をぱらぱらとめくりながら訊いた。「事務所かどこかで馬車に乗ったとしたら？」

わたしはビリーが勉強用の文房具をしまっている食器棚の抽斗を開けた。

「それは考えなくていいわ」ビリーにきっぱりと言う。「第一に、今回の件では事務所は架空の場所か、実在したとしても、ぜいぜい郵便受けがあるくらいでしょうから。本人は近くにさえ行ったことがないかもしれない。第二に――」そう続けながら、抽斗をかき回して鉛筆の芯がついたコンパスと定規を探す。「犯人は自分の居場所を見つけてほしがっているはず。見つけられるだけの頭脳を持った人間と勝負したいのよ」

わたしはビリーの手から請求書の束をいったん預かった。ビリーは席を立って燃えつきた蠟燭を新しいものに取り替え、キッチンを明るくしてくれた。

「ビリー、最初の馬車の走行距離をもう一度読みあげて」

「ブライオニー荘まで九・七五マイル」

わたしは地図の端に記されている縮尺の目盛りをもとに地図上の九・七五マイルを割りだすと、コンパスの両脚をその長さの幅に広げた。そのままコンパスの針をブライオニー荘の地点に置き、くるりと円を描いた。

子供が学校で習うような初歩的な作業だが、これが出発点だ。最初の円はロンドン西部の広範囲とロンドン中心部の一角を取り囲んだ。そのどこかに、輪郭線に近い場所に、わたしたちの追う弁護士が潜んでいる。

「円の内側ってだけじゃ難しいな」ビリーが言った。「ロンドンの通りは曲がりくねって、互いにもつれ合うように延びてるから、五マイルのあいだに二本以上の道を通ることもありそう。どの通りかわかんない」

「請求書の一番上に前もって印刷された経費の断り書きがあるでしょう？　それを読みあげてくれる？」

「〝ご依頼の件にかかわる業務で生じた飲食代すべて〟」そのあとビリーが疑問をはさむ。「なんだか言い訳っぽい」

「続きを読んでちょうだい」

「〝ペン代、インク代、便箋代などの雑費は、基準額をもとに業務に要した時間に応じて算定する。なお、出張費の計算には直線距離を用いる〟。えっ？　じゃあ、請求書に五マイルって書いてあったら……」

「自宅から目的地まで直線距離で五マイルということよ」

「なんだか怪しいな。ちょっと見え見えじゃありませんか？」ビリーが警戒心をあらわにする。

「当然よ、ビリー。これは罠なんだから」わたしは嚙んで含めるように説明した。「ローラ・シャーリーがこの家へ相談に来た瞬間から犯人の計略は動きだしたのよ。ホワイトチャペル・レディの死やメアリーの誘拐もすべて罠。獲物を罠にはめようと思ったら、そこへ誘導しないといけないでしょう？」

「そっか」ビリーは請求書を凝視した。「だからこの問題は難しくても絶対に解けないってわけじゃないんだ」

「そのとおりよ」

「だけど……ホームズさんだったらどうするかな」ビリーはまだ納得しきれない顔で、サー・ジョージ・バーンウェル宛の請求書から一枚取りだした。その一番上にはアイリーン宛の請求書とまったく同じ断り書きが入っている。「見てください、これ。アイリーンさんのもサー・ジョージのも同じ印刷屋で作られてる。隅っこの小さな印刷のズレまで一緒だ。ホームズさんなら……」

「ホームズさんでも、わたしと同じように罠と知ったうえで飛びこんでいくわ。メアリーの命が危険にさらされているんだもの」わたしはそう断言したが、完全に決心が固まっていたわけではなかった。メアリーなら、印刷の細かい特徴を手がかりに印刷屋を、さらには犯人の正体を突き止めようとしただろう。でも今はそんな遠回りはできない。時間がない。わたしは時計を見上げた。

十時になる前に自分なりの結論が出た。犯人の狙いはわかっている。どこにいるか見つけだすしかない。その方法も理解しているつもりだ。メアリーの身が案じられるが、不安ではあってもあきらめてはいないと信じている。彼女は頭の回転が速くて、なかなかの策士だ。わたしたちが力を合わせれば必ず勝てる。いえ、勝たなければならない。

「さあ、馬車の距離をどんどん読みあげていって」わたしは決然とビリーに言った。

馬車代の請求書は多数にのぼった。サー・ジョージは自身の邸宅以外に劇場やホテル、コーヒーショップなど、ロンドンのいたるところで弁護士と面会していた。アイリーンも弁護士をロンドン中に散らばるさまざまな人々のもとへ行かせて、書類を作らせていた。おかげでこちらは、馬車の走行距離という重要なデータを大量に手に入れることができた。

それにしても妙だ。漠然とした疑問が頭の隅に引っかかって離れない。なぜこのタイミングなんだろう。もう何年も前から、ホームズさんを罠にはめようと虎視眈々と機会をうかがっていたはずなのに、今が好機と判断した根拠は？　ひょっとして、何者かが合図を送ったの？　それはいったい誰？　さりげなく道標を置いて犯人を思いどおりの方向へ誘導してきた、言い換えれば影で糸を引く人物が、どこかの暗闇に立ってこちらをうかがっているのでは？

そんないまわしい想像を無理やり振り払った。思索にふけっている場合ではない。でも消し去ることもできない疑問だから、今は先送りにして、遠くない将来にあらためてじっくり考えなければ。

時計が零時半を告げようとする頃、コンパスを握っていたわたしはようやく最後の円を描き終えた。ビリーはテーブルに顔を伏し、曲げた両腕を枕に眠りこけていた。上階もずっと静かなままだ。目覚めているのはこの家のなかで、いえ、世界中でわたし一人だけのように感じられた。

ロンドンの地図に視線を戻した。×印と円で埋まっている。ただ、円のほうはすべてなにか重要なものを見落としているのかもしれない。いい考えだと思ったけれど、実はとんちんかんな方法だった？　もしそうでないなら、リッチモンドのはずれの土地に集中していた。建物などまったくない原っぱに。

わたしは座ったまま地図上のがらんとした場所を見つめた。計算違いがあったの？　もしそうでないなら、なにか重要なものを見落としているのかもしれない。

思わず両手で頭を抱え、なんとか頭脳を刺激しようと髪の毛を引っ張った。もうひとひねりが必要だ。推理力を働かせて、これらの手がかりから真実を導きださなければ。なのに、なんの着想も得られない。わたしの仮説に基づいて地図を見るなら、メアリーは寂しい原っぱへ連れていかれたことになる。そんなことがありうるの？

そのとき、隙間風のせいで蠟燭の炎がちらちらと揺れ、地図の作成年が目に留まった。二年前だった。とたんに昨日の新聞で見た情報を思い起こした。かたわらの椅子からその新聞を手に取り、急いでめくる。なかほどの紙面に掲載されている広告に行き着いた。これだ。リッチモンドにお目見えした、専門職の家族に理想的な住環境を謳う新しい分譲地。すでに完成済みの戸建て住宅もあり、見学可能、年内に全戸完成予定とのこと。

地図上の原っぱは空き地ではなく、建設途中の住宅地だったのである。

ビリーに書き置きを残しておくことにした。もしも朝の七時までにわたしが戻らなかったら、これまでの経緯をワトスン先生に知らせ、すべての責任はわたしにあると伝えるよう頼んだ。行動を起こす前に、誰かに助けを求めることももちろん考えた。事態はわたしの手に負えないところまで悪化しているのだろうから。でも、現実問題としてホームズさんは鎮静剤で眠っているし、ワトスン先生もいつ戻るかわからない。一刻の猶予もならない状況で、誰も頼る相手がいないなら、一人で行くしかないと決心した。出かける間際、帽子に手を伸ばしかけたが、途中でやめた。帽子なんかいらない。この時刻に人目を気にする必要がどこにあるだろう。コートだけしっかり着込んで、玄関へ向かった。そのとき、ふと思った。犯人はホームズさんがいよいよ活動を開始した際にいち早く報告させるため、手下にこの家を見張らせているかもしれない。そこで裏口へ回り、ホームズさんがわたしは知らないはずだと思っている秘密の脱出口を使うことにした。裏庭の壊れた垣根をこっそり通り抜けて隣家の裏庭に入れば、そこの塀にずっと前から修繕されずに放置されたままの穴がある。狭い隙間なのでわたしにはぎりぎりだったが、身をよじってなんとかくぐり抜けた。そのあとは家々の建物づたいに進んで、細い路地に出た。それをたどっていくと、やがてメリルボーン通りとの交差点にぶつかった。そこなら辻(つじ)馬車を拾うのはわけない。

これだけ複雑な経路なのだから、たとえ追っ手がいたとしても振りきれたと思うが、わたしはすっかり息が上がっていたうえ、服がだいぶ汚れてしまった。そのせいか辻馬車の御者はなかなか停まってくれない。それでもさすがは大都会ロンドン、どんな時間帯でも必ず客待ちの馬車が見つかって、行かねばならない場所へ運んでくれる。御者に行き先の住所を告げると、遠すぎるからと断られそうになったので、わたしはチップをたっぷりはずむと約束した。その結果、無事に交渉成立。馬車は夜の石畳の通りをガラガラと走りだした。メアリーのもとへ――悪徳弁護士のもとへ。

寝ているホームズさんを起こすなり、ジョンを捜しだすなりすべきだった、と読者の皆さんはお考えかもしれない。せめてビリーを連れていけばよかったのに、アイリーンに相談することもできたろうに、スコットランド・ヤードへ駆けこんで、レストレイド警部やグレグスン警部に洗いざらい打ち明けるという手もあったのに、代わりに誰かほかの者を行かせて、家でおとなしく待っているべきだったのに――そう主張なさりたい向きもあるだろう。

でも、わたしがそれらの選択肢を捨てて単身敵地へ乗りこんだことに、理解を示してくださる方々もきっといる。もしも皆さんが同じ立場に追いこまれたら、わたし以上にそうすることの意義を理解できたと思う。あのときのわたしは無我夢中で、冷静な判断力を保っていたとは言いがたい。理解していたのはただひとつ。この最終幕では自分一人で舞台の中央に立ち、最後まで演じきらなければならないということだった。

いずれにしろ、陽が昇る頃にはなにもかも決着がついているだろう。どちらの結末に転ぶかはまったく予想がつかないけれど。

影の獄を逃れて

リッチモンドまでは遠い道のりだった。暗闇と静寂のなかで馬車に揺られながら、ようやく落ち着いて思案する時間を持てた。ああ、メアリー。迎えの四輪馬車に乗りこんだとき、彼女は自分がどういう状況におかれているか気づいていたにちがいない。罠だと承知のうえで自ら敵の懐へ、危険の渦へ身を投じた。大怪我をするかもしれない。最悪の場合、命を落とすかもしれない。なのに、どうしてそんな無茶ができるの？

　理由はわかっている。当人にすれば、そうしないほうが不自然だったから。メアリーらしいと言うほかない。初めて会ったときの彼女を思い出した。芯が強くて、揺るぎない自信の持ち主だという印象を受けた。ホームズさんが活躍した事件の話を、目を輝かせて聞いていた。自分も事件に遭遇して、冒険に漕ぎいでたいと常日頃から待ち望んでいたのだ。そうしたことが呼び水になって、ほかの記憶も次々によみがえってくる。慰めようとわたしの手にそっと重ねた、彼女の手の優しい感触。自分で焼いた失敗作のスコーンに笑い転げたときの彼女の声。友達になってほしいとわたしに言ってくれたこと。

直感的にわたしを心底信頼して、このゲームの相棒になってくれたこと。

メアリーはわたしが必ず駆けつけるとわかっていたから、あえて罠にかかったのだ。わたしが重要な手がかりを見つけだして、正しい答えに行き着くと予想した。わたしの能力を疑わないどころか、本人以上にわたしという人間を信頼してくれた。なんてありがたいことだろう。彼女ほど得難い大切な親友はいないと、今つくづく思う。メアリーを失いたくない。失ってたまるものですか。絶対に守り抜いてみせる。わたしは御者に向かって大声を張りあげた。急いで！　もっと速く！

ベイカー街からリッチモンドへの馬車旅はもどかしいほど長かったが、その時間を利用して攻撃の作戦を練るつもりだった——犯人の前でなにを言い、なにをすべきか。メアリーをどうやって救出するか。目の前に依然としてぶら下がっている未解決の謎を解き明かすにはどうすればいいか。考えるべきことはたくさんあるのに、頭はぼうっとしたままだった。膝の上で両手の指を組み合わせ、馬車の窓からうつろな目で、ただ夜の街路をぼんやり見つめていた。やがて車窓は通行人で混雑した中心街から郊外の閑静な住宅街へ、さらにはなにもない田舎のがらんとした暗闇へと変わったが、わたしの頭は相変わらず空回りを続け、名案はひとつも浮かばなかった。

なんだか自分が馬車ごと外の広い世界から切り離されてしまったようだ。石畳を転がる車輪の騒々しい音、ところどころひび割れている革の座席の肌ざわり、閉ざされた狭い車内の生暖かい空気、自分自身のかすかな呼吸音――それらが今意識していることのすべてだった。着ている服がなんだか窮屈に感じられた。手袋の縫い目が嫌な具合に食いこんで気になる。片方の靴のなかで靴下がよじれ、変に締めつけてくる。そんな違和感だらけの世界に取り残されてしまっていた。

馬車はもう何時間も走り続けているように感じられた。道はがらがらに空いていて、馬は快調に全速力で飛ばしているにもかかわらず、進めど進めど夜の闇が前方に際限なく立ちはだかる。夜明けなど永遠に訪れないような気さえしてきた。

なんの計画も思い浮かばないまま、馬車はとうとうリッチモンドに入った。御者が馬車を停め、着いたよとわたしに向かって大声で告げた。

わたしは馬車から降り、御者に代金を差しだした。

「待っていてもらえないかしら」わたしは言った。

「ここで？」御者が訊き返す。「こんな、なんにもないとこでかい？　しかも真夜中だってのに？」

「空っぽの馬車で町中へ戻るか、ここでしばらく待って帰りもお客を乗せるか、二つにひとつよ。好きなほうを選んで」我知らず、きつい言い方になった。もちろん、帰りの馬車代を払うのはわたしではないかもしれない。例の弁護士が逃げだしてきて、この辻馬車に飛び乗る可能性だってある。でも、わたしがそうする可能性も皆無ではないのだ。貴重な交通手段を手放すわけにはいかない。

御者は合意のしるしにうなずいた。わたしは周囲の様子をうかがった。厳密には御者の言うようなにもない場所ではないが、それに近い状態ではあった。道路は半分しかできておらず、まだガスが引かれていないため街灯もない。道の両側に沿って掘り起こした土砂で基礎が造られていたが、建築中の住居は進捗の度合いにかなりばらつきがあった。壁も屋根も出来上がって、ドアまで取りつけてあるものもあれば、まだ家の形をなしておらず、薄闇のなかでただのレンガの山としてぼんやりそびえているものもある。暗がりで見ると、造りかけの家はいにしえの廃墟のようだ。新興住宅地というよりも、古代に生贄を捧げた祭祀場といった感じで、なんともいえない重苦しさと不吉さをまとっている。空気は冷え冷えとして、風はなかった。人影は見当たらない。動くもの自体がなにもない。小動物や昆虫などの野生の生き物たちは、騒々しい宅地開発に恐れをなして逃げだしたのだろう。未完成の街は中途半端な姿をさらし、飢餓感を漂わせ、新しいなにかで満たされるのを待っている。考えてみれば、大昔の集落では血なまぐさい生贄の儀式が執りおこなわれていたという。

だめよ、弱気になっては、と自分を叱咤した。この場に怖がりの臆病なおばあさんなどいらない。

気持ちを奮い立たせ、よけいなことは考えないで冷静に客観的に考えなければと自らを戒めた。あたりを見回してみる。道は暗いが、完成したごくわずかな住居のひとつに小さな明かりがともっていた。高い生け垣に囲まれた、二階建ての平べったい造りの一戸建てだ。片側に延びている小道は裏庭へ通じているらしい。建売住宅の分譲にあたって、見本として建てられたのだろう。まわりの家はまだ出来上がっていないが、この家はすでに住める状態になっており、実際に窓から乳白色のぼんやりした光が漏れている。どうやら居住者がいる唯一の家と思われた。ということは、そこがわたしの目的地だ。

迷わず家の横の小道へ向かった。気持ちは落ち着いていた。穏やかとまでは言えないが、さざ波ひとつ立たない湖面のように不思議なくらい静かだった。ふと、戦闘を目前にした兵士の心理状態について亡き夫ヘクターが言っていたことを思い出した。もう待たされなくてもいい、ついに最悪の時を迎えたのだから、自分のなすべきことは敵に堂々と立ち向かって最後まで戦い抜くことのみ。そう思うと、安堵(あんど)に近い感覚をおぼえるのだそうだ。

予想どおり、小道を進んでいった先は裏庭の板塀だった。木戸の鍵(かぎ)はかかっていない。そこをこっそり通り抜けて芝生の庭に足を踏み入れた。そして暗がりに身を潜めたまま、視界に入ってくるものに目を凝らした。

前方に両開きの大きなフランス窓と、その向こうの書斎らしき部屋が見え、片方の窓が庭に向かって開け放たれている。室内の壁際に机とテーブルがひとつずつ置かれ、三方の壁には書物の並んだ本棚。それらを照らしているのは二つの石油ランプだ。ひとつは机の上に、もうひとつは窓に近いテーブルの上にある。机のそばに緑色の革張りの椅子が見える。それから、緑色の絨毯(じゅうたん)を敷いた部屋の中央にも不釣り合いな台所用の椅子が一脚。その粗末な椅子に荒縄で縛りつけられているのは、見まがいようもない、メアリーだった。

顔を半ばこちらへ向けているものの、目を閉じてぐったりした様子だ。両手首を椅子のまっすぐな腕木に縛りつけられたうえ、胴体に巻きついた別のロープで足首までもが椅子の脚に固定されている。ドレスに血がついており、頬には青黒い痣（あざ）が、額には切り傷ができている。服はよれよれで、まとめてあった髪も乱れて落ち、汚れていた。

メアリーは勇敢に闘ったのだ。どういう状況か察するや、虎のごとく猛然と立ち向かった。椅子に縛りつけられる寸前まで必死に抵抗したにちがいない。

それは彼女の前に立っている男の姿を見れば明らかだった。中背で丸々と太っていて猫背気味、整髪油でてらてら光る真っ黒な髪。紫がかった灰色のジャケットがびりびりに破れ、手の甲に包帯を巻いている。彼はその負傷した手に拳銃（けんじゅう）を握りしめ、銃口をメアリーに向けていた。

拳銃がもう一挺（ちょう）、男のかたわらにある机の上に置かれていた。きっと装填（そうてん）済みだろう。二挺とも回転式拳銃（リヴォルヴァー）ではなく、かなり旧式の単発銃だ。なぜそんな古ぼけたピストルを持ってきたのか。たぶん、それしかないからだろう。銃を使い慣れているふうにはどうしても見えなかった。言葉の武器のほうを好みそうな印象がある。言葉を使えなければ刃物を選ぶだろう。わたしは芝生の上をじりじりと移動し、男との距離を縮めていった。

「そこにいるのは誰だ？」男が突然振り返った。

わたしは凍りついた。

あの男だ。ホワイトチャペル・レディの家の前で立ち話をした相手。彼女の事務弁護士で——彼女の殺人者。肉付きのいい顔がやつれている。以前と同様、低い団子鼻に鼻眼鏡を押しこむようにはめている。目は小さく、顔の造作はいかにも法律事務所の机の前に座っていそうな人物のものだ。頭髪は——不自然なほど黒いので、きっと染めているのだろう——真ん中で分けてぴっちりと撫でつけている。以前、道端でメアリーに食ってかかられ、わたしとは短く言葉を交わしたときとまったく変わらない、典型的な事務弁護士の容貌だった。男は一瞬動きを止めたあと、鼻眼鏡を少し下へずらして鼻梁を指で揉んだ。締めつけられて痛いのだろう。疲労の色がだいぶ濃いようだ。と、再び声を張りあげて言い放った。

「ホームズだな？　わかってるんだぞ！」

見た目からは、周囲から恐れられるような人物には程遠い。むしろ、人々に軽んじられ、能力を利用されるだけ利用されて感謝も信頼も得られないタイプに見える。露骨にからかわれたこともあったかもしれない。そういう、いつも光の当たらないところにいる、無視されたり見くびられたりしてばかりの人間。

わたしもそうだ。彼とのあいだには共通点がある。わたしは明かりのなかへ進みでた。

「誰だ、おまえは？」

「ミセス・ハドスン、シャーロック・ホームズの家政婦よ」

わたしはフランス窓から室内へ足を踏み入れ、メアリーが男の真後ろに隠れる位置へ進んだ。敵の銃がメアリーかわたしのどちらか一方しか狙えないようにしたかったからだ。メアリーは気を失っている。相手が今警戒しているのはわたしだけだろう。案の定、銃口はこちらに向けられた。歩き続けるわたしを、男は銃と視線で追っている。顔に浮かんでいるのは苦々しげな落胆の色だった。

「ミセス・ハドスンだと?」いぶかしげに問う。

男が背中を向けたとたん、メアリーは目を開いてわたしにウインクして見せた。気絶したふりをしていただけのようだ。しかも伸びあがって身動きし始め、ロープをゆるめようとしている。成功する見込みがあるかどうかはわからないが、わたしが犯人の注意を引きつけて少しでも時間を稼げば、メアリーがいましめを解く可能性も大きくなる。

「前にどこかで会ったかな」近眼なのだろう、男は目を細くしてわたしを見た。前回も鼻眼鏡をかけていたが、変装のためではなく必需品だったのだ。鼻眼鏡があっても見えづらいのだから、かなり強度の近眼らしい。しかも、罠(わな)にかかった狂犬のような眼光を放っている。「ええ、ホワイトチャペル・レディの家の前で」わたしは答えた。

「ああ、あれか」さもつまらなそうに手をひらりと振る。きっと見たとたん忘れてしまったのだろう。わたしは彼のゲームでなんの役柄も与えられていない、ホームズさんの家政婦か、ホワイトチャペルでたまたま会った女でしかないのだから。

「あのとき、きちんと自己紹介までしたはずですけどね」わたしは淡々と言った。もっとも、偽名での自己紹介だったが。「あなたも名刺をくださいましたよ、ご丁寧なことに」

男は声を立てて笑った。楽しそうな響きはひとかけらもなく、なんとも異様だった。もともと正気だとはこれっぽっちも信じていなかったが、感情はおもてに出さない男だと思っていたので意外だった。内面で変化が生じて、感情を制御する能力が衰えつつあるのかもしれない。

「カークビー、オーバーブロウ、ヨーク、スキップトン（いずれもヨークシャーの地名）、おれの名前なんぞ、なんだっていいさ。好きに呼んでくれ」男は言い放った。ホワイトチャペルで初めて対面した際、今と同じ言葉遣いで、今と同じ狂犬めいた目をしていたら、この男はまともな事務弁護士ではないと見抜けただろうに。あのときの彼は完全に落ち着き払っていた。

「どうせどれも偽名なんでしょうね」わたしは言った。彼の向こうでメアリーの手首のロープがゆるみかけているのが見えた。手をひねったり引いたりしているうちに隙間ができたらしい。手首が細いので、あと少し頑張れば、さほど力を入れなくてもロープの輪から引き抜けそうだ。「本名を教えてもらえないかしら？」

「そんなものはとうに忘れたよ」男が不愉快げにゆっくりと答える。「本名を使っていたのはずいぶん昔だ。それより、シャーロック・ホームズはいつになったら来るんだ？

ずっと待ってるんだがな」

わたしの視線が自分の背後へ注がれているのに気づいて、男はメアリーのほうを振り返った。幸いメアリーはすばやく反応し、ぐったりと気絶したふりをしていた。男は疑わしげにメアリーをじろじろ見た。

「なんなの？」わたしは彼に話しかけた。「気が変わったの？　計算違いでも？」

男はわたしのほうへ向き直ったが、動揺を隠せない様子だ。

「そんなものは……ない！」と言い張った。「すべて順調だ。おれの計画どおりに運んでいる」

「どうかしらね」嫌味っぽく言い返してみる。

「ふん、必ずおれの思いどおりになるさ」彼は断言した。「おまえがしゃしゃり出てきたのはよけいだが、シャーロック・ホームズはきっと来る。来ないわけがない」

「そう」わたしはあっさり引き下がった。やはりあくまで狙いはホームズさんだった。感情がむきだしになるほど興奮しているのは、思惑が外れてわたしが現われたせい？　この男は最初から正気でなかったにせよ、限度はわきまえていて、狂気を隠さなければならないことはわかっていたはずだ。でもなにかのせいで、誰かのせいで、境界線からはみ出しそうになっている。この男をけしかけてホームズさんに執着させ、異常な敵意へと駆り立てた人物がいるのでは？　それとも、偏執的な性質の男はこうなるよう運命づけられていたのだろうか。

「だったら、待っているあいだ少し話でもしましょう」わたしは彼に言った。「教えてほしいことがあるのよ。ヨークシャーの地名から取った偽名はわざと残した足跡だったの？　馬車代の請求書と同じように」

男がにやりとする。これほど残酷な笑みは見たことがなかった。「絶妙の手がかりだろう？　実に巧みでさりげない。あの人の予想どおりだ！　餌を撒いておいたら、ちゃんとおれの足跡をたどってきた」

「誰の予想？」わたしは訊いた。

「だから、あの人だよ。ほかに呼び方はない」その人物の名前を知らないのか、それとも錯乱しかけているせいか、名前を口にしようとはしなかった。

メアリーはついに片手を引き抜いて、もう一方の手首に巻きついているロープの結び目をほどいているところだ。もしも男が振り返ったら、メアリーの両手が自由になりかけていることに気づいて逆上するだろう。現在の精神状態からすると、メアリーに向かって即座に発砲しかねない。是が非でも彼の注意をこちらへ引きつけておかなければ。

「あなたの足跡をたどってきたのはわたしよ」相手を刺激しないよう口調に気をつけた。気がふれている相手には穏やかに接するべし、と前に聞いたことがある。できるだけ静かな低い声を保たなければ。

「ばかな。ただの女に手がかりを読み解く能力なんぞあるわけない」男は軽蔑もあらわに吐き捨てるように言った。その後ろではメアリーが憎々しげに彼をにらみつけていた。

わたしも一瞬頭に血がのぼったが、なんとか気持ちを静めた。相手は弾を込めた拳銃を握って、引き金に指をかけているばかりか、急速に自制心を失っていく。一秒後にはメアリーかわたしが射殺されるかもしれないのだ。

「ええ、あなたの言うとおりだわ」男をなだめすかした。メアリーのほうは憤然としながらロープの結び目をぐいぐい引っ張っている。「あなたが用意した手がかりをもとに謎を解いたのはホームズさんよ。もうじきここへ来るでしょう」

「やっぱりな。あの人が言ったとおり……あれはなんだ?」男が突然叫んだ。外で一匹の狐が鋭い声で鳴いている。殺されかけた人間の断末魔に聞こえた。銃が窓の方向へさっと動いた隙に、わたしは前へ踏みだしたが、銃はすぐにまたこちらへ向けられた。ほんの数インチの至近距離で突きつけられ、心臓が停まりそうになった。

「ただの狐よ」相手を落ち着かせようとして話しかけた。「ここに住んでいるなら、もう慣れっこでしょう」

男はうなずいた。この家での暮らしを今後も続けるつもりなのだ。明日の朝になれば、これまでどおりの生活が戻ってくると思いこんでいる。自分の犯罪計画が失敗するとはみじんも疑っていない。

「いいかげん待ちくたびれたようね」息もできないほど怖かったが、追いつめられて崖っぷちに立たされているという状況になぜか酔いしれてもいた。いずれにしろ、ここでやめるわけにはいかない。なにがなんでも食らいつく。それに、メアリーの手はもうじき両方とも自由になりそうだ。といっても、まだ腰と足首のロープが残っているが。

「それでメアリー・ワトスンを誘拐したんでしょう？　そうすればワトスン先生が黙ってはいないから、最後は必ずホームズさんが乗りこんでくる、という算段ね」

「メアリー・ワトスンに加え」彼は静かに言った。「おまえというおまけも手に入った。ホームズは絶対に来る」

いいえ、来ないわ。誰も来やしないのよ。わたしは心のなかでそうつぶやいた。たとえビリーがもう目を覚まして、彼から事情を聞いたホームズさんとジョンが即刻ベイカー街を出発したとしても、ここまではかなりの距離がある。間に合うわけがない。今は一刻の猶予もならない状況なのだ。わたしの目の前にいる男は、銃を手にした凶暴な男は、気がふれて自制心をかけらも持ち合わせていない。手が震えているのがわかる。ぎらつく目玉が庭のほうへ何度もすばやく動く。ため息ひとつ聞こえただけで飛びあがりそうなほど神経が張りつめている。ホワイトチャペル・レディの家の前で会ったときは自制心を保って落ち着き払い、演じるべき役柄を完璧にこなしていたが、今はまったくの別人のようだ。身にまとっていたものをすべてかなぐり捨てている。

しゃべり方まで変わった。赤ん坊のように意味をなさない音が混ざり始め、ぶつぶつと半ば一人語りめいている。ただ、部屋のどこかにメアリーとわたし以外の誰かがいて、その人物に聞かせようとしているようにも感じ取れた。長年この男の頭にしまいこまれていた秘密が口からどんどん漏れでていく。数えきれないほどの醜聞、真相、実名といったものが。彼は陰に隠れた静かな年月に別れを告げ、ゲームのあらゆる駒をわたしの前に広げて見せようとしている。誰も助けに来ないとわかっている状況で、わたしは彼の言葉に耳を傾けながら、ただ銃を見つめるしかなかった。

いよいよ大詰めだ。すべてはここで結末を迎える。この部屋で、メアリーとわたしと犯人の三人きりの場で。家政婦も同じ下宿のおかみに主婦に事務弁護士。有名人や偉人は一人もいない。頼りになる仲間もいない。本当にわたしたち三人だけ。

ええ、それでけっこう。では決着をつけるとしましょう。

終幕

割れたボトルからワインがこぼれ出すように、不明瞭な言葉での秘密の暴露は途切れなく続いていた。本人も自分がなにをしゃべっているのかわかっていないのかもしれない。男は世の辛酸をなめつくしたかのようなくたびれきった顔をしている。それでもしゃべるのをやめるつもりはないようだ。沈黙の期間が長かったがゆえに、最後の晩に洗いざらい吐きだしてしまわないと気が済まないのだろうか。彼の脳内に保管されている他人の恥ずべき行為は言葉となって噴出し、次々と明かされていくのだった。

彼はわたしの前を行ったり来たりしている。机のところから窓辺へ行き、そこからまた引き返してくるのだが、そのあいだもわたしからずっと目を離さない。わたしも彼がメアリーのほうを向きかけるたびに、呼びかけて注意をこちらへ引き寄せた。もちろん、そのときは必ずにらまれて、銃口を突きつけられたが。そのうちにしびれを切らしたのか、彼はフランス窓から外の様子をうかがい、わたしを口汚くののしりながら銃を持つ手をだらんと下ろした。が、次の瞬間には再び銃をこちらに向け、自分の命は風前の灯火なのだとわたしに観念させるのだった。でも、もう少し持ちこたえたい。とにかく彼にメアリーのほうを向かせないよう、わたしを相手にしゃべらせ続けなければ。メアリーはかなりきつく縛られている。ロープを解ききって自由の身になるまで、まだまだ時間がかかるだろう。男の支離滅裂な独り言が始まってから途方もなく長い時間が経ったように感じられるが、実際にはせいぜい十分くらいなのもしれない。時折、彼は誰か特定の名前を口にした。最初の部分だけをささやくような声で何度も繰り返した。はっきりと聞き取れたわけではないが、その人物に関連して、約束とか決着とか栄誉といった言葉も出てきた。

しばらくすると、わたしは嫌気がさしてそれ以上耐えられなくなった。色恋沙汰だの不貞だの隠し子だの、もうたくさんだ。強請ネタの手紙の話もうんざりするほどしつこくて、いいかげん彼を黙らせたくなった。まだしゃべるつもりなら、こちらも質問をはさませてもらわないと割に合わない。思いきってそれを実行に移した。

「こういうことはいつから計画していたの？」わたしは相手の言葉をさえぎって訊いた。

「それほど昔じゃない」男は虚をつかれた様子だったが、質問に答えた。「二、三年前まではシャーロック・ホームズの名前さえ知らなかった。だが彼の存在を聞いて、なんてすごいやつなんだろうと思った。わくわくしたよ。当代きっての偉大な天才と知恵比べをするのが嬉しくてたまらなかった」

「誰？　シャーロック・ホームズのことを誰から聞いたの？」そう尋ねたが、男は困惑げにわたしをじっと見るばかりで返事をしない。彼の頭のなかには侵しがたい神秘の洞穴があるようだ。その証拠に、背後で彼を操り、焚きつけているらしき人物についてさらに探りを入れたところ、急に顔色が変わった。それまで以上に殺気立った表情で銃をきつく握り直し、不吉な銃口をこちらに向けた。なにが隠されているのかは知らないが、洞窟のなかをのぞかれたくないらしい。わたしが無理やり立ち入ろうとすれば、容赦なく撃ち殺す気だろう。ひょっとして、以前にも探りを入れた者がいたのでは？　ホワイトチャペル・レディが惨殺されたのは、そういう質問をして彼を逆上させたから？　だとしたら、深追いせずこのあたりで別の方向へ舵を切ろう。真実の追求と引き換えに悲劇のヒロインになるつもりはない。

「彼はどこにいる？」業を煮やしたのか、彼はうめくように言った。その声はまさに奔放な恋人の帰りを待つ女のそれだった。

「たぶん馬車のなかよ」わたしは確信ありげに答えた。「まだベイカー街を出たばかりだと思うわ。ホームズさんが来るまでもう少し二人で話しましょう」

このまま彼がしゃべり続けてくれれば、メアリーは隙を見て逃げだし、助けを呼びに行ける。それに、この犯罪計画の黒幕が誰なのか、どうしても探りだしたい。わたしの提案に、男はうなずいた。

「それにしても、よほど退屈だったみたいね」わたしは穏やかに話しかけた。「あなたほど頭のいい人が、平凡な者たちを相手にここまで手の込んだゲームを仕掛けてきたんだもの。かよわい女性を意のままに操れると初めて気づいたときは、さぞや気持ちよかったでしょうね。あなたにすれば赤子の手をひねるようなもので、絶対にしくじることはないから。あなたの正体には誰も気づかなかったんでしょう？　でも逆に言えば、あなたがどんなに利口で抜け目ないかということも誰も知らないのよね。実際になにをやって、どれほど影響力を持っているかも。心の底ではそれが不満だったんじゃない？」

「おまえらになにがわかる」腹立たしげにそう言って、いきなりメアリーのほうを振り返ろうとした。

「わかるわよ！　こっちは全部お見通しよ！」大声で男の注意を引き戻した。メアリーはちょうど両手で腰のロープと格闘しているところだった。ここで見つかるわけにはいかない。男はこちらへ向き直り、怒りと警戒心の浮かんだ顔でわたしを見た。その瞬間、自分は本当に彼のことを全部お見通しなのだと気づいた。頭のなかにあったパズルのピースをまとめて宙に放り投げたら、落ちてきたときにはすべてがはまるべき場所にはまって、鮮明な人物像が出来上がったという感じだった。

「あなたはもともと田舎の事務弁護士だったんでしょう？」わたしは早口で言った。「ある日、裕福な依頼人が――身分の高いご婦人が、あなたに個人的な秘密の管理を託した。するとあなたはその秘密を安全な場所にしまっておくどころか、恐喝の材料に利用したのよ。手口が巧妙だったせいで、あなたは疑われもしなければ罪に問われもしなかった。それに味をしめて、その後も同じことを繰り返した。ざっとこんなところね」

「ふん、ホームズを待つあいだの時間つぶしに御託を並べてるだけだろう」そう言い返す男の目は今や狂気に満ち満ちていたが、幸いにしてメアリーのほうは振り向かずにわたしをにらみつけていた。銃を握る手が上がり、わたしの頭にぴたりと狙いをつける。撃たれる、と思った。だがその直後、彼は再び銃を下ろした。

「ホームズが来るまではやめておくか。そういう筋書きだからな」彼は言った。「やつは絶対に来る。おれはまずローラ・シャーリーをあの探偵のところへ送りこんだ。その次はアダム・バラントを。ホームズにすれば実の兄の大事な部下が死んだんだぞ。無視できるわけがない」

わたしは自分がおびえていることを犯人に気取られたくなかった。でも、彼がこのゲームで対戦している敵がわたしだということも知られるわけにはいかない。メアリーは上半身が自由になって、今度は足首のロープに取りかかっている。そちらもぎゅうぎゅうに縛りつけてあるようだ。

「さっきの続きに戻るわ。あなたは依頼人たちから強請り取ったお金で一財産作り、ロンドンへ出てきた。働きたくなければ、仕事なんてすっぱりやめてしまっても充分暮らしていけた。もちろん恐喝を重ねる必要もなかった。でも、自分の影響力に酔いしれたいあなたは、ロンドンでも他人の秘密をあさり続けた。金銭のためではなく自分の力を見せつけるために。指をぱちんと鳴らせば、相手はおとなしくあなたの注文どおりに踊る。その快感に取りつかれていたのよ。ホームズさんはさぞかし驚くでしょうね！」

「彼は来る。あの人がそう約束したんだ。彼はおれのところへ必ず来るとあの人は言った」男はぶつぶつと繰り返している。

「ええ、来ますとも。もうじき着くはずよ。すぐそこまで来ていると思うわ。だからわたしの話を最後まで聞いて。秘密が手に入らなくなると、あなたは偽りの秘密をでっちあげたんでしょう？」即興で思いついたままを話した。「広まりやすくて誰にとっても信じやすい噂を入念にこしらえて流したのよね。誰にも疑われっこない。あなたは物静かで控えめな事務弁護士だから。それをいいことに、人々の耳に嘘を吹きこみ、作り話を広め、ほかの人たちがあなたに代わって毒をまき散らすよう仕組んだ。あなたが張本人だとはいまだに誰一人気づいていないでしょうね」

「最後の決戦だ。まっとうしなければ。約束だからな」彼はもうわたしの話など聞いていなかった。よくない兆候だ。決戦？　誰かとの一対一の勝負ということ？　さっきから庭とドアへ視線をちらちらと何度も走らせて、人を待っているのは明らかだが、相手はホームズさんだけ？　別の人物も現われるの？　もしも誰も来ないとわかったら、この男はどうなるだろう。すでに正気を失って狂気の域に入っている彼が、おとなしくあきらめるとは思えない。あと少しだけ彼の注意を引きつけて、いくらかでも自制心を取り戻させなければ。このままではいつ暴走して発砲しだすかわからない。でも、わたしの力でどのくらいもつだろう？　そのあとはどうするつもり？

そのとき、メアリーが立ちあがった。すぐさま走って逃げてほしかったのに、彼女はそうはせずに暖炉の横にある火かき棒に手を伸ばした。ああ、お願いだから、そんな危ないことはやめて、メアリー！

「ロバート・シェルダンは心底あなたを怖がっていたわ」こうなったら男の注意を引きつけることに全力を注ぐしかない。わたしにだけ話しかけさせ、わたししか視界に入らないようにしなければ。メアリーはじりじりするほどゆっくりした動作で火かき棒を手に取った。暖炉にぶつけて音を立てるなどというへまはしなかった。

「誰のことを言っている？」

「どこにでもいそうな特徴のない男よ。あなたが誰かを尾行するときに使っていた人。彼は震えあがるほどあなたを恐れていた」

「ああ、そうだろうな！」男は誇らしげに言った。気が弱くておとなしい性格のロバート・シェルダンを屈従させて、いい気になっている。「あいつに命じておまえのあとをつけさせた。暗闇だろうと雨だろうと、何時間も延々と歩きまわらせてな。ついでにおまえのことも怖がらせておいた。あいつはおれがおまえについて言うことを鵜呑みにしたから、わけなかったよ。いやはや、痛快だね！」

　メアリーは火かき棒を握りしめ、男の背後へそっと忍び寄ってきた。彼が今振り返ったら、メアリーは撃たれてしまう。ほんのかすかな音、わずかな気配にさえも、彼は迷わず発砲するだろう。

「そういうわけで、あなたに秘密を握られた女性たちは次々に破滅や死へ追いやられた」わたしは淡々とした口調を崩さず、話の続きに戻った。男の目に宿る危険な光がごくわずかに薄らぐのがわかった。なぜか、犠牲者たちの不幸を思い浮かべると気持ちが静まるらしい。

「こんなにしゃべるつもりはなかった」男は低い声で言う。「おまえにはな。おれがしゃべらなければならない相手はシャーロック・ホームズだ。そう指示されている。雑魚を相手にするのは才能の無駄遣いだと、あの人に何度も何度も諭されたよ。徹底的に頭に叩きこまれた。めまいがして息ができなくなるまで」

狂気はいつ爆発してもおかしくなかったが、今のところはかろうじて制御されているようだ。それにしても、やはり思ったとおりだった。彼の内面には狂気だけでなく、影響力を持った何者かが潜んでいて、この男の自制心を一瞬で取り払ってしまえるのだ。偉大なる知恵者、シャーロック・ホームズとの最終決戦をあらかじめ執拗に命じておくことによって。こんなふうに気がふれた人間の思考にこっそり侵入して、彼を操り人形のごとく自在に動かせる人物とはいったい誰なんだろう？

「でも、わたしだって練習台くらいにはなるわよ」彼にどんどんしゃべらせれば、そのうちに裏で糸を引く人物について口を滑らせるかもしれない。「いよいよホームズさんがお出ましになったときに、うまく行ってほしいでしょう？　今練習をしておけば、詰まったり迷ったりしてもどう対処すればいいかわかるわ。さあ、だから話を聞かせて」

「そうなのだ。おれは完璧にやってのけなくてはならない」うなずきながら彼は言う。

「大事なのはそれだ。よし、おまえが相手でもかまわんだろう……最初に会った獲物のことでも話すとするか。おれが初めて死へいざなった女のことをな。ある暑い夏の日、ビーチ岬（イースト・サセックス州南部のイギリス海峡に面した岬）の高い断崖でのことだった。まわりに友人たちが大勢いるなか、その女に耳打ちした。これから彼女の夫にどんな話を聞かせるつもりかを。あまりに衝撃的な内容だった。夫婦とも破滅を免れないのはむろんのこと、ほかの者たちにも累が及ぶのは目に見えていた。にもかかわらず、その女は涙ひとつこぼさなかった。懇願すらしなかったよ。代わりにどうしたかというと、突然すっくと立ちあがって断崖の先へ歩いていき、そのまま宙へ身を躍らせた。飛び降り自殺したのさ。素晴らしい！　文句なしの出来栄えじゃないか！　すべておれがやった。おれ様が一人の女を完全に支配し、命を奪ったんだ。それがどれほど甘い陶酔感をもたらすか、おまえに想像できるか？」男の目はらんらんと輝いていた。〝権力者の自己陶酔〟という言い回しを耳にしたことがある。わたしは今それをじかに目にしたのだ。

メアリーが敵に一撃を加えたのは、まさにそのときだった。火かき棒を振りあげ、相手の腕めがけて打ち下ろした。男は悲鳴を上げるも、銃は落とさなかった。間髪いれず発砲音が響く――的は外したようだが、威力は充分だった。メアリーは一声叫んで本棚に勢いよく倒れこみ、身体を激しく打ちつけた。犯人の拳銃はどちらも昔の決闘用で、一発ずつしか発射できないが、最初の一発で男は早くも圧倒的優位に立った。わたしはもうひとつの銃を取ろうと前に飛びだしたが、敵の動きのほうが俊敏だった――まるきり勝負にならないほどに。彼はさっと身をひるがえすや、体当たりを食らわしてきた。わたしは壁に叩きつけられ、息を詰まらせたまま床に転がった。男はすかさず第二の銃をつかんだ。

「やめて！」わたしは片手を伸ばして叫んだ。まだまともに息ができない。見ると、メアリーは頭を強く打ったらしく、額から頬へと血が滴り落ちている。ドレスにも血の染みができていた。気絶しているようだが、呼吸は止まっていない。二人とも助かる道をなんとかして探らなければ。

「話の続きはどうしたの？」わたしは毅然(きぜん)として挑発した。「全部話す約束でしょう？」

「おまえにか？」男は渋った。

「わたしのほかにいったい誰があなたのことを世間に伝えるの？　あなたがホームズさんを亡き者にしてしまったら」

彼はなおも迷っていた。内面での理性と狂気とのせめぎ合いが目に見えるようだったが、結局勝ったのは狂気のほうだった。

「依頼人以外の若い娘たちも殺したんでしょう？」わたしは問い詰めた。

「ああ、そうとも」悪びれたふうもなく男は答える。「下働きのメイドってのはおしゃべりで、なんでもかんでも女主人に告げ口するからな。そこへいくと娼婦(しょうふ)は口が堅い」

「それで彼女たちを利用したのね」わたしは床にうずくまった状態から身体を起こそうとした。とたんに腹部に激痛が走って、息が止まりそうになった。

「なぜそれを知っている？」驚きを隠せない顔だ。「おまえがそんなに勘がいいはずない。そうか、自分で考えたんじゃなくて、ホームズから聞いたんだな？」

わたしのほうも確信があったわけではなかった。推理とあてずっぽうの半々で、鎌をかけたような形になったが、たまたま図星だったらしい。ホームズさんも普段こういうやり方をしていて、推理と彼ならではの鋭い推測を混ぜ合わせて謎を解くこともあるのだろうか？

ふと気づくと、メアリーのまぶたが小刻みに震えていた。意識を取り戻しかけているようだ。

「ええ、あなたの言うとおりよ」あえてそう答えた。「そのホームズさんはすぐ近くまで来ているわ。だから早くしまいまで話してはどう？　わたしは全部聞いておかなければならないんだから」

「ナイフを突き刺した瞬間の女どもの顔つきは、一見の価値があるぞ」男は話を再開した。「自分の身体から流れでた血が床にぽたぽたと落ちるのを呆然と見つめてたよ。自分はもうじき死ぬと悟った表情だ。ただし、いつ死ぬかを決めるのは本人じゃない。このおれだ。おれは生殺与奪の権を持っているわけさ。わかるかい、ミセス・ハドスン？　それが支配力ってものだ。命を奪うのは精神を破壊することに比べりゃ面白味は少ない。生かしたまま破滅に向かって滑り落ちていくさまを鑑賞するのが一番楽しいんでね。追いつめられた女どもが、怒りと悲しみのどちらを選ぶか眺めるのは格別だよ。女によって反応がちがうからな」

　男はわたしのほうへ一歩近づいた。薄青色の瞳が熱をはらみ、手のなかの銃が震えている。本人も誰かに話したくてたまらないのだ。

「なぜおまえにしゃべってるんだ？」彼は突然自問した。「こんなことまで」

「みんなそうよ。わたしが相手だと話しやすいんでしょうね。おかげで、いろいろな打ち明け話を聞かされるわ」テーブルにつかまって、立ちあがろうとしながらわたしは言った。彼の不穏な視線を真っ向から受け止めていた。

「助けてくれとおれに懇願する女もいれば、独裁者じみた高飛車な態度でやめろと命令する女もいた。とんだお笑い種だよ！　最高級の宝石や多額の現金を積んで、見逃してもらおうとするのもいたな。金品の代わりに女の肉体や男の肉体を差しだされたこともある」

「どんな捧げ物もあなたにとっては石ころと同じだったんでしょうね」わたしは言った。

　彼の背後でメアリーが目を開けた。顔の血を手のひらでゆっくりとぬぐってから、血で汚れたドレスを見下ろしている。意識は戻っても、状況は理解できていないのかもしれない。彼女はどこまで戦力になるだろう。正直言うと、わたしのほうの打つ手はそろそろ尽きかけていた。戦いが終盤に近づいているなか、勝つ算段はなにひとつ立っていない。メアリーとわたしが二人とも死ぬ結末しか想像できなかった。

「まあ、教えてやってもかまわんだろう」男はわたしに言った。「おまえの命もそろそろ時間切れだからな。肝に銘じておくがいい。この世に真の誠実な心なんぞ存在しないってことを。愛もまた然り。まやかしにすぎない。愛する者のために自らの命を捧げるなんてのはロマンス小説家の無責任なたわごとだ」

　この男は誰かに惹かれたこともなければ、感動を味わったこともないのだろう。親愛の情というものを一瞬も抱いたことがなく、虐げられるばかりで一度も救われたためしがなかったにちがいない。

「だが、血は信用できる」彼は続けた。「流れた血は嘘をつかない。この手をべったりと濡らす血のぬくもりだけは本物だ。初めのうちは秘密がなにより大事で、秘密こそがおれの生きがいだった。流血沙汰にはまるで興味がなかった。彼に――あの人に説得されるまでは」

「誰のこと？」

「あの人はあの人だよ」わかりきったことだとばかりに事務弁護士は言った。それは実在する人物なのだろうか？　残虐な行為に及ぶ際、自らを奮い立たせようと脳裏に描いた想像の産物なのでは？　この男が〝彼〟だの〝あの人〟だのと口にするたび、誰を指すのかわからなくて混乱する。ホームズさんのこと？　それとも誰か別の人？

「いつしか、血を見ると胸が高鳴るようになった。まるで恋をしているようにどきどきして、もっともっと欲しくなった。秘密と血。この世で最も信頼できる、最も甘美な組み合わせだ」彼は陶然として言った。助けに来る者は誰もいない。メアリーは本棚を支えに立ちあがろうとしているが、そんなふらふらの状態でどうやって敵に太刀打ちできよう？　相手は体力でも体格でも勝る武器を持った男だ。

「そう、なるほどね」わたしは相槌を打った。

「人生は秘密だらけだ」男は静かに言う。「そのなかでも一番大きな秘密をおれは知っている。愛など存在しないってことだ」いよいよしめくくるつもりなのだとわたしは悟った。ここが旅路の果て、終着点。男は庭のほうを見やった。もちろん誰の姿もない。

話を聞いているあいだ、わたしはじりじり動いて、男がメアリーに完全に背中を向けるよう位置をずらしたのだが、それはとんでもない誤算だったと気づいた。庭へ通じるフランス窓の前に彼が立ちふさがる恰好になってしまったのだ。メアリーとわたしは唯一の脱出口を失った。

「あの人はここにいるのか？　おれの話を聞いているのか？　教えてくれ、彼はもう来てるんじゃないのか？」男はわたしをまっすぐ見て訊いた。疲れきった表情で、目が潤んでいるようだった。「いいかげん決着をつけたい」

「もうじきよ」彼をなだめようとして言った。「もうじき、なにもかも終わるわ。お互いにとって」

「もうじきだと？」男の声にあざけりが交じる。「おまえらは見捨てられたんだよ。女には援軍なんぞ来やしない。医者の男のほうも女房がさらわれようと腰を上げるつもりはないさ。賢明なこった。じゃ、今すぐ片をつけるとしよう」彼は拳銃をわたしに向けた。銃口が下からわたしを見上げている。メアリーは頭から流れ落ちる血で前が見えないはずだ。死んだふりをするのよ、メアリー。男がもうあなたを片付け終えたと思いこんでいれば、逃げだすチャンスは残っているわ。

「おれはなぜ女たちを強請(ゆす)ったと思う？　なぜ女たちを殺したと思う？」

「わからないわ」と嘘をついた。本当はとっくの昔に気づいている。法と教会が、聖職者たちが、過去に女を抑圧してきたのと同じちっぽけな理由なのだと。本人がもっともらしく理屈をこねようと、愚かなごまかしにすぎない。

お願いよ、メアリー。どうかじっとしていて。でないと二人とも殺されてしまう。彼女の身体が再び動きだしたとき、わたしは内心で必死に祈るばかりで、声に出すことはもちろん、彼女のほうを見ることさえもできなかった。

「女は弱虫だ！」男が言い放つ。「もろくて、すぐに壊れる。筋道立てて考えるだけのおつむもない。物事をなにひとつ理解できやしないんだ。それでどうして戦える？　戦えっこないさ、絶対にな。おまえら女にできるのは、めそめそしたり、泣きわめいたり、懇願することだけ。こういうことになったのは女が弱虫なせいだ。当然の報いってわけだ！」男は勝ち誇った声で嬉々(きき)として言った。

過去のいろいろな記憶がいっぺんによみがえってきた。男たちの見下すような庇護者(ひご)ぶった笑いや、〝心配するな、おつむの小さなかわいこちゃん〟という言葉。あれをしてはいけない、これをしてはいけないと、自由を片っ端から奪っていく足かせでしかない規則。女だけ入ることを禁じられたいくつもの閉ざされた扉。これまでの人生で有無を言わさず押しつけられてきた取るに足らない役割。あらためて、びくびくしながら生きていた孤独な女たちのことを思った。今わたしの目の前にいる男によって人生をめちゃくちゃにされ、悲運をたどるがままになった女たちのことを。わたしは自らに言い聞かせた。屈するものか。まだ戦える。敵と同じ方法を使えばいいのだ。この男は言葉で女たちを破滅に追いこんできた。わたしも言葉を武器にすれば、きっと一矢報いることができる。

「あなたは大勢の女性を犠牲にしてきて、それでもまだ足りないのね」わたしは言った。

「ああ、手応えを感じさせてくれるやつは一人もいなかったからな。骨のある相手でなけりゃ戦い甲斐がない」

「ホームズさんが相手をしてくれないのはあいにくだったわね」

「なにを寝ぼけたことを。必ず対戦するさ。あの人の計画どおりにな。今夜が決戦の日のはずだが、焦ることはない、まだ夜は始まったばかりだ。チェスで言えば、チェックメイトのひとつ前の段階。クイーンの駒を片付けてしまえば、あとはキングを残すのみさ」

「ホームズさんと対戦する?」わたしは大げさに驚いて見せた。「そんなことありえないわ。ホームズさんは部外者だもの」

「どういう意味だ? もうじき乗りこんでくるとおまえが自分で言ったんじゃない

か！」彼は怒鳴って、銃をきつく握り直した。使い慣れた武器ではないのかもしれないが、銃の感触が気に入って、だんだん手になじんできたようだ。

「あれは嘘よ」軽蔑をたっぷりこめて言い返した。「ホームズさんはあなたのばらまいた手がかりを追ってなんかいないわ。あなたのことは全然知らない。手がかりを拾い集めて、あなたに行き着いたのはわたし。それでここへ乗りこんできたのよ。たった一人でね。ホームズさんは来ないわ」

「ただの家政婦が生意気な口をきくじゃないか。いてもいなくても同じ、代わりはいくらでもいる」

「ええ、そのとおりよ。舞台にたとえるなら、わたしは背景のようなもの。でも、いつもそこにいて、いろんなものを見聞きしてきた。おかげでとても勉強になったわ。あなたが宿敵だと考えているホームズさんは、あなたの仕掛けたゲームには見向きもしなかった。こんなつまらないものに手を煩わされるのはごめんだと思った。それでわたしにお鉢が回ってきたのよ。家政婦のわたしにね」背筋を伸ばして挑戦的な態度で言った。憤りに燃え、殺せるものなら殺すがいいと内心息巻いていた。嘲笑とさげすみをありったけ注ぎこんだ口調で続けた。「とどのつまり、あなたの目的なんてべつに御大層なものじゃない。名探偵シャーロック・ホームズの気を引きたかっただけでしょう？　教室の一番後ろの席にいたら、いくら手を上げたって教壇にいる先生には気づいてもらえっこない。そんな当たり前の道理もわからないんだから、あまり頭がよくないんでしょうね。お気の毒さま。家政婦のわたしですら、あなたにはもう飽き飽きしているのよ」

「黙れ！」彼は金切り声で叫んだ。

「で、これがあなたの最終決戦なのよね？」わたしは堂々と言った。「早く進めたらどう？　撃ちなさいよ、わたしを。遠慮なく殺せばいいわ。その代わり、ただでは死なないわよ。ぎりぎりまであなたを苦しめてやる。根性の腐った、みじめでちっぽけな虫けら！　偉大なるホームズさんもワトスン博士もあなたのことなんて眼中にない。相手にしてくれたのはただの家政婦だけ。つまり、あなたにふさわしい敵はあなたの軽蔑する女だってこと。それがこのゲームの結末よ。おあいにくさま！」

銃の撃鉄を起こす音がかちりと響いたが、わたしはひるまなかった。目を閉じようともせず、男をまっすぐ見つめた。相手はこういう成り行きをどう受け止めればいいのかわからないようだった。わなわなと身体を震わせている……この男は怖がっているのだ！　そう悟った瞬間、わたしは勝ち誇った気分になった。避けられない死を目前にしながら、全身に勝利の歓喜がみなぎった。

そのとき、男の後方で立ちあがったメアリーが、さっきまで自分が縛りつけられていた木の椅子を持ちあげた。すさまじい声とともにそれを犯人の頭めがけて大きく振りまわす。今度は命中した。側頭部に強烈な一撃を見舞われた男は、よろよろと歩いて机にぶつかった。彼の手から吹っ飛んだ拳銃は床に落ち、その衝撃で発射された弾が窓ガラスを粉砕した。メアリーは勢いあまってあおむけに倒れかけたが、とっさに腕を伸ばして後ろにある本棚のどこかをつかんだ。と、その直後、かちりと音がして本棚が突然動きだした。

「なんなの、これ！」メアリーは期せずして秘密の扉を発見したのだ。

彼女に手を貸そうと前へ進みでたとき、わたしは身体を起こそうとしながら荒い息で言った。

動して、その奥に秘密の小部屋が出現したのだ。わたしの目にもそれが見えた。本棚が横へ移動して、その奥に秘密の小部屋が出現したのだ。広さは五フィート四方くらいだろうか。壁面すべてに棚が設けられ、大量のファイルや文書箱や写真がぎっしり詰めこんである。

秘密の収蔵庫。男の大事な宝物はすべてここに。

それが人目にさらされたことは、男にとって致命的な打撃となった。なにかの糸がぷつんと切れたのか、彼は半ば這うようにしてよろめきながら小部屋へ入ると、棚の書類を夢中でかき集め始めた。わたしは彼を無視してメアリーに駆け寄った。

「怪我は？　あの男、あなたに向かって発砲したわ！」

「だいじょうぶよ、弾はかすっただけだから。あとは本棚で頭をちょっと打ったくらい。それより、あれを見て、マーサ！」

わたしは隠し部屋の入口へ近づいて、おびただしい量の文書を眺めまわした。

床や壁から屋根まで、秘密だけで築かれた家のようだ。ここにあるのは毎日のように人の口から語られる無数の秘密。十七段の階段をのぼってホームズさんの部屋に入り、〝助けてください。力を貸してほしいのです。ただし、誰にも知られないように〟と懇願した者たちのことが頭に浮かんだ。ホームズさんはジョンとともに依頼人の秘密を預かり、無毒化してから跡形なく破壊した。悩める者の暗い心の隅々にまで光を行き渡らせた。そのようにして、いったいどれほど多くの依頼人が救われてきただろう。ベイカー街二二一Bに持ちこまれた秘密はすべて暴かれ、消し去られた。

それにひきかえ、この家では秘密が盗まれ、隠され、保存される。暗闇のなかで腐敗し、朽ち果て、ときには焦げつく。同じ秘密の集まる家でも、ここはベイカー街二二一Bとは正反対に絶望と死の巣窟で、闇はますます深まり、広がっていくばかりだ。

男は隠し部屋のなかに立って、すでに破滅させられた生贄たちでびっしり埋まった室内を見つめ、にやりと笑った。まるで恋する者のように、秘密への欲求で目が生き生きと輝いている。

「あの人はきっと感心するだろう」事務弁護士はつぶやいた。「おれを誇らしく思ってくれるはずだ。見よ、我が偉大なる力を！」

彼の言う〝あの人〟が誰を指すのかは相変わらず判然としない。ホームズさんのこと、それとも未知の首謀者のこと？　とにかく速やかに隠し部屋から離れ、机のところまで下がった。メアリーに身振りでフランス窓のほうへ行くよう合図した。そろそろくだらない茶番劇に終止符を打とう。おしゃべりはこれでおしまい。

「もうけっこう、たくさんだわ。これ以上聞きたくない。ゲームは終わりよ」わたしは男に向かって言い、机の上から石油ランプを持ちあげた。ずっしりと重たくて、なかに入っている液体がぴちゃぴちゃと音を立てた。ほぼ満杯のようだ。男はこちらを振り向いて、わたしがなにをしようとしているのか察した。すぐさま身構え、うなり声を上げる。突進してきてまた体当たりを食らわせ、床に押し倒すつもりだ。今度はそうはさせない。わたしは相手が飛びかかってくる前にランプを隠し部屋に向かって放り投げた。落ちたランプは粉々に割れ、飛び散った石油が男の服を濡らした。そのあと石油は床に水たまりのごとく広がり、乾燥した古い埃だらけの紙でいっぱいの小部屋へと流れていった。その横でむき出しになった灯芯が横向きに倒れ、炎がパチパチいっている。

誓ってもいい、わたしはただ文書を焼き払いたかっただけだ。男はすぐに部屋から出てくるだろうと思っていた。慌てて逃げだすにちがいないと。

窓から吹きこんできた風で炎が揺れた。てっきり消えるだろうと思ったが、炎はちらついたあと逆に勢いを増してあかあかと燃え、飢えた舌がまわりの石油をなめつくそうとするかのように高く伸びあがった。

「ああ、神様！」わたしは息をのんだ。男は石油まみれだ。すぐに炎から離れないと命が危ない。にもかかわらず、逃げだそうとせずに大声でわめきながら、手紙や写真に向かって腕を伸ばした。彼が探しあてた貴重な秘密の鉱脈。彼にとって唯一の生きる証であり、自尊心の支えであり、そして喜びでもあったもの。それが炎に包まれようとしている。男にすれば自分の身を守ったところで無意味だろう。隠し部屋の書類を失ったら、生きていけないのだから。彼は自ら炎に近づいていった。

「マーサ！」メアリーが呼んでいる。わたしはフランス窓へ走った。そのとき男の叫びが聞こえた。隠し部屋の炎はうねりながら躍りあがって、手紙も写真も容赦なく焼きつくそうとしている。渦巻く炎の真ん中で、男は一心不乱に焼け焦げた紙の切れ端を拾い集め、大事そうに胸に抱えていた。

「急いで逃げて！」わたしは男に向かって叫んだが、相手は動こうとしなかった。秘密がなければ彼は存在しないも同然。唯一夢中になれたゲームを取りあげられたら、誰でもない空っぽの人間になってしまう。それがわかっているから、彼は宙に舞う紙の燃え殻に手を差し伸べた。やがて、ついに、石油の染みこんだ彼のシャツにも火が燃え移った。

わたしはホワイトチャペル・レディと、それからアダム・バラントのことを思い起こした。犠牲者たちの流した血が脳裏によみがえり、犠牲者たちの味わった喪失感と苦痛で胸がつぶれそうになった。炎にのみこまれようとしている男はそれほど罪深い所業を繰り返してきたのだ。しかも、そこから快楽をむさぼっていた。わたしはそれ以上なにも言わず、フランス窓から夜の庭へ出た。

秘密の家は最後の生贄を燃え盛る腹のなかにのみこんだ。

レストレイド警部の疑念

メアリーとともに庭木戸からすばやく通りに出ると、辻馬車が約束どおり待っていてくれた。長いように感じたが、すべてはわずか一時間ほどの出来事だった。炎は一段と勢いを増して、垣根の上に顔をのぞかせ始め、御者がそれをじっと見つめていた。家屋全体が猛火に包まれようとしていた。

「ベイカー街までお願い」わたしが静かに言うと、火事を眺めていた御者はこちらを振り返った。

「奥さんなのかい、あれをやったのは?」御者が燃えている家を身振りで示し、詰問口調で尋ねてきた。メアリーは先に馬車に乗りこんだ。

「まさか。わたしは見てのとおりのおばあさんよ」そう答えてから、もう一度行き先を告げた。「ベイカー街まで。ベイカー街の二二一B」けれども御者はまだ馬車を動かそうとしない。

「わたしたち、奇跡の脱出劇を演じているところなの!」馬車のなかからメアリーが言う。

「奇跡の脱出劇？　ああ、そうか！　ベイカー街といえば——」御者はようやくぴんと来たらしい。「奥さんたちはシャーロック・ホームズさんの助手かい？」

「ご想像にお任せするわ」わたしはげんなりして答え、馬車に乗りこんだ。

ホームズさんはベイカー街をたまり場とする御者たちのあいだでよく知られている。颯爽と馬車に乗りこんで、御者に前を走る馬車を追跡させたり、あっと驚く目的地への珍しい旅を経験させたりしているからだ。ここは名探偵の評判を利用させてもらったほうが事が円滑に運ぶ。

馬車はゆっくりと走りだし、リッチモンドの建築途中の住宅街を通り抜けていった。じきに夜は明けるだろうが、今はまだ黒に近い濃紺の空が頭上を覆っている。わたしは窓の外を通り過ぎていくロンドンの街並みを見つめた。絶体絶命の危機は脱したが、もう安全だとどうして言いきれよう？　どこからか鐘のカンカン鳴る音が聞こえてきた。消防車が早くも出動したようだ。火事の報は電信や電話を通じて瞬く間に伝わり、新聞によっていっぺんに広まるだろう——それでも真相は誰も知ることはない。

わたしは座席に沈みこんで、メアリーの様子を確かめた。顔に乾いた血がこびりついていたので、ハンカチを出して軽く拭き取ってあげた。メアリーは身を震わせながらもほほえんだ。わたしもほほえみ返した。いろいろあったが、二人とも生き残ったのだ。

「あの男にふさわしい最期だわ」メアリーは噛みしめるように言った。「ああいう死に方をして当然のことを彼はやったのよ」

わたしは罪の意識を感じたかった。良心の呵責に苦しみたかった。人が一人死んだのだから、少しくらいは悲しい気持ちになってもよさそうなものだし、ましてや自分は彼の死にじかに関わっている。それなのに、なんの感情も湧かなかった。悲しくもなければ、勝ち誇った気分でもない。達成感や満足感すらない。これで仕事は終わった、もうやめられる、という思いだけが残っている。なんというか――心が果てしなく空虚だった。人間らしい感情を忘れてしまったのだろうか？

「あんな男でも公正な裁判にかけられるべきだったんでしょうね」思いきって考えを口にした。

「公正な裁判？　本気で言っているとは思えない」メアリーは憤慨した。「あの男は大勢の人たちの秘密を握っていたのよ。きっと法廷弁護士から判事、陪審、警察関係者まで、みんな抱きこんでしまうわ。マイクロフトが動いていたことを考えると、内務大臣をも意のままに操れるかもしれない。そうなったら、いったい誰が自分の地位を犠牲にしてまで彼に不利な証言をするの？　結局は無罪放免になるに決まっているわ」

「たとえそうだとしても、あんな死に方は……」

「ねえ、よく聞いて」メアリーは居住まいを正し、わたしの手からハンカチを取りあげた。「伝言を受け取って迎えの四輪馬車に乗ってすぐ、罠だと気づいたわ。だって、シャーロックがあんなふうに使いをよこすわけないもの。でもおとなしく犯人の隠れ家へ運ばれていった。知りたかったから。質問したいことがたくさんあったから」

「その気持ちはわかるわ」わたしはメアリーを見つめて言った。空が白み始めた。いつものようなどんよりした灰色ではなく、オパールのような乳白色がかった曙光がメアリーの顔を照らしだした。

「だから、あの男にいろいろ訊いてみた。向こうも隠そうとはしなかった。自分のやってきたことは誰にも知られていないから、自慢話をしたかったんでしょうね。人は誰しもそうだと思わない？　自分がどれほど賢いかを誰かに知ってもらいたがる。そうしなければ、賢い人間である意味がないと感じるから。あの男も得意げに話し始めたわ」

メアリーは身震いして向こうを向き、まだ夜が明けきらない方角の空を見つめた。

「本当におぞましい男。身の毛もよだつ非道な行為を重ねてきた」メアリーは淡々と言った。「彼が自殺に追いこんだ人、彼が秘密を洩らしたせいで誰かに殺された人、彼自身が手を下してあの世へ送った人、みんな気の毒でならない。ほかにもいろいろ聞かされたけど、ここでは繰り返さないわ。まっとうな人間が口にできる話ではないから、詳しいことは伏せておく。とにかく、あの男は罠にかけた女たちをさんざんいたぶって、じわじわと殺していったのよ。命を奪われなかった者たちも死ぬまで続く地獄の苦しみにさいなまれた。しかも、あの男はそれを楽しんでいた。最後の一秒まで悦楽に浸っていた。あなたも本人の口から聞いたでしょうけど、わたしはその何十倍も聞かされたわ！」

こちらを振り向いたメアリーの顔は険しく怒りに満ちていた。

「犠牲者たちに比べれば、彼の死に方なんて楽なものよ。もっと苦しんで死ぬべきだった。あの男の罪は万死に値するわ」

彼女の言うとおりだと思う。それでもわたしは、心にぽっかり空いた穴を憤りで埋めることはできなかった。精根尽き果てて、抜け殻のようだった。馬車の外から一日の始まりを告げる人の声や物音が聞こえてくる。仕事に出かける者、挨拶を交わす者。なんだか自分がそうした世界から切り離されているような感覚だった。妙に現実感がなくて、自分自身か彼らが実在しない人間にさえ思える。あんなことがあったあとで、どうやって日常生活に戻ればいいのだろう。あのときの興奮も闘志も勇気も、すべて消え失せた。完全に燃えつきて、嵐が過ぎ去ったあとの凪いだ海をうつろな心で漂うばかり。

ホームズさんがコカインの七パーセント溶液を手放せない理由が、初めて理解できた気がした。

それはそうと、例の事務弁護士は自分を教え導いた人物の存在を匂わせていた。暗い衝動を満たすべくホームズさんを決戦の標的にしたのは、その指導者の命令だったようだ。実在の人物だろうか。あるいは、ジキル博士に対するハイド氏のような、自身の内面に巣くうもうひとつの人格なのだろうか。

「このことはわたしたちだけの秘密よ」メアリーが唐突に言った。

「今夜のこと？　それとも、今回のことすべて？」わたしは尋ねた。「今夜わたしたちのやったことは誰にも言うまいと決めていたわ。二人とも面倒な立場に立たされるでしょうから」

「今回のことすべてよ」メアリーは真剣な顔つきだった。「初めからしまいまで全部。わたしたちは知りすぎているわ。警察に行ったら、知っていることを洗いざらい話さなきゃいけない。ホワイトチャペル・レディの身の上、政府の役人だったアダム・バラントの個人的な事情、アイリーン・アドラーの協力、なにもかもを。検死審問の場でそれが白日の下にさらされれば、次は新聞で大々的に書き立てられる。わたしたちのこれまでの苦労が水の泡になってしまう」

「それだけじゃ済まないわ」わたしは言った。「犯人は自分の背後に黒幕がいるようなことを言っていたでしょう？　ホームズさんに並々ならぬ関心を抱いているらしい者が」

「実在の人物だと思う？」メアリーが訊く。

「わからない」そう答えてから考えこんだ。あの男は独り言のような脈絡のない話し方になったとき、黒幕の名前をちらりと口にした気がする。わたしに聞かれたくなかったのかごく小さな声で。でも、わたしは耳がいいので幸いかろうじて聞き取れた。「たぶんちがうわ。空想上の人物でしょう。でも、もし実在するとしたら、わたしたちのやったことを知って……」

「復讐（ふくしゅう）を企（たくら）むかもしれないわね」

「わたしたちを利用して、ホームズさんに復讐すると思う」わたしは焦りをおぼえた。

事務弁護士が口にした名前は確か、ムーア……いえ、モリス？「黒幕の人物が今夜の出来事をホームズさんのせいだと思いこめば、わたしたちを殺してホームズさんに思い知らせてやろうと考えるかもしれない。だから、あなたの意見が正しいわ。今回の件は

わたしたちだけの秘密にしましょう」

わたしは再び窓の外を眺めた。これでメアリーとわたしのやったことが――正しいことも間違ったことも――街の人々に知られる心配はないだろう。あの事務弁護士がそうであったように、わたしたちも世間から見えない裏舞台で行動してきた。

考えてみれば、犯人の本名はまだわかっていない。今となってはどうでもいいことではあるけれど。

「ああ、くたびれた」メアリーは眠そうにつぶやいて、わたしの肩に頭を預けた。

「御者に言って、自宅であなたを降ろしてもらうわ」

「いいの、わたしもベイカー街まで一緒に行く」あくびを嚙み殺しながらメアリーが言う。「事件の物語はベイカー街二二一Bで幕が下りると決まっているのよ」

わたしは思わずほほえんだ。さっきまで悶々と悩んでいたこともどうでもいいように感じられた。自分はどうかしていた。メアリーが無事で、ウィギンズも元気になって、ローラ・シャーリーやアイリーンや名前のわからない大勢の女性たちもくびきから解き放たれた。それで万々歳じゃないの。首尾よく行ったのに、なにを思い悩む必要がある

の？

「止めて。そこで止めてちょうだい」わたしは突然御者に向かって呼びかけた。早朝の交通渋滞に巻きこまれた馬車が、ようやくベイカー街へ入ろうとしたときだった。道の反対側でイレギュラーズの面々がわたしたちを待ち構えていた。家の玄関口に立っている子、壁にもたれている子、歩道の縁石に腰を下ろしている子と、皆ばらばらの場所で。ウィギンズはたった一人、道の真ん中に立ちはだかっていた。顔に朝陽が当たって、表情がはっきりと見える。明らかに怒っている。

わたしは馬車から飛び降りた。

ウィギンズは大股でこちらへ歩み寄ってきた。

「なにやってたんだよ」彼は噛みつくように言った。

わたしはあっけにとられた。ウィギンズにこんな言い方をされたのは初めてだった。

「奥さん、だいじょうぶですかい？」御者が心配して声をかけてくれた。

「ええ、だいじょうぶよ、ありがとう。彼は友人なの」わたしはウィギンズから目を離さずに答えた。今も友人でいてくれたらいいけれど、と内心で祈りながら。

「出かけていくのを見たやつがいるんだ」ウィギンズは低い声で憤然と言った。「おれたちの誰にも見つからずにベイカー街を出られると思ってたわけ？　何時間も前に馬車をつかまえて南へ——リッチモンドへ行った。そうでしょう？」

「ええ……」

「リッチモンドで火事があった！」ウィギンズが声を荒らげる。「男が一人焼死して、そいつがなにをやったのか、どうして死んだのか、巷じゃ大騒ぎだ！」

御者はわざとらしくそっぽを向いて、聞こえないふりをしている。

「どうしてそれを？」

「スコットランド・ヤードにおれたちの仲間がいるから」ウィギンズの声はいくぶん静かになったが、怒りはまだおさまっていないようだ。「そいつは靴磨きなんだ。ちょうどレストレイド警部の深靴を磨いてたとき、火事の知らせが入って、レストレイド警部が捜査を担当することになった。死んだのは評判のいい事務弁護士で、〝やんごとなき方々が色めきだっている〟ってことだった。レストレイド警部は今頃はもうリッチモンドに着いてるよ」

「まあ」わたしの口から弱々しい声が漏れた。レストレイド警部が捜査を担当する――あの人のことだから、たぶん事故と判断するだろうけれど、もしも彼がホームズさんのもとへ相談を持ちこんだら？　ホームズさんは真相に気づくだろうか？　それと、ウィギンズの言う〝やんごとなき方々〟とは誰を指すの？　こうなってくると、火事に疑いを抱く人が出てくるのでは？

「あなたがやったんですか？」ウィギンズは食いしばった歯のあいだから声を出した。

彼に対して嘘をつき通せるだろうか？　なにがなんでも事実を伏せるべきだろうか？

わたしは通りに集まってきたほかの少年たちを見回した。うちの台所でわたしが焼いたケーキを食べ、わたしのいれたお茶を飲んだ子たちだ。ミッキーはわたしと目が合うと、帽子を軽くつまんで会釈した。皆、わたしに信頼を寄せてくれている。親愛の情と、それからたぶん尊敬の念も抱いてくれている。そんな彼らに自分のしたことを話せる？

「ええ」わたしは観念して認めた。

ウィギンズは鋭く息を吸いこんで、数歩あとずさった。いったん目をそらしたが、再びわたしのほうを見て尋ねた。

「犯人はその男だったんですか？」

「そうよ」わたしは答えた。「彼はもう死んだ。埠頭であなたに襲いかかった男は、ホワイトチャペル・レディの命を奪って、ほかにも大勢の人たちを卑劣な行為で傷つけ、苦しめた男は……」ウィギンズがさらに近寄ってきたので、わたしは途中で口をつぐんだ。彼の背丈はわたしと同じくらいある。いつの間にこんなに大きくなったんだろう。

「ハドスンさんは馬鹿だよ」ウィギンズは押し殺した声で言った。「助けも借りずに単独でやるなんて」

「単独じゃなかっ……」

「女の人だけでってことです！　なにが起こるかわからないのに！」

「実際に大変なことになったわ」声が震えた。

「当たり前だよ！」ウィギンズはわたしの身を案じてくれていたのだ。真剣に。怒っているのは落胆のせいでも幻滅のせいでもなく、心配ゆえのことだった。勝手に遠くへ行ってしまった子供を親が叱るのと同じ。

「どうしても単独でやる必要があったの」わたしは静かに言った。

「どうして？　おれたちはなんのためにいると思ってんですか？　ハドスンさんたちを助けるためでしょう！　あの家の人たちみんなを！」ウィギンズは二二一Bのほうを手振りで示した。

「自力で証明してみせなければならなかったのよ」

「なにを？」

「わたしはただケーキを焼いているだけの無能なおばさんじゃないということを」思いきってはっきり言った。

ウィギンズの顔がぱっと明るくなった。わたしの気持ちを理解してくれたのだ。彼も自分が無能でないことをいくたびも証明する必要があった。それができなかったら、今日まで路上で生き延びられなかっただろう。彼は毎日、普通の少年よりも優れていて役に立つところを周囲に示さなければならなかった。

「そっか。あのさ、ハドスンさんは無能なおばさんなんかじゃないよ」ウィギンズは天使のような表情でにっこりと笑った。「うまいケーキを焼くのは事実だけどね」

わたしは感謝の気持ちをこめてうなずいた。ウィギンズとわたしのあいだに、ひしと抱き合ったも同然の親密な絆が生まれた。

「だけど、もう二度とこんなことはしないと約束してくれませんか？」とウィギンズ。

「それはお断り。じゃあ、あなたは二度といたずらをしない、嘘をつかない、人のものをくすねたりしないって約束できる？　仲間を守るためにそれしか方法がない場合でも絶対にしない？　もちろん無理よね。わたしもそれと同じ。厄介事にはもう首を突っこまない、助けを求められても放っておく、なんていう約束はできっこないわ」

ウィギンズはまわりにいる弟分たちを見た。彼らを守るためなら、ウィギンズはなんだってする覚悟だろう。再びわたしの顔を見たときには、納得の表情に変わっていた。これで彼とわたしは共通の気概を持つ友人同士だ。

「傷の具合はどう？」わたしがそう訊くと、ウィギンズは慌てて怪我をしたほうの腕を押さえた。

「もうだいじょうぶです」面目なさそうに答えた。「お宅の床を血で汚しちまってすみません」

「あれが最後ならいいんだけれど」軽くからかった。

ウィギンズはにやりと笑った。

太陽はすっかり顔を出し、ベイカー街はいつもの喧騒に包まれつつあった。御者はわたしたちにまで聞こえるほどの大あくびをした。わたしは気づかないふりをしてウィギンズに言った。「今日の午後、ミッキーにジンジャーブレッドをごちそうすることになっているの。あなたも来る？」

少しためらってから、ウィギンズはこくりとうなずいた。それから馬車の窓をのぞきこんで、メアリーの様子をうかがった。

「早く家のなかに入れてあげないと」彼は言った。「具合が悪そうだから」

「そうね、ありがとう」ウィギンズに言いたいお礼はほかにもたくさんあった。わたしを守りたいと思ってくれてありがとう。わたしを気遣ってくれてありがとう。給仕のビリーを紹介してくれてありがとう。うちの台所へジンジャーブレッドを食べに来てくれてありがとう。友達になってくれてありがとう。照れるだろうから口に出しては言わないけれど、気持ちは伝わっているはずだ。互いを思いやっていることを二人とも知っているから。わたしは馬車を回りこんで、メアリーの座っている側へ行った。

「いいか、みんな、レストレイド警部を見張るんだ」ウィギンズが仲間に指示を出した。「あの人が火事を調べるから」するとイレギュラーズは一斉に散らばって、脇道や路地へ消えていった。

わたしはメアリーが馬車から降りるのに手を貸しながら、御者に礼を言って料金を多めに払い、チップもたっぷりはずんだ。メアリーは疲れきって、ぐったりしていた。その晩に起こったもろもろの出来事を考えれば、そうなるのが当然だけれど。「もしも警察になにか訊かれたら……」わたしは御者に言いかけた。

「あっしはなんにも見てませんぜ」御者は小鼻を指でとんとん叩いた。「ホームズさんと警察はいつも一枚岩ってわけじゃないんでしょう？　だったら、あっしはホームズさんの味方だ」

「ありがたいわ」わたしは言った。

馬車が走り去ると、メアリーを支えながらよろめく足で二二一Bのドアを入った。二人とも消耗しきっていた。血がこびりついているうえ、打ち身や軽い火傷(やけど)の痣(あざ)もできていた。その姿でなんと、階段の下に立っていたホームズさんと正面から顔を合わせてしまうことになった。怪我は快方に向かっているらしく、彼はすっかり身なりを整えた状態で、家に入ってきたわたしたちをじっと見守っていた。

「ワトスンを起こしたほうがよさそうだ」ホームズさんが言った。

「それには及びません。ぐっすり眠っているでしょうから」わたしは答えた。

「二人してなにをやっていたんです？」ホームズさんはあきれた調子で訊いた。

「見てておわかりのとおりよ。だいたいの察しはつくでしょう？」メアリーがわたしに寄りかかったまま眠そうな声で言う。

「いいや、さっぱり」ホームズさんは淡々と答え、わたしたちを上から下までじっくり眺めた。服や顔の状態を確かめているのだろう。二人とも憔悴(しょうすい)して目が落ちくぼみ、隈(くま)もできているはずだ。じきにホームズさんはわたしがそれまで見たことのない表情を浮かべた。困惑のあらわれなのか、それとも懸念と呼ぶべきなのか。

「メアリー、だいじょうぶか？」ホームズさんが真剣な目で気づかわしげに尋ねた。

ホームズさんが彼女をファーストネームで呼んだのは、わたしが知る限りたった二回だけだった。一回目の詳しいことはいずれお話しする気になったら明かしたい。二回目はもちろん今。

メアリーはもはやわたしにもたれかかっているのではなく、倒れこんでいる状態に近かった。自分の足で立っていることができないほど弱っていて、顔が青ざめ、呼吸も浅い。彼女の身体を支え直そうとしたとき、脇腹全体に血の染みが広がっているのに気づいた。よく見ると、傷口から血がぽたぽたと滴り落ちている。事件を解決した高揚感で、本人もわたしも彼女が深手を負っていたことに気づかなかったのだ。

「弾はかすっただけかと思ってたけど、そうじゃなかったみたいね」メアリーがつぶやいた。「もしかしたら、まともに当たったのかも」そこで気力を使い果たし、彼女は意識を失った。

床に倒れる寸前に、ホームズさんがすばやく歩み寄った。

「ワトスン！」ホームズさんは自分の怪我など忘れたかのように、痛むはずの腕でメアリーをしっかりと抱き止め、上階にいる友を大声で呼んだ。「応急手当の用意をして、急いで台所へ！」

ホームズさんがメアリーを抱えて台所へ向かったので、わたしもあとからついていこうとした。と、そこへ、玄関の呼び鈴が鳴った。こんな取り込み中に来客だなんて！

わたしは呼び鈴を無視して台所へ行こうとしたが、ホームズさんに止められた。

「レストレイド警部ですよ。さっき二階の窓から彼が通りをやって来るのが見えた」彼はそう言ってメアリーを抱え直した。彼女はかすかにうめき声を漏らしたが、意識はないようだ。「呼び鈴に出てください。ただし、なかには入れないように。それから、なにも話してはいけません」

「どうやって追い返せばいいんでしょう?」わたしはおろおろした。

「嘘をつくんです、ハドスンさん」ホームズさんは台所の階段を下りていった。「彼が相手なら簡単でしょう。僕もしょっちゅうそうしています」

それだけ言い残して、ホームズさんは台所に入ってしまった。ジョンが診察鞄を手に二階から駆け下りてきた。慌てて着替えたらしく、シャツがズボンから半分はみ出してひらひらしている。玄関の床に数滴落ちている血を見て、彼は急に立ち止まった。怪我をしたのがメアリーだと告げるのはためらわれたので、わたしは黙って台所のほうを指差した。ジョンが行ってしまうと、わたしは階段の下の支柱にかけてあったショールを取り、血の跡や痣を覆い隠すため身体にしっかりと巻きつけた。それから深呼吸をひとつして、髪の乱れを簡単に直したり、スカートのしわを伸ばしたりしたあと、堂々としたふりで玄関のドアを開けた。

レストレイド警部が立っていた。その両脇に巡査が一人ずつ。警部はわたしを見て軽く鼻を鳴らした。やつれた顔に疲労がにじみ出ていたが、目だけはあふれる熱意で鋭く輝いていた。

ああ、どうしよう。警部は獲物を追う気満々だ。スコットランド・ヤードに刻々と寄せられている事実は逐一彼の耳に入っているだろう。不可解な火災、男性の死体、現場から発見された何千枚もの文書の燃え殻。もしも焼け残った部分に上流階級に属する個人名が確認されたら、場合によっては〝やんごとなき方々〟の関心をなおさら引きつけることになりはしまいか？

警部がここを訪ねてきたのは、ホームズさんに事件捜査への協力を依頼するためだろう。男性一名の焼死事件。故殺と認定される可能性も否定できない。原因を作ったのはわたしたちだ。最悪の場合、殺人罪に問われかねない。火災が起こったとき、まわりに知らせようとも助けを呼ぼうともせず、その場から逃走したから。そう、メアリーもわたしも投獄されて、絞首刑になるかもしれない！

そのうえ、わたしたちが必死で守ろうとした秘密はすべて世間に公表されてしまうだろう。

今レストレイド警部が家に入ってきたら、玄関から台所へと木の床の血痕をたどって、メアリーを見つけてしまう。しかもテーブルの上には手紙やら地図やらが広げっぱなしだ。地図に書きこまれた印が死んだ男の家、すなわち火災現場を示しているのは一目瞭然。

そうした考えがわたしの頭のなかを一瞬のうちに駆けめぐった。無表情を装うことに慣れているとはいえ、動揺や不安が顔に出ていないか心配になったが、背筋をまっすぐ伸ばして極力平静なふりをした。内心、ショールの下の服がどういうありさまか気づかれないことを願いながら。見えなくても煙の臭いを嗅ぎつかれてしまうだろうか？

　レストレイド警部にホームズさんはご在宅かと尋ねられ、わたしは精一杯家政婦らしい態度で、いいえと答えた。あいにく忙しいようで外出中です、と言い添える。

「こんな朝っぱらから？」レストレイド警部が驚く。

「ホームズさんのお仕事は二十四時間休みなしですので。警部さんと同じように」

「ふうむ、すでにこの事件に着手したのかもしれんな」警部は考えこみながら言い、帰ろうと身体の向きを変えた。

　まさにそのとき、台所からジョンの大声が響いた。「どういうことだ？　いったいなにがあったんだ？」メアリーの怪我の状態を見たのだろう。わたしはその叫び声を無視して、表情を崩さず沈着冷静な態度を保った。

　レストレイド警部は再びこちらへ向き直った。さっきまでとはちがって鋭い目に疑念の色がありありと浮かんでいる。

「あの声はワトスン先生ですね」警部は言った。

「はい。ホームズさんは外出中ですが、ワトスン先生はいらっしゃいます」わたしは幼い子供に説明するようなゆっくりとした口調で答えた。「患者さんの治療中でして、取りこんでおりますので失礼しま……」わたしはドアを閉めようとしたが、警部がそうさせまいと手でがっちり押さえた。

「ホームズさんはワトスン先生を置いて一人で出かけられたということですかな？」明

らかに疑っている口調だ。

「お二人はいつでもべったりくっついているわけではございませんので」わたしは淡々と答えながら、警部の真ん前の床に血が数滴落ちているのを目の隅にとらえた。まだ新しくて真っ赤なメアリーの血だ。わたしはさりげなく足でそれを隠した。「とりわけワトスン先生が結婚なさってからは、別行動が多くなりました。先生は患者さんのいるときに邪魔されるのを嫌がりますので、今日のところはどうかお引き取りください」

レストレイド警部はわたしの背後をのぞきこみ、階段の上へ視線を走らせた。気になってわたしも振り返った。玄関ホールから台所へ点々と続く血の跡はかろうじて警部の視界からはずれているのがわかった。それにしても、メアリーの出血はかなりひどいようだ。警部が入ってきてそれを見つけたら、なにが起こったのかとことん調べようとするだろう。

わたしは警官に応対するときの家政婦に共通する毅然とした冷ややかな態度を懸命に保ちながら、レストレイド警部を見つめた。彼のほうもわたしに険しい目を向けた。ホームズさんはよくこの警部を猟犬のテリアにたとえる。頭脳明晰とは言いがたくても粘り強い人だ。いったん糸口を見つけたら、それがどんなに小さなものでもしっかりくわえて離さず、最後の最後まで執拗に攻め続ける。だから彼に血の跡を見せるわけにはいかない。でないと真相を突き止められてしまう。

「昨晩、ちょっと気になる出来事がありましてね」警部はわたしの顔を見て言った。

「火事が発生して男が一人死亡し、彼の家も焼け落ちたんですよ。大量の秘密文書ごと。事故だろうと見られていますが、殺人の線も捨てきれない。細かいものとはいえ、いくつか不自然な点が見つかったものですから。それでホームズさんに調査をお願いしようとうかがったわけです。あの人はいつも些細な事柄から重要な事実を導きだす。今回も一肌脱いでいただけ……」

「レストレイド警部」わたしは揺るぎない口調で言った。「亡くなった方は大変お気の毒ですが、さきほども申しましたとおり、ホームズさんは外出中です。たぶん一日中戻らないでしょう。いつお帰りになるか見当もつきません。では、ごきげんよう」

そう言って、わたしはもう一度ドアを閉めようとした。すると今度はドアの隙間に靴をこじ入れられた。

「せめてホームズさんの部屋に伝言を残させてもらえないですかね。そうすれば……」

「警部さん！」わたしはいらだちをあらわにした。「またとない機会ですから、ホームズさんが出かけているあいだにあの部屋を大掃除しないといけません。ちょうど絨毯をめくり上げて、床を隅々まで磨いたところなんです。その部屋をわざわざ土足で歩きまわって、どうせホームズさんが読みっこない書き置きを残そうとなどとお考えなら、一度頭を冷やしてはいかがでしょう！」わたしは大声できっぱりと言い渡し、見るからに迷惑がっている不機嫌な女家主を演じた。レストレイド警部に同行してきた警官の一人があとずさり、もう一人はにやにや笑った。

「まあまあ、ハドスンさん」警部がなだめる口調で言う。

「そんなにホームズさんにお会いになりたいなら」わたしは勢いにまかせて続けた。「ご自分で捜しに行ったらよろしいじゃありませんか。警部さんは捜査官なんでしょう？　近頃のホームズさんは波止場で長時間過ごすことが多いようですから、まずはそこから当たってみてはいかがです？　掃除の続きがあるので、わたしはこれで失礼します。ごきげんよう！」

三度目の正直で、ドアはようやく警部の鼻先でばたんと閉まった。

彼が玄関前の石段を下り、通りへ出ていく足音が聞こえた。思わず失笑した部下たちを叱り飛ばしながら、遠ざかっていく。わたしは力が抜けてドアに背中でもたれた。身体が震えている。警察官に対してあんなつっけんどんな態度を取ったのは生まれて初めてだった。

「ハドスンさん、お見事！」突然、ホームズさんの優しい声。いつの間にか台所の階段を上がったところに立っていた。

「あの、メアリーは？」わたしは振り向いてホームズさんを見上げた。

「かすり傷ですよ。疲労と興奮が合わさって、よけい具合が悪くなったんでしょう」ホームズさんはそう答え、朝陽の射しこむ玄関ホールへ進みでて、わたしに歩み寄った。

「ワトスンは飛び抜けて腕のいい医者です。彼女はじきによくなりますよ」

わたしは安堵に胸を撫で下ろし、深く息を吸って目を閉じた。いろいろあったけれど、二人ともなんとか切り抜けたのだ。でも、ひとつだけ気がかりなことが……

「ビリーから伝言を預かりましたよ。あなたの書類はすべてひとまとめにして、安全な場所にしまっておいたそうです。どんな書類なのか僕にはどうしても教えてくれません。給料を払ってやっているのは僕だというのに！」ホームズさんは少し不満そうだが優しげに言った。

「そうですね。でも、ごはんを作ってあげているのはわたしですから」

光のなかで、ホームズさんとわたしは向き合った。

「なにがあったのか、事情を打ち明けてくれませんか？　ワトスン夫人は全然話してくれないんですよ」

できることなら、自分のしたことを洗いざらいしゃべりたかった。ベイカー街二二一Bに住む探偵はもはやホームズさんだけではない。おこがましいけれど、わたしも今は探偵のはしくれ、彼の意見や感想を聞きたい気持ちもある。でも、やっぱりできない。どうしても。

「すみません」わたしは首を振って小声で言った。「お話しするわけにはいかないんです」

ホームズさんは大きなため息をついてわたしをじっと見た。

「調べだそうと思えば調べだせるんですよ、僕ならば」

「どうかそれだけは」わたしは哀願した。

ホームズさんはもう一度無言でわたしを見つめてから言った。「いいでしょう、わかりました、ハドスンさん。あなたのためにこの件はそっとしておくことにします」

そのあとホームズさんはわたしに向かって腕を差しだした。

「波止場でしたっけ？」と彼は尋ねた。

「ああいう場所へ行くときは、怖い病気がうつるかもしれないのでお気をつけくださいましね」わたしが皮肉交じりに言うと、ホームズさんはくすくす笑った。

「台所へどうぞ。僕がお茶をいれました。ショックを受けたときは熱いお茶が一番の特効薬です」

わたしは彼の腕を取った。偉大な探偵のシャーロック・ホームズがわたしのために、下宿のおかみのためにお茶をいれてくれるなんて、光栄ですこと！

「ちゃんと先にポットを温めました？」

エピローグ

　そのあとの台所での様子をお伝えしましょう。わたしと同様、メアリーも秘密を頑なに守り通した。なにがあったのかジョンに繰り返し訊かれても、決して話そうとしなかった。ジョンがしびれを切らして怒りだしたときには、逆に堂々とこう言い返した。

「だったらあなたは、〝スマトラの大ネズミ〟（『サセックスの吸血鬼』で言及される、いわゆる〝語られざる事件〟のひとつ）のことをわたしに話せるの？　無理なんでしょう？　絶対に口外できないのよね？」

　痛いところを突かれたジョンは、困り果てた顔で助けを求めるようにホームズさんのほうを見たが、名探偵は黙って食器棚にもたれ、お茶を飲んでいた。

「すまないがワトスン、僕はもう約束してしまったんでね。それを反故にするわけにはいかない」わたしのほうをちらりと見てホームズさんは言った。「こちらのご婦人方もきっとそうなんだろう」

「メアリーは銃撃されたんだぞ、ホームズ！」ジョンが大声で言った。髪はぼさぼさ、しわくちゃの寝巻の上に慌ててズボンをはいてきたという恰好だ。

「じゃあ、撃たれたことがないのはこの部屋でハドスンさんだけか。まあ、あくまで僕の推測だがね」ホームズさんは澄ました顔で言う。

「ええ、一度も撃たれたことはありませんよ」わたしもきっぱりと答えた。「ジョン、どうかわかってちょうだい。メアリーとわたしは誓いを立て……」

「ハドスンさん、レストレイド警部には僕から単なる事故だと伝えておきますよ。向こうがなにを言ってこようとね。それからワトスン、そろそろ奥方を連れて家に帰りたまえ。彼女を早く休ませなければ」

ジョンはテーブルの前に腰かけているメアリーを振り返った。彼女は運びこまれてすぐのときに比べればだいぶ元気になったが、まだ顔は青白かった。

「メアリー、お願いだ」ジョンが手を合わさんばかりに言う。

「いつか話すわ」メアリーは答えた。「でも、当分は無理なの。ほかの人たちの秘密に関わる問題だから。どうかわたしを信じて、あなた」メアリーに心をとろかすような愛のこもった笑顔を向けられては、さすがのジョンもお手上げだ。不承不承、帰宅する準備に取りかかった。わたしは玄関ホールへ行って、メアリーがコートを着るのを手伝った。そのとき彼女から、リリアン・ローズとアイリーンも含めて、わかっている限りの被害者全員に手紙を出すつもりだと耳打ちされた。〝あなたはもう自由です〟とだけ書かれた文面で。

その日の午後、ホームズさんはずっと自室に閉じこもって、うずたかく積みあげられた古い文書や参考資料を相手に格闘していた。彼がそうしているあいだ、わたしは絨毯についた血の染みを取り除く作業に打ちこんだ——これが初めてではなかったが、これが最後であってくれたらと願わずにはいられなかった。夕暮れ時、ホームズさんのためにお茶をトレイに用意して階段を上がっていったが、ドアの前ではたと立ち止まった。室内からヴァイオリンの音が聞こえたからだ。わたしが子供の頃に大好きだった懐かしいスコットランドの曲で、これを聴くたびに自然と鼻歌が出る。ホームズさんはわたしのお気に入りの曲だと知っているが、単純すぎて面白くないと言って、普段はめったに弾いてくれない。なのに、今日はいったいどういう風の吹きまわしだろう。ドアの向こうから甘い調べがふわふわと漂ってきて、わたしの心を温かく満たした。ホームズさんは少しつれない態度のときもあるけれど、彼の奏でる音楽はいつも情緒豊かだ。わたしは階段に腰を下ろし、ヴァイオリンの音色にしばし聴き入った。なぜか涙が出てきた。

演奏がやむと、わたしはドアを開けて部屋へ入り、テーブルにお茶のセットを置いた。ホームズさんは窓辺で、お気に入りの使い古された大きな革の椅子に座っていた。脱いだジャケットとチョッキがまとめて床に放ってあり、彼の足もとには種々様々な新聞が散乱している。シャーリー氏が波止場で襲われた事件や、アダム・バラント氏のものを含む数件の自殺、さらにはホワイトチャペル・レディ殺しの記事も目に留まった。

「以前は気づかなかったパターンが見えてきましたよ」ホームズさんは静かに言った。「僕が気に留めなかった話と、僕が背を向けた人々の織りなす苦悩の模様が」

　真っ赤な夕焼けが、のみで削ったような鋭角的な横顔を浮かびあがらせていた。そこに宿るのは妥協を許さぬ、おのれの進む道に立ちふさがるものは山さえ動かしてしまいそうな不壊の信念だった。

「あの方たちは助けを求めていました」わたしは静かに言った。言い訳をしたいとも説明が必要だとも思わなかった。ホームズさんならすでに真相をある程度まで見抜いているはずだから。「それで、あなたを訪ねてきたのです。ところが……」

「門前払いを食った」ホームズさんはわたしのほうを見ずに続きを引き取った。「僕が取り合わなかった理由は、たいして深刻な問題ではないと判断したか、依頼人が事情を包み隠さず打ち明けようとしなかったからです。一見取るに足らない相談事の奥に隠された絶望を、僕は見落としてしまった。許しがたい失敗だ」彼は自らの過ちを認めた。「僕はときどきそういう間違いを犯す。その数はワトスンやあなたが気づいているよりもはるかに多い」

「確かに間違いだったのかもしれませんが、次は正しい判断をなさると信じています」わたしはテーブルにティーポットやカップを並べ終えると、空のトレイを抱えた。ホームズさんは椅子から立って、わたしのためにいつもどおり礼儀正しくドアを開けてくれた。

「とにかく、今回はあなたが正しかった」

「あの方たちは苦しんでいました。道に迷い、救いの手を求めていました」

「それを見抜いたんですね。あなたは恵まれない者たちに寄り添える人だから」

ホームズさんの目は影に覆われていて、表情はうかがえなかった。

「おやすみ、ハドスンさん。明日の朝食は卵料理をお願いしますよ」

彼はそう言って部屋の奥へ歩いていき、窓辺に立った。黄金色に染まる日没の空を背景に、細長く鋭い輪郭の人影がくっきりと浮かびあがる。

「ハドスンさん」ドアを出ようとしたときに呼び止められた。「この数日間に起こったことを、いずれ話してくれますね？」

「ええ、たぶん」わたしは答えた。ホームズさんは窓のほうを向いたままだ。「いつか、お互いにうんと歳を取った頃に。それまでは大事にしまっておきます」

「ほう、なぜ？」彼はようやくこちらを振り向いた。

わたしは少しのあいだ考えてから、こう答えた。「これは名探偵シャーロック・ホームズの物語ではなくて、ミセス・ハドスンとメアリー・ワトスンの冒険ですもの」

謝辞

かねがね本を書くというのは孤独な作業だと思っていましたが、実際に経験してみると、まったくそうではありませんでした。支えてくださった多くの方々に、この場を借りて心よりお礼を申し上げます。

まずは著作代理人であるジェーンに。この作品に興味を持って、私がストーリーを練り、展開し、磨きあげるあいだつねにさまざまな面でお世話になりました。

担当編集者のナターシャに。本書が無事に完成をみたのは彼女の並々ならぬ労力のおかげです。

パン・マクミラン社の皆様に。この作品に多大なる情熱を傾けてくださったことに言葉では言い尽くせないほど感謝しています。

女友達に。緊張をほぐさなければならないときには大いに助かりました。一緒に過ごした時間は楽しいだけではなく非常に有意義で、特にシャーマとは本についていろいろ語り合いました。別の作家が話し相手になってくれるのはどれほどありがたいことか。作家同士だからこそ理解し合えることは少なくありません。

アーサー・コナン・ドイル御大に。彼の素晴らしい物語が存在しなければ、この本を書くことはできなかったでしょう。

最後になりましたが、図書館員、英語の先生、書店員の皆様にも感謝の念を捧げます。本を愛する気持ちを育み、励ましてくださったうえ、私が手に取るべき本を私が気づかないうちから見つけ出してくださったこともしばしばでした。ありがとうございました。

訳者あとがき

ミシェル・バークビイ（Michelle Birkby）の長篇デビュー作『The House at Baker Street』（二〇一六）の全訳をお届けします。

本書はコナン・ドイル財団公認のホームズ・パスティーシュで、ミセス・ハドスンとメアリー・ワトスンの探偵コンビを描いたシリーズ第一作です。英国推理作家協会によるCWA賞のひとつ、ヒストリカル・ダガー賞の二〇一六年度最終候補作に選ばれました。

最初にあらすじを紹介しましょう。

時は一八八九年の春。ジョン・ワトスンは『四つの署名』――コナン・ドイル作のホームズ物語全六十篇（以下、正典）に含まれる第二長篇――で出会ったメアリー・モースタンと結婚して医院を開き、ベイカー街二二一Bの家には家主のミセス・ハドスンと下宿人のシャーロック・ホームズ、給仕のビリー少年が住んでいます。ある日、強請屋からの手紙に悩まされた婦人がホームズのもとへ相談に来ますが、不安のあまり話が要領を得ず、追い返されてしまいます。彼女に同情したミセス・ハドスンとメアリーは、ホームズの代わりに調査に乗り出すことを決心。ウィギンズ率いるストリート・チルドレンの集団、ベイカー・ストリート・イレギュラーズに助けられ、物騒なホワイトチャペル地区へも足を踏み入れます。そこで出会った黒いベールの婦人から聞かされた身の上話は、筆舌に尽くしがたい悲惨な内容でした。次第に見えてくる強請屋の残酷さと、その裏で糸を引いているとおぼしき不気味な人物の存在。知的な刺激を求めていた二人の新人探偵は、図らずも命がけの冒険に挑むことになったのでした。

これより先、本書と正典の内容に触れますのでご注意ください。

＊ミセス・ハドスンとメアリー・ワトスンならではの役割

ヴィクトリア朝時代のイギリスは厳然たる階級社会です。貧困層はその日暮らしを余儀なくされ、寝る場所さえない人々も大勢いました。たとえ中産階級以上であっても、既婚女性は財産権や親権すら満足に認められておらず、離婚の憂き目に遭えば路頭に迷うはめになりかねません。ありもしないことをでっちあげ、夫に妻の貞操を疑わせようと仕向ける強請屋の存在は、彼女たちにとって悪夢以外の何物でもなかったでしょう。

本書の主人公たちは下宿屋経営者と元家庭教師。世の中の矛盾をつねづね痛感する身同士、年齢のちがいを超えて固い友情に結ばれ、貧しい子供や不幸な女性の力になろうと奮起します。とはいえ、女性の行動範囲が制限されている社会では、ホームズとワトスンとは異なる戦術を立てざるをえません。結果的に、ベイカー・ストリート・イレギュラーズや貧困層の人々を舞台の背景から中央へと進み出させました。よどんだ池をかき回し、底に沈んでいたものを水面に浮かび上がらせてくれたのです。

＊重要な脇役たち

正典が長年愛されてきた最大の要因であろうホームズというキャラクターの魅力は、彼を取り巻く者たちによって浮き彫りにされ、奥行きを与えられているといえます。狙撃手が銃を向けている部屋で、四つん這い（よつんばい）になって冷静に蠟人形（ろうにんぎょう）を動かし続けた『空き家の冒険』のミセス・ハドスンは、文句なしに大変な肝っ玉の持ち主です。発砲の瞬間もそばにいたのでしょう、蠟人形を貫通した弾を拾っておき、あとで〝はい、これです！〟とホームズに渡す姿のりりしいこと。メアリーのほうは、自分が相続するはずだった異国の財宝がテムズ川の底に沈んだと判明した直後、ワトスンの気持ちを汲（く）んで屈託なく〝ああ、よかった〟と言ってのけます。なんて温かく気高い心の持ち主なんでしょう。さらに、親友のワトスンはもちろんのこと、まんまとホームズの裏をかいたアイリーン・アドラーや、宿敵モリアーティ教授の圧倒的存在感は誰もが知るところです。ベイカー・ストリート・イレギュラーズの少年たちも、繁栄する大都会ロンドンの影の部分を覗（のぞ）かせてくれる大事な役目を担っています。本書はそうした面々の人物像をより深く踏み込んで描いているほか、次作でも活躍するリリアン・ローズという生命力あふれるキャラクターも登場させています。

＊正典への目配せ

訳注は必要最小限にとどめましたので、主なものだけ簡単に補足します。詳しい内容についてはぜひ正典を読んでご確認ください。

・「マーサよ。わたしはマーサ」（166ページ）

ミセス・ハドスンのファーストネームがマーサになっているのは、『最後の挨拶』に出てくる老婦人のマーサはミセス・ハドスンと同一人物である、という著者の想定によるもの。

・「近頃のホームズさんは波止場で長時間過ごすことが多いようですから」（441ページ）、および「ああいう場所へ行くときは、怖い病気がうつるかもしれないのでお気をつけくださいましね」（443ページ）というミセス・ハドスンの言葉は、『瀕死の探偵』の内容を指している。

・蛇足ながら、『覆面の下宿人』と『恐喝王ミルヴァートン』には、ホワイトチャペル・レディを思わせる顔をベールで隠した婦人が描かれている。

＊著者ミシェル・バークビイについて

ヨークシャー出身の家系で、ロンドン生まれのロンドン育ち。現在もロンドンで執筆に励んでいます。影響を受けた好きな作家はシャーロット・ブロンテとアガサ・クリスティとのこと。歴史を愛し、今後もミステリの創作を通して、歴史の裏に隠れた力強い人々に光を当てたいと語っています。理想のホームズ像はグラナダテレビ制作「シャーロック・ホームズの冒険」に出演したジェレミー・ブレット。

なお、本書の続篇『The Women of Baker Street』(二〇一七)は、ミセス・ハドスンが病室で遭遇した幽霊を出発点とするホラー風の作品です。冒険活劇の色合いが強い本書とは雰囲気が異なりますが、社会の暗部をすくいとり、虐げられた者たちの声に耳を傾けようとする姿勢は変わりません。近いうちにご紹介できればと思っておりますので、どうぞお楽しみに。

最後に、株式会社KADOKAWAの光森優子氏と校閲の方々には大変お世話になりました。心より感謝いたします。

二〇二〇年二月

駒月(こまつき)雅子(まさこ)

本書は、訳し下ろしです。

ベイカー街の女たち

ミセス・ハドスンとメアリー・ワトスンの事件簿1

ミシェル・バークビイ　駒月雅子＝訳

令和2年 5月25日　初版発行
令和3年 4月20日　再版発行

発行者●青柳昌行

発行●株式会社KADOKAWA
〒102-8177　東京都千代田区富士見2-13-3
電話　0570-002-301(ナビダイヤル)

角川文庫 22100

印刷所●株式会社KADOKAWA
製本所●株式会社KADOKAWA

表紙画●和田三造

●お問い合わせ
https://www.kadokawa.co.jp/（「お問い合わせ」へお進みください）
※内容によっては、お答えできない場合があります。
※サポートは日本国内のみとさせていただきます。
※Japanese text only

ISBN 978-4-04-108028-3　C0197

◆◇◇

角川文庫発刊に際して

角　川　源　義

第二次世界大戦の敗北は、軍事力の敗北であった以上に、私たちの若い文化力の敗退であった。私たちの文化が戦争に対して如何に無力であり、単なるあだ花に過ぎなかったかを、私たちは身を以て体験し痛感した。西洋近代文化の摂取にとって、明治以後八十年の歳月は決して短かすぎたとは言えない。にもかかわらず、近代文化の伝統を確立し、自由な批判と柔軟な良識に富む文化層として自らを形成することに私たちは失敗して来た。そしてこれは、各層への文化の普及滲透を任務とする出版人の責任でもあった。

一九四五年以来、私たちは再び振出しに戻り、第一歩から踏み出すことを余儀なくされた。これは大きな不幸ではあるが、反面、これまでの混沌・未熟・歪曲の中にあった我が国の文化に秩序と確たる基礎を齎らすためには絶好の機会でもある。角川書店は、このような祖国の文化的危機にあたり、微力をも顧みず再建の礎石たるべき抱負と決意とをもって出発したが、ここに創立以来の念願を果すべく角川文庫を発刊する。これまで刊行されたあらゆる全集叢書文庫類の長所と短所とを検討し、古今東西の不朽の典籍を、良心的編集のもとに、廉価に、そして書架にふさわしい美本として、多くのひとびとに提供しようとする。しかし私たちは徒らに百科全書的な知識のジレッタントを作ることを目的とせず、あくまで祖国の文化に秩序と再建への道を示し、この文庫を角川書店の栄ある事業として、今後永久に継続発展せしめ、学芸と教養との殿堂として大成せんことを期したい。多くの読書子の愛情ある忠言と支持とによって、この希望と抱負とを完遂せしめられんことを願う。

一九四九年五月三日

角川文庫海外作品

シャーロック・ホームズの回想
コナン・ドイル
駒月雅子＝訳

ホームズとモリアーティ教授との死闘を描いた問題作「最後の事件」を含む第2短編集。ホームズの若き日の冒険など、第1作を超える衝撃作が目白押し。発表当時に削除された「ボール箱」も収録。

緋色の研究
コナン・ドイル
駒月雅子＝訳

ロンドンで起こった殺人事件。それは時と場所を超えた悲劇の幕引きだった。クールでニヒルな若き日のホームズとワトスンの出会い、そしてコンビ誕生の秘話を描く記念碑的作品、決定版新訳！

四つの署名
コナン・ドイル
駒月雅子＝訳

シャーロック・ホームズのもとに現れた、美しい依頼人。彼女の悩みは、数年前から毎年同じ日に大粒の真珠が贈られ始め、なんと今年、その真珠の贈り主に呼び出されたという奇妙なもので……。

バスカヴィル家の犬
コナン・ドイル
駒月雅子＝訳

魔犬伝説により一族は不可解な死を遂げる——恐怖の呪いが伝わるバスカヴィル家。その当主がまたしても不審な最期を迎えた。遺体発見現場には猟犬の足跡が……謎に包まれた一族の呪いにホームズが挑む！

シャーロック・ホームズの帰還
コナン・ドイル
駒月雅子＝訳

宿敵モリアーティと滝壺に消えたホームズが驚くべき方法でワトスンと再会する「空き家の冒険」、華麗な暗号解読を披露する「踊る人形」、恐喝屋との対決を描いた「恐喝王ミルヴァートン」等、全13編を収録。

角川文庫海外作品

シャーロック・ホームズ 最後の挨拶
コナン・ドイル
駒月雅子＝訳

引退したホームズが最後に手がけた、英国のための一仕事とは（表題作）。姿を見せない下宿人を巡る「赤い輪」、ホームズとワトソンの友情の深さが垣間見える「悪魔の足」や「瀕死の探偵」を含む必読の短編集。

恐怖の谷
コナン・ドイル
駒月雅子＝訳

ホームズの元に届いた暗号の手紙。解読するも、記されたサセックス州の小村にある館の主は前夜殺害されていた！　事件の背後にはモリアーティ教授の影。捜査に乗り出したホームズは、過去に事件の鍵を見出す。

シャーロック・ホームズの冒険
コナン・ドイル
石田文子＝訳

世界中で愛される名探偵ホームズと、相棒ワトスン医師の名コンビの活躍が、最も読みやすい最新訳で蘇る！　女性翻訳家ならではの細やかな感情表現が光る「ボヘミア王のスキャンダル」を含む短編集全12編。

Xの悲劇
エラリー・クイーン
越前敏弥＝訳

結婚披露を終えたばかりの株式仲買人が満員電車の中で死亡。ポケットにはニコチンの塗られた無数の針が刺さったコルク玉が入っていた。元シェイクスピア俳優の名探偵レーンが事件に挑む。決定版新訳！

Yの悲劇
エラリー・クイーン
越前敏弥＝訳

大富豪ヨーク・ハッターの死体が港で発見される。毒物による自殺だと考えられたが、その後、異形のハッター一族に信じられない惨劇がふりかかる。ミステリ史上最高の傑作が、名翻訳家の最新訳で蘇る。